司鹰流年

鱼鸟七斤 / 著

法律出版社
LAW PRESS · CHINA

廌(zhi，四声)，獬廌(又獬豸)，中国古代传说中的上古神兽，形似麒麟，青毛独角，体态刚健，能辨是非曲直。

《汉书·司马相如传》:“弄獬廌。”张揖曰:“獬廌似鹿而一角，人君刑罚得中则生於朝廷，主触不直者，可得而弄也。”

子建、葛磊，两个法学专业的本科舍友，稍显不羁的“摇滚”了四年，毕业时一个北上名校读研，另一个考取了当地省会政府的公务员。

子建单纯，一心想凭借法律实务技能，成长为像师父一样优秀的律师，却因为户口问题先考入法院；葛磊老练，步点精准，穷尽一切功利，立志从内部推翻堡垒，将权力回归原位，并笃定唯此才能获得人生快感。

法院时光荏苒，子建青涩稚嫩，挣扎惆怅，有所失去，却也不断成长；政府权力盘结，葛磊虽如利刃破风向上，却终沦为弃卒，虽怀着对无法撼动泥淖的不甘，但还是无奈妥协，将黑暗留给自己。

……

神兽名廌，善分曲直，相伴数载，韶光易逝。

“司廌流年”即指子建在法院度过的短暂五年，虽然子建选择了离开，但法院经历留给他的成长烙印，是永恒的。

一段虚构的故事，却又透着真实。子建其人，既不是一个为了讴歌法官群体而抹灭个性的闪光符号，亦不是为了吸引读者眼球而彻底黑化的某匹害群之马，他在故事中坚定，亦在故事迷茫，在故事中犯错，却也在故事中收获。这或许也是每个法律人成长的必经之路。这份真实，亦是为法院、法官的一次“正名”，是对之前刻意抹黑法官群体的文学作品的挑战。

愿以此书，纪念已经远去的法院生活。

愿以此书，感谢鼓励支持我写出故事的爱人。

愿以此书，献礼中央司法体制改革的辉煌成就。

愿以此书，向每一位真实却有故事的法律人致敬。

CONTENTS

目录

楔子　一个转机

已经晚上九点多了，王子建揉揉酸涩的眼睛，把摊在工作台上的刑事卷宗囫囵推在一旁，活动活动脖子，咔咔作响。“哎，真行，24 岁的小伙子，都快变成老头子了”，他自嘲着，勾去了台历上的红色小字，“故意伤害，阅卷，17 册”。

刚入 5 月，连初夏都没到，但王子建近期的生活却完全可以用“多事之秋”来概括：

还有两个月研究生毕业，论文仍达不到导师要求。客观来讲，他的论文功底不错，这篇毕业论文观点明确、体例清晰，对网络虚拟财产的权属界定及保护机制提出了较为独到的见解。在开题报告阶段，导师一眼相中，直接报送至知识产权协会，以此申报了一个课题，还拿到了调研经费。导师请王子建吃了顿饭，杯觥交错间，指点了几个写作要点，分享了几个外文网站，并给他发了 1000 元生活费。当然，这顿饭隐含的主题就是——小子，你好好写，别给我丢人。

可是，查找并翻译外籍文献太费时间。一方面，研二这一年，子建一直作为合伙人高辉的私人助理，在涛诚律师事务所实习。从跑腿打杂到独当一面，随着实习补助的一次次翻番，越来越繁重的工作也压到了王子建身上。周末加班、通宵熬夜成了家常便饭。另一方面，像所有高校应届毕业生一样，子建也要忙着投简历找工作，参加各种笔试面试，实在分身乏术。

高辉当然希望子建能够留在律所，毕竟，作为一个名校毕业的法学硕士，子建能力突出，干活拼命，不怵喝酒，还会开车，整个实习期间，子建从未对待遇有过要求，始终是一副“学本事第一、给不给钱无所谓”的谦逊姿态，每次提高实习补助，反倒都是高辉觉得不好意思而主动提出的。作为合伙人助理，子建无疑是不可多得的人选。

本来，子建也很愿意从律师行业起步，毕业后跟随高辉继续干下去。可是，司法局突然出台了新的政策，想要正式取得律师执业资格，也就是俗称的“挂红本”，不仅要求司法考试、本科学历和一年实习，还必须要有区县一级的人才机构肯接收你的档案，出具存档证明。政策看似简单，实则暗藏杀机，人才机构只肯接收本市户籍应届毕业生的档案。像子建这样的外地生源，要么找到一份能够解决户口的工作，要么档案就会被打回原籍。如果留在律所却只能躲在幕后工作，不能成为真正意义的律师，纵使能学到再多本领，挣到再多薪水，子建也是难以接受的。于是，这条本已选定的成长之路，就这么突然被堵死了。高辉自知无法逾越政策限制，这段时间一直闭口不提此事，子建忙碌于手头工作，又碍于情分，也硬挺着没有说破。两个人继续维持着之前的工作状态，既有师徒关系，又有朋友般的信任，却好像突然多了一层隔阂，单独见面时总有些不舒服。

说到找工作，和大多数同学一样，子建也参加了千军万马挤独木桥般的公务员考试。1 月初那次是国家公务员考试，当时还不知道会出台那个限制新律师取得资格的政策，子建觉得自己工作已算尘埃落定，基本确定留在律所，于是带着玩票的性质裸考了一个竞争最激烈的国务院办公厅副主任科员的职位。该职位超过万人报考，笔试后 5 人有资格进入面试，最终录取 1 人，真是毫不夸张的“万里挑一”。室友一个个地摇头，都说，“子建疯了，别说被录取了，就是进面试，也得先称称看你爹妈的斤两啊”。结果，也不知是人品爆发，还是阴差阳错，子建还真就以笔试第二名的成绩进入了面试。当然，两个月后去北京面试了一把，子建的综合成绩掉到了第三，录取无望。但是，按照规定，国务院的工作人员还是从北京赶到学校进行了组织考察，与院长、导师、同学代表进行了谈话，子建也算是小轰动了一把。

有了这次的经历，子建觉得公务员也没有传说中那么难考，起码，还算能看到希望。于是，在得知不能做律师后，4 月，他又参加了所在省会城市的公务员考试，报考了省高级人民法院。这次，又是成功挤进面试：11 个名额，33 个人进面试，子建的笔试成绩排名第 4，赢面很大。所有了解子建实力的人，都认为他这次稳操胜券。可是，子建却败了，还败得一塌糊涂。他怎么也没想到，面试后，自己竟然排在第 27 名！这样一来，即便前面有人弃权，也绝对轮不到他王子建。

至于其他一些企业法务工作，这两个月来子建也投了一些，但出手太晚了，一些靠谱的企业已经趁着年初的校园宣讲会招到了心仪员工。更牛的一些国企或外企，早在一年前就以“管理培训生”的名义圈占了大批应届毕业生，再以百里挑一的模式逐批淘汰，只留下个别极优秀者。现在即便仍在网站上挂着招聘信息，恐怕也仅仅是“意思一下”，简历发过去基本石沉大海。而中小型企业，本就不在子建的考虑范围。

再这么晃荡下去，恐怕子建只有两条出路了。要么签了手里邮政储蓄银行本市某分行的 offer，要么申请留校。银行其实还算不错，月薪 7K，提供宿舍，解决户口。这也是经导师推荐，子建一轮笔试三轮面试争回的机会。可是，银行那边很明确，如果签约，就是要从柜员做起，三年后培养成客户经理。银行法律事务已经悉数外包给了一家律所，有入驻银行办公的职业律师，也就不需要再设置法务专员之类的岗位。这显然不符合子建的兴趣——和司法实务相关的工作是他目前考虑的唯一就业方向。申请留校的话，导师倒是也肯帮忙，不过子建清楚地知道，留校工作唯一能吸引他的就是解决户口，蹲一年拿到户口后肯定想开溜杀回律所。可要真这么干的话，有点不地道，也无法面对自己的导师……

就这么想着，子建锁好律所的玻璃门，打算坐直梯从 8 层下去乘坐地铁。这是泰昆大厦最牛之处，位于省会核心商务地段不说，地下一层直接是新修的地铁站，目前全市仅此一家。高辉都感慨，不知这栋 33 层大厦的主人到底是哪路神仙，竟能让地铁多绕一段，穿堂设站。

这时，手机响了，一个陌生的座机号码。

“喂，您好。”

“你好，省高院的，何阳。”

“高院？啊，何老师您好。”

“明天上午 9 点，带上你的简历，来法院行政楼 307 干部科找我。咱们聊聊。”

“那个，何老师，咱们这次招录不是已经结束了么？我看网站上都已经公布了拟录取名单了。”

“啊，是啊。明天过来再说吧。就这样，明天见。”

对方匆匆挂了电话，留下王子建一头雾水。看看手机上的时间，已经是晚上 9 点 40 分了。早在上周，高院录取名单就公布了，为什么还通知带简历过去？不会是有人在开玩笑吧？

用力地甩甩脑袋，却还是甩不掉这些疑问。子建开始有些懊恼，恨自己反应太慢，怎么接收了这样一段没头没尾的信息，都来不及问问清楚呢？

就这样一路自责着回到学校。晚上 10 点 50 分，宿舍楼已经断电了。借着走廊的灯光一看，其他五张床铺都是空的。估计这五个已经找到工作的家伙不是去喝酒，就是去网吧刷夜了。子建躺在床上，给女友萧文婷简单发了条短信道了声晚安。本想再琢磨一下高院的那个电话，但累了一天，很快就困得睁不开眼睛。在陷入沉沉的睡梦之前，子建的头脑中依稀有一个声音：“这一定是个转机。”

第一章　误撞公门 / 期许无尽

01　国徽后面的正义

第二天早上六点，手机闹钟响起。

王子建一如往常地迅速起床，洗漱、穿戴。对着水房的穿衣镜，他审视着自己的形象：熨烫平整的白色棉质衬衫，搭配一条深蓝色斜纹领带，笔挺的黑色西裤，锃亮的黑色皮鞋。整体感觉干净、利索，还算不错。贴近镜子，映入眼帘的，则是一张文气清秀的脸。虽是北方人，但从子建的外形却读不出半分“粗犷”，他的皮肤本身就白，脸上更是没有一个斑点。整齐的短发，粗细适中的眉毛，稍高的颧骨，挺直、给人一种坚毅感的鼻子，略厚而周正的嘴唇，血色有些淡。最近抽烟多、饮浓茶，原本洁白整齐的牙齿有些发黄。

“甭照啦，白面书生一个，胡子都长不出来。”隔壁经管系的曹睿打趣道。

“滚，都和你似的返祖退化啊？胸毛比毛衣都厚。”

“哈哈，得了，王公公，您这是去哪面试啊？”

“面啥啊，我还在律所实习呢，上班都这样穿。曹总管，你定了吗？”

曹睿胸脯一挺，好不容易抓住个听众似的，得意的劲儿就甭提了，“嗨，你这早出晚归的忙着挣钱，我也没来得及告诉你。我上周签啦。”说完这句，他眯缝着小眼，等着王子建搭茬儿。

子建对着镜子，翻开嘴唇看自己的牙齿，没有回头，尽量作出好奇的声调，问道：“是吗？签哪儿啦？”

“KPMG 毕马威，四大之一，哈哈。”

“是吗！真牛啊，四大很难进的。待遇超好吧？”

“一般吧，待遇肯定比不上总部，工作也累。不过，知足了，先干着呗。下个月我就得去北京参加培训啦。”

谈话间，曹睿宿舍另一名同学詹超然也走进了水房，“子建，去面试啊？”

“呵呵，刚和老曹说过，还是去律所实习。”

“你们聊哈，再不回去我就睡不了回笼觉了。”不知为什么，曹睿悻悻地停止炫耀，急匆匆地离开了。

“这傻 ×，又和你说毕马威了吧？”

“怎么了？”

“一开始，是我们宿舍刘华宇通过了笔试，获得了面试机会。这胖子本来连毕马威是干啥的都搞不清楚，跟华宇打听半天，复印了他准备的材料。然后就硬是跟着一起过去了，来了个霸王面。”

“是吗？老曹还真长本事啦。”

“本事啥，都一个宿舍的，他跟过去面试，像被华宇带去似的，肯定破坏印象分啊。这也算了，还把人家华宇准备的内容抢先说了，真够不要脸的。”

“……那华宇工作定了吗？”

“也签了，去联通。不过可能留不了省会，要派下去。曹胖这孙子，都已经拿了国企的 offer，还干出这事儿。”

“是有点过分。老詹，怎么都没见你找工作啊？”

“我？不找了，麻烦。先把婚结了，然后跟着我爸混呗。”

老詹简单洗漱了一把就跑出去了，估计又是女友开车来接他出城去玩了。这姑娘和老詹是南方老乡，同样的家庭优越，同样的脾气火爆、疾恶如仇。一个一米六都不到的小姑娘，见天儿开一辆绿色的 jeep 牧马人，曾带着老詹驱车100多公里去给农村贫困学生送礼物，也曾拎着食堂的铁餐盘陪老詹一起抓小偷。更厉害的是，这姑娘可不像老詹一样养尊处优，只会啃老坑爹。来省会读大学的第一年，她向父母借了20万元，在校外盘了间花店，在校内承包了个小水吧。四年下来，水吧虽然因为设置小隔间方便情侣偷欢被学校关闭了，花店却开起了6家，不怎么需要操心，每个月就能挣个两三万元。回顾俩人在一起这几年，简直就像是小龙女领着个流鼻涕的傻杨过。

不由得，子建又想到了自己的女友萧文婷，轻叹了口气。已经冷战三天了，忙得顾不上去哄。这小妮子也真端得住，打电话不接，短信要么不回，回也绝不超过两个字。也罢，先不去想了。

最后，子建对视了一下镜中自己的双眼：眼睛不大却棱角分明、有些发乌的眼圈、微微露出的下眼白、锐利且不带一丝笑意的眼神。

记得高辉有一次在酒桌上说过，“王子建你刚来律所时，乍一看你满身书生气，百无一用。但细一瞧那小眼神，嘿，草莽英雄！”百无一用、草莽英雄，听着倒是挺押韵，可草莽英雄也总得先找到落草的山头啊，属于他王子建的山头又在哪呢？

……

学校离高院大概10公里，相较于去挤地铁，还是坐公交车更舒服一些。看看表，时间尚早，即便是赶上早高峰堵车也来得及。于是，穿戴整齐的王子建向公交站走去。

一路上，透过温和的晨曦，校园已经变得充满活力：挽手嬉笑的甜蜜情侣，诵读英语的眼镜学妹，图书馆门口排起的占座长队……这一切，无不透露出一种积极，恐怕是文学作品中能让沧桑大叔唏嘘落泪的美好画面。

但不知为何，子建兀的觉得这一切有些虚妄。两年的时间转瞬即逝，所有需做的事情按部就班逐一完成。其间也有过欢声笑语、磊落仗义，也曾和宿舍弟兄畅谈人生、患难与共，但这些真实的情感仿佛也被禁锢在一种晨曦中，茫茫一片看不清楚，硬去探寻还会觉得有些刺眼。就好像，每个人都站在游乐场水面上的那种透明气球里，纵使想要与谁贴近相拥，也始终只能在自己的球中徒展双臂。这种复杂说不清的关系，远不如读本科那四年来得直接利落，有即是有，无即是无，眼泪也仅是情绪而非工具。

可是，感慨周围环境变化的同时，自己不也是逐渐把那分真实封闭了起来么？不愿将心思轻易示人，也不再想要分享自身境遇。也许，所谓的成长，就是把喜怒哀乐等情绪随自己包裹在一个气球中，明明脚下无所依凭、跌跌撞撞，却还要以欢乐的姿态在水中翻滚前行。子建此刻的所有焦虑、急迫、失落、疑惑，也都被包裹着，掩藏在自信的身姿下。有时候，他很想刺破这个气球，撕掉所有伪装，像以前一样展现最真实的自己。但更多时候，他则是小心翼翼，唯恐包裹得不够严密。最近，以话别为主题的聚餐越发频繁，酒醉之后抱在一起痛哭的同学一个个都泣不成声。有两种情绪在子建心中相互碰撞着：越是在某个夜晚对这份同学情谊心生不舍，就会在第二天酒醒后越想要远远地离开这个校园。

伴着耳机里 Grave worm 乐队声嘶力竭吼出的“I need a hero”，子建已经走到省高院大门口。在他看来，省高院的主楼颇有几分滑稽：大楼整体四四方方，如果从天空俯瞰，一定会像一个巨大的“回”字，那个大“口”是底下的四层楼，淡黄色的墙壁主体，配上了细小砖纹形状作为装饰。在正对法院大门的一面，则向内凹陷出一个巨大的倒置梯形，均为黑色的玻璃门窗。而玻璃门前面两边有十余根巨大的石柱，以一个“八”字的角度向外放射排列，仿佛在支撑头顶的厚重墙体。顺着台阶望上去，就像是一个洞窟或隧道的入口，颇有几分希腊教廷与碉堡炮楼相结合的感觉。而那个小“口”字，则是在四层楼之上后又加盖的三层建筑，同样的色调，同样的砖纹装饰，其比例与感觉像极了生日蛋糕的第二层。最意外的，则是在这第二层“蛋糕”上，悬挂了一枚巨大的国徽，并明显遮挡住了第五层、第六层的几扇窗户。真不知道恰好在这几个位置，每天面对着窗外国徽背影办公的法官，该是何种心情。

或许，今天之后，自己仍有机会在这“背影”后面主持正义也未可知。

02 信封里的命运

马泉，人口不足二百万，原为省会所辖一县，最近几年才被划入，成为省会的一个远郊区。也许，喜爱游玩的人，一听马泉二字，就能瞬间想到山湖美景、清新空气，还有那不同时节里香甜的柿子、肥美的湖蟹。

可是，像王子建这样的外来学生，根本就没留意过省会南面还有这样一片天地。方才从何阳嘴里听到“马泉”二字时，他的第一反应竟然是那位当代书画家马泉先生，着实惭愧。

而此刻，出租车却在国道上，向着马泉的方向高速行进着。

……

两个小时前，在高院行政楼的办公室里，子建作出了一个“YES or NO”式的重大决定。没有思考的时间，亦没有商量的余地，甚至连一句话都插不进去，高大清瘦的何阳用简洁的语言描述了高院的“人才计划”。每当发现子建或其他几个人试图插话，他都会用眼神或手势制止，简要解释一二，就继续快速说下去。等他全部叙述完毕，问是否还有哪里不清楚的时候，所有人已经再没有问题。子建暗忖，这人真厉害，能够这般条理清晰，并随着听者反应不断调整节奏，用最高的效率完成交流。而且，何阳的怡然自得，让子建相信，即便听众不止他们这五六个人，而是成百上千人，他一样有能力行云流水般完成预设的讲述主题，优雅地控制局面，不遗漏任何一个要点。这是何等的功力！最重要的是，何阳看起来只比自己大几岁而已。

所谓的“人才计划”，子建听得明明白白。实际上，就是从报考高院进入面试却未被录取的二十余名“落败者”中，挑出几个条件不错的，调剂到辖区内的几个远郊区县。接受调剂后，即成为区县基层法院的正式在编干警，需要在当地服务6年。除解决省会户口外，还有5万元落户补助，在一年实习期满转正后发放。简单讲，效果就和直接报考基层法院被录取后完全一样。唯一的区别，仅仅是多出来的这笔落户补助。

在确定所有人都不再有疑问后，何阳顿了顿，说：“那么，给大家10分钟考虑时间，可以给家里打个电话商量下。但是，10分钟后给我一个答案。如果接受，就在这里签字，抽一个信封，决定一下是去哪家法院。然后，你们立即去那边简单报个到。我们干部处下午就去和你们的学校签协议，把档案直接调过去。这项工作必须今天完成，所以没有过多时间给大家考虑。不过，如果觉得不合适，也不用勉强，不要做让自己后悔的决定。告诉我一声，我会再通知其他人过来。”

听了这番话，其他五个人好像得了令的士兵，一边寒暄着问其他人觉得如何，一边退出办公室四下找地方去打电话。王子建绕开他们，去厕所抽了一支烟，第一个回到了何阳的办公室。

“何老师，在我们之前是不是已经按名次叫过一批人了？这些岗位是他们挑剩下的吗？”

何阳愣了一下，看了看王子建，随即又恢复了笑意。他回答道：“你放心，所有信封都是密封的，接受调剂结果的人，也必须接受调剂规则。”

“明白了，谢谢老师。”

这是一种默认，子建知道自己猜对了：总共就十来个调剂名额，现在还剩着6个，自己又是第27名，看来前面放弃的人很多。

他深吸一口气，抽出了一个信封。

“马泉，离城区很近嘛，那地方真挺不错的。”何阳撕开信封，笑着指给他看。

就这样，王子建没有和父母商量，也没有告诉萧文婷一声，就作出了一个如此重大的决定。推动他这般冲动行事的因素无疑是复杂的，法官身份的诱惑、何阳个人魅力的驱使，以及那种能够亲手抽取命运的快感。那一刻，王子建觉得自己像个赌徒，外表虽然平静，内心却在狂喊“不要太远，不要太远！”要知道，六个信封代表的是距离，是他与省会城区繁华天地的距离，是他和家乡父母团聚的距离，更是他与萧文婷温暖爱意的距离。

还好，算是赌赢了。

通过抽完签后与何阳闲谈，王子建已经知道剩下的五个信封所代表的距离，有四个超过了 100 公里。还有一个虽为 50 公里，但却是与他家乡正好相反的方向。他的家乡，在省会东南，马泉则在省会正南。这样一来，手气还算不错。

一路上，出租车司机几次试图搭话，但见王子建都是简单回答两句就不再接茬儿，也就自顾自地听起了收音机。王子建思绪飞转，脑袋里全是支离的片段和一个个的问号，却怎么也无法梳理出一条清晰的脉络。

自己就这么莫名其妙地把工作定下来了，成了法院系统的一名公务员。可是，为什么会接受这样苛刻的条件？离开省会城区，在远郊区窝上 6 年，时间是不是太长了？

其间，王子建也几次想到了萧文婷，觉得应当尽快把这个消息告诉她。掏出手机编辑了几次，却没有勇气发出这条短信。虽然名义上马泉仍是省会的一部分，但一声不吭地跑到这么远的地方，和离开省会又有什么区别？他根本无法判断萧文婷会有什么样的反应。想到这些，王子建又有些挫败感。原本以为已经熟悉到不分彼此的枕边人，觉得能清晰勾勒出她的一颦一笑、猜出下句话想要说什么的女友，竟然是如此的陌生。他突然很想萧文婷，想立刻、马上见到她，想把她搂到怀里、推到床上，想告诉她自己这几天感受到的一切、告诉她萧文婷对王子建有多么重要……

伤感到鼻子都有些发涩时，王子建突然又有了新的感触：摸到信封的那一瞬间，仿佛手里捏到了命运。自己，则是一个完全没考虑后果，就草率将人生轨迹当作筹码的赌徒。但其实，这不过是何阳所营造气氛造成的一种表象，一旦关注起这个抽取信封的小把戏，将其看作赌博，就会忽略一个事实。那就是：命运其实早在签下名字的那一瞬间，就凝固在了六个相同的信封里。他并没有赌徒的资格，也从未拿到过任何筹码，更谈不上真正把握自己的命运。这一切，仅仅是在遵照省高院随意制定的一种所谓"规则"行事，自己不过是在用所谓的果断来掩藏窘境，使自己忽略一种痛苦的"无力感"。之前对其他人抽取信封后反应所作的各种猜想，那种幸灾乐祸，也不过是一种五十步笑百步般的自我麻痹。想到这些，抽到马泉的喜悦也就荡然无存。

不经意间，车停了。

"进马泉了，60 公里，打表是 153，加上 50，一共给 200 吧。"

收了钱，出租车绝尘而去。打辆车很难，省城的出租车不愿回程空驶，一听是马泉，都变着法儿地拒载。这辆车勉强答应，却谈好只送到马泉的边界，绝不再往里走。即便如此，还要加收 50 元的回程钱。

王子建环顾了一下四周低矮破落的建筑，轻叹了一口气。向停在路边趴活儿的黑车司机走去。

03 蛋糕上的未来

在马泉法院的干部科里，一个 20 来岁，稚气未脱小姑娘腼腆地接待了子建。虽然已经接到高院电话，但子建来得实在不巧，科长在休年假，政治处主任在党校学习，副主任由于兼任着综合科科长，带退休老干部去海边旅游了……总之，为了子建决计犯不着去惊动副院长、院长，而偌大的法院里，好像除了这个小姑娘，再也没有谁知晓这档子事。

小姑娘一脸无辜地说："要不王哥你留个电话先回去，等见到领导问清楚后，再过来一趟？"

子建有些窝火。也许，是高院火急火燎的处置方式，给了他一种错觉，让他把这种急迫感误当成了个人的重要性。匆匆作出决定、马不停蹄赶赴马泉、下午就要被调走的档案……这一切讯息无不传达出此种急迫。然而，到了这里后，别说是子建预想的"亲切座谈"了，连个能用确定语调证实他有资格现身此处的人都没有。

子建有些不死心，委婉地要求小姑娘给领导打个电话。小姑娘嘟着个嘴极不情愿地打给科长。电话通了，科长丝毫没有要直接和子建通话的意思。电话的声音很大，纵是站在办公桌对面，子建也能清楚听出那种不耐烦的腔调。无须小姑娘再转达，他已明白了科长的意思：回去等通知，给安排一次体检。三方协议高院已经代马泉法院签了，王子建签字后下次带过来。

就这样，王子建道谢后悻悻地离开，换乘了两趟公交，折腾了两小时。回到省会城区时，已经是下午5点。

熟悉的街道，熟悉的建筑，熟悉的车流。不知为什么，在这种喧哗的闹市中，伴着周围人群焦虑的情绪，子建反而会觉得内心很安静。

给萧文婷发了一条短信。

"晚上可以去找你吗？"

"随便。"

估摸着萧文婷下班到家的时间，子建带着一个乳酪生日蛋糕，一个coach女士钱包，走进了她租住的那个小区。

和子建一样，萧文婷本科也是在外地读的，当时学的是市场营销。她比子建大一届，早一年考到省会，在传媒大学读了个企业策划专业的研究生。由于传媒大学研究生的学制是两年半，萧文婷只比子建早毕业几个月。传媒大学在当地仅为二流偏下，萧文婷的成绩也很一般，但她性格开朗，身材高挑，长得漂亮，和同学相比，找工作出奇的顺利，没怎么费力气，就通过层层考试，进入了一家中美合资的广告公司，在业务部门担任经理助理。用她宿舍姐妹的话说，那地方“待遇福利诱人，培训机制健全，上升渠道畅通”，是份不错的工作。当然，如果是背着子建，她们恐怕还会加上“精英帅哥云集”。

总之，萧文婷选择了一份除了无法解决户口外，各方面都算不错的工作，便信心满满地要在省会扎根发芽，决计不再回西北家乡。用她的话说，既然走了出来，就一定要在省会打拼出一种“优雅”的生活，回家乡，就等于失败。对此，子建瞬间想到了一句话，“富贵不归故乡，如锦衣夜行，谁知之者”。这句话，恰好是楚霸王项羽攻占了萧文婷老家咸阳后说的，意思很直白，就是人飞黄腾达后一定要回到熟识自己的环境，大肆炫耀一番。分享给萧文婷后，她用好听的陕西话嗔了子建一句：“瓜娃，什么年代了，隔个几百公里别人就看不出你混的咋样啦？”

总之，萧文婷兴致勃勃地张罗着，在地铁站附近找了个三居室，租下了其中十平方米左右的一间次卧，押一付三，一下交了六千多块。子建执意要负担一部分，却被萧文婷拦下了。她得意地说，“你小子别想把这儿变成行宫，老老实实住宿舍去！以后这是我的私人领地。”

子建搬行李累得一身臭汗，听了这话闹着要罢工。萧文婷才娇羞地道出心里话，“子建，3 个月后，等你毕业找到工作，咱们再租个大一点的房子，正式地住在一起，好不好？我不想和你挤在合租的房子里，像对儿落难的民工小夫妻似的。这种生活……”

“知道啦，这种生活一点都不优雅。”

“讨厌！”

当然，在之后的 3 个月里，这个小房间还是不可避免地变成了子建的“行宫”，起码，租住的小房间已经很有几分家的感觉了。他俩就像新婚的小夫妻一样腻在一起，肆意挥霍着年轻的精力。

子建敲开大门，合住在另一间次卧里的两个女孩正在空空荡荡的公用客厅里晾衣服。她们是一对姐妹，从小县城来的，在附近商业街租了个门脸卖衣服，好像同时也在淘宝上开网店。有时候，夜里还能听到聊天软件那熟悉的“叮咚”提示音，还有键盘的噼里啪啦声。想来，王子建和萧文婷自以为已经压低声音的夜夜笙歌，人家也是听得一清二楚。所以，每次见面，子建总是自觉尴尬。

打声招呼后，子建径自走到萧文婷的屋门前，轻声敲了敲门。

“谁啊？”

“我。”

萧文婷打开门，就立刻转身走到床边坐下，双手叠在胸前，头扭到一边，看都不看子建一眼。

子建赔着笑脸跟进去，关上门，把蛋糕和礼物放在书桌上。

“文婷，我……”

“站那别动。”萧文婷扭过头来，生气地说，“你先给我解释解释，那条短信什么意思？什么叫‘理解不了我，就别再联系’？哦，你忘了老娘的生日，说你两句都不行了是不是？”

“不是，那天在律所太忙了，我躲到厕所里哄你半天，把师父和当事人都晾在屋里。然后你还油米不进的，一直拒接我电话，说一句就挂。我就有点恼……”

“谁油米不进啦？就你在工作是不是？躲厕所里哄？那老娘我还躲厕所里哭呢，妆都哭花了！”

“你什么时候成老娘了？”

“我本来就比你大一岁！你得让着我！”

说完，萧文婷自己也逗乐了，子建赶紧趁机走过去，蹲在床边，抱着萧文婷的大腿，边亲边求饶。

“去，一边儿待着去。还没说完呢。”

“是，是，您接着训话。”

“王子建，你能忙得忘了我的生日，怎么你师父的生日就能记那么清楚？”

“这个，我师父把生日弄成车牌号了，每天都看到，想忘也忘不掉。”

“那就该忘记我的了？”

“不该，绝对不该！我明天就去撺掇师父把车牌换成你的生日……”

“滚！”萧文婷再也憋不住了，扑到子建怀里，狠狠地拧了他一下。

“哎，你也太没创意了吧？怎么着，我生日都过了几天了，还带补个生日蛋糕的啊？让我猜猜，是写个生日快乐，还是写个老婆对不起啊？”

“全错。”子建得意地拉过萧文婷，打开盒子，蛋糕上有两个英文单词，“Future♥Together”。

“怎么样，我拿奶油写的，还不小心蹭了一身呢。”

“将来，在一起。哦，你的意思是现在先不在一起啊？行，那你别后悔，等我嫁入豪门，将来带着几个孩子再去找你。”

“瞎说，没文化。我的意思是，咱俩的未来是绑定在一起的。”子建从背面搂住萧文婷，伸手拉过了另一个小纸袋。“这个，才是我给你补的生日礼物。”

“哇！coach诶！多少钱？”

“不贵，打折后也就一个月的房租。”

“你疯啦！咱俩都没什么钱了，我房租还是问家里要的。买这么贵的钱包干吗？”

“呵呵，您老行走江湖，总需要几件像样的行头。对了，还有件事，我的工作定了。”

子建怕被打断，也不敢过于留意萧文婷的反应，就干脆避着她的眼神，竹筒倒豆子般地说了个清楚。

“文婷，你觉得怎么样？”

见萧文婷却没什么反应，子建有些惴惴不安起来。他想象过萧文婷因不舍而撒娇，想象过她委屈得大哭，也想象过她会顷刻翻脸发难，但唯独没有想到，她会像现在这样平静，抿着嘴巴思索，一副欲言又止的样子。不会是暴风雨的前兆吧？

“子建，你这个决定是不是做得太草率了？”

良久，萧文婷开口了。她直直地注视着子建，眼神诚恳而关切，语气里也没有一丝责备。

被她这样一问，子建有些发愣。若在往常，他肯定会习惯性的反驳，即便是自知理亏，也不想被一个女人指中要害，折了男人的面子。但这次，面对这样眼神的萧文婷，子建有些无言以对。

萧文婷拉过子建的手，继续说道：

“你以前和我说过，你会成为一名出色的律师，在省会打拼出一片天地。然后找几个志同道合的朋友，开一家属于自己的律所。这是你的梦想，而我，也在这个梦里。如果，现在的户籍政策限制了我们，需要迂回一步，那家银行不是一个很好的选择吗？”

“我知道你不希望我做公务员，可是，去银行就丢了专业。再说了，当几年法官，对以后做律师也会有帮助的，我师父高辉不就是这样吗？”

“人家高辉是从吉林高院出来的，而马泉就是一个远郊区，是一个大农村，能一样吗？小地方待久了，你会走不出来，窝在那里一辈子！我爸爸他不就是这样吗！”

“我不会的。”子建看着强压泪水的文婷，有些心疼起来。他揽过文婷，把她搂在怀里，“相信我，我知道自己在做什么。”

“那你知道马泉离这里有多远么？我们以后怎么办？见一面都难！”萧文婷的眼泪终于扑簌扑簌地掉下来。

“不哭不哭，马泉很近的，离这里60公里都不到。开车也就50来分钟，和住在城区没啥区别。这不，那些明星大腕都在马泉置办别墅呢。等高速公路修过去，和机场南线连在一块儿，要多方便有多方便。”

“能每天回家？”

“嗯。”

“随叫随到？”

“嗯。”

“买菜做饭？”

“嗯。”

“洗衣服带娃？”

“带娃？那你也得先给我生个才行。”

“啊，讨厌！给我点纸，我要擤鼻涕。”

……

萧文婷很快就破涕为笑。

当晚，他们抱在一起，萧文婷用指甲在他背后划拉着什么。

“你猜我写的是什么？”

“我爱你？”

“不是。”

……

“Future♥Together。”

和蛋糕上一样……

04 “2+1”式的送别

工作的事尘埃落定后，虽然每天仍是忙忙碌碌，但子建的心已经轻松了许多。一想到就要离开学校，论文评审会的老师们看起来也不再那么讨厌了，相反，倒有些迂腐的可爱。

比如，那位被同学们私下笑称为“叹息主妇”的黄教授，虽然才40来岁，穿戴打扮的却比退休返聘的锅炉师傅还老气。她在开口说话前，常常要先叹口气，扶一下厚厚的眼镜，实在是特色鲜明。在子建论文答辩时，她扶了扶眼镜，叹气道：

“唉，王子建，你能不能简单地说说，你的论文有哪些创新？”

子建反复解释了几次，她还是不满意，追问道：“唉，我不是让你概括论文内容。我想知道的是，在你心里，论文的创新到底是什么？”

子建看了看台上其他几位评审组老师，他们竟也都在一本正经地等着自己回答这个完全不着边际的问题。子建气得都快笑了，干脆也一本正经地调侃起来。

“黄老师，您的问题非常好。我认为，研究生的毕业论文，必须要具备一定的创新性。这是文章的价值和灵魂。如果不能理解何为创新，就非常容易无谓地重复前人思想使得文章丧失意义。但是，和各位学者、教授不同，研究生的知识结构单一，对问题的宏观思维能力不足，如果盲目创新，又很容易四处乱撞，不着方向。所以，我认为比较稳妥的创新方式，应立足于细化内容、重构层次、探寻论据，而不是刻意地标新立异，提出完全没有意义、一驳就倒的全新观点。”

“叹息主妇”赞许地点着头，等子建继续说下去。

“就比如，黄老师说一句‘今天的天气很好’，我就要分析黄老师提出这个观点的依据。如果您只考虑到温度、光线、湿度、风力因素，那么，我就要看一看是否能把空气污染指数、紫外线指数等其他因素加进去。然后，我将黄老师的观点重新表述为‘今天的天气不错’。这种从‘很好’到‘不错’，就是我理解的论文创新。”

说完这些话，子建自觉玩笑有点开大了，毕竟这是论文答辩，台下还有其他教师和学生听着。但是，台上评审组老师们的表现并无异常，他们小声交谈两句，确定没有其他问题后，就让子建下场，换另一名同学上台答辩。不仅如此，台下的气氛也是同样严肃庄重，没有任何哄笑。子建就像刚刚讲了一个不合时宜，却又恰好没被任何人听懂的冷笑话一样，既觉得庆幸，又有一丝失落。也许，在这样一个一本正经的场合里，不论是谁，只要正襟危坐，即便是放几个屁出来，也都会是一本正经的味道吧。

就这样，子建通过了毕业答辩，拿到了烫金的毕业证和学位证。接下来，就是各种照相：全院大合照、班级合照、三三两两小合照、穿硕士袍照、抛学位帽照、各种搞怪照……咔嚓咔嚓，伴随着快门的声音，所有人的青春都凝固在了一张张的照片里。

至于律所这边，子建从马泉回来没几天，就瞅了个机会，向师父高辉说明了情况。高辉先是愣了一下，旋即连称是"好事儿"，说一定要给子建庆祝一下，好好饯饯行。之后，子建越发珍视起在律所的最后时光，除了一如既往积极完成师父交办的工作外，更加主动地帮起了律所其他 3 名律师的忙。他们同样称高辉为师父，年龄上又比子建大 5~10 岁，也就自然成了子建的"师兄"。

相较而言，大师兄孙磊平时话不多，一脸孤傲。他路子很广，只顾闷头挣钱，从不管他人闲事，更不会在意律所这种松散管理体制下的所谓"领导"，别说是合伙人，即便见了主任，也不怎么搭理。大家都明白，他要的是"涛诚律师事务所"这块够硬的牌子，来增加当事人对自己的信任。而律所对他这种纯提成律师，不用给一毛钱的工资，每个案件还都能抽取 30% 的管理费。本就是各取所需、相安无事的关系。他和高辉同为东北老乡，处得不错，就一起合作了几个案件，自觉受益良多。一次借着酒劲儿，见二师兄刘洋"师父"长"师父"短地叫着，也就闹着要拜高辉为师。就这么着，虽是"后入师门"，但由于年长几岁，孙磊就成了大师兄。

而二师兄刘洋则是省会本地人，热情开朗，做事讲究，有着律所最好的人缘。他家境优越，家里老爷子在商界打拼一生，40 多岁才结婚有了刘洋这个独子，现在年岁已高，退出了"江湖"，但仍保留着几家公司的一些股权，直接挂在刘洋名下，每年都能拿到数十万元的分红，而且，就算没有这些股权，仅凭他家的房产，也能靠收房租安逸过活。生活无比优越的刘洋，完全是出于兴趣爱好而从事律师职业。他从新西兰一家“野鸡”大学混了个学历回国后，用他的话说，“动用了积攒一生的毅力”通过了司法考试。几经托人说情，才进入了涛诚律师事务所实习，一年后，转正为律所最低级别的工资律师。他不图挣钱，对疑难复杂的案件兴趣盎然，干活不挑不拣又舍得出力，这几年下来，成长得很快。刘洋一心想学本事，先后认了律所几个“大牛”为师，后来，发现人家就是拿他当不要钱的傻小子使唤，一个个藏着掖着，别说刻意教他了，连谈案、开庭都尽量把他甩下。赶上那种不要脸的，吃饭喝酒吹通不着边际的牛 × 后，还觍着个脸让刘洋埋单，简直有些可笑。直到和高辉一起办案后，刘洋才算真正找到了师父。高辉之前在吉林高院做了 20 年法官，一直干到民二庭庭长，竞争副院长时被人顶了，一气之下跳出体制，然后直接就是律所的高级合伙人，没有经历过律师由小做大的那种辛酸过程，依旧保留着法院系统内传道授业的习惯。他除了把自己所有的工作方法、思维感悟悉数相传以外，甚至还抽出时间专门去旁听刘洋代理的案件，给他指出缺点。对这样的师父，刘洋自是感激涕零。

至于三师兄袁硕，子建他们打心眼里瞧不上这人。他比子建早来律所 3 年，外表光鲜诚恳，但满脑子全是钩心斗角的小伎俩，有事没事就喜欢凑在主任及合伙人身边，时而溜须拍马，时而造谣生事。其他律师看得一清二楚，对其嗤之以鼻，但一些管事儿的领导还真就吃袁硕这一套，把没时间理会的小案件扔给他不说，提级别、涨工资、培训、演讲、研讨会等各种好事儿也从没落下过他。他见孙磊、刘洋称高辉为师，就三番五次往里掺和，最终大家也就不置可否，默认了他的身份。由于十个合伙人助理里，有九个会是沾亲带故的亲信，所以一开始袁硕对子建格外热情。后来，他发现子建恰恰是那死命干活的“第十个”助理，和高辉并非沾亲带故，也就再没怎么找过子建。

得知子建即将离开律所的消息后，三个师兄的反应也不相同。二师兄刘洋快言快语，想到什么说什么，一会儿痛骂高院招人一定有黑幕，一会儿又帮着分析在马泉法院发展的得失利弊，最后还闹着要找律所的合伙人们“整合资源”，把法院系统的熟人都联系起来，给子建铺路弄个一官半职后调回高院，再让子建“潜伏”起来暗中帮律所做事。大师兄孙磊起初沉默不语，见刘洋越说越没边儿，皱着眉头骂一句“别扯没用的”，然后就开始像个长辈一样给子建上课，说体制内不比律所，一定要和领导搞好关系，积攒人脉，才能再出来做律师。

而三师兄袁硕最初听说此事时，还以为子建是去了高院，兴冲冲地拉他去走廊抽烟，旁敲侧击地暗示法官可以给信得过的律师介绍案源，大家有钱一起赚。聊着聊着，知道子建去的是马泉法院，和高院没啥关系后，袁硕也就没了兴致，顺势拜托子建替他去机场接一位合伙人后，就匆匆走了。

在之后的日子里，刘洋显得比子建更沉不住气，每次见面都念叨几句，对子建的离去唏嘘不已。毕竟，这一年，他和子建交往最多，打心眼里把子建当好朋友。他觉得子建实在、讲义气。尤其有一次，去东北出差时，几个黑车司机耍无赖讹钱，嫌刘洋说话难听揪住便打，子建二话不说冲上去救下刘洋，就和他们几个打成一团。刘洋是蜜罐里泡大的孩子，省会又是文明之邦，哪见过这样的阵仗，别说动手了，连上前拉架都不敢。要不是恰好有警车路过，子建非得吃大亏。但刘洋被吓孬了这事儿，子建回来后对谁都没提，把刘洋感动得不行。

眼瞅着刘洋一天天念叨就快变成祥林嫂了，高辉才张罗起给子建饯行的事：时间就今晚，刘洋负责定地儿，通知人。老规矩，“2+1”，三场连战。

第一场是晚饭，高辉分管的民商业务部 14 位律师，加上子建他们 4 个师兄弟，坐了满满两桌人。即便一个部门，律师们平时也是各忙各的，很少聚到一起。今天趁着欢送会，大家推杯换盏，各尽欢颜。虽然名义上子建是今晚主角，但毕竟人微言轻，很快大家就开始轮番轰炸高辉。但高辉可没那么好对付，据说当年在法院工作时，曾赴内蒙古高院拼酒，喝了3斤高度白酒后，还挣扎着学会了骑马，足见酒量之惊人。现在岁数大了，虽然身体已不如前，但气势犹在，再加上子建他们的助阵，很快就把那一帮人喝了个七仰八歪。

第二场是只有他们师徒五人的烧烤，在权金城的包间里，大家改喝啤酒。席间，高辉往子建包里塞了一万块钱。子建不肯收，高辉半开玩笑却很动情地说，“拿着吧，一点心意，我这师父也不是白当的。再说，以后恐怕想给你也不能给了，再给就该算贿赂法官了。”子建语塞，一口气喝干了一扎啤酒。又是两小时喝下来，子建吐了三四次，神志也有些不清了。让人意外的是，不知是真醉还是假醉的袁硕，抱着子建哭得稀里哗啦，说了许多“勿忘兄弟”之类的掏心话，倒把子建恶心得又清醒了几分。高辉他们不明就里，被这种氛围感染，也跟着多喝了几杯。

第三场是洗浴中心，泡池子、捏脚、喝啤酒、聊天。具体聊了什么，子建完全记不清了。他只记得自己在水池里睡着了，呛了口水醒来时，看到刘洋和孙磊在打赌，看谁敢跳凉水池子。两个醉酒的汉子站池边干吵吵，半天谁也没往下跳。其他宾客甚至搓澡工都在一旁等着看笑话。高辉忍不住，骂句“俩怂蛋”，踉踉跄跄地走过去，扑通一声就跌进了冰凉的水池……

就这样，子建正式结束了在涛诚律师事务所的实习，告别了师父高辉。

05　堡垒里的好友

在正式入职前，王子建很想去见一个人。

他叫葛磊，是子建的本科同学、宿舍室友，更是子建内心深处最为亲密的朋友。大学四年，他俩形影不离，不分彼此，衣服换着穿，生活费混着花。若不是各自都有女友，葛磊又在校园里落了个花心大萝卜的美名，恐怕他俩早就被误认为是同性恋了。正是这小子，把拉小提琴的子建引上了摇滚道路。就像电影 School of rock 里的杜威一样，葛磊充满激情地向子建科普了金属音乐，细数了死亡金属、新金属、前卫金属、能量金属、新古典主义金属等各流派分支。随后，子建就被莫名其妙地被“借”到葛磊刚加入的摇滚乐队，一同在大一新生迎新晚会上表演了几首歌。优雅唯美的小提琴音色，与轰鸣般的吉他失真、密不透风的双踩鼓点融合在一起。主唱葛磊抱着吉他疯了一样的嘶吼，在舞台上四处冲撞，叫嚣着……舞台疯了，台下也疯了。子建则始终安静的伫立着，就像暴风雨中优雅的一块礁石……

那一晚后，作为新生的子建和葛磊出名了，学校领导也怒了，险些下了处分。原来，葛磊他们彩排时没有通知子建到场，而是用罗大佑的两首歌骗过了学院领导。完全不知内情的子建，就这样跟着葛磊大肆疯狂了一把。再以后，子建开始学吉他。有着小提琴底子的他，很快就超越了葛磊，成了乐队的吉他手。

一起玩了四年乐队，葛磊在圈子里最疯狂张扬，一次在酒吧演出时闹事，险些被警察抓走，他当时的女朋友声泪俱下地哀求半天，说是学生，不懂法，警察才算罢手。想来，那哥们要是问清楚葛磊所学的是法学专业，非得气晕过去。子建则是这个圈子里看起来最正常的孩子，没有染长发打耳洞，不讲脏话，更不会去“飞叶子”或滥交。虽也常常旷课，但子建的成绩一直不错。学专业课、过英语四六级、考雅思、学日语，当子建一丝不苟地做这些“正事”时，葛磊总是不屑一顾，去读尼采、哈耶克，或在网上撰写一些文笔尖锐的社会时评。向子建讲解这些知识时，葛磊的眼中都会焕发出不一样的神采，那种极强的感染力，让子建相信这小子将来极有可能成为政治犯或邪教领袖，最不济也能是个靠传销发家的一方枭雄。

然而，出乎意料，大四毕业那年，一路挂科的葛磊，和子建一起通过了国家司法考试。更让所有人大跌眼镜的是，他剪去长发、摘掉耳环舌钉后，考上了学校所在省会政府的公务员。据说，他的笔试成绩超出第二名近二十分，面试中的表现也是极为出色，还没入职，就已经引起了省委领导的注意。

于是，他俩一个留在当地入职，一个北上名校读研。风风光光地入校，也算是风风光光地毕业。粗略一算，此后两人相距至少 500 公里，自是唏嘘感慨。临别前，葛磊拉着子建在城里走了一夜，脚上磨出了十几个水泡，嗓子也聊哑了。那天夜里，子建夸葛磊牛 ×，把所有人都震了。

“考这个玩意不算什么，你去考也一样。知道比这牛 × 的是什么吗？”

“啥啊？”

“比这牛 × 的，是我说服系主任帮我把成绩单改了，调档时我一个挂科都没有，哈哈。”

“他为啥帮你？”

“软硬兼施，先求他再吓唬他呗。我就说自己是一个对人生没有希望的人，这份工作让我看到了一丝光亮。如果谁夺走它，我会选择一个华丽的终结，先杀人再自焚。”

“哈哈，他这就害怕啦？”

“嗯，先是骂我，让我不要自以为能恐吓老师，然后又特别诚恳地教育我要积极生活。然后就帮我改了成绩。”

“这都行？你太牛 × 了！”

“呵呵，你觉得比这更牛 × 的是什么？”

“想不出来。”

“比这更牛 × 的，是我背负着花心大萝卜的骂名，在女孩见我就躲的不利战况下，还是睡遍了咱学院里的所有美女。哦，除了你前女友陈娜。多好一江南姑娘，我抱憾终身啊。”

“说正经的，你怎么会想到考公务员？太意外了。”

“这有什么好意外的。人生嘛，到什么阶段干什么事。再说，斯大林说过，堡垒最容易从内部攻破，不是吗？”

……

天亮后，快走回学校时，葛磊哑着嗓子问道：

“子建，读过那首《送纵宇一郎东行》吗？”

“纵欲一郎？日本人？”

“你个文盲！这是毛泽东1918年写的一首七古，纵宇一郎是罗章龙的笔名，毛主席当时笔名叫‘二十八画生’。算了，总之把里面的一句话送给你。”

“你说。”

“‘名世于今五百年，诸公碌碌皆馀子。’子建，我们注定不是平庸的人，一定会有更大的作为，我们能改变这个时代！”

“哦，好吧。我估计你能行。”

“傻×，是我们能行！”

……

子建很想念这位“潜伏”在省政府“堡垒”里的大神。毕业两年了，他们再没见过面，只是偶尔通个电话。电话里，既不寒暄，也不叙旧，总是讲讲自己周围的人和事，或就某个问题询问下对方的看法。听子建说要去看他，葛磊非常兴奋，语气里登时就卸去了这两年不断累积的沉稳力道，仿佛又变回了学生时代那个挥舞着扳手和人干架的“英雄”。

和萧文婷说周末要随高辉出差后，子建买好火车票，向着生活了四年的故土出发了。去见葛磊绝不是什么见不得人的事，可子建也说不清为什么要向萧文婷说谎。也许，是担心这座记录着子建几段爱情故事的城市，会引发萧文婷的醋意或猜忌吧。人就是这样，有的时候一个闪念，容不得细想，谎言就会脱口而出。男人说谎欺骗女人，或许更是如此，只要不被戳穿惹来麻烦就好。

五个小时的车程里，子建读完了乔治·奥威尔的那本《1984》。这是两年前葛磊送给他的书，摆在书架上一直没有看。临行前子建觉得有些惭愧，就带上了火车。这本书不错，一个英国人，竟然在1949年间接预言了中国会发生一场“文革”。

“子建！这边！”

葛磊在出站口大声招呼着，使劲向前挤了过来。

两年不见，他虽然胖了一些，但越发显得精干。西裤、皮鞋、衬衫、机械表、手包……这些原本让他们看了就想笑的滑稽物件，竟成了两人不约而同的共通之处，成了一种习惯性的穿着。从葛磊的穿戴中，子建也看到了自己。是啊，大家都变了。

葛磊把子建领到一辆黑色的帕萨特前，大方地把车钥匙抛给子建。

“没在咱自己地盘上开过车吧。喏，给你爽一把，随便开，单位的车。”

“腐败。我可没怎么开过自动挡啊。”

“挂D挡，对，走着。”

……

在熟悉的街道上兜了几圈后，葛磊带子建去了单位的宿舍楼。在那栋陈旧的老建筑里，有葛磊借住的一间小两居。房子不大，50来平，白墙、水泥地、灯管、铁架子床、弹簧沙发，一瞬间仿佛回到了20世纪80年代。

“这楼得有40岁了吧？”

“嗯，六几年的老房子了，省委盖的第一代宿舍楼。现在给我们这些年轻人当宿舍，再过两年就拆了。”

“晚上闹鬼不？”

“嗯，聂小倩每天过来，可带劲了。”

“不怕宁采臣过来抽你？”

好朋友之间就是这样，无须过多客气，也总能想到一块儿：子建觉得出去吃饭浪费时间，万一碰到熟人也麻烦。而葛磊早就买好了熟食、凉菜，冰上了一箱啤酒。就像两年前一样，两人听着 CD，喝酒闲聊。葛磊抽的，还是那种混合型香烟——中南海，恐怕这是体制内的人都会向往的地儿吧，就算是能攀上个“海里”的远亲，这一辈子也就风光无限了。但王子建总觉得那烟里有一股臭脚丫子味，远不如烤烟的香味来的干脆。

“子建，没想到你也进入体制了。不过，法院和政府还是有很大差别的。它的职能单一，专业化强，交流、晋升起来更难。你是怎么想的？”

“其实对每个法律人而言，法院都是圣地般的存在，能有机会去工作绝对是一件好事，可我之前没有动过去法院的心思，一直在律所实习想的也都是做律师那点事，所以这次我想先进去看看，练练技能，长点本事。要是适应不了，还出去做律师。”

“律师职业不错，但你得有案源。小律师我见多了，混得连摊煎饼的都不如。”

“不至于吧？”

“怎么不至于？你待的那家律所牌子够硬，你看到的律师，不是熬出来了，就是正在有希望地熬着。你去小律所看看，哦，或者看看咱们班那帮傻 ×，就知道了。”

“他们怎么了？”

“懒得细说，就四处找案子呗。知道我能和一些企业老总搭上话，就都来求我引荐，想弄个法律顾问什么的。这不瞎扯么，他们主任见了人家都得孙子似的伺候着。这帮毛头小子，还想当顾问，给人当‘孙子’都差得远呢。”

“瞧你把人家说的，就你牛 ×，能和企业老总搭上话。哦，都是孙子，就你是葛大爷？”

“论资排辈，我的确也是省委里一‘孙子’。但我背后站着的，是老总们的‘爷爷’。这样，大家就成了平辈兄弟。”

“不用论，你丫就一‘孙子’，倍儿纯的那种。”

“别跟我扯省会腔儿。这些东西，你工作以后就懂了。当你手中握着别人利益的时候，你就是爷爷。”

“那按你的意思，律师都是法官的‘孙子’？”

“那不一样。律师并不是从法官手里挣钱。除非是风险代理，按判决结果收代理费。否则，只要搞定了当事人，不论官司输赢，律师都有钱赚。他和法官的关系，只是用来增加当事人的信任。法官要想拿钱，就三个渠道。”

王子建突然觉得葛磊的气场比两年前更足了，也许真的是大场面经的多了，眼界自然会提升。他正了正身子，认真地听葛磊侃侃而谈。

“第一，向当事人施压，搞到案源，给律师去做。控制好两头环节，和律师分代理费。这是最安全的做法，律师会护着你这张长期饭票。第二，不找律师，直接出面，自己从当事人手里拿钱。这是最直接的做法，收益高但风险大，没准官司赢了他也会反手捅你一刀。第三，给律师添堵，恶心人家，换点小恩小惠。这是最没出息的做法，但最安全。”

“……”

“你要是有机会，最好能往省高院调一调，中院也行，攒下人脉，出来后律师就好干了。”

“哪那么容易调动。你说，如果我出来后没啥人脉，纯靠技能吃饭会怎么样？”

“你要真有本事，早晚也能出头。不过，在劣币驱逐良币的社会里，这个过程会很累。”

“哎，边走边看吧。对了，最近你又祸害了多少小姑娘？”

“屁，我都有多长时间，嗯，有十几天没开过枪了。”

“呦，从良了？”

“刚做了个小手术，你懂的。”

“晕，那你能喝酒吗？”

“你过来了，别说切块皮，就是挖个肾，我也得陪好了你。”

“哈哈，局气，来，喝酒。”

不知不觉，两人聊到了深夜，啤酒瓶滚了一地。用刑法术语说，他们已从“兴奋期”喝到了“共济运动失调期”，要不了多久，就是“昏睡期”。

“葛磊，你什么时候才能攻破堡垒？”

“早晚的事儿，我刚转正一年，就已经是省长秘书的秘书了。”

“省，省长秘书的秘书？哈哈哈。”

“你不懂省长的秘书有多牛×！现在多少人红着眼睛盯着我呢！”

“那不也就是一男小秘嘛。”

“懒得理你。哎，说真的，体制没你想的那么简单，你以后要多小心。”

……

直到两年后，王子建读了一本名为《蜗居》的小说，里面呼风唤雨的宋思明，职务也不过是个市长秘书，这时，他才真正明白无依无靠的葛磊爬得有多快，处境有多险……

06 教培室中的敌意

7月，子建正式入职了。

“大鹏，小军，波波，阿华，程程，文欣，静姐”，他一遍又一遍地熟悉着与自己一届进入法院的7名同事。

大鹏、小军、波波都是山东人，看起来大大咧咧，举手投足间都能透出一些北方爷们的性格，给人一种不难接近的感觉。他们3个都是名校应届毕业的法学硕士，其中大鹏和小军还是本科同学，俩人机缘巧合地又在马泉相聚了。

阿华虽然也是应届毕业的硕士，年龄却比子建等人大了3岁，他是先工作了2年才去读的研究生。河南人，性格中明显多了几分阴柔。不知为什么，在他面带微笑与人交谈的时候，子建总能感觉到几分虚伪，有点像当年本科时被他和葛磊堵在厕所里揍了一顿的学生会主席。想到这些往事，子建觉得有些好笑，没想到，和阿华聊了几句之后，他大学时还真当过一届学生会主席。总之，子建对阿华没什么好感。

程程是山西人，说起话来慢声细语，比女孩子还温柔。他比子建早一年上学，小学又跳了一级，所以只有23岁。在子建看来，这样的孩子肯定从小就让父母省心，在学校也讨老师的喜欢。嗯，一个没什么社会经验的"乖宝宝"，笑起来蛮纯真的。若是以前在校园里相遇，子建和他一定不会有交集。

文欣刚刚本科毕业，只有22岁，大学也是在省会读的，虽然已经听不出口音，但仍保留着东北姑娘特有的开朗。若论外貌，文欣当之无愧是个美女，她个子虽然不高，身形比例却很好，蛮腰细腿，更显得娇小可爱。精致的五官里，给人印象最深刻的，无疑是那双略微上挑的眼睛，眸珠闪烁间，总是带着几分狐媚轻佻。不知为什么，她更喜欢向子建搭话，一声声"师兄"叫得十分亲昵，不知道的还以为两个人早就认识呢。

静姐今年已经31岁，比子建足足大了6岁，她有着和文欣完全不同类型的美丽：安静、知性、端庄。和阿华一样，静姐也有过工作经历。她本科毕业后，在省会一家外企做了5年的文员，嫁给一名军官后，才辞掉工作去读了研究生。在相貌上，静姐高挑的身形、清秀的面庞、飘逸的秀发，和萧文婷颇有几分神似，让子建更是对她平添了几分好感。只是，静姐话不多，但脸上总是挂着恰到好处的微笑。她用最得体的礼仪，划定了和所有人之间的距离。也许，这是一个热脸的冷人吧。

加上子建，一共8人。他们统一被称作“新录用大学生”，这十几天都圈在教培室里，接受任职培训。

严格说来，新入职的第一年既是实习期，也是培训期。这一年里，大家虽已在编，但级别仍属“行政未定”，一般也不会定岗，主要的工作就是接受各种培训。一年期满转正后，按照学历，研究生定为副主任科员，本科定为科员，然后才分入各个庭室，担任“法官助理”。再过一年，经过考试，才有可能被定为“助理审判员”。别看“法官助理”和“助理审判员”都有“助理”二字，他们可是完全不同。法官助理实际上就是法官的书记员，主要工作是排庭、记录、订卷以及各种杂事儿。而熬到助理审判员，就已经算是正式的法官了，可以在判决书上署名为“代理审判员”。尽管莫名其妙，不知道这“代理”二字从何而来，所指何物，但总之是有了披上法袍、拿起法槌独立办案的资格。根据个人情况，再过个三五年，提到正科级时，就能摘掉“代理”二字，在名字前属上“审判员”。

这条带有中国特色的“法官之路”，虽然也强调着“司法”与“行政”的分离，但对于法官的身份仍不够明确，行使司法权的法官不该是行政公务员，却仍适用“正科”“副处”等头衔，被排列在行政序列里。最高人民法院推动人大常委会于1995年通过了一部《法官法》，将法官分为12个等级，最高人民法院院长为“首席大法官”，由其统领其下一众“大法官”、“高级法官”及“法官”。这一举动，颇有废除法官行政级别，从根源上纠错勘误的雄心。无奈，坎坷发展至今，每个级别的法官，也就是每个月在“法官津贴”这一项里差个十几二十元的，远不如行政级别的意义重大。

“啊，天天都圈在教培室里，闷死了！”

波波趴在课桌上，有气无力地抱怨着。从他口中发出的“教培室”，怎么听都像是“交配室”。

小军作为山东老乡立即声援道，“是啊，连个空调都没有，想热死谁啊。大鹏，咳，别睡了，起来唠会儿。”

“没睡，这不趴着听课呢吗。”大鹏头也没回，抬手指了指前面墙上挂着的大电视，里面正在播放着有关司法礼仪的讲座。炎热沉闷的环境让他也没几分好气，“你们说，刚开始那几天，还有庭长们过来给讲讲课，或者书记员来教教咱订卷。现在倒好，每天就剩下看看光盘了。”

文欣噘着嘴嘟囔着，“烦人，还要培训多久啊？”

阿华笑眯眯地扭过身子，“咱们至少要培训半年。”

什么？半年！大家全都惊住了。

“呀，你们都不知道啊？是这样的……”

按阿华所说，培训是分四个部分进行的。首先，由马泉法院对他们进行集中授课，大体就是这样听听光盘。然后，高院组织全省新录用大学生进行两周的军事化封闭培训。接着，大家在马泉法院几个算是“窗口部门”的庭室轮岗，立案庭、信访办、审管办以及组宣科各待一周。这三步走完，也就快三个月了。最后，大家随机分到业务庭室，一直待到过年，仍算是培训。春节过后，才是最终定岗。

“阿华，你怎么知道的这么清楚？”

“那是，我……”

“刘科长。”

静姐善意的提醒，顿时关死了阿华大开的话匣。

教培室的门打开了，干部科科长刘建辉满脸带笑地走了进来。一米六出头的身高、圆滚滚的身形、不健康的粉白肤色、几近全秃的“地中海”发型、精光闪闪的小眼睛，还有那种不正常的“刘建辉式”微笑，所有的一切，都让这个四十来岁的中年男人看起来有几分滑稽。

子建第一次和刘建辉见面是在他的办公室，当时是过来拿体检表。休假回来的刘建辉虽挂着笑容，但明显刻意嘲讽了子建几句，说了些莫名其妙的话。

自那以后，刘建辉每次出现，都是和法院其他领导一起，总是显得很憨厚、随和。尤其是他缩着脖子咧着嘴，晃着冬瓜脑袋带头鼓掌的形象，怎么看都是一脸的无毒无害。所以，子建有时也怀疑是自己太敏感，也许人家没有嘲讽自己的意思。毕竟，初来乍到，他一个刚毕业的学生又能得罪谁呢？

“嘿，这屋还真够热的，是该装个空调。”

“没事儿，挺好的。科长，您坐。”阿华麻利地起身，搬了把椅子过去。

“哦，都坐吧。我来看看大家，顺便说几个事儿。”

这时，阿华又一次起身，快步走到前面，暂停了光盘的播放。

刘建辉满意地点了下头，介绍起此次培训的方案。果然，阿华刚才说的一点都没错。

“培训大概就是这么四块儿。不过，主要还是前面。真分到各庭室去学习时，就快赶上年底结案了，该帮着干啥就干啥。走出校园了，以后，就得在工作中学习，明白吗？”

“明白了。”

“嗯，还有，干部科小唐休婚假去了，我那边还真忙不过来。从你们这边抽一个人，过来帮几天忙。”

子建本能地缩了缩身子，他宁愿待在闷热无聊的教培室里，也不想去刘建辉的办公室帮忙。不过，想来也不用担心，这种“美差”，肯定是阿华的。

“程程，你一会儿跟我过去。回头把培训光盘拿回去看，别耽误课。”

“我？哦，好。”程程满脸意外，答应一声后，就低下了头。子建看不到前排阿华的脸，不知他会不会有几分失落？

刘建辉继续说道：“我刚进来的时候，发现大家都在闲聊。天气热，大家要克服。讲课的都是经验丰富的法官、学者，讲得多好啊！为什么不认真听听？难道你们读了几年书，眼里就谁都没有了？”

用苦口婆心的腔调，把自己内心的阴暗想法强加于人。子建不屑地撇了撇嘴，想到了“怨妇”二字。抬眼间，却发现刘建辉直直地盯着自己。刚才的表情一定被看到了。

“你们之间，有几个人也和我谈过心，都很要求进步，很有抱负。但是，不管你们对将来有什么打算，想在马泉法院取得多大的成绩，都不是靠嘴说出来的。你们首先要学会的，就是珍惜每一个学习机会，快速地成长。”

有几个人去和他谈过心？除了阿华，还有谁？

“当初报考马泉法院，是你们自己的选择，通过笔试面试，证明了你们很优秀。哦，王子建不太一样，虽然考的是省高院，但最后也算是选择了来咱们马泉……”

“什么？高院？”此言一出，众人都把目光投向了子建。

刘建辉假装无辜地说：“啊？王子建，你没和大家说啊？”

“哦，我当时不自量力报了省高院。没考上，后来调剂了。”

“怎么会是不自量力呢。听省高院的人说，你差点进了国务院，很有实力嘛。以后好好努力啊，早晚能调回去。”

子建就算再迟钝一百倍，此刻也能清楚感觉到刘建辉的别有用心。这些事本不是什么秘密，可能早晚子建也会自己说出来。但在这样的情境下，刘建辉抢先一步，自己反倒成了遮遮掩掩、心中有鬼。恐怕以后想要解释，也只会越描越黑。

这个刘建辉，真是个小人。子建一边在心里骂着，一边无力地招架着：“就是陪着面试了一把。那是第一次考公务员，知道考不上，瞎报了一个志愿。”

苍白无力的辩解，哎。

“那子建你是不是还能调回省高院啊？”波波第一个沉不住气，直接向子建发问了。

子建有些烦躁，“调啥啊调，服从调剂的人多了，我们都一样，六年的服务期，五万元的安家费……”

“什么？还有安家费！”

越抹越黑，子建头都大了。

刘建辉满意地看着这一切，继续说道：“好啦，还有个事儿。下个月省高院的那个培训，需要报一名负责人。阿华年龄最大，就你吧，到时候需要做什么我再找你。”

“不对吧，年龄最大的是静姐啊。”波波小声嘀咕着。

刘建辉冷冷地看了波波一眼，说：“咱们这届男生多，女生就两个。负责人是给大家提供服务的，还是男生方便些。”

“对对，是该这样。”波波也意识到自己接了个不该接的话茬儿，连忙附和。

……

刘建辉带着程程离开了。

小军和波波他们在后面窃窃私语，“五万的安家费啊，早知道咱也报省高院了。”

阿华则扭过头，小声说：“兄弟，没看出来啊，关系真够硬的。”

子建知道说什么也没用，干脆闭口不语。这一次，他清楚地感受到了刘建辉的敌意。而且，这份敌意已经开始在教培室中蔓延了。

葛磊说过，“体制不简单”，看来，自己遇到的第一个不简单的人就是刘建辉了。

可是，为什么呢？

07 与世无争的静姐

在马泉法院的第一个月过得很快。

从之前找工作、律所实习的忙碌奔波，一下子坠入这种闲适淡然，子建还真有点不适应。尤其是后两周，大家干脆在教培室里玩起了杀人游戏。一共 8 个人，1 名法官，1 名杀手，1 名警察，剩下 5 个平民。大家在一声声“天黑请闭眼”中杀了个不亦乐乎，仿佛又回到了无忧无虑的校园。

而且，这一个月，恐怕是子建几年来饮食最为规律的一段时光了。马泉法院的伙食实在是太好了，早中晚三餐全包，丰盛无比。一般来说，早上八点上班，七点一刻食堂就会开饭，六七种小菜是每天必备的，主食则会在馒头、花卷、油条、包子、肉饼、菜盒儿、窝头、蛋糕中随机来上三样，每天一换，从不重复。牛奶、豆浆、粥类更是一应俱全，有时大师傅还会多做一锅馄饨或豆腐脑。至于中午十一点半准时开餐的午饭，更是华丽的让子建咋舌：六个热菜已然五荤一素，四个凉菜里还要有两个带肉；米饭、炒饭、烙饼、炒饼……种类繁多的主食，搭配上自制的甜点；乌鸡汤、鱼汤、蘑菇汤、紫菜汤，还有酸奶、水果，这简直就是一顿标准的自助大餐。而晚饭，可能是因为在这里吃的人太少，常常就是中午的剩菜。即便如此，也会有四五个菜。就连院长，都在欢迎会上非常自豪地宣称：马泉法院的伙食，绝不输给中院、高院。

面对这种不要钱的美味，不知不觉中，子建非常没出息的加大了饭量，一个月下来，脸都圆了一圈。萧文婷不止一次捏着他的脸叹息道，“你悠着点吃吧，饭是国家的，身体可是自己的啊。”

说到萧文婷，这一个月跑下来，子建可真累得够呛。虽然从法院到萧文婷的住处只有 50 多公里，但交通并不方便。子建每天早上五点半就要下楼，步行十几分钟走到站台，先坐上三站 130 路公交车，才能换乘上驶往马泉的长途公交。再坐上一小时二十分钟到达法院附近后，下车还要快步走上十分钟。到了单位，也就快八点了，只能匆匆吃个早饭。回程也一样，五点下班，即便不吃晚饭立刻动身，到家也要将近八点。子建和文婷两个人都没有早睡的习惯，试了两次十点钟早些洗漱上床睡觉，结果，躺下没事儿干，每次都发展成那种不睡觉的“上床”，反而折腾得更晚。干脆，还是拖到凌晨十二点左右再睡吧。

每天这样赶路，最大的幸福莫过于早上能在长途公交上有个座位，美美地睡上一个小时。可是，这一个月，几乎每天车上都坐满了一群早起遛弯的老头老太，反正坐公交车不用花钱，他们相约到马泉逛早市，呼吸新鲜空气，相互占座，一路欢声笑语。这可苦了子建这群赶公交去上班的年轻人。有几次，因为争抢座位，有人还和他们发生了冲突，两个利益群体自动划分了"党派"，吵得不可开交。子建自然不会去和老人争抢，每次看到他们一屁股坐在两个位子中间，或者用包、水壶压住座位时，只好主动闪往一旁，常常要站上一路。

萧文婷心疼子建，说要不干脆搬到长途公交车站附近去住，这样子建每天能多睡半个小时。但子建不愿意，既然难以两全其美，不如先照顾好一边。文婷工作也忙，经常加班，让她住在这个位置，十几分钟就能到单位。如果搬到车站附近，没有地铁，怎么也得早起一个小时，要是赶上堵车更麻烦。文婷感动于子建的体贴，但也越来越讨厌这份让他跋山涉水的工作，总是念叨着要是当时选择银行该有多好。

接下来，就是两周的军事化封闭培训了。

体贴的文婷准备了防晒霜、驱蚊液以及痱子粉，一定要让子建带上。

子建看着这些"娘娘腔"的装备，不由得皱起了眉头，"这都是什么啊？你这是让我去吸引同性恋吗？"

"军训嘛，当然要带这些！你以前的女朋友们都不会心疼你，跟了我你就享福去吧！"

面对这种精灵般的女孩，子建只好妥协，把它们悉数装进了行李箱。

"哎，你说，我是不是越来越好了？比陈娜对你还好？"

一听到这个名字，子建的心瞬间被揪了一下。这个令自己无比愧疚的江南女孩，用最细腻温柔的爱意，整整两年都在悉心照顾处于最混蛋时期的子建。最后她离开时，只带走了难以弥补的创伤。那是子建经历过最惨烈的一次分手，陈娜哭了3天后，声嘶力竭地喊道，“王子建，你就是个混蛋！你再也遇不到像我这样的傻女人！”之后，葛磊告诉子建，陈娜的QQ签名档改成了“When I gone，you' ll realize that I am the best happened to you”。再以后，就连葛磊也被陈娜拉入了黑名单。陈娜真的离开了子建，离开了和他相关的一切……

“说话！你还真回忆上啦？”萧文婷狠狠地捏了子建一把，气得哼哧哼哧的。

“回忆啥啊？我都没注意你说什么。”

“哼！”

让子建没有想到的是，自己完全误解了“封闭式军事化培训”的含义，这东西和他所熟悉的军训相差太大了：从场所来看，虽然名义上仍叫作某军事管理学院，但实际上这地方是军队经营的一家培训中心，主要用于军官休闲度假，完全是五星级的水准，保龄球、健身房、游泳池等设施一应俱全。在这样优美的环境里，哪里会有什么烈日下挥洒汗水的咆哮教官。从一名红上衣黑短裙的漂亮姑娘那儿领到门卡后，子建一头扎进了柔软的床垫里。淡淡的熏香，嗯，舒服。

虽然“军事化”是个幌子，但“培训”二字可是实打实的。当初指定“负责人”，也确实是要为培训服务的。入住当晚，在子建他们用各种不堪入目的姿势蹂躏着保龄球时，各院的负责人就已经被高院教培处的人叫去开会了。报考勤、组织小组讨论、收作业，阿华一丝不苟地履行着自己的职责，颇有些机关小领导的范儿。

对，真的有作业。从第二天开始，课程安排得很满不说，每一堂课都会布置相应的作业。有时是布置几道案例分析或论述题，有时是让写一篇心得体会，还有一次是修改几份判决……比这些作业更麻烦的，是要以各院为单位制作每天晚上小组讨论发言记录，还要排演一次模拟法庭，在最后两天集中展示。最最重要的，最后一天还会有一次闭卷考试，考查大家对这些天培训内容的掌握。

这样一来，所有的休闲娱乐项目都没时间去玩了，大家白天上课，晚上再挤一起讨论两个小时的问题，时间紧巴巴的，刚刚够用。

不得不说，这半个月的培训，王子建受益匪浅。一些传统课程，比如裁判文书制作，仍是在传授某种特定类型的实务技能。但是，还有一些课程，根本就是在调整大家的思维角度。比如，《法官的思维方法与工作技巧》这门课，所涵盖的绝不仅仅是“大前提、小前提及结论”这样的三段式推理，而是包括了法官价值排序、如何协调社会效果、如何自我保护等多方面内容。与之类似的，还有《舆情的处理与应对》《司法中的信访工作》等。这些东西，子建之前从来没有接触过。看着台上的老法官侃侃而谈，他突然满是信心：这就是法官的思维方式，是司法实务领域内诉讼技能的精髓，如同一个行业的核心科技，外围的人根本触碰不及。律所里那些对着判决书大骂法官是糊涂蛋的律师，永远不会学到这些，永远成不了高辉……而他王子建，会在这里一步步地前进，用最快的速度成长。Professional，专业人士，这是他的目标。

……

转眼，考试结束，第二天就要离开这片乐土。晚饭后，大家有的提议打牌，有的提议去占个 KTV 包间，阿华则坚定的要去打保龄球，补上自己“第一夜”去开会落下的遗憾。最终，众口难调，大家还是各玩各的。子建本想去游泳，无奈这里的泳裤卖到 168 元一条，实在有些舍不得，干脆在房间里看电视吧。

没想到，静姐打来了电话。

“子建，干吗呢？”

“没事啊，闲着呢。”

“要不要一起去操场散步？”

“啊？哦，好。”

“等着我去叫你。”

放下房间里的座机，子建赶忙把几件脏衣服团起来扔进箱子。

静姐和子建就隔了几个房间，所以，很快门铃就被按响了。

晚上八点来钟，余晖未尽。今天并不热，但操场上还是没有多少人。橡胶跑道上，只有几名年轻军官，他们步伐稳健，气息均匀，跑得很有余力。看来，总会有一些人训练做得多了，不虐自己几把就浑身难受。

不知为什么，在这样的场景下，和静姐散步还真有几分不自在。

“子建，谢谢你这些天总是帮我完成作业，嘿嘿，考试也抄了你很多。”

“没啥，你太客气啦。我也不知道答得对不对。”

“反正我一点儿都不会。”

俩人一路闲聊，从授课老师谈到这一届的同伴，讲到阿华的种种表现时，他们都笑得不行。就这样，彼此心里的距离也在慢慢缩短。

人和人之间的交往其实不难，找到契机，剩下的都是性格感召、顺其自然。只不过，有些人过于小气，生怕先付出一丝一毫，从而错失了与人交往的契机。有些人，则注定了性格不合，即便创造或捕获住某个契机，也只能点水之交，越行越远。

“子建，你知道吗？感觉你像我弟弟。”

“静姐，你也特别像我女朋友。”

此言一出，静姐皱了皱眉头，“小鬼，我可比你大 6 岁啊。”

眼见静姐误会，子建连忙掏出手机，解释道，“不是不是，我说真的呢。你看，这是她的照片……”

“好吧，是有点像。”

“让我看看你弟弟吧？”

“我没有弟弟啊。”

“那你说我像你弟弟？”

“感觉像啊。笨。”

“晕。”

他俩越聊越欢，静姐优雅而冷漠的外壳一点点地褪去了，声音变得轻快，笑声也多了起来。

“那么漂亮的女朋友扔下不管，跑马泉来干吗？”

“学本事，练手艺，以后早晚杀回城区。”

“真有关系能调回高院？”

“有关系就不来这儿了。”

“嗯，倒也是。那你最好对谁都不要说这些话。”

“哪些话？”

“杀回城区。还有，你在律所实习的经历，最好也不要提。在甲方的履历，有时会是你跳入乙方的契机。可是，一旦你进入乙方，就不能再对之前的辉煌念念不忘。否则，早晚被排挤。”

“甲方？乙方？”

“亏你还给人改合同呢。没注意到甲方往往是强势一方吗？你可以理解成从大公司跳小公司。”

“从律所跳法院，应该是从乙方到甲方吧？”

静姐笑了笑，说：“你谈起在律所的工作就会眉飞色舞，说到帮你师父挣了多少钱时就会由衷的骄傲。恐怕在你心里，律所才是甲方吧。”

子建心头一凛，静姐看的很准。难道自己已经把内心的想法昭告天下了？究竟在不经意间还犯了多少错？也许，从静姐这里，他可以得到答案。于是，子建故作漫不经心地问道：

“静姐，你觉得刘建辉是不是有点针对我？我没有得罪他吧？”

“没事，你不用管他。能看出想要害你的人，十有八九害不到你。他们就像，嗯，像个怨妇，把火气撒出来后，没准还会反过来帮你。真正需要小心的，反而是那些笑着接近你的人。”

笑着接近自己的人？静姐？子建竟然第一个想到了眼前的静姐。他顿了顿，说，“静姐，你真厉害。你一定能在这里争到……”

“嘘，我争够了。”静姐抬头望着已经全黑的天空，仿佛卸去了全身的力气，她幽幽地说道，“我已经争够了。”

随即，她又把头转向子建，俏皮地说，“姐姐已经 31 岁了，你梦想扬帆起航，我梦想人丁兴旺，要安心生孩子喽。我们回去吧，走啦！”

看着眼前小女孩儿形态的静姐，子建很想为刚才一瞬间的龌龊想法抽自己两个嘴巴：静姐的身上，分明写满了“与世无争”；而他王子建，却在最后一刻的对话里丢掉了真诚……

08 “英雄”法官的百面锦旗

从高院培训归来后，就要去各部门轮岗了。

一个半月，大家都熟了起来，真实的性子当然也会慢慢地显露。文欣是越发的妩媚了，一声声嗲嗲的撒娇，总让人心里麻酥酥的。还有那动作、眼神，简直是“勾魂摄魄”，大鹏、波波、小军，他们三个明显是没经过什么情场历练，文欣这样的女孩，登时就让他们缴械投降并“自相残杀”起来。阿华恐怕也是过来人，他总是能灵敏地绕过那三个蠢蛋横生的醋意，游刃有余地和文欣开开玩笑。尤其是他那眯眼坏笑的样子，分明就是在打量猎物。若放下偏见平心而论，阿华其实还是挺帅气的。而且，不晓得为什么，他有着一种特异的气场：这一点非常不好形容，总的来说，看起来很阳光积极，但若细细分辨，又能从他身上看到“阳光”的折射或扭曲。所谓的“积极”，就像是和“压抑”“强迫”等情绪捆绑在了一起。总之，阿华这小子倒也算有几分独特的魅力。

至于子建，文欣根本就不是他的菜。那副“男人就该围着我转”的做作姿态，让他一见了就想远远躲开。当然，子建不是什么道德模范，更不是柳下惠，在只懂得去探寻女孩裙底神秘世界的年纪里，他也有自己的风流故事。几段风流故事里，自然少不了文欣这样的狐媚女孩，少不了被勾引到不能自持，也少不了因此伤害到本该用心去爱的人。

正所谓，回头的浪子比和尚更自持，从良的妓女比尼姑还忠贞。正是因为经历得多了，才不会再有好奇，不会轻易迷失。“随你去演万人迷，只是别拉我配戏”，在这样的心态下，子建也学起了静姐的本事：用最得体的礼仪去划定距离。没承想，这样一来文欣好像还咽不下一口气似的，更要主动接近子建。看来，如果能把“泡妞秘籍”里那一招“欲擒故纵”演练到炉火纯青，还真不怕找不到女朋友。

两两分组时，子建又偏巧和文欣分到了一起。看来接下来的一个月，少不了继续去划定距离了。如果葛磊在就好了，他一定能轻松降服这个“妖孽”。真的，电影《阿飞正传》里那种拿块儿破表，掐着时间一分钟说服女人死心塌地爱上自己的把戏，在现实生活里，只有他葛磊耍得出来。

明天第一站是信访办。网上有一篇杂文是这样写的：“按照维基百科的解释，‘信访’是群众来信来访的简称，指人民群众致函或走访有关部门，反映情况，并要求解决某些问题。这一制度，虽然能在《宪法》这部根本法律中找到支撑，也有国务院制定的《信访条例》作为依据。但总的说来，它很难被视作解决问题的正常渠道。对信访者而言，信访往往就成了一条艰辛的不归路……”

为什么会是不归路呢？虽有生动文字描述，脑海里还是难以形成明确答案。也许，去待上一周能多少明白点吧。

信访办主任姓英，单名一个雄字。

这个名字实在是太酷了。想象一下，初次相识，握手时对方来一句“你好，我是英雄”，你会是什么反应？

子建也是愣了一下，旋即打着哈哈，“您这个姓真够少见的。”

但这个硬朗冷峻的中年汉子还非要没趣地加上一句："英达，不认识？"

"哦，对对。"

这还没完，他竟然接着数起来，"还有英若诚、英壮……"

得，看着他一本正经的样子，子建也闹不清到底是谁更不会聊天了。

简单寒暄后，英雄布置道："今天周二，嗯，这样吧。文欣，你跟我去矛调认认那些老熟人。王子建，你这周跟着去高院接访。"

说完，他又拉上子建去了另一间办公室，急匆匆地说，"老杨！别鼓捣你那破花了，快快快，这是王子建，新来的大学生。你带带他。"

"哦。"老杨慢条斯理地答应一声，眼睛却仍盯着那株开着三色花朵的蟹爪兰。

"你快点，我给你砸了它啊？"英雄气势汹汹，棱着眼睛，上前两步拔腿就要踢。

"嘿，你小子！不服气？"老杨伸手揽住英雄的腿，牢牢摁在怀里。

英雄单腿着地，边跳边笑，"哎哎，松开松开，当着学生呢啊。"

原来是闹着玩，完全搞不清状况的子建松了一口气。这样一看，英雄还真是个没什么架子的领导。

"走，小王。我去后面开车，你在楼前等我吧。"

"好。"

喷成警车花色的进口切诺基，引擎盖上喷着大大的"警察 POLICE"，两侧的前门上，则写着"法院"。老杨娴熟地开着车，给子建讲起了信访办的工作。

"小王，我告诉你啊，咱们信访办的日常工作就三大块：去高院接访，在马泉法院接访，去马泉矛调接访。"

"杨哥，矛调两个字咋写？"

"嘿，傻小子，这还用记录？又不是给你上课。'矛调'就是社会矛盾联合调解中心的简称。每个周二，政府、法院、检察院、公安局都要派人过去，而且，必须是领导。咱们每个月的第一个周二，还要去一个副院长呢。”

“哦。”子建嘴里应着，却还是快速地在本子上记下了这些信息。

“咱俩干的活儿呢，是去省会大红门那边接访。咱们省会的每家法院以及省内其他市的每家中院，都要派人过去。”

“大红门？”

“你以为去高院啊？真把那帮玩意儿引过去，领导们还不恶心死。大红门离高院远着呢，得有 30 公里吧。”

子建有些反感老杨用“玩意儿”来形容上访者，就没有作声。

“我跟你说，咱俩就打着高院名义，和当事人聊聊天，尽量别回答实际问题，也别给任何承诺。做好谈话记录，尽量把人劝走，不行的话呢，就把人送回家。这就叫接访了。”

“哦，那怎么给他们解决问题？”

“解决问题？哈哈，真要是能三言两语就解决的问题，咱俩还用大老远跑这儿来？信访工作，其实就一个字——‘磨’。当事人想找高院领导，可他找不着，一竿子就给丫打回马泉，说先找你们院长。可是院长下面有副院长，副院长下面有英雄，英雄下面有小兵，有咱俩。呵呵，然后，咱们就去轮番地磨他，磨得他没了锐气，事情也就好办了。”

“然后他就不信访了？”

“嗯，有的人跑不了几趟就放弃了，但也有的人能坚持访到死，就是爬也要爬到法院门口，这都说不好。”

“如果……如果真的是法院判决有问题呢？”子建犹豫了一下，还是问了出来，要不心里堵得难受。

老杨极其自然地回答道：“真有问题？要是判决真有问题，给弄点司法救助，找找齐儿得了。”

“司法救助？”

“嗯，每年都有专项经费，对那些生活困难的常年信访户予以救助。给个两三万元，让他们签个息诉罢访的协议书。”

“签了协议就不会再来了吧？”

“他们？呵呵，填不满的无底洞，尝到了甜头闹得更凶。不过，签了协议再闹，就是无理访，跑到哪也不会再有人管他。除非，他们找着找着，赶上咱们新换了一茬领导，稀里糊涂地就又给一次救助。这样的情况倒是不多。”

老杨的这种轻描淡写，子建初听下来却总觉得有些暗藏杀机：一旦信访户为了获取补偿签了协议，就等于关闭了这条维权道路。简单的“无理”二字，并不是针对他们的诉求是否合理，而仅仅指向了违反“领钱闭嘴”规则的行为。而且，这种规则是无形的，它以救助款为饵，掩藏在一个圈套里。信访者能看到的，只是那个饵，即便已经闯入了圈套，被套索吊向半空，也不会有任何人站出来讲解释明……

见子建不说话，老杨有意地又补充了一句，“咳，我说的这些啊，就是针对那种蛮不讲理的信访户。真要是严重的冤假错案，该申诉就申诉，那不还有获得国家赔偿的嘛。”

“嗯，是。哎，杨哥，您和英雄主任挺熟的啊？”子建岔开了刚才的话题，和老杨闲聊了起来。每次喊出这声“杨哥”，子建都有点心虚，要知道，老杨已经58岁了，比自家老爷子还年长一岁。但工作了，好像就得这么叫，有职务的喊职务，没职务的称哥姐。

“嘿，英雄啊？这小子是我徒弟。”

“是吗？”

“是啊，我复员到法院，比他早来7年。他一来就给我当书记员，订卷、记笔录啥的都是我手把手教的。哦，还有开车，也是我教的，差点没让他给轧死。”老杨聊起工作之外的事，显然更加健谈。

“我跟你说，英雄这人真是不错。一外地来的孩子，实实在在，不会那些歪的斜的，就知道玩命干活。”

“是吗？所以他提得也挺快的哈？”

“快啥。英雄也四十多岁了，干了20年，现在才是个信访办的副主任，正科级。就他这得罪人的脾气，到退休能不能闹上副处都两说。没准，哪天空降个信访办主任，他就得让位子。”

原来是这样，子建在心里盘算着，以自己为例，明年转正是副科，干满3年可以去争正科，如果被选中，再过3年可以去争副处。而且，法院每个业务庭室都有1~2名副庭长，有几个不过比子建早来个四五年，都已经是正科级的副职。这样一看，英雄的仕途确实不怎么顺利。

“不是我非要抬自己徒弟，我跟你讲，整个马泉法院，有谁能像英雄一样20年不休假？”

“20年不休假？”

“是啊！工龄假、探亲假一次没休过。以前在民庭，他每个周末都要加班，一年能审完别人两倍的案子。他老妈去世那年，为了年底结案，才回家两天就赶回来开庭。赶上一个索要赡养费的，他当庭就哭了。”

“……”子建有些愕然，这种话，倘若以前听到，恐怕都不会相信。在律所时，子建总觉得那些法院勤廉标兵模范都是为了树立而树立，纯属做表面工作，其事迹也都是漏洞百出。但从老杨嘴里听到的这些，显然是真实的。

老杨则仍自顾自地说着，“英雄在执行庭的时候，两次受伤住院。有一次是被一屠户拿刀捅的，伤了肺叶，差点丢了小命。”

“啊？后来呢？”

“后来，英雄得了个一等功。这可是咱们法院建院以来，干警个人得过的最高荣誉，是要高院颁发的。”

子建有些肃然起敬，不解地问道，“这么多事迹，那他为什么现在还只是……”

“还只是个中层副职，是吧？哼，我告诉你为什么。我是军人出身，性子直也就算了。英雄这小子没当过兵，性子却比我更直，说话办事一点弯都不会转，审起案子来更是谁的面子也不卖，得罪的人多了去了，谁愿意提拔他啊。”

“那英雄是怎么当上副主任的？”

“八年前竞聘的，当时一把手是范院长。他在马泉挂职了两年，就调回高院了。”

“范正军？高院的那个副院长？”

“对，就是他。当时他刚来马泉，就赶上咱们这儿竞聘中层副职。老范替英雄委屈，硬是给他争了个民三庭副庭长。可老范一走，英雄就来了信访办，再没审过案子。”

“哦，那他……”

“哎哎，快看这边！这帮小兔崽子，又捶开了，哈哈。”

顺着老杨的手指，子建向路边看去，那里也停着一辆喷着“法院”字样的切诺基警车。仔细一看，那辆车在大幅度地晃动着。

“老曹？”老杨降下子建这边的玻璃，把车紧贴在切诺基旁边，大声招呼着。

切诺基驾驶座的车窗缓缓地降了下来，一个叼着烟卷的中年胖子探出头来应道，“杨哥啊，你又来晚了吧？”随即，他又无比厌恶地扭头招呼后面道，“行了，先别打了。”车的晃动以及骂骂咧咧的声音停止了，只传来低低的呻吟。

“又抓住一个？”

“嗯，是啊。”

寒暄了几句，胖子撇进来两支烟。随后，老杨和子建继续前行。

“啧啧，看到了吧？省会的法院就是太文明，咱们叫接访，就得热情接待，只能靠嘴皮子。看看县里的法院！人家那是截访，截住就打，打完带回去圈起来，啥事都没有。”

子建胸口有点堵，说不出话来。

老杨咂了口烟，继续说道：“小伙儿，我跟你说啊。像你杨哥这样的，就只能混吃等死熬退休了。你年轻学历也高，要是想在法院混出点名堂，一定和领导搞好关系，别学英雄那样得罪人。”

“嗯，谢谢杨哥，告诉我这么多。”

“没啥。不过，你要是想攒锦旗，倒是可以跟英雄学。”

“什么？攒锦旗？”

“是啊，英雄这二十来年收了一百多面锦旗，卷了满满一柜子。他呀，就只会攒这些没用的东西，别的啥也没捞着，傻小子一个。”本是想拿英雄开个玩笑，但说着说着，老杨的语气里就又充满了惋惜。

一百多面锦旗？子建眼前浮现起这样一幅画面：红色的锦旗挂了满满一墙，层层叠叠已无从辨认，但每一面上，都赫然可见金色的“英雄法官”四字。

也许，当姓名被误读为法官身份的定语时，就已经注定了英雄的悲剧……

09 铁门隔开的两个世界

对子建来说，接访是一件上手很快的事情。

这三天，老杨总是嬉皮笑脸地给那些“熟面孔”介绍一句：这是我们高院新分来的学生，别看年轻，人家是硕士，专业的！然后，老杨就缩在一旁，饶有兴致地看他们“围攻”子建。

起初，子建非常认真地边听边记录，生怕遗漏了相应的信息，半天时间就记满了30多页笔录纸，手腕酸胀得难受。慢慢地，他发现自己记的很多东西没什么实质意义，不是信访者的情绪，就是被主观臆想加工过的事实，东一句西一句的，让人一头雾水。

于是，子建主动出击，通过不断询问，引导这些信访者按时间脉络来归纳总结。或者，干脆让他们拿出判决书，围绕着法院审理查明事实部分来逐一核实。他们有时说着说着就会非常激动，开始咒骂或恸哭。子建试着劝了几次，发现没什么效果。灵机一动，只要他们情绪失控，子建就立刻停止问话，让他去一旁冷静冷静，装作要去叫下一名信访者。这时，他们就会拦住子建，要求让自己继续说下去。

这样一来，交流的效率高了很多，起码不会再被信访者牵着鼻子，陷入漫无边际的情绪宣泄。这对子建，其实也是一种保护：情绪是会传播的，而年轻的自己尚未麻木。

在他眼里，无论是哪种形态的信访者，扬言杀人放火报复社会的，怒气冲冲拍着桌子痛斥司法不公的，号啕大哭寄希望于某位"青天大老爷"下凡体恤冤情的，其实都是如此的弱势。他们信访的理由各种各样，医疗纠纷索要赔偿的，宅基地被强占要求返还的，交通事故失去亲人老无所依的，刑满释放后主张当年刑讯逼供的，不服养老保险待遇的……但是，几乎所有的理由，都指向了"生计"二字。好像没有人会为了一种更"体面"的利益，比如，经济纠纷中的大额标的，去常年信访。除非，这种体面的丧失，同样把他逼到生计的死角。

所以，子建觉得这些信访者都很可怜，他们的蛮横与变异，是被常年信访生活逼出来的，或许为了不再像个皮球一样被踢来踢去，他们才长出了尖牙利爪，才练会了撒泼耍赖，才能做出那些令所谓"正常者"不堪忍受的行为——在信访接待室里大小便、在法院门口裸体举牌子、钻到院长的汽车底下骂大街、撕扯甚至咬伤法院干警。

然后，也许原本正常的诉求，也被这些不得已的手段染上了非正常的色彩。再加上接访者的日渐麻木——这也很正常，外科医生要不了几次就会消除对切割人体的恐惧，没有人会再去关注他们说些什么，他们要求什么。他们在接访者的眼里，也就慢慢地不再是人，而是一只只翻滚作揖的猴子。这并不是说接访者有多坏，就像老杨，绝不是什么坏人，他耿直、热情，处处照顾子建，一有机会就给子建传授工作经验。只是，他已经对此麻木，再也看不到这些人的痛苦。而他王子建呢？又能悲天悯人多久？

有一件事，让子建印象深刻：

第一天中午，他和老杨坐在接待室里，吹着空调，吃着丰盛的工作餐。老杨对子建的工作能力赞不绝口，而子建脑袋里，全是这些信访者的形象和声音，他没力气和老杨闲聊，应付几句，就夹着一瓶可乐出去抽烟了。突然，他看到接待站大门外的墙角处，倚坐着一个人。烈日炎炎，她缩在那里，紧贴着墙壁处，上半身勉强躲在了阴影中，下半身则暴露在阳光里。旁边摆着的，是她的全部家当：已看不出颜色的小包袱、树枝做成的手杖、坑坑洼洼的铝制饭盒、塞着一些纸张文件的超市塑料袋。慢慢走近些仔细打量，她稀疏的白发斑驳散乱，身上的衣服也是破旧不堪，勉强遮住了身体。此刻，她手里捏着一个馒头，另一只手则抓着一个脏兮兮的矿泉水瓶，慢慢地晃动着。水面已经接近瓶底，却仍能在晃动中反射阳光，透过瓶子，漫出一圈圈的光晕。一个老的不成样子的女人，就这样坐在墙边，啃着她唯一的馒头。

子建从心底深处泛起一阵酸楚，险些落下泪来。他背过身去抽烟，尽量不去看她，却又忍不住一次次地回头。铁门内外，两个世界。门内的自己，饱餐后享受着午休时光，门外的老妪，却要在烈日下应对饥饿干渴。终于，子建壮着胆子走出铁门，把手里的可乐递过去，俯身轻声说，“大娘，您喝点水，小心中暑。”

她接过可乐，仰头看着子建，微微张了张嘴，却什么也没有说。一瞥中，子建注意到她干瘪的腮帮，以及仅有的那么两三颗牙齿——她该如何去啃咬这同样干瘪的馒头？子建干脆蹲下身子，一边掏钱包，一边说，“大娘，您去找个地方吃点东西吧”。不料，她突然伸出一只干枯的手，死死抓住了子建的手腕，她盯着子建的眼睛，抽动了几下嘴角，沙哑却非常大声地喊道：“我儿子是冤枉的！我要见院长！”

后来，法警、保安、老杨都跑了出来，子建才得以脱身。他眼看着几个小伙子连拉带拽往远处撵她，还有一个人用脚拨拉着她的“家当”，把那瓶可乐也踢了过去。她挣扎了几下，没了力气，就任由着被架到马路对面的树荫下。她坐在那里，扯着嗓子骂了几句“政府黑社会！法院黑社会”后，伸手抓过可乐，咕咚咕咚喝了几口，就靠在树上，啊啊地嘶吼起来。那叫声很刺耳，既像哭又像笑，子建听不下去，转身逃进了铁门。所幸，铁门内外，两个世界……

老杨找出一块香皂，忙不迭地让子建去盥洗室洗洗手，仿佛生怕他在这次接触中染上什么瘟疫。同时，他絮絮叨叨地埋怨着，说子建不该去招惹那个疯子，她儿子当年强奸工友，赶上严打给枪毙了，之后她四处上访，一访就是 20 年，早就疯了。

子建顺从地走去洗手，清凉的自来水冲在他的手腕上，却怎么也无法消除被那名老妪紧抓住的感觉：那只手干枯、粗糙，这种触感似曾相识，像是蛇皮，却又有温度。正是这种温度，在子建的手腕上打下了一种烙印，让他明白，这是一个绝望的母亲，但不是绝望的疯子。

……

总之，接访就是这样一种工作，看起来暴风骤雨，实际上风平浪静——毕竟不用去承诺，也不用去实际处理。信访者来了，子建要做的就是尽量把他们劝走。他劝不走的，老杨再来劝。要是老杨都劝不走，那就让他使劲说，一般说痛快了也就走了。

其间，子建还见识了老杨的“撒手锏”，一招有点坏的“撒手锏”：对那些摆明立场要死赖在这里不走的当事人，他会凑上前去，压低声音无比诚恳地说："确实是同情您的遭遇，也给您交个实底儿，出出主意。您听我说啊，这儿什么地方？信访接待站。您这事儿谁能管？高院领导。领导在高院办公，绝对不来这里。您住这儿不走？您就是撞死在这儿也没人看见！我俩就是小兵，说了也不算。明白了吧？"一般来说，绝大多数信访者听了这种话，骂上两句也就走了。

子建有些不安，问老杨这样搞会不会有事？老杨一脸不屑地说："切，能有啥事？我能力有限，就只会这么接访。谁不想消停待着？有本事找个人把我换走啊，愿意每天往这儿跑似的。"不过，马上老杨又改口说，"但你别跟我学啊，我过两年就退休了，你的路可还长着呢。"老杨就是这样，真诚得让人感动。所以，法院纵然水深，也不会个个都是王八。人都是有好有坏，有真有假，这一点，到哪都一样。

说到路，也确实长啊。

每天一早从城区赶到马泉，再被老杨开车带回城区。下午4点钟左右随老杨返回马泉，自己再搭公交车回城区……真叫一个折腾。子建知道，只要开口，老杨一定会绕路把自己送到家，再一个人嗖嗖地开车回去。可是，接访站和萧文婷的住处完全不是一个方向，绕一趟来回要多走五六十公里。老杨也是奔六十的人了，子建于心不忍，干脆就不提此事。

只是，这几天看老杨开车，子建心里总是痒痒的。这恐怕是刚把车开熟一点的人所共通的毛病吧，什么车都想拿来试一试，警车的诱惑当然更大。嗯，明天一定要试探试探，老杨这么好说话，搞不好就真把方向盘交给自己了。

第四天早上，子建一如既往地从城区赶来马泉，囫囵吃了早饭，踩着快该出发的点儿，跑到信访办的办公室。

一进门，他发现老杨和英雄都在。奇怪的是，俩人都蹲在地上，撅着屁股背对着门，冲着老杨那盆花抽烟。

"英主任，杨哥。"子建轻声打了个招呼，慢慢凑上前，探着头想看看他俩在干什么。

“哦，子建啊。来，抽根烟。”

“您这是干吗呢？”

“花盆里闹虫子了。你去对面，把烟灰弹匀点啊！”

就这么着，三个人围着一盆花抽了两根烟。猛地起身时，子建都有点头晕了。

英雄还是那么一张严肃的臭脸，他好像不会微笑，时时刻刻都把脸绷得紧紧的，再略略皱起眉头。只在偶然的情境下，比如，像上次和老杨打闹被捉起一条腿那样，他才会笑，但那也是爽朗的大笑，和微笑是两回事。这几天听老杨讲了英雄的许多故事，子建对这条硬汉充满了好感。他又看了英雄一眼，心里悄悄地分析道：嗯，英雄内心一定也苦闷，但他性子直，不会去伪装，所以每天脸上才没个笑模样。

“子建啊，老杨和我说了，你这几天接访表现得不赖嘛。”英雄的话把子建唤回了现实。老杨站在英雄背后，冲子建挤眉弄眼，像极了射雕英雄传里邀功的老顽童。

真晕，自己怎么跑神分析起英雄的性格了，一定是这几天在公交车上荣格的性格哲学读多了。子建慌忙应道，“哪有，这几天倒是跟着杨哥学了不少本事。”

“好了，今天你跟我去矛调①，咱们法院有个大接访。”

“不是每个周二才去吗？”

“这次不是全区的接访，就咱们院领导过去。走吧，路上再说。”英雄做了个“随我来”的手势，转身就走。子建连忙跟上，但没走两步，英雄又折回头来招呼老杨，“哎，老杨，你今天带那女娃去大红门，她在我办公室呢。”

“哦，好。”

① 社会矛盾联合调解中心，下同。

“哎，”英雄没避讳子建，他压低声音对老杨说，“你多盯着点啊，她花瓶一个，啥也不会，别捅了娄子。”

“啥不是学出来的，你刚来的时候不也是……”

“行，行，你给我小点声。”英雄摁断了老杨的话头，转身拉开了办公室门。子建和老杨相视一笑，算是对英雄年轻时那点糗事心照不宣，然后也跟了出去。

英雄开的公车是一辆黑色索纳塔，并没有喷成警车模样。子建坐上副驾驶位时，仍有些遗憾——要是早两天跟杨哥说就好了，这下不知道什么时候才能开到SUV型的警车了。

习惯了老杨的絮絮叨叨，有些不太适应冷场。子建又一次问道：“英主任，怎么今天还要去矛调啊？”

“今天有高院领导过来视察。得想办法把信访的人都引过去，所以安排这么个活动。民庭、行政庭、刑庭的庭长，执行局局长，还有俩副院长，都得过去。”

哦，子建明白了，这不就是调虎离山嘛。

10 执行局长的承诺

“社会矛盾联合调解中心”是一幢两层的低矮临街建筑，招牌上的几个大字倒也显眼。只是，它并非独立结构，而是和其他临街建筑连在一起，夹在烟酒店和农业银行之间，多少有些怪异。

早高峰堵了会儿车，到矛调时，门口已经聚满了人。即便仅有在大红门的三天接访经验，子建也能一眼辨认出他们都是信访户。英雄没有把车停在矛调楼前的非机动车道上，而是继续向前开着。没走多远，两个商铺之间出现一个窄窄的老式铁门，英雄右转的时机稍晚了点，险些蹭到左侧车头。“这技术，难怪当年差点轧死老杨。”子建幽幽地想着。

进了这道铁门，有个不大不小的院子，里面已经停了十几辆车，他俩七拐八拐，绕到了矛调的后门。进门后没走几步，英雄就被认了出来。门厅里的信访户一片骚动，门外的也吵吵嚷嚷的要往里挤，场面可比大红门热闹多了。英雄大吼一声，“都别挤，等着排号！”随即，他从兜里掏出一个便签本，交给子建说，“你发号，我来记名字。”

子建接过便签本，每一页纸上都有一个手写的数字，从“1”开始，逐页递增。数字旁边，则盖着“马泉区人民法院信访办”的红章。子建一拿到这个便签本，就被一团嘈杂声包围了。

“小同志，我先来的！”

“喂，给我拿个号！”

“别挤，先让我过去！”

乱哄哄的，子建也搞不清楚到底该先发给谁。所幸，第一页便签刚刚撕下，就被一只脏兮兮的手抓走了。

“蒋桂英，1号。”英雄瞥了一眼，在另一个本子上记录着，“哎，拿到号的就往外走。”

转眼，子建撕出去40多页便笺纸。最后一张，给了一个中风的老头。他脚抬不起来，每一步都蹭着地，慢慢地挪向子建。接过便签时，嘴里还嘟囔着：“我，我不着急，不着急，10年都等了，我，不差这一会儿……我等，等着你们。”

发完号，所有人都被清了出去。英雄小声交代子建：“你一个一个地叫号，把人先领到我这个屋。然后我再告诉你带他去哪个屋。等我屋里没人了，你再叫下一个。明白了吗？”

“Clear。”

“啥？”

“哦，明白了。”子建也不知道怎么脱口冒出句英文，连忙纠正。他突然想到一件事，借机问道："主任，他们这里面，有没有那种被认定为无理访的？"

英雄瞄了一眼子建，迟疑了一下，才回答道："有，大部分都是。"

虽然只有 40 多名信访户，想要维持秩序仍是一件很难的事儿。他们大都早已相识，在信访生涯中结下了战友般的情谊，纵是几名新加入信访队伍的，好像也能很快融入这个"集体"，此刻他们凑在一处，更免不了互相鼓舞、共同咒骂。在子建眼里，这是一种很奇怪的"表演"方式，像极了古代战争中的"轮番骂阵"。一个信访户上前两步，骂上几句脏话，或者喊几声誓死信访之类的口号，身后的"大部队"跟着帮两句腔后，他就退回自己的"方阵"。然后，下一位上前，继续骂。

眼见时不时有过往行人驻足打望，子建觉得应该制止一下，可他实在没把握 hold 住场面。而且，两名法警就那么一直倚靠着大门，丝毫不理会眼前的情景，自己还是不要贸然行动的好。也许，他们在门口骂够了，进去还能少骂两句吧。

"6 号？6 号在不在？"为了盖过叫骂声，子建使劲喊了两声。

"在这儿呢！你小点声！吓着孩子。"人群中走出一名 50 多岁的胖女人，她的穿戴还算整齐，可手里拽着的那个小男孩就不一样了。小男孩只有三四岁，光着膀子穿一条小短裤，浑身上下脏兮兮的。她们走近时，子建发现这个小男孩不太会走路，基本是靠胖女人拖着。而且，他不哭也不闹，眼里无神，直勾勾也不知道在看哪里。子建突然意识到，这孩子恐怕是唐氏儿，先天大脑发育畸形。

子建把他俩带进最外间的办公室，胖女人不等英雄开口，上前就啐了一口，骂道，"你个骗子，人模人样的，事儿答应得挺好，你倒是给我办啊！"

"老刘，你有话好好说，这是干吗啊。"英雄躲得及时，没被啐中，他把椅子向后靠了靠，招呼道："你先坐下。"

“我不坐！姓英的，咱俩谈了不下二十次了，我也懒得再和你废话。我今天必须见院长！”

“您听我说……”

“你甭跟我扯闲篇。今天我把孩子带来了，你们不是不管吗？我也不管了！”说罢，胖女人把孩子往前一搡，转身就要走。

“子建，拦住他！”英雄连忙起身，想从办公桌旁绕出来。

子建连忙伸手阻拦，总算没让她走出屋子。

“老刘，你这就没劲了啊！这可是你亲外孙！”英雄赶上前来，好说歹说，才把胖女人的情绪安抚住。“子建，你带她们去106，找执行局局长，张杰。”

这就是英雄安排的接访模式：他守在第一道关卡，发挥着类似医院分诊台的作用，先进行第一遍筛查，尽量把人劝走。碰到搞不定的，再送到各个庭长所在的办公室。要是连庭长也没办法，就只能再送回英雄这边，让他决定是否需要副院长接待。这是一种“院长门前两道岗”的理想形态，但能否顺利运行，则取决于信访户按不按这个套路走。比如之前的3号，早就被接待了不知多少次，他明白见庭长也没用，就是要见院长。等子建把他带到院长那，发现接访的是副院长，又闹着要见大院长。最后，他气呼呼地走了，说法院浪费他的时间，临走前还踢飞了英雄屋里的纸篓……看来，在自己地盘上接访，反而比在大红门更难。

不知不觉，就走到了106门前。

敲门进去后，子建第一次见到了这位张杰局长：他五十来岁，体形有些像师父高辉，也是高高瘦瘦，大长胳膊大长腿，纵使已过中年也没什么肚子。若论相貌，倒没什么过于鲜明的特点，绝套不上“剑眉倒竖”“唇分八彩”那类评书词汇，普普通通的，就是那种中年消瘦男人应有的模样。只是，和张局长仅短暂对视了一瞬，子建就已感受到他强大的气场。这个人，一看就不简单。

“刘红霞吧？坐。”张杰坐直了身子，右手放在桌子上，轻轻地叩击着。

“我也找过你！你是……”

“张杰，执行局的。嗯，就坐那儿吧。”

“对，就是你！我上次找了你一天，你就是不出来！”

也许，这个叫作刘红霞的胖女人也感受到了张杰的气场吧，她竟顺从地坐进了贴墙摆放的沙发里，扯过孩子，侧着头盯着张杰。

“小伙儿，你坐这儿吧。”张杰指着自己身边的空位，又招呼起了子建。

子建这才反应过来，怎么只有张杰一个人？刚才进别的房间，其他庭长、副院长身边都有个小姑娘，在那负责记录。难道是张杰需要他去帮忙记录？可他还要去门口叫号啊。算了，不管了，不是有俩闲着的法警吗。

想到这里，子建答应着走上前去。可走近一看，桌子上也没有纸笔。“张局长，您那有笔和纸吗？”

“嗯？没事，不用记。”

不用记录？那自己坐过来干吗？子建有些不解。随即，他又有了新发现：刚才没注意，张杰竟穿着一身运动衣，而不是法院夏装制服——那种淡蓝色短袖衬衫配黑色西裤。

张杰拉开抽屉，掏出一包印着恶心龋齿图案的外国烟，弹出一支捏在手上。子建掏出打火机，左手护着火苗，送上前去。张杰点着了烟，又给子建让了一支。然后，张杰把玩起子建的 Zippo 火机，那是去年生日萧文婷送给他的礼物，红色的金属漆面上，贴着一个凸起的银色鬼头，它面貌凶残，有山羊一样的双角和胡须。“Diablo”，暗黑破坏神的意思。

胖女人显然失去了耐性，眼瞅着又要发作。

“你找我干什么呀？”张杰把火机放回子建面前，不紧不慢地开口了。

“找你干什么？你说我找你干什么？我找你要钱！我闺女死了两年了！孩子没人管！法院判的钱呢！你们这群……”胖女人咆哮着，震得子建耳膜嗡嗡的。

“刘红霞！我只说一次，你听好。你要是找我办事儿，就好好说话，能办的我就给你办。但你要明白，欠你钱的可不是我张杰，你骂不着我。如果你觉得骂我几句，我还得巴巴地跑着给你要账去，呵呵，那你试试。我让你这辈子一分钱也要不回来！”

张杰的话太强硬了，透着一股匪气。在高院培训时，有老师讲授了法官如何应对负面舆情，举了很多实例。在这个网络话语权越来越平民化的时代，很多法官因为一句话、一个动作，被推到了舆论的风口浪尖。当时，老师语重心长，说这些事情防不胜防，以前光知道手机能录音摄像，现在上电脑城看看，连手表、眼镜都能拍出高清画质了，所以要大家在工作中一定慎言慎行。要是真被挂到网上断章取义，不管高院那几位专门应对网络舆情的大牛怎么求爷爷告奶奶，删帖速度也抵不过网民疯狂地转载。这句“一分钱也要不回来”，从一个法院执行局局长嘴里说出来，估计也挺有爆点的。

也许是这几天接访的惯性吧，子建没怎么细想，就开始帮腔了，“那个，刘红霞，您别激动。我理解您的情绪，但咱们来这儿不是为了发一通火，而是为了解决问题。对不对？”

“解决问题？我找了多少趟，说了多少次了？你们法院给当个事儿吗？管都不带管的！”

“怎么会不把您的事儿当事儿呢？您看，我刚来法院一个来月，就已经听领导说过好几次您的情况。大家都很重视，尤其是还带着这样一个孩子……”

子建说得像模像样，就好像真的听过刘红霞的故事一样。可事实上，他根本一无所知。自己有些虚伪，但又虚伪得如此真诚，而且没有一丝一毫的负罪感。这才第四天接访啊。也许，这就是麻木的前奏吧。

张杰倒是对他的表现饶有兴致，还时不时地附和两句。等子建唱完了这通白脸，胖女人断断续续地讲起了自己的困境，并抽泣起来。

现实，往往总比文学更悲凉：

原来，胖女人是水泥厂的一名退休职工，丈夫早亡，一个人带大了女儿。女儿长大后，嫁给了一名小学教师，很快就生下了这个不太正常的孩子。四处求医花光了积蓄，也没什么效果。可能是生活压力太大，女婿也变得不正常起来，竟然猥亵了班里的女学生，极不光彩地入了狱。紧接着，女儿下夜班途中出了交通事故，被一辆非法营运的面包车撞死了。据说，当时面包车里挤着七八个赶着去 KTV 救场的小姐，她们倒是一点伤都没有，警察到现场后，一个个捂着脸全跑了。交通肇事罪，那司机判了五年。刑事附带民事，各项赔偿和抚养费一共判下来 50 多万元。可是，司机才二十来岁，没家没业，只有这么一辆破车，他的家属也不愿意替他赔偿。两年下来，胖女人只拿到万把块钱，只好四处信访。

胖女人的道理倒也简单，那司机家里有两套房子，哥哥是开大货车的，爸妈又都有退休金，为什么不能去强制执行？

子建想给胖女人解释下法律规定，父母也好，兄长也罢，本来就没有替这个成年人偿还债务的义务，又怎么可能去强制执行。但没等他开口，张杰先说话了。

“我手底下的人肯定也给你解释过了，人家成年了，自己单过，这种情况只能执行他自己的财产。我们哪能去找他家人要钱啊，那不成了黑社会了吗？这就叫执行不能。”

“法院这么判的，就得执行，凭什么你说不能执行就不能执行？不能执行你判它干吗？”

“你再等等，这不都三年了吗。你的案子我们给你报了终本，先终结本次执行。等他放出来，挣了钱，你再来申请恢复执行，我们肯定管你这事儿。”

“你可真会说！再过三年我们俩早饿死了！”

胖女人恼了，又闹着要把孩子留给张杰。不过，听完她的遭遇后，这次子建倒是多了几分同情。

“行了，你别说了。”张杰也有点恼了，大声地制止了她。

“刘红霞，其实这点法律上的事儿你不至于听不明白。你装糊涂，我不想一直跟着你装。你不是没找过司机家人，去了两次被人家撵出来两次。对不对？你怎么不跟他们闹啊？怎么不把孩子扔他们家啊？嗯？你只敢跟我这儿耍横，因为你知道我不能拿你怎么样，这叫什么？这叫欺软怕硬！”

“你……”胖女人没料到张杰会这样说话，脸涨得跟猪肝一样。

“你听着，我不是怕你，耍横的我见多了，还没见到能横过我的。冲着这孩子，我给你个承诺：这笔钱现在肯定执行不了，他名下没钱，我没法给你抢去。但是，我今天答应你，我去找民政局，找社区，甭管低保还是特困，先给你闹点补助，每个月弄个一两千元，算你白落的。以后那小子出来了，我还给你执行他。这样行不行？”

此刻的张杰不怒自威，俨然一个说一不二的黑道大哥。

“你说话算话？”

“嗯。说到做到。”

“那你给我打个条子吧。”

“笑话！我给你打什么条子？你要是不信我，就当我没说过。爱去哪访就去哪访，孩子想扔哪扔哪，跟我有什么关系！”

“我信，我信。我也是被他们拖怕了。看出来了，您是真给老百姓办事儿的人。”胖女人瞬间转了态度，唯唯诺诺地问道：“那，什么时候能办下来？”

张杰沉吟了一下，斩钉截铁地说：“三个月！”随即，他又补充一句，“如果三个月内拿不到钱。你来找我，我给！”

胖女人扯着孩子，满意地走了。

张杰对子建笑笑，感叹一句，“哎，什么玩意儿。”

子建本想和张杰多聊两句，但猛地想起自己还要去叫号，赶忙也跑出了办公室。回到英雄那儿，他的屋里早已经坐着不知是第几号的信访户了。

子建松了一口气，坐到英雄身旁，脑袋里却仍是张杰的形象，尤其是那句掷地有声的“三个月”，真是霸气！

11 无趣但平静的周末

经历了周四那次调虎离山的大接访活动后，子建觉得自己开始领悟到信访工作的真谛了，这东西本就没有任何技术和技巧可言，什么措辞、语气、身姿、心理学分析，都是虚的。要是有本事给人家解决实际困难，你跳起来抽他俩嘴巴，完事他还得给你送锦旗，感谢你对他的再教育。只有当你实际无能为力时，才需要用尽各种手段去安抚，别让他炸得太快，或是打打太极，让他到了别人手里再爆炸。这种工作，还真没什么意思。估计，英雄也会觉得自己英雄无用武之地吧。嘿，有意思，英雄觉得英雄，有点双关语的味道了。

当天下午，大鹏打来电话，说他们打算凑钱买两个篮球，定几身队服，问子建要不要参加。子建委婉地表明，自己从来不接触篮球、排球这样的运动，怕戳伤了手——尤其是左手，不管是拉小提琴还是弹吉他，手指的灵活性都至关重要。大鹏打趣道，好吧，还想拉你这个财神入伙，改善球队经济状况呢，忘了你是搞艺术的了。

看来，他们还是没忘了子建有笔安家费的事儿啊。

第二天，帮英雄写了一份汇报材料，算了几个统计数字，就稀里糊涂地混过了周五。说起来，最大的收获恐怕就是搞清楚了“同比”和“环比”的区别。早走了一个小时，所以忘记打听周一怎么调整岗位了，这一点，恐怕从高院回来就又被叫去干部科帮忙的程程会非常清楚。连这次轮岗也没让他参加，干部科到底能有多忙？子建有些不得其解。

周六陪萧文婷窝在家里加班，虽无趣但也平静。子建"不怀好意"地骚扰了她几次，都被冷冰冰地拒绝了。望着电脑前紧锁眉头的萧文婷，子建有些感慨：她工作还不到半年，却明显有了许多改变，已经能独立完成简单的广告文案不说，与人打交道的能力也越来越强了。听她接打了几个电话，那种事务性的语气和笑声，娴熟到让自己陌生。相比文婷，自己这两个月又有什么收获呢？

子建越想越烦乱，觉得自己过的有些太安逸了。他拿出《思维的笔迹》，趴在床上看了起来。这本书是一位南方律师写的，非常不错，子建欣赏其将司法实务经验转化为文字的能力，读起这本书来，心里也是痒痒的。他坚信，总有一天，自己也一定能著书立说，不是那种"A说B说C说，我说""美国德国日本，我国"论文模式的伪学术著作，也不是那种歌功颂德无关痛痒的表面文章，而是过滤掉自吹牛×的心理诉求，不以律师展业招揽案源为目的，凝聚了更加全面、真实、可操作、易效仿的经验、技巧，旨在引导思维方式的书。甚至，书名都已经想好——就叫《王子建的办案手册》，细分为民事诉讼卷、刑事诉讼卷、行政诉讼卷、非诉法务技能卷等。也许有人闻听此言会清清嗓子跳出来，手捧一张书单，告诉王子建这些东西早就被人写烂了。可是，购买了市面上几乎所有法律技能类书籍后，子建更加坚信，这样的书现在没有，以后也不会出现。有能力，且愿意费尽心力写出这种书的，一定是将来的自己。

这个藏在心里的计划，子建只告诉过葛磊和萧文婷两个人。葛磊倒是能完全领悟子建所指的是什么，也相信子建将来一定有能力写出这么一套书，成为每个立志投身司法职业的小律师、小法官的枕边宝典。但他同时断言，等子建真有本事去做这件事的时候，就一定不会再做了。萧文婷则大体询问了一下这套书的写作目的及受众范围，撇着嘴给子建展望起一番"必死无疑"的市场前景。子建并不是想靠写这套书挣钱，也就对文婷的分析不置可否。

午后的阳光射入充满空调冷气的房间，落在裸露的皮肤上，温吞吞的很是舒服。书页上的铅字慢慢地凝成了一团，子建毫无征兆地就沉沉地睡去，坠入了一团如泥淖般黏稠厚重的梦境……

萧文婷叫醒子建时，已经是下午 6 点。

啊，从不睡午觉的自己，怎么会一下子睡了四个小时？子建挣扎着清醒过来，掀掉了身上的空调薄被——完全不知道是什么时候盖上的薄被。有些难受，和早上起床时身体清爽的感觉完全不同：头有些酸胀，神志也不甚清晰。嘴巴里味道很难闻，像吃了腐烂尸体一样让人恶心。心脏突突地跳个没完，肌肉、关节也都没有得到应有的放松，不像早上那样能伴着伸展发出“喀啦啦”声。总之，比睡之前更难受。这就是午睡吗？还真是奇异的体验。

“你也该睡够了吧？走吧，我饿了。”文婷冷着脸，她很疲惫，声音中还带着些怨气。

小区门外的马兰拉面，非常适合快速补充体力。子建永远也分不清它和马华拉面的区别，在他眼里，是一样的店，一样的面。萧文婷则不同，在她看来，马兰和马华是完完全全的两件不相干的事物，面汤的颜色，面条的口感，牛肉的味道，甚至桌椅板凳筷子餐巾纸，总之，它们就是不同的。和拉面店一墙之隔的，是一个成都小吃。子建提议过几次，但萧文婷坚决不去那里吃饭，她每次都会说，要尽量少去那种路边小店。的确，和绝大多数女孩不同，萧文婷非常自觉地远离了所有路边小吃，什么麻辣烫、烧烤之类的，一概不碰。包括早点，她也从不吃什么煎饼、油条、豆腐脑，永远都只是喝着酸奶，扯两片全麦面包。

可是，马兰拉面又能比成都小吃高档多少呢？两者还不都是开在路边，一墙之隔。当然了，子建不会说出这样的话，他隐约意识到，这些无足轻重的小事情，连接着萧文婷的自尊，卑微而倔强的自尊。

吃饭时，子建试着打破沉闷，他讲了这几天接访中的经历，萧文婷不为所动，她流露出最多的表情，是不解和厌恶，就好像子建在描述一群怪异的外星生物。呃，子建只好又讲起了从老杨嘴里听来的趣闻，萧文婷仍是没有反应，低头用汤勺啜饮着面汤。

“文婷，你怎么了？”

“没事。”

“累了？”

“嗯。”

“我能帮你什么？”

萧文婷抬起头，勉强地笑了笑，摇了摇头。

无力感再度袭来，子建叹了口气，不再说话。

回家的路上，萧文婷挽起了子建的胳膊，轻轻地说：“对不起，宝贝，我就是觉得有点累。”

“累了就休息，或者，你可以教教我，我帮你干。”

“嗯。”萧文婷更加用力地挽了一下，才放开子建的胳膊。

在萧文婷放开子建胳膊的那一瞬，子建伸手绕过了她的后背，把手停靠在她的腰间，仿佛这样就能给予她安慰与支撑。

两人就这样并肩走着，虽不是舒服的姿势，但萧文婷并没有挣脱，她慢慢地把头也靠了过来，轻声说，“抱抱”。然后，她缩进子建的怀里，像一只受伤的小狗。

保护好她。子建望着路灯，在心底默念，一定要保护好她。

当晚，他们还是抱在了一起。

伴着隔壁卧室里姐妹俩微微的鼾声，两个人用浴巾裹住身体，蹑手蹑脚地跑去卫生间洗漱，再同样蹑手蹑脚地跑回房间。他们床笫之欢的大戏，早在不经意间关闭了声响效果，变成了黑白无声电影。

“像是做贼。”他从背后抱住萧文婷，把脸埋进她的发梢。

萧文婷慢慢地转过身来，用额头抵住他的额头，轻声地说，“还记得

《空房间》吗？”

“嗯，记得。泰石嘛。”

子建记得那部韩国电影，男主人公叫泰石，一个像吉卜赛人一样流浪在城市中的大学生，他会随意撬开暂时无人的房间去住，后来练就了一种奇妙的本领，硬是能无声息地躲避视线，只让女主角发现自己的存在，而永远躲在其他人视线的盲区。然后，泰石开始在女主角家里生活，甚至和女主角的丈夫一起吃饭，但丈夫就是发现不了他，再然后就是各种偷情。片子有点猎奇，若硬要琢磨其中隐喻，倒是能扯出许多，但子建懒得去想。谁说看电影就一定要看懂其中隐含的深意呢？导演有导演的想法，观众也有各自的领悟。休闲娱乐，开心就好。归纳分析的事儿，还是留给影评人吧，他们干的活儿，无非是小学语文课那一套的延续。作者为什么用这个排比？作者为什么用这个定语？作者为什么把这几个字标注成黑体……打小看到这种问题，子建都想骂街。总之，那部电影属于看过就可以忘记的类型，唯一值得记忆的，恐怕就是男主人公的偷情技能了。

“你说，咱俩是不是快练成他的本领了？”

“嗯，快了。就是刚才你动作太野蛮了，险些暴露。”

“明明是你弄响的床，要不是我说去地上……”

“小点声，嘘。要不，咱们以后都去地上？”

“……”

“去不去地上？”子建假装要咬文婷的鼻子，她灵巧地避开了。

“子建？”

“嗯？”

“我想有套自己的房子。”

“哦，那我们攒钱买。”

“那得攒到什么时候啊！”

子建顿感语塞。是啊，省会的房子，根本不是靠攒钱就能攒出来的。

学区房、城中心房什么的就别提了，动辄10万元一平方米的房价，别说买了，连觊觎一下的资格也没有。其他但凡位置好一些，离地铁站近一点的房子，也要4万元多一平，也不现实。那么，只好再往偏点的地方退，退到主城外，OK，算3万元一平，一套80平方米的房子，算上契税，要260万元。260万元啊，售楼处的小姐可以轻描淡写地说，“没事先生，交30%的首付就可以了，不过80多万元。”但谁买房能问银行贷出200万元？公积金最多只让贷80万元，也就是说，实际上的首付至少要180万元。再算上装修、家电，照着200万元准备就对了。

可是，他们的收入呢？文婷每个月的名义收入是6000元左右，但扣掉五险一金，实际每个月到手的也就4600元。还有就是她每个月1000元多点的住房公积金了，这个不买房也取不出来，倒是能越攒越多。自己还没有领到工资，也不知道能挣多少钱，但周围一起吃饭的人都在抱怨工资低，估计不会好到哪去。不是还有个什么“三五八一”之说吗，自己副科级，一年估计到手也就5万元吧。

这样一看，就算他俩不吃不喝，每年攒10万元，也要20年才能攒够一套郊区房子的首付，真是太可怕了。要是再吃喝租房呢？那不是一辈子也攒不够了。

“哎？马泉的房子现在多少钱了？”

“干吗？还要住到马泉啊？那你怎么上班？”

“我就问问嘛。”

“大概，2万元一平吧。偏点的地方，1.5万元左右。”

“呃，马泉都那么贵啦？”

“是啊，就房价能沾上省会的光。”

萧文婷咬着手指头，算了半天，说：“咱俩的收入，在马泉也买不起房啊。你们单位能分房子吗？”

“不知道，回头我打听打听吧。”

"要是能分房子就太好了，大不了我每天往城里跑，乡下不是空气还好么。"

"乡下？"

"咸阳到西安才40多公里，马泉都到了哪了？还不算乡下啊？"

"好吧。"

"到时候我要买个车。"

"好。"

"我要大众的那个，就那个头和屁股一样的，得多少钱啊？"

"姐姐，那叫甲壳虫，得20多万元呢。"

"啊？那么小的车也要这么贵啊？那算了吧。"

子建搞不清楚为什么女孩都会喜欢那样奇怪造型的汽车，要空间没空间，说流线不流线，老气的外观也毫无科技感。也许，萧文婷只是觉得个头小的汽车会比较便宜吧。这傻妮子，呵呵。

慢慢地，萧文婷在子建的怀里睡着了，子建小心地把她挪开，继续计算起买房的事情，贷款80万元每个月要还多少？4000？5000？每个月开车从马泉跑回城区要多少成本？百公里10个油，每天100公里……算着算着，倦意再次袭来，比午后那波袭击还要强烈。白天的四个小时睡眠，就好像完全独立于子建人生之外一样，没有一丝一毫的作用。紧接着，子建又睡着了，和中午不同，这次，等待他的是无梦的睡眠。意识窗口即将关闭的一瞬，子建好像又听到了萧文婷的声音。

是啊，要是能分房，真的就太好了。

12 一次惨痛的胜利

随后的三周，过得不温不火，先是在审管办轮岗。

审判管理办公室，简称审管办，听起来名头挺大。之前在律所时，子建还真没怎么琢磨过它的职能，但听名字觉得它既然能管理审判，应该也挺牛的。结果，这是一个公认的“养老”部门，四五个大哥大姐百无聊赖，竟然能在办公室里打低空羽毛球，还真是让子建大开眼界。工作倒也简单：每周跑一趟中院，移送所有上诉案卷；上传下达，拟一些审判管理方面的通知，督促各庭室内勤报送数据；遇到需要鉴定的案件，帮着联系鉴定机构。还有，就是组织召开审委会了。

说到审委会，子建倒是经历了一次。挺有意思，先是根据需要审委会讨论的案件类型，确定应当参会的主管副院长，由其选一个时间。然后，去逮住那四个“神龙见首不见尾”如提前退休一般的审专委，告诉他们某某日一定要来上班。同时，也要通知其他几个担任兼职委员的庭长。这就算定好了时间。召开审委会时，案件的承办法官对案情及拟判决意见进行汇报，由副院长及一众委员讨论后进行表决。各委员们也不看卷，针对法官提炼的案情展开讨论，旁边的小速录员就闷头苦记。最后，副院长提议表决，审委会结束。承办法官将这份“审委会汇报笔录”入卷，按照表决出的多数人意见去判决。

这种多数人表决的形式，还真是让子建有些欢欣鼓舞，他觉得，靠多数人的智慧来处理疑难复杂案件，会更易于实现公平正义。可是，和审管办的一位“羽毛球健将”分享这一体会时，这位老大哥对此嗤之以鼻，他摇摇头，说子建太年轻，还看不透：一个案子有那么多材料，一期审委会就一个下午时间，排至少六七个案子，除了主审法官，其他人哪有时间阅卷，汇报什么不汇报什么，还不是主审法官自己决定，很多细节肯定是被遗漏的。

王子建愕然，难道每一个上会讨论的案子，都是走走形式，都还是按照主审法官的观点去审结吗？

老大哥笑了，扳着手指头给子建上起了政治课：“那倒不见得，但你想想什么是疑难复杂案件？事实复杂？证据繁多？涉及新类型？马泉多大的地儿，这种案子，你不会判，老法官和庭长还能不会吗？马泉法院没遇到过，城区的法院能没遇到过？上网搜搜其他法院的判决书，或者打几个电话问问，参照着别人的弄呗，能有什么问题。”

“案件为什么复杂？其他因素太多，审判员压力大没法判呗，那些有权有势的哪个不想干预一下司法，案件自然就复杂了。方方面面的压力，你都让审判员一个人扛？他扛的住吗？这种情况下，让案子经过审委会讨论，就弱化了审判员个人裁量的色彩，对他也是一种保护。”

“那，这种关系案都上审委会就没事儿了吧？”

“你以为审委会想上就能上啊？领导们能有多少时间给你开审委会？领导就那么愿意站出来给你签字？唉，审判这事吧，你怎么判都会得罪人。里面的水深着呢，得随时防着外人甚至自己人捅刀子，你以后审案子就知道了，或者啊，能留后勤享福，就千万别冲前面去，出了事可没人管你的。”

老大哥想了想，又补充道：“之前有一些人屁股不干净，胡搞事情吧又怕担责任，就钻过这个机制的空子，所以审委会才越来越难召开了，没办法，领导也怕被人当枪使啊。”

这番言论，倒也新鲜，子建闻所未闻。他很奇怪，为什么这些“机密信息”如此容易获取？老大哥也好，老杨也好，为什么他们都愿意对子建这么一个初入法院的学生知无不言？甚至，子建开始怀疑这些“信息”的真实性，怀疑这些讲述者的目的。

后来，和葛磊通话谈起此事，他倒是不以为意，说：“这很正常，每个机关都有这么一群人，他们仕途不顺，人缘一般，大多被扔在轻松悠闲的部门，就像被打入冷宫的妃子，早就没有了出头的机会。所以，他们什么都愿意说，听听也没坏处。但你自己也要有个判断，有时候他们会夸大其词，把失败都归结于制度、归结于别人。总之就一群失败者，呵呵。”

“嗯，我也觉得他们没必要编故事骗我。”

“那你也要小心，如果有人煽风点火，或者给你出什么主意时，一定要冷静分析，不要轻易按他说的去做。”

“不至于吧？他们害我干吗？”

“倒不是存心害你，只是太无聊了，巴不得单位里有好戏看呗。东北话管这个叫戳傻狗上墙。”

“好吧，谢谢，撕巴撕巴。”

“不是撕巴撕巴，是撕巴西巴。”葛磊又一次纠正了子建的发音。спасибо，俄语里谢谢的意思。

之后，是能不立案就别立案、不得不立时先去请示庭长的立案庭，在这里的工作主要是挑毛病：当事人主体资格的毛病、法院管辖范围的毛病、案由和诉讼请求的毛病、证据材料的毛病，等等。当然，你也必须时刻准备好应对当事人的咆哮。

立案庭的刘庭长对此也很无奈，不收案吧，有人四处信访，去纪委、监察找自己的麻烦；收案吧，业务庭室案多人少忙不过来，为了完成高院布置的结案指标，基层法院有时就得这样“源头控制”。马泉法院还算好的，每年案件数量不到 2 万件，省会城区的基层法院都有能达到 8 万件的，很多民口的法官每年结案超过 400 件，这是其他小地方法院的 10 倍。案赶着案，活儿压着活儿，年年招人，却年年人不够用。

起初，子建并不喜欢这个说话办事软趴趴的庭长，觉得他有点儿“面”，一脸挨欺负相。可是，子建每次被人拍着立案台痛骂的时候，他都会过来解围，把矛头揽到自己身上。

有一次，一个中年男子过来立案，子建解释了半天，告诉他起诉材料里必须提供被告的相关信息，证明他的住所地是在马泉——这是判断法院是否有权管辖的依据，还真不是存心刁难。但这个人还是火儿了，张口就骂，骂得非常难听。子建强忍着没有还嘴，但也窝着火儿，恨不能出去冲那张臭嘴来上两拳。

其他窗口的法官可能对此早就习以为常，并没有因为子建是新来的而过来帮忙。还好，在子建爆发前，刘庭长及时走了过来。

“你喊什么？我是立案庭庭长，有事儿你跟我说。”

“为什么不给我立案？他叫什么？我要投诉他！”中年男子指着子建，气急败坏。

“你投诉什么啊？不给你立案，那说明你的起诉有问题，没问题当然就给你立了。”

“你才有问题！你们这是什么法院？什么态度？还立案窗口呢，你们能有点儿服务机构的意识吗？”

中年男子咄咄逼人，但这种程度的吵闹丝毫影响不到其他人。旁边的窗口仍在继续忙碌，远处负责安检的法警只是偶尔向这边瞥上一眼，就连在座椅上等候立案的其他人，也都懒得来幸灾乐祸，他们满脸的麻木，捏着小条，等待着屏幕上显示下一个号码。

最后，是在组宣科。本以为是要联系点对外宣传的事儿，或者写写稿子什么的。结果，去了才发现，这些活儿都分给研究室干了，领导讲话的稿子也是研究室写，留给组宣科的全是些杂事儿，没什么意思。组宣科长也是个神龙见首不见尾的人，但她每天下午 4 点都会准时出现，拿上瑜伽垫去活动室做瑜伽。她四十来岁，听说年轻时也曾位列法院三大美女，不过岁月是把杀猪刀，现在可是看不出来当年的风韵了，唯一剩下的，就是那保持极好的体型。她不让称自己为科长，坚持要子建叫她胡姐。好吧，胡姐。胡姐人挺随和，得知子建会乐器后，更是高兴地说，“太好了，以后需要出节目就找你了。”虽然没什么兴趣，子建也只好连连应承。

反正也没有事做，子建干脆大刺刺地读起书来，这一周过得倒也快活。到周五时，阿华提议大家出来聚一聚，晚上一起吃顿饭。子建想了想，回城区的末班车是晚上 8 点 30 分，于是答应过去。

饭馆就在法院附近，除了静姐推脱有事外，其余的人下班后就直接过去了。文欣不想喝酒，也讨厌包间里的烟味，早早地就离席了。子建留意着时间，有一搭没一搭地和大家闲扯。

几杯啤酒下肚，大家纷纷表露出对马泉的不满。

“这破地方，哎，哪能算省会啊，连我们老家下面的一个县都不如，啥都没有！”波波还是一如既往的直率。

“是啊，地方不咋样，房租倒是挺贵的，我们在法院附近租了个三室一厅的房子，一个月要两千呢。”

大鹏看起来对这笔房租很是心疼。子建想都没想，脱口说道，“这就算便宜的了，你三室一厅才两千，我们在城区租了一间次卧，还一千五呢。”

果然，阿华笑眯眯地问，“我们？跟弟妹一起租的吧？我就说嘛，子建每天都往城区跑，也不嫌累。”

“来回跑不累，就怕回家后太累。”小军猥琐地附和着，大家都哄笑起来，闹着要看萧文婷的照片。子建无奈，只好让他们看了看手机，又引得一阵艳羡。

“这边的房价也挺贵的，你们说，法院会分房子吗？”子建试图把话题拉回正轨，小心地问道。

“很难说，据我所知，法院分过一次房，可就分了那么一次，还是10年前的事情了。”程程的小脸红扑扑的，他揽过话题，给大家讲了讲那次分房的趣闻。

“看看，还是在干部科消息灵通，来，哥敬你一杯，干了啊。”阿华频频举杯，不住地张罗，很快也有了醉意，开始吹嘘自己的辉煌过去，什么以前工作和老板打架啦，被几个女人追啦，等等。

子建听了程程的话，本就有些灰心。见阿华吹起来没完，更是心烦，干脆说要先走。大家都没表态，阿华却执意阻拦，非要子建再喝一点，晚些回去。阿华越强求，子建心里越别扭，他俩一个妄自托大，一个年轻气盛，终于杠了起来。

俩人连干了三杯，阿华说：“子建，兄弟们坐一起喝酒，别扫兴嘛。”

“呵呵，我酒量真不行，再喝可就回不了家了。”

“你放心，哥既然敢叫你出来喝酒，就一定负责把你送回去。就是想让你喝好点嘛。”

听到那个“哥”字，子建就暗暗憋气。看看其他人，小军是真不能喝酒，已经趴桌上了。程程似醉非醉，还是不大说话。大鹏和波波不知是没看懂阿华的意思，还是抱着同一种心思，也端起酒杯，挽留子建再坐一会儿。

好，自己找不痛快，那就甭怨我不给你留面子了。

“行啊，有华哥这句话，我也就放心了。那咱们就往好里喝。”

“痛快！来，一起干一杯。”

“不过，我今天肯定得回城，这都七点半了，真怕陪不好大家。要不，咱俩来组炸弹吧？”

阿华没听懂什么意思。

子建问服务员点了两小瓶2两装的56度二锅头，又起身拿了6个杯子，把这两瓶小二均匀地倒在杯子里，再兑满啤酒。这叫“深水炸弹”，大学里子建一起玩摇滚的朋友都这么喝。

“来，华哥，我敬你。咱们喝了这个，再喝啤酒。”

“这……我不太能掺酒。”

“没事，这不也是啤酒吗。”

这下，大鹏和波波都不说话了，阿华有苦难言，硬着头皮和子建喝下了这组炸弹。之后，子建频频举杯，找着各种理由敬阿华。又是两瓶啤酒下肚，阿华出去吐了一次，回到屋里就不行了，趴在桌子上一动也不动。子建不依不饶，还想把他喊起来喝酒。最终，还是被旁人劝住了。

算起来，自己喝了将近七瓶啤酒，阿华略多一些，能有八瓶。起身时，也有了想吐的感觉，头皮麻嗖嗖的，总想闭眼睛，神志也有些不清楚。

波波叫醒了小军，这家伙睡了一觉好像没什么事儿了，起身就能走。

他们商量了一下，程程送子建去车站，剩下的人架着阿华。

“王哥，你没事儿吧？”程程几次想扶子建，都被子建挡开了。

“我能自己走，你不用送我，快回去吧。”

“没事，一块儿跟你走走。呵呵，你酒量真好，把华哥给喝挺了。”

“我这也是强弩之末了，阿华忒嘚瑟，就得办他。”子建走得倒还算稳，但头是越来越晕了。

“对了，王哥，你知道了吗？”

“什么？”

“你下周要分去执行局了。”程程顿了顿，好像鼓了鼓勇气，又说，“张局长到干部科点名要的你”。

“哦。”子建使劲转了转脑子，却还是想不到要说什么，干脆没接茬儿。

公交车上，胃像翻江倒海一样难受，几次险些吐了出来，没过多久，又有了尿意，真是苦不堪言。一下车，子建也顾不得过往的行人了，快走两步翻进路旁的草丛，对着一棵松树开闸放水。卸去了这份憋痛感，头反而更加晕了。

呼，这真是一次惨痛的胜利啊。

第二章　初识困窘/不变真情

13　堆积如山的卷宗

在最完美的理想形态下，判案的法官在电脑前啪啦啪啦打出一份判决，小法槌一敲，赖账不还的张三就会眼含热泪的一边道歉一边掏钱，霸占房子的李四就瞬间洗心革面唱着红歌赶紧挪窝……这显然不是理想，而是幻想。拿到败诉判决自愿履行的当事人也有，但毕竟是少数。所以，打赢官司，到底是只赢个面子，还是真能赢房子赢地，不能依赖于当事人对诉讼规则的自觉遵循，也不能寄希望于朴素的道德信仰，还是要靠以国家权力为保障的强制执行。

不想还债？没关系，法官去查你的银行账户，直接划转。把账户的钱提前转移了？也好办，房子、汽车拿去拍卖，顺便通知单位，以后只给你发个基本生活费，把剩下的工资打到法院指定账户。什么？恶意转移了所有财产，就是铁了心不履行。好吧，先来个 15 天的司法拘留，完事儿再上网公布你的个人情况，把你列为“老赖”，限制你的不合理高消费，也让别人不敢再和你有经济往来。情节实在恶劣的，还可以定个拒不履行法院生效判决、裁定罪，判个三年以下有期徒刑。这，就是强制执行。

对此，子建倒也不太陌生。之前在律所实习时，有的当事人想委托律师，又怕白花钱，就可以签订一种“风险代理协议”。比如说，1000 万元的诉讼标的，律师想收 100 万元的代理费，双方约定：先交 10 万元前期费用，等案件胜诉后，再支付判决金额的 10%。也就是说，法官若判决败诉方赔你 1000 万元，你就再给律师 100 万元，判决败诉方赔你 100 万元，你就再给律师10万元。当然，具体的条款还可以再细化，弄个浮动比例啊，设个最低下限啊，都没问题。这种风险代理，实际上是变相规避案件败诉风险——律师是不能承诺案件输赢的，这是职业纪律里的明确规定。没有哪个律师敢在委托协议里写上“打不赢官司退代理费”，这属于违纪，去司法局、律协一投诉一个准。所以，大家只能换个思路，在代理费的计算方式上做文章，把它设计成一种“胜诉多交，败诉少交”的非固定形态。

有一次，子建在律所接洽了一个小建筑公司的老板，施工单位拖欠他多笔工程款，乱七八糟加起来得有四五百万元。他慕名而来，想请高辉代理这个案件，帮他把钱要回来。当时高辉正忙着在东北开庭，他授意子建，照着50万元的代理费谈。那是子建第一次谈案，倒是顺利，对方同意付50万元代理费，但提出要按风险代理，先支付一部分，等法院把钱执行回来，再付剩下的部分。子建拿不准，给高辉发短信，问：“师父，对方问能否风险代理。”“可以，先付10%。”于是，子建就按照这个标准和对方谈妥，定好过几天来律所签约。

结果签约那天，子建才意识到自己出了差错：高辉以为子建说的风险代理，是按胜诉判决金额计算的。而那个老板的意思，是要看法院能强制执行回多少钱。俩人掰扯了半天，最终，高辉同意按那名老板的意思风险代理，但是，至少先付四成代理费，老板权衡再三，还是放弃了。

专程飞回来签约的高辉显然有些恼火，但他没怎么责怪子建，只是说，“子建啊，以后这种事你要说清楚。咱们讲的风险代理，一般就到判决。后面强制执行的事儿，咱们犯不上掺和。到时候精力全耽误在帮他催执行上，还不够麻烦的。前两年，我弄过一个这样的案子，费了好大劲，又是查财产线索，又是托朋友。嘿，到最后那小子和对方执行和解了，约定每个月还10万元，分三年还清。”

“啊？那怎么算代理费啊？”

“是啊，我也没办法啊。就让他每个月给我1万元呗。后来，给了半年就不了了之了。也是朋友介绍的案子，我总不能真去起诉他吧？总之，跟执行法官最好少打交道，就一帮要账的，扯上他们事儿就麻烦。”

得，按师父高辉的意思，子建这次算是掉进“麻烦”堆里了。只是，他想不明白，为什么他的师父——一位在高院担任过刑庭庭长、民庭庭长、研究室主任的高级法官，会这样瞧不上执行工作，瞧不上执行法官？

再有，张杰局长亲自到干部科点名要走自己，摆明了是一种欣赏，那当时刘建辉又是什么反应？会不会暗暗憋气？想到这里，就好像有人暗地里帮他踹了那个小光头一脚似的，让人说不上来的惬意。高辉对于执行法官的负面评价，也就被冲淡了。

就这样，怀着七分好奇及三分小心，子建开始了在法院执行局的实习。

与之前短暂轮岗的庭室不同，执行局还举行了个小欢迎仪式，让子建受宠若惊：当时是早上，刚上班没多久，张杰借着学习高院下发文件精神的档口，召开一次局工作会议。会议室里黑压压地挤满了人。瞬间被投入一个陌生的环境，周围全是不熟识的面孔，子建难免有些局促。所幸，他还能四下散散烟，一边等着张杰，一边小心地回答着这些执行法官的问题，叫什么啊，多大了，老家是哪的，等等。

八点半，张杰准时出现，依旧是一身合体的运动服。与上次相比，多了一顶灰色的鸭舌帽，一个浅棕色的墨镜。

“大哥来了。”会议室瞬时静了下来，大家纷纷向张杰打着招呼。

大哥？听着这个称谓，再看看张杰的行头，子建又一次想到了“黑社会”三个字。大哥这两个字他叫不出口，恐怕真叫出口，关系没那么近，旁人也会觉得别扭。所以，子建还是恭恭敬敬地称呼了一声张局长。还好，他的瞬间判断是正确的，角落里坐着几个自己没来得及搭话的女孩，她们也用同样的称谓打了招呼。

“这么大烟？你们这是要放火啊？说了多少次了，屋子里有小姑娘时，不要一起抽烟嘛。”张杰摘下墨镜，看见眼前的云雾缭绕的“仙境”，转身又回去拉开了会议室的门。

子建有些惭愧，又不知该说些什么。正在犹豫间，张杰却也叼上了一支烟，一边掏打火机一边说，“好了，没事，我把门打开了。”

一个又高又壮皮肤黝黑的胖子大声起哄，“大哥，您能放火，不让我们点灯？”大伙儿一阵哄笑，角落里的女孩们也纷纷附和。

“好了，下回注意，不揪这事儿了。”张杰咧嘴笑笑，接着说道，“网上有通知，说要学个高院文件。我瞅了瞅，均衡结案指标改革的事儿，跟咱们没啥关系。那个，小刘？”

“哎。”角落里的短发女孩脆生生地应道。

“就甭宣读了，都坐好，拍两张照片，算开会学过了。”

“好嘞。”女孩麻利地打开相机开始拍照，以便在法院内网上发图片新闻。

“然后呢，主要是借这个机会，认识一下来咱们局实习的学生，王子建。”

子建没想到开会的正式议题被一句话带过了，连忙起身作了个简短的自我介绍，说了些前辈多关照指点之类的客气话。

“法学硕士啊？人才。我初中学历，咋能指点你啊？以后多帮帮你刘哥啊。”又是那个黑胖子，他张着大嘴，嘿嘿地笑着。这个人叫刘魁，后来，子建才知道他也是复员转业的军人，已经在法院待了20多年，由于一直没能考过司法考试，到现在还是书记员，和年轻人搭伙儿办案子。

“我觉得，学历都是虚的。社会才是最好的大学，我才刚刚入校。”

这句话，听起来有些阿谀逢迎，实际上是子建的真心话，他总觉得司法是一门经验主义学科，仅凭闷头致学无法获得所向披靡的实务能力——这一点，看校园里的那几个纯学术性的法学教师就明白了，他们和在校外兼职律师的教师相比，好听了说，是有点理想主义，坦白讲，则是有些幼稚可爱了。所以，这句话子建说起来格外诚恳，并没有显得自己有多圆滑。

起码，张杰对此表示赞许，他鼓励了子建几句，介绍了一下庭室情况。

执行局分为一庭和二庭，总共三十六人，这次除了八九个人出差了，剩下的都在会议室里。一庭人数多一些，负责执行新收案件，二庭则负责执行积案以及恢复执行类案件。简单来讲，收上来的案件会先分给一庭的法官去办，办不了的，可以作为积案移转至二庭，或者有符合条件的，也可以裁定终结本次执行程序，也就是简称的“终本”。对于被一庭终本的案件，如果当事人提供出新的财产线索，也可以申请恢复执行，这样，案子就又到了二庭。后来，子建还了解到，那些领导关注的、带有社会影响的特殊执行案件，也是直接分给二庭的，有点儿像锦衣卫的感觉。

若继续细分，执行一庭里还设置了简易组、查找组、强执组、拍卖组。但是这些基本上都是虚的，当前法院处理案件都是法官个人承办制，并没有像工业生产那样细分步骤环节。写上你是案件承办人，往往就意味着一管到底，别指望有谁去替你查找财产线索，你也绝不会闲得去帮别人组织拍卖。当然，这些组里，也有一个是例外，那就是子建被分去的“简易组”。

“子建，你跟着小许，先在简易组适应适应执行工作。小许，你多教教他。”

“好。”子建和一个看起来没精打采的中年男子几乎同时应道。

张杰口中的“小许”，也有四十出头了，当然还是要尊称一声“许哥”。他中等身材，比子建大概矮上半头，长的倒还算精神，就是表情有些不自在，看起来有点像在和自己较劲。比较显著的特征，应该是他那只比光头略长一点的发型，有些像刚放出来的劳改犯人。

就这样，子建跟着许哥回到了办公室。

“喏，就坐这儿吧。以前是小唐跟我一组，你肯定没见过。她是速录员，合同期满被辞退了，这几个月就都是我一个人跟这盯着。”

许哥倒也随和，又是帮着找抹布，又是给他腾橱柜，还硬送给子建一个大号玻璃烟缸，它的造型是一只天鹅，长长的脖子倒是个不错的抓手。

办公室很快就收拾干净了，这是子建来法院以来，第一个固定的位子。这里的办公环境不仅比律所公共区域那种鸽子笼强得多，就是和高辉的办公室比，也毫不逊色：25平方米的办公室，角落里有一组皮沙发，靠窗摆着许哥的一张行军床。两张暗红色实木办公桌相对摆放着，每一张都宽大到能轻松躺下一个人。与办公桌相配的，还有同样材质颜色的桌边柜、电脑桌、组合书架衣柜，以及一张非常舒服的黑色皮质老板椅。恐怕这就是郊区的优势了，城区的法院子建也去过，还真没见过哪个普通干警的办公室能有如此水准。

此刻，子建和许哥一人抓着一只玻璃天鹅，抽烟闲聊起来。

“许哥，咱们简易组都干点什么啊？用不用出去执行啊？”

许哥潇洒地吐了口烟，悠悠地说，“整个执行局里，除了内勤，就咱俩不用出去执行。”

子建的心顿时凉了半截。

“不过，咱们比任何一个组结得都多。他们每组一年不就执结百来件案子么。咱可不一样，每年至少200多件。”

“啊？那咋弄啊？”不出去执行，还能结200多件案子，子建忍不住发问了。

“呵呵，上来案子，咱俩先过滤一遍，把那些好弄的、被执行人可能自愿履行的挑出来。打电话，说服他们来法院主动交钱。然后，再把案款发给申请执行人。这不就结一个案子吗。”

“打个电话，他们就能主动过来交钱啦？”

“看案件情况，也得看咱俩本事。当然，你还得会挑案子。”

“那被执行人如果不交呢？”

“咱俩手里的案子不能超过一个月，我一般是控制在20天。20天之内不来交钱，甭管他说得多好听，你都得找内勤，就刚才照相那小刘，刘琴，让她把案子转到别的组去。要不，剩的时间太短，别人的活儿就没法干了。”

“哦，明白了。”

“还有个事儿，挺难办的，哥都有点不好意思提。”许哥表情好像有些为难，但同时又带着几分期待。

“什么事儿？许哥您直说就行。”

“那个，小唐走的时候啊，剩了些卷没订完。咱们今年年底之前，都得订好了归档，恐怕得辛苦辛苦你了。”

“咳，我当啥事儿呢。不就订卷吗，没事儿。您甭管了，都放我这儿就行了。”

子建没有迟疑，很自然地就揽过了这个活儿。这是他一贯的想法，活儿没有白干的，踏实去做，自然会从中找到收获。熟悉熟悉订卷的流程，还能从卷宗中学点东西，观察别人的工作方法，不是什么坏事。就算真是那种没任何技术含量的“垃圾”工作，把它细心做好，也能展现出个人的工作态度。他刚去律所帮高辉做事的时候，也多是些跑腿打杂的琐事儿，甚至还包括交物业费、保养汽车那些私事儿。小事都做不好，谁敢把大事交给你？

“呵呵，都在储物室里堆着呢。走，我带你看看去。”

打开了储物室的门，子建有些傻了：三摞一人多高的卷宗紧挨着堆在墙角，像座小山。想把它们整理装订起来，还真是个浩瀚的工程。

“许哥，这些都是吗？”

许哥搓着手，继续憨憨地笑，“啊，这些都是。这几年没咋顾上订卷，呵呵。是多了点，咱们尽量弄吧，到时候能弄完多少算多少。档案室也是，不早点通知。”

王子建心里浮现出上万只草泥马奔驰于辽阔原野的画面，几年没订的卷，2 个月就得弄完？好，那就弄完它！

于是，默默下了狠心的子建，嘴上故作轻松地说，“没问题，您放心吧。肯定能弄完。”

14 办公室里的琴声

“喂，你好，是某某吗？我是马泉法院执行庭的……”

每天上午，许哥都会打上几十通电话。基本上每通电话，都是这句开头。下午则不再打电话，而是等着被执行人来法院交钱，或者约申请执行人来领案款。这种情况下，子建负责跑腿办手续。有的下午，许哥会在办公室陪子建聊天，但更多的时候，他会悄悄开溜。“有事儿打我手机”，则是心照不宣的暗号。

当然，不管许哥在不在办公室，子建都会拼命订卷。

排顺序、写卷皮、编页码、填归档卡。然后，把卷装订起来，薄一点的用锥子，厚一些的靠电钻。最后，贴封条、盖骑缝章，再把正卷副卷用线绳绑在一起。说起来很简单，但干起来真的很费时间。即便下午不被当事人打断，每天也只能订个 20 来本。完成这些机械的劳作时，子建找不到一丝成就感，他觉得自己就像一名不称职的装裱工人，站上了一条错误的流水线。而且，过于细皮嫩肉的他，纵使带着白线手套，手也很快磨出了血泡。

若单是这些苦楚，子建绝不至于有何怨言。最让他心烦的，是卷宗中有时会缺少材料，需要他“技术处理”。它们有的缺少送达司法文书的回证，有的缺少必要的问话笔录，总之，就是不符合归档要求。这些案子，大部分是许哥的，还有一些是其他执行法官的，不知怎么也混在这里。一开始，子建总是去指出问题，希望他们能进行一些加工处理。但所有人都撒手不管，就好像那些卷宗和自己没关系似的，一个个躲得老远，让子建自己酌情给“弄弄”。几次之后，子建也懒得再和他们废话，赌气似的问都不问，看卷里缺什么就补什么。这样做其实也有风险，如果案子真有瑕疵，子建反倒成了造假的元凶。但他顾不得考虑这些，能不能及时把卷订完，顺利归档，才是他此刻最关注的事情。

许哥虽然没有插手帮子建订卷，但他明显越来越觉得不好意思，下午消失的次数也逐渐减少了，经常缩在自己的座位上和子建聊天。有当事人过来交钱或领钱时，他会拦下子建，自告奋勇地去办手续。

这恐怕就是体制内的好处，单位，就是一个相对稳固的缩微社会，人们总要顾及自己的言行品格，注重旁人对自己的评价。所以，再小气的铁公鸡，也要学会慷慨拔毛，也都要背起一座辉煌的牌坊。许哥也是这样，虽然厚着脸皮把这活儿都推给新来的子建，他也必须恪守内心塑造的自我形象：对领导忠诚，对同事讲究，对朋友义气。显然，意识到自己对子建的“不讲究”后，他也会有“本我”与“自我”碰撞后产生的愧疚。

毕竟，没有任何领导给子建布置这个任务。子建一轮岗实习的应届学生，磨磨蹭蹭地订卷又能如何？阳奉阴违地不去订卷又会怎样？反正最后剩下的卷还是许哥自己的，和旁人没有半点关系。执行局所有人都知道，是小许抓了子建这个“苦力”给自己“擦屁股”，那么，不管擦得怎样，勇于伸出援手的人总不至于反落埋怨吧？只是，子建不想去玩这套阳奉阴违的把戏，如果真有时间琢磨如何推诿，倒不如踏踏实实把活儿干完。

子建越是这样，许哥越是愧疚。除了搭话陪聊外，他开始隔三岔五地给子建送张洗浴中心门票，撇包好烟啥的。子建推脱不过，抽屉里的中华、苏烟也渐渐多了起来——舍不得拆，想拿回家孝敬老爷子。

其间，庭长还找了个饭辙，拉全庭人聚了一次餐，也算是给子建搞了个欢迎仪式。这顿饭，让子建见识到了执行局的酒风，旁人不说，单是那个黑黑胖胖的刘魁，就已经让人胆战心惊了，眼瞅着两斤白酒已经进了肚，还能叫嚣着要和许哥拼啤酒。这种场合，子建还是给自己留有余地的，老战术，上桌先认怂，咬死了自己酒量不行——这是酒桌生存第一法则：除非你有千杯不醉的特异体质，或者谁也不敢狠命劝酒的特殊身份，否则一定不能自夸酒量。要不然，就等着被抬下酒桌吧。饶是如此，子建那天也没少喝，但总算没出丑，挣扎着回到办公室，赖在许哥的行军床上睡了一下午，也就清醒大半了。

日子一天天过得飞快，很快就是十一黄金周了。萧文婷要回老家咸阳，早就订好了车票。子建最终决定，这次不回家乡，也不去萧文婷租的房子。干脆，就留在马泉法院订卷，睡许哥那张行军床。

于是，送走萧文婷后，子建住在办公室里，开始疯狂地订卷。还好，假期里有值班法警，自然也就有留守厨师，早中晚三餐虽然比平时寒酸，但还是一应俱全。订卷累了，要么出去逛逛，要么用办公室座机打电话给朋友聊天，秀一秀自己的加班忙碌。好像大家都是这样，年轻时总是喜欢炫耀忙碌，熬夜加班啦，赶场出差啊，催命一样半小时响五六次的电话啊，好像闲下来就是一种罪恶。而到了中年，又开始炫耀悠闲，什么三天两晚的游轮海钓啊，宝贝猫狗是多么的占人时间啦，如果谁到了那个岁数还是每天疲于奔命，反倒又成了人生的败笔。

不管有没有炫耀成功，总之，对于每天七八十本的订卷速度，子建还是非常满意的。

假期第三天的午后，王子建在走廊里抽烟散步。经过同层的一间办公室时，依稀听到了吉他的声音。他忍不住停下脚步，竖起耳朵听了起来。的确是干净的木吉他音色，但一听就是新手，弹得断断续续，没有音节强弱关系不说，吉他的 6 根弦有一半都跑了音也听不出来，仍在坚持弹着。

他犹豫了一下，还是敲响了门。

“谁？”一个年轻女孩的声音。

“王子建，执行一庭的。”

门开了，是上次在会议室照相的那个短发女孩，刘琴。她满脸愕然，惊讶地说，“你怎么会在这里？不回老家过节吗？”

“我想把卷订完，呵呵。”

“天啊，你太敬业了吧？”

“你在弹吉他？”

“哦，是我弹的。肯定很难听，吵到你了吧？”

刘琴俏皮地把子建让进屋子。

办公室比子建他们的略小了一点，但只有刘琴一个人，倒是更加宽敞一些。屋子收拾得干干净净，桌子上摆着松竹、绿萝，窗边还有一盆大大的吊兰。生机盎然，一尘不染，还真是让子建自惭形秽。

“呃，师姐……”

“快别这么叫，师姐啥，你比我还大呢。叫我刘琴就行了。”

“好吧，你也在加班吗？”

“我，我在复习。”

后来，子建才知道。刘琴是专科院校的学生，学的速录，20 岁毕业后来到马泉法院当聘用制书记员。2 年后，她自学完成了专升本的考试，取得了国家承认的本科学历。又用了 2 年，她考过了司法考试。现在，她在备战公务员，打算明年考马泉法院。那是第五年，她合同期的最后一年。也就是说，现在她只有 24 岁。

刘琴显然对子建这类“学霸”有些崇拜，她也不见外，拉着子建请教起许多问题，公务员考试申论的写作技巧，行政能力测试该如何分配答题时间，等等。子建只好搜肠刮肚，在最短时间内，把那些凌乱不成体系的应试经验攒在一起，一条一条地分享给刘琴。

“哇，你差点考进国务院啊！”

“哇，你司法考试能考到 450 分？天啊，我考了两次才过，只有 362 分哎。”

“王子建，你真的很厉害！”

刘琴的赞扬让子建有些飘飘然了，他险些忘记自己是被琴声吸引过来的。于是，他拿起那把吉他，嗯，还不错，虽然前后面板都是木料拼接的，但总算是个靠谱的品牌。应该是 38 英寸的非标准琴身，比较适合女孩子，但让子建用的话，会有些偏小。

“琴还不错，初学够用了。”

“哦？”刘琴一直狐疑地看着眼前把吉他翻来覆去的子建，想来在担心乐器被这个冒失的门外汉弄坏。她没料到子建说出这么一句话，愣了一下。

“我是说，这个牌子还不错。虽然这个型号是广州那边产的，但好歹也算是个意大利牌子。以后练好了，可以考虑买一把更好的，合板儿的音色始终不如单板的通透。”

“你也会弹吉他？”

显然，刘琴是把自己归结到“会弹吉他”的人群里了。

子建心里叹了口气，答道：“嗯，大学时弹过几年。还有，你这样练琴，会把耳朵练坏的。”

“把耳朵练坏？”

“对，练琴前，必须先调音。要不然你会失去对音准的把握。新手一般按 C 大调定音就够了，如果需要转调，你可以用变调夹。”

刘琴一脸茫然，估计是听不懂。

“琴跑音了，应该这样调。”然后，子建三两下就把吉他的音调好了。嗯，听起来舒服了很多。“你有调音器或者定音笛吗？”

“没有，我家里电脑上有个软件。”

“那我教你一招。”子建走到办公桌前，按下了电话免提键，“嘟——”，一个恼人的长音。

“这个，就是国际标准的 A 音，和你吉他的五弦空弦是一样的。”说着，子建拨响了手中的吉他。

“天啊，真的一样哎！你是怎么做到的？为什么你不用工具，也能把琴调准？”

“这个叫绝对音准。就是说，心里有音高的概念。所以不用定音工具，一样可以按各种调式调音。”

“你弹了几年吉他啊？我以后是不是也能练成这样？”刘琴满脸兴奋，她没想到子建是这样一位大神。

“我以前拉小提琴，所以需要练耳朵。如果是只弹吉他的话就无所谓，练出来也没什么用。”

子建委婉地措辞，生怕打击到眼前的小姑娘。刘琴哪里知道，绝对音准这个东西，七分天生三分修炼。子建拉的是小提琴，琴颈上没有品丝，弹准每一个音符都要靠耳朵。而吉他这个乐器相对简单，只要把琴弦调准，按哪一品出哪个音。所以，半路出家学吉他的人，即便练到技艺超群，往往也少了一副能听出音准的耳朵。

“嘿嘿，你能给我弹两首吗？”

“你刚才在练什么？”

“喏，这个。”刘琴递过两张打印的曲谱。

宫崎骏的天空之城。一首并不复杂的曲子，但显然不是刘琴能驾驭的难度。

子建摊开乐谱，熟悉了一下指型，在心里把几个觉得不好把握的小节演练了一下，然后，一气呵成，把整首曲子完整地弹了出来。当然，他也没有完全忠于曲谱，那些编配比较单薄的地方，还是作了一些小的改动。

一曲终了，刘琴听得很入迷，她让子建又弹了一遍后，问道，“你以前练过这首曲子？”

“这曲子我看那个动画片时听到过，有时候会用小提琴拉着玩，刚才是第一次用吉他弹。”

“你能拜我为师吗？”

“啊？”

“不是不是，我是说，我能拜你为师吗？教我弹吉他吧！”

“拜师就算了，呵呵，相互学习吧。”

“师父！师父！”

“好吧。别给学费就行。”

子建又弹了几首曲子，还小声哼唱了一首约翰克莱普顿的《泪洒天堂》。唱完后他才意识到，自己不经意间违背了对萧文婷的承诺：不许单独对着其他女孩吉他弹唱。

刘琴就租住在法院附近。接下来的几天，她一早跑到法院复习一会儿，然后就来找子建，一边帮他订卷，一边听他讲一些“强－弱－次强－弱”之类的基础乐理知识。午饭后，两人弹一会儿吉他，刘琴就回自己办公室看书。子建则继续埋头苦订。显然，就像刘琴没什么音乐天赋一样，子建也不得不承认，和刘琴相比，自己显然是个“订卷新手”：她简单地提示了几下，纠正了几个步骤，子建的效率就明显提高了。但即便如此，仍比刘琴要慢上许多。晚饭后，刘琴也会来帮子建订几本卷再走。嗯，这个徒弟还是收得很值的。有了这个活泼女孩的陪伴，子建原本苦逼兮兮的昏暗假期，也如同她屋里的植物一样，有了盎然的生机。

15 必须遵循的内部规则

早上一上班，看到办公室摆放整整齐齐的800多本卷，许哥惊呆了，他显然没想到7天长假王子建会窝在法院订卷。

“傻小子，你这是干吗啊？这也太让许哥过意不去了。唉，真是，这……”许哥急得都不知道该说什么了。

“没事，早弄完了心里早踏实嘛。会议室也就剩了300来本了，再有几天就能订完。”

“别再订了，这些就够数了，别这么拼命。要不，你甭管了，我订！”

许哥的这种态度，显然也是子建辛苦订卷换来的一分收获，这让他想起了三师兄刘洋一贯的处事方式：要想学会耍滑，就要先学会实在。在与人交往的过程中，先毫无怨言地吃点亏，这叫“投石问路”。你看对方是什么反应，如果他有愧疚，自然就会有回报。OK，继续交往，继续让自己吃亏，对方继续回报，这样两人的感情越处越深，就成了好朋友。如果对方对你的付出不以为意，真把你当成个傻子处处占你便宜，也别生气，看透了就和他拉开些距离，自然他就再占不到便宜。而且，你也不会白白付出，他不领情，可他身边的人看得见。这样一来，你的圈子也就慢慢变大了。

听完刘洋的讲授，子建恍然大悟。为什么刘洋会有律所最好的人缘？那是因为他和每个人交往都很真诚，愿意主动付出。确实有那些不讲究的人，只想占他便宜。但子建不正是把这些看在眼里后，才认定刘洋是值得交心的朋友吗。这就是刘洋“稳赚不赔”的生活模式，付出了，一定会有收获。那些觉得刘洋傻的人，恐怕才是真的傻，总是去占全律所公认“大实在人”的便宜，其他人又会怎样看你？

“子建，”刘洋那次用非常少有的缓慢语速对他说，“对那些看上眼的人，你很讲义气，这很好。可是，对那些看不上眼的人呢？你也不能那么冷，更不能去主动得罪他们。怎么说呢，别活得太明白，糊涂一些，起码，得看起来糊涂一些。要不然，你会吃亏的。”

刘洋说得很有道理，可当时的子建显然没听进去。直到现在，他还是做不到对每个人笑脸相迎，做不到对看不顺眼者缄默收声，上次和阿华拼酒，就是一种公开的树敌。不过，这次自己的表现应该还算不错吧？

觉得努力没有白费，子建很是自得。但他还是不忘说上一句，刘琴那几天总来加班，帮自己订了许多。可许哥显然没在意这种细节，他中午非要带子建同去赴宴，一起见几个社会上的朋友，其中除了一名公安局预审科的副科长外，都是些小公司的老板。这是许哥的小圈子，他们操着同样的口音，讲述着共同的经历。觥筹交错，子建融入其中，却又恍若置身事外。他年纪最小，却硬被捧到正座的右手边，紧挨着许哥和那名警察，倒水、倒酒、点烟这些事完全插不上手，即便是简单的敬酒，那些中年人也会忙不迭地站起来迎合，起起坐坐，搞得饭桌鸡飞狗跳。

许哥笑着说，“子建，在座的都是兄弟，别那么客气嘛。你看谁该喝酒，不用站起来，就坐着敬他一杯。他要是不喝，就是不给咱兄弟面子。”

“谁敢不给法院兄弟面子？来，我敬小兄弟一杯！”那位小建筑公司的老板应声站了起来，一口干掉了半杯白酒。

……

国窖、权力、驴肉、自我满足、软中华、社会地位……这些字眼像长了翅膀的小丑，在子建脑袋里肆意飞撞着，他说自己喝多了要回办公室睡觉，坚持让一名老板的司机把自己送回了法院。随后，其他人就去茶馆打牌消遣了。这下，子建总算明白为什么许哥下午总是不在单位了。

随后的三周，子建订完了所有的卷，总共 1200 多本，归档时用借来的小推车运了 5 次。档案室的三个人一本一本地打开检查，忙了整整一天，结果只有 8 本不太合格，拿回去简单加工了一下，也就符合归档要求了。这样一来，子建了却了一桩心事，顿时轻松了许多。

许哥的意思，是让子建好好休息两天。但闲着也实在难受，子建主动请缨，希望许哥能教他怎么弄案子。许哥倒是毫不保留，恨不能一口气把所有的方法技巧都传给子建。但他不太会归纳概括，满肚子经验却硬是说不出来，有点像蛋糕店里那个被塞住的裱花袋，满肚子奶油，就是挤不出来。干脆，子建直接上手，按着免提通话，每打完一通，就让许哥点评一下。

“不对不对，你刚才太强硬了。他是孩子亲爸爸，抚养费又没几个钱，他是在和女方赌气。你要是做做思想工作，应该就能说通。”

“这种人一听就是老油条，甭跟他废话，就吓唬他，不交钱就把他房子卖了！”

“对，你不能说太多，要不然他就该转移财产了。你可以说拘留他！”

……

看来，简易执行组的工作，一点都不简易。打每一个电话前，都要翻翻卷宗，区别案件类型、被执行人性格、被执行人经济状况等多种因素，拟定一个战术。打通电话后，还要随着对方的反应，不断调整自己的节奏，灵活运用“情感疏导”“言语震慑”“利弊分析”“粗暴威胁”等多种技巧。当然，还要注意做好保密工作，避免泄露下一步工作方向，打草惊蛇让当事人转移财产。

慢慢地，许哥能挑出的毛病越来越少，子建终于算是摸出了门道，打电话催要执行款的成功率也逐渐高了起来。他翻了翻手里的卷，发现被执行人是一名教师，案款标的只有两万元。原来，这名教师去年买二手房，和一家中介公司签了看房协议。结果，买到一半，他发现房子的主人是以前一学生的家长。这太巧了，买房和卖房的都觉得中介有点多余，就私下成交了这套房子。结果，教师的做法违反了看房协议，中介起诉后，法院判决教师赔偿两万元违约金。OK，子建登时有了思路。

“喂，您好，是某某吗？”

“你是哪位？”

“我是马泉法院执行庭的法官，我姓王。”

“我不想和你们说话。”电话应声挂断。

有意思！子建和许哥对视了一眼，都笑了。

嘿，小样儿，还办不了你了？子建摸出一支烟点上，一遍又一遍地拨起那个号码。前三次都是拒接，第四次，教师才接了电话。

“你们有完没完……”

“某某！配合法院工作，也是在保护自己的合法权益。你再挂一次电话试试？”子建气势十足，无比严厉。许哥在对面冲他竖了竖大拇指。

“挂电话是我的自由。我挂了又怎么样？”对方也是没什么好气。但说出这样的话，证明他已经被子建唬住了，不会再挂断电话。

“你不接电话我们就找不着你了？法院的警车 15 分钟就能开到你学校，当着一群学生的面把你叫出来，有意思吗？”

“……”电话里一阵沉默。

“我问你，法院判你赔偿中介公司两万元，你给了没有？”

“法院乱判！中介什么都没有做，我为什么给他两万元？我的钱也不是大风刮来的。”

“你在协议上签了字，又不按协议办事。法院判你败诉，你有什么委屈的？现在判决生效，人家申请强制执行了。再拖下去你还得交利息和滞纳金呢。”

“他们当时没有说清楚，就让我签字了。”

“您是个老师，有文化、有素质。您应该知道，每个成年人，都必须对自己的行为负责。”

“不用你教我这些。”

“对，这些话确实轮不着我来教您，因为您一定也会把这个道理教给学生。”子建好言相劝，慢慢地化解对方的抵触情绪。

“我刚买完房子，真的没有钱了。你们找我也没用。”

行了，这就基本搞定了。

子建叹了口气，故作无奈地说：“好吧，您是教师，我相信您的话。我也不会去银行查您的账户，更不会去拍卖您刚买的房子，为这点小钱，咱都犯不上。对吧？”

“对，我……”

“您听我说。但是！”子建语气一转，又严肃起来，“我理解您，也请您理解我。对方申请法院强制执行，我们不可能什么都不做，否则就是渎职。这样吧，反正您也有正经工作，中介那边也不至于怀疑您的赔偿能力。这钱啊，您甭急着还，我也再不联系您了”。

“啊？”对方有点懵。

“我一会儿过去一趟，给学校的领导发个手续，让他们以后把您的工资直接打到法院账户，然后您每个月找我一趟，领点基本生活费。我也不知道您工资有多少，反正每个月还个几千，两万块钱嘛，很快也就还完了。”

“别，你别过来。”老师有些慌了，“我一会儿有课。”

“您该上课就上课去，我又不找您。”

“我过几天就把钱送过去，我去借，行吗？”

“对不起，我们有要求，承办人收到案件后，3天之内必须采取措施。这个案子是前天上来的，所以我只能等到您今天。”

“那你们前天也没找我啊！”

“案子太多，一天压着一天的，我们也是忙不过来。真对不住，轮到您这儿，就已经是最后一天了。”许哥看子建煞有介事的样子，险些憋不住笑出声来。

“那我怎么办？”

“今天下午，您最好能把钱送过来，要不然我只能准备好手续，赶下班前送您单位去。您说，一百四十多万元的房子都买了，还能凑不出这两万块钱吗？”

“我下午过去。”教师彻底败下阵来，很小声地答应了。

“好，来了打我这个座机就可以。我等着您。”

挂断电话，许哥连连感慨，说子建到底是高学历，学什么都快，真是不错。

入了门的子建越干越起劲，除了有两个因被许哥拖走喝酒而昏睡的下午，他都在不停地打电话，忙得不亦乐乎。直到有一天许哥把他拦下，表情凝重地说：

“子建，别再打电话了。把收案本拿来我看看。”

子建不知道是不是自己惹了祸，赶忙把收案本递了过去，那里面记着执行一庭全庭所有案件的收结案时间，自然也包括了子建这段日子的劳动成果。

许哥皱着眉头，一边翻看收案本，一边扳着手指头数数。

“许哥，怎么了？”

“子建，咱俩到过年前都不能再结案了。手里那些别弄了，都转到其他组吧。”

“啊？为啥？”

“案子结得太多了，咱们得悠着点干。要不其他组有意见。”

“结得多了不好吗？咱们多干点，其他组不是可以少干点吗？怎么还会有意见？”子建满头雾水。

许哥先是顾左右而言他，没正面回答子建的问题，但最终还是憋不住了，干脆捅破了这层窗户纸：“子建，哥这么跟你说吧。咱俩玩的是简易案件，用电话把人喊过来交钱，不用出去东奔西跑，跟办公室里就把活儿干完了。是吧？”

“对啊。”

“因为案子简单，所以咱们一年能弄个 200 多件案子，其他组都是 100 多件，一直以来大致也都是这种比例。刚才我数了一下，这两个月你干得太多了，今年一年，咱们的结案数已经快 300 件了。”

子建有些不耐烦起来，不知道许哥到底要说些什么。

“咱俩把这些好弄的都挑出来弄完了，那其他几个组怎么结案子啊？所以你得匀着点儿，也给他们分一些好执行的。”

“可是，其他组不就是应该去执行那些不愿意主动交钱的当事人吗？”

“话是这么说，但每个案件的被执行人情况不一样，不是每个案子都能执行到钱，被执行人没财产，法官又不是神仙，总不能变出钱来。但现在社会上的人不管这些，完全不想想自己为什么和无赖做生意，为什么轻易借钱给人，反正只要执行不到钱，屎盆子就都扣法院头上，就全赖上执行法官。没办法，咱执行局既然干这个的，就得想办法结案，要达到 98% 的执结率。你订卷时也看到了，那些实在查找不到财产的案件，都是挂的终结本次执行，毕竟这样也算结案，以后发现了财产再说。但是，执结率有了，每个组的实结率也不能太难看啊。什么叫实结？就是你实际执行回案款，这是要看到真金白银的。明白了吧？如果咱把能执行回钱的全都挑走了，别人就只能白忙活了啊。”

子建明白了。这是各工作组之间心照不宣的默契，也是许哥不得不遵循的内部规则。只顾自己的结案数量，不管其他“兄弟”死活的人，会被认定为不守规矩、自私自利，纵使出尽风头，也不会有好的下场。子建突然想到了英雄，那个曾经每年干完别人两倍案件的工作狂。是啊，老杨似乎也没有看透这一点，英雄愿意全年无休地加班，愿意舍弃家庭与个人生活，可并不是庭里每一个人都可以陪他一起“发疯”。当你用“疯狂”把别人的“优秀”对比为“卑劣”时，也就不要怪别人对你没有好感了。所以，英雄不仅得罪了领导，其实也早就得罪了许多同事，纵有感人至深的先进事迹，有着鲜血换回的荣誉勋章，除了那位赴任马泉蜻蜓点水般镀镀金后转瞬调走高升的院长，还有谁真的会为他感到不平呢？看来，玩命订卷那样的事情，做一次就够了。想到这里，子建心里有些发堵。

16　打破平静的电话

如同一颗从运转良好机器上扯落而被无端弃置在一旁的螺丝一样，停下手头工作的子建很是无所适从，他渴求着发生一些不一样的事情，却接连几天都只能窝在办公室里读书、读书、读书。也许这是很多人梦寐以求的工作形态，他们能够灵巧地绕过“一杯茶水一叠报纸”式生活的枯燥无聊，只去感受与无聊并生的安逸与稳定。出于对多样性文明的尊重，子建理解这种内心诉求，但他显然达不到此种遁世入定般的思维“境界”。没有意义的悠闲，只会让他丧失存在感，让他锈迹斑斑，让他陷入一种无法抑制的烦乱。

许哥也许理解不了子建为什么一闲下来就如此坐立不安，但好说话的他耐不住三番五次的央求，总算同意帮着找些事做。在这种多干少干一样按月拿钱的单位里，恐怕最容易抢到手的就是工作了。用“抢”字都有些多余，离年底“大考”越来越近，其他组都东奔西走忙得手脚朝天，每个人都恨不得能抓个帮手，把手中的活儿分一些出去。所以，许哥只需要透露一句“我们组这两天没啥事了，忙不过来就说话啊”，各项工作就纷至沓来了。出裁定、写审理报告这类活多是子建一人去做壮丁。但有时许哥也会被拖下水，俩人拿着其他人的执行公务证，去银行查封账户，或者去办司法拘留。至此，王子建终于如愿以偿地开上了借来的警车，能够打着警灯在应急车道上肆意驰骋，也算是一件惬意的事情。

打破这份平静的，是来自家乡的一个电话。

在外求学多年，虽只有这么一个孩子，父母也早已习惯了子建不在身边。对家人，子建也比较寡言，肯定无法像女孩子一样每天与父母煲一通温情电话，除去有特殊事项外，他一般只在每周固定的时间致电家人，简短说说近况，询问家里有无事情发生。这一点，已经默默持续了几年。

总的来说，子建是一个让人省心的孩子。这种省心，当然不是指子建打小根红苗正般的品学兼优，而是子建过早地对父母没有了依赖。也不知是子建的性格为父母营造出松心的生活，还是父母的生活姿态逼他过早培养出独立的性格。总之，子建习惯于自己作出决定，并尽可能地不给家里添麻烦。

父母固然是无条件地爱着自己，像所有父母一样将责任感融在血液里变为天性，爱孩子可以爱到舍弃身家性命。子建也始终能感受到父母的爱，但现在想来，虽然这种爱中没有强迫——很多父母把自己的人生缺憾折射在孩子身上形成病态苛求，这一点固然很好，但也明显缺乏一些必要的指引，如何去成长，仿佛完全成了子建自己的事情。父母永远站在子建背后微笑支持，不管他处在何种人生阶段，不管他是否面临着严峻到足以扼住呼吸的困难，他们都是站在那里，就像看待蹒跚学步的婴孩，抱着一种“摔倒恸哭也无所谓嘛”的轻松姿态，静静地观看，默默地打气。然后，子建纠结、挣扎、拼杀一番后，满脸是血地扭过头时，依旧能读到他们的笑意——“看，早就说这孩子没问题嘛”。大体，就是这样一种模式，在他的印象里，早已记不起自己最后一次就某项事情询问父母意见是什么时候了：

初中时的子建，和一群不良少年混在一起，抽烟、打架。考出一个不堪入目的中考成绩后，父母问他想去读普通高中还是职业高中。如果读普通高中，就要交一笔不菲的择校费。这对作为普通国企职工的父母而言，显然如同用刀去割肉。他们没有分析两者的利弊，更没有责备子建的成绩，只是把选择权默默地放到了子建的手上，就像递过电视遥控器那般平常。当子建决定去读普通高中后，他们二话不说，凑钱、送礼，把子建送入了一所还算重点的高中。做完这一切后，他们也没有像一般父母那样提些“好好学习”“别再混日子”之类的要求，语重心长的也好，暴跳如雷的也好，总之是统统没有。

高一及高二的上半学期，子建继续过着放羊般的生活，做的唯一正经事，就是考过了小提琴十级——这是完全出于自己的兴趣。脱离了初中混乱不堪的环境后，倒是不怎么再惹是生非了，但和老师顶嘴、逃课、躲厕所里抽烟、在操场上放二踢脚之类的小事，也是杂七杂八发生了不少，自然免不了一次次地请家长。至于子建的成绩嘛，当时和那些体育特招生在伯仲之间。当然，小提琴十级证书的作用，怕是连市二级运动员都不如——学校里一抓一把的钢琴、琵琶、古典吉他选手，也都不对艺术类高考特招抱有希望。但是，子建的父母仍不着急，从不过问他的成绩，也很快习惯了在成绩单第二页倒数前几名的位置找寻自己儿子的名字，在右侧空白位置麻利儿地签字。

高二下半学期，子建和班主任大吵一架——现在想来也许是中了老师的激将法也未可知，很遗憾她在子建大学二年级时出车祸去世了，等子建成长到可以平静下来思索事情是否具有另一种可能性时，探寻真相的门径已经永远关闭了。只是，当时子建狭隘的自尊心显然受到了严重伤害。受到伤害的应当是自尊心吧，因为那位老师对气得发抖的子建说："知道生气，好，说明你还有自尊，如果哪天连自尊都没有了，就只能是个浑浑噩噩的废人。"随后，子建将小提琴束之高阁，以近乎自残的姿态疯狂学习，恶补高中甚至初中的课程，常常每天只睡 4 个小时。父母对此同样是没有任何意见。可能，又会那样携手站在背后，说一些"看，早就说这孩子没问题嘛"之类的话吧。子建顾不上这些，他摒除了一切杂念埋头苦读，用一年半的时间弥补了之前多年的知识空白。最终，他高考通过了本科一类院校的分数线，在全校排名第 17，照片被贴在学校的公告栏里，作为教育成功的典范。当然，公告栏既贴不出子建向班主任复仇后的快感，也贴不出他对应试教育的蔑视。而且，照片里的子建微笑得无比呆傻，俨然一个进入角色的书呆子，真是个莫大的讽刺。

父母为此骄傲，忙着挑选礼品，却根本不理会子建如何填报志愿，甚至连与此相关的话题也很少提及。好吧，子建又一次自作主张，选择了去外地读大学，选择了修习法学专业。再然后，就是一次次的事后例行通知了。

"妈，我考过英语六级了。""我儿子真厉害。"

"爸，我决定考司法考试。""好好复习，需要什么就说话。"

"妈，我考上省会的研究生了，某某大学，它家法学专业挺不错的。""太棒了！"

"爸，我去律所实习了。"

“妈，我考上公务员了，法院。”

……

大体，就是这个样子。大学里，子建曾与葛磊感慨此事，说自己能够如此顺利地成长，在青春躁动时期误打误撞地适时回到人生正轨，恐怕真是祖宗显灵了。葛磊先是默默地抽烟不置可否，最后才说道：“也许，他们只是没有办法跟上社会的脚步去前进吧。太过爱你，又没有自信为你安排好生活，只好选择无条件地支持你，容忍你的所有行为。”子建觉得这样说有些贬低父母的能力，想去反驳却一时找不出合适的言语。葛磊补充道：“所以，你已经很幸运了。相信我，如果你知道我的成长环境是什么样子，就不会有这些不满了。”

“那你说说啊，还真没听你聊过小时候的事儿呢。”

“以后吧，怕吓着你。”

“你就装吧！”

不管怎么去问，直到现在，葛磊也没有对子建讲过自己小时候的事情。子建觉得，也许葛磊仅仅是酒后吹了个牛 ×，之后又不好意思秀出自己的完美童年了吧。

打来这个电话的，是母亲。当时子建在办公室，就按了一个拒接，想用办公室的座机回拨。结果，没等拨完号，手机就又响了起来，还是母亲。子建心里登时涌起一种说不上来的感觉，焦急、疑惑、担心，父母从没有连续拨打过子建的电话，手机一时无人接听时，他们会发个短信，要子建闲暇时回电，若是子建主动拒接，他们明白子建在忙，不方便联系，就只会耐心地等，连那条短信也不会发过来。

这次，明显不一样。一定是有紧急的事情。

子建赶忙接通了手机。

“喂？妈？”

“儿子……”电话那头是母亲熟悉的声音，她叫出的，也是子建听了 20

多年的熟悉称谓。但这声“儿子”又有一些细小的不同，母亲就像在麦克风前试探自己声音般轻声呼唤，而且显然极力压抑着情绪。

“妈，怎么了？”

“儿子，你能回家一趟吗？你爸住院了，妈不知道该怎么办了……”说完这句话，母亲开始小声抽泣，随即又像个孩子一样地大哭，哭得撕心裂肺，满是无助。任凭子建如何劝抚，都无法再听到一句完整的话语，他不免也急得大声起来，迫切地想要知道更多信息。很快，电话那头传来表姐的声音，她简要说明了当前的情况，让子建不要太着急，随后，就挂断电话去安慰二姨——也就是子建的母亲。

原来，父亲生病已经两个多月了，总是头晕恶心，走两步就浑身无力，整个人跟虚脱掉一样。怕子建分心，家里一直没有告诉他，子建每次打电话都是打给母亲，自然也就没有生疑。上周，父亲突然晕倒，被送到社区医院。昨天，又转院到了市第一医院，直接进了重症监护室。

父亲的脾气子建也知道，固执起来能把人活活气死，他的两大骄傲，一个是儿子王子建，另一个就是那副用来对抗现代医疗的铮铮铁骨。别说头疼脑热的小毛病自己硬抗了，即便是有着严重甲亢，他也拒绝吃药，硬生生地把自幼习武练就的健硕身体毁坏殆尽，四十多岁时就瘦成了一把干瘪骨头，一米八的大男人，体重还不到 110 斤。饶是如此，父亲仍坚持剧烈运动，每天不是抡着 10 米长的铁链子抽钢陀螺，就是连着几个小时打拳、踢毽。让子建印象最深刻的，莫过于几年前的夏天，父亲在家挂窗帘时从凳子上摔了下来，小腿被踏翻的凳子划破，伤口又大又深，流了满地的血。结果他用了半管牙膏勉强止住了血，怎么说都不去医院。一个月后，子建放暑假回家后，发现父亲的伤口竟然还没愈合，肿得老高还总是流脓，便硬把老爷子拖到医院。当时的医生听了情况，气得都快笑了，他问：

“谁跟您说受伤后能用牙膏止血的？”

“我看那个牌子的牙膏里不是有云南白药么。”

“这条腿要是再拖下去，会引发败血症，到时候有生命危险的。您这简直是拿生命开玩笑。”

打针、敷药、开消炎药，从医院出来，父亲满脸不高兴，他嗔怪子建：“当年我们练功，谁不受点皮肉伤啊？抓把土揉揉就好，哪像他说的那么严重。当医生的就会夸大其词，唬人瞧病，他们好从中赚钱，你呀，就是被他们吓住了。”

“得了，您别倔了啊。人家开这么点药，哪赚您钱了？再说了，您有医保，不是能报销吗。”

“傻小子，医保的钱不是钱啊？每个月里面返的钱可以从药店买洗发液、沐浴露、牙膏……”

“行行，买了牙膏让你涂腿的啊？那你咋不知道买点药啊？到时候腿要是真烂了，看是吃药贵还是锯腿贵。”

“真要烂了，还用他们动手？我自己锯！”

“抬杠，走吧，打个车回去吧。别挤公交车了。”

“打车？小兔崽子，你是要气死我？”

……

什么病能让这样的父亲住进重症监护室？表姐没说清楚，子建也顾不得细问。他的心跳声已经大过了自己的呼吸，太阳穴也一胀一胀地生疼，脑袋就像一台拼命运作的脚踩泵，每抽动一下，都会挤出几滴不争气的眼泪，迸出两个字：回家。

17 血液中心的刁难

许哥想要开车送他回家，子建坚定地拒绝了，他不想给别人添麻烦，也不想在任何人面前显露脆弱。想来，红着眼睛微笑的样子已经很难看了，所以，子建尽量用平静声音问，该去向庭长还是局长请假？

“都什么时候了？还请假！”许哥是真急了，“这事儿你别管了，我给你办。”

子建谢过许哥，定了定心神——这种事并不是很难，只要能摸索到头脑中隐藏的那个开关，咔嗒一声，就可以切断蔓延飞溅的情绪，进入一种黏稠的黑暗，仅仅是黑暗，而不是混沌。就像在无窗的房间中关掉灯光一样，所有的杂乱依旧存在，这一点没有任何改变，但它们同时又确实消失不见了。子建觉得，这一定是人体为自我保护而设计出的特殊回路，让我们能在需要的时刻摒除情绪干扰，获得近乎冷酷的理性。其他人是否同样如此，子建并不知晓，他只是明确地知道：如果父亲已然倒下，那自己就是家里唯一的男人，没有哭闹的资格，亦没有可以依靠的外力，他必须变成一堵同样稳固、同样倔强的砖墙，撑起柔弱无措的母亲，为她在嘈杂无序的混乱中指明方向。

于是，子建有条不紊地收拾起东西，把手机、充电器、钱包、身份证、公交卡等物品整理到一个双肩背包里，甚至没有落下想要给父亲带回去的那几包好烟，以及那天在移动公司充话费获赠的手机——拿回家给母亲用，她那部已经旧得不成样子。

许哥被这种平静感染，默默地看着子建，又不知该说些什么。直到子建收拾好背包向他道别时，他才小心翼翼地询问：“子建，你怎么回去？”

“我去省会坐火车。”

“几点有车？”

“路过我家乡的火车很多，到了地方随时买票就好。许哥，电话联系。”

“等等，子建，那个，你现在感觉怎么样？能稳住吗？”

“什么啊？”

“要是实在不想许哥送你，那你自己开车回去能行不？路上啥也别想，专心开车，也别开太快。”

子建明白许哥想换个方式帮助自己，想想有辆车确实能方便许多，便答道：“我没问题。只是，咱们单位的车没法开走吧？每天都要入库的。”

许哥示意子建坐下，走出办公室打了个电话。没过多久，门被敲响了，一个非常俊秀的小姑娘怯生生地走了进来，冲子建点了下头，便径自走到许哥面前，递上一把汽车钥匙，轻声说道：“许哥，刘律师让我把车钥匙给您送过来。”“嗯，辛苦了，让你跑一趟。”“没事，许哥，那我先走了，车就在法院门口。”小姑娘又冲子建点了一次头，退出办公室时小心翼翼地带上了门，生怕弄出一点动静。

“千千万万，注意安全。”许哥小心地叮嘱着，把车钥匙塞在子建的手里。子建心中自是涌起一份感激，却又不想过多表达，答应了几句就出发了。很快，他坐进了那辆保养得还算不错的老款奥迪 A6，它与现款奥迪的区别很大，车头车尾都圆润到不带一丝棱角，就像一块被冲刷了数年的黑色鹅卵石。在心里谢过许哥以及这位大方的刘律师后，子建深深地呼出一口气，缓缓起步，向家乡奔袭而去。

三小时后，子建赶到了医院。

舅舅、舅妈、表姐等人在走廊里围着子建，七嘴八舌地说着父母的情况：父亲今天输了 400cc 的血，生命迹象稳定，已经由重症监护室转到了普通病房，现在正在沉睡。母亲已经在医院守了几个晚上，被送到附近姥姥家休息。

子建强忍着没有推开病房的门，而只是透过门上的玻璃使劲向里看，从他的角度，看不到父亲的脸，只能依稀看到一个侧卧的背影。父亲身上盖着一个薄被罩，他是如此的消瘦，肋骨和胯骨高高的凸起，腰上没有半点肉。

子建鼻子一酸，险些又落下泪来，他赶忙挪开视线，也不知向谁发问道：“他在输什么液？”表姐把手搭上子建的后背，轻声回答：“医生说姨夫太虚弱，需要输营养。”那只手十分温暖，几乎登时穿透了子建披在身上的坚硬外壳，直接按在他心灵中最柔弱的软苔上，像柔和的光，却也是曼舞的蛇，它可以轻易夺取子建的坚强，引诱他卸去力量。所以，子建抑制住转身抱住表姐——或者其他任何一个人的冲动，他轻轻地挣开这只手，继续问道：“医生在哪里？我想去和他聊聊。”

在护士的指引下，子建很快找到了那位50来岁的主治医师。

“大夫您好，我叫王子建，刚从外地赶过来。我想了解一下我父亲的情况。”

“哦，小伙子，你爸爸送过来的时候很危险。怎么搞的嘛，为什么不早点来医院？正常成人的血色素要在125以上，低于110，就是贫血。你爸爸还不到60，这是会死人的你知道吗？”

“现在确诊他是什么病了吗？”

“这个……”医生有些迟疑，欲言又止。

“大夫，我能向您提一个请求吗？”

“哦？你说。”医生好奇地打量着眼前这个满脸严肃的年轻人，也许在他眼里，子建还算个孩子吧。

“如果有什么消息，尤其是……坏消息。我希望您只告诉我一个人，不要告诉我母亲。她身体不太好，我可以代表家里作出决定。”

“好。”医生深吸了一口气，说，“病人是昨天夜里转到这里的。通过他的症状，我们判断这是一种障碍性贫血。输血后，情况就有了明显的好转。但是……”

“没关系，您直说就好。”

“但是，输血后，血色素仍在下降。所以，可能是他的造血机能出了问题。很快还需要再次输血。”

“这是什么原因造成的呢？”

“还不清楚，我已经安排明天给他做一个骨髓穿刺检查，看能不能排除，那个，嗯，排除白血病的可能性。”

听到“白血病”三个字，子建的心仿佛被大锤敲了一下，它在胸腔里缩成一团，狠命地抽动起来。“那您觉得，白血病的可能性大吗？”自己的声音也变得无比陌生，这些对话，像极了电视里用来弥补狗血剧情的催泪桥段。

子建强撑出的平静，无疑是一种力量，它鼓舞着医生说出真实想法。医生推了推眼镜，说：“从症状看，确实有这个可能。但是，拿到穿刺结果，才能真正确诊。我希望家属也能作些心理准备。”

“明白。结果当天能出来吗？”

“要等五天。”

“好，谢谢您。吸烟区是在那边吧？”

“对，直走，那边的玻璃门。”

子建转身向吸烟区走去，没走两步，就已是泪流满面。他已经无法控制眼泪，无法控制因悲痛而扭曲的表情，能做到的，唯有不发出任何声音……

重新关闭了一次“情绪开关”的子建洗去了脸上的泪痕，思索起必须要做的事情：明天是周三，送父亲做检查，下周一出结果。OK。他回到亲戚面前，告诉大家父亲至少要住一周的医院，让他们该上班就上班，该回去休息就休息，不必都挤在这里。今天自己在这里陪全天，之后让母亲陪白天，自己陪夜里。

强硬地把亲戚们劝走后，子建打了几通电话：打给家乡的几个发小儿，告诉他们现在的情况，请他们帮着找找关系，看有没有在医院的熟人；打给许哥，告诉他自己至少要在家乡待一周；打给萧文婷、葛磊……

安排好这些事情后，子建蹑手蹑脚地进了病房，坐在了父亲背后的空床上。

“是子建吗？”

“爸，是我。”

“我就觉着是你，呵呵。”父亲艰难地想转过身来，子建连忙制止，起身坐到了父亲正对面的椅子上。

“怎么？你妈叫你回来的？她就瞎胡闹，过两天我就出院了。”

“你才瞎胡闹呢，医生说你要是早点来看病，吃点药就能好，哪用得着输血输液的。这下傻了吧？”

“傻了，成了案板上的肉了，任他们宰割啊。你是怎么回来的？”

“呵呵，我借了辆车，奥迪哦，等你出院我带你们进山玩。”子建拿过书包，翻出几包烟来，“还有这些，等你出院了再给你抽。”

父亲和子建谈话的内容杂乱无序，一会儿是子建现在的工作，一会儿是小时候的往事。而且，他说上几句话就要闭上眼睛休息，有时顺势就睡了过去。在这种断断续续谈话的空当时间里，子建则会悄然地流泪。

傍晚，发小儿们赶到医院，除了那摆满一地的牛奶、水果、营养品外，他们带来了一些信息，也给了子建几个电话号码，医院办公室主任的、护士长的、完全不相干几个其他科室主任的，等等。

一通忙活，大体弄清了三件事：第一，主治医生说的没错，现在只能等穿刺结果。第二，如果真的是这种岁数得上白血病，家属要作好心理准备，病人的存活期往往只有 2 个月至 2 年。若想治疗，只有移植骨髓这一条路，且不说在亲属间或骨髓库配对成功的概率极低，即便有髓源，手术费用最少也要 60 多万元。而且，骨髓移植后病人能存活多久，谁也无法保证。第三，如果子建有需要，可以帮着换病房、换护士，将来如果手术，也能帮着联系主刀医师。

子建一一谢过，把他们送出医院。其间，母亲也来了，一并被子建劝走，托一名发小儿开车送回家。

晚上，萧文婷打电话询问情况，说工作日太忙了走不开，周末尽量赶过来。随后，好像认定子建会为此生气一样，她又发了几条短信，自顾自地说了许多，有安慰，有鼓励，有辩解，甚至还有些抱怨。子建懒得去理，他已经陷入一团子弹也打不出涟漪的黑暗，哪有力气再去承载他人的情绪？回忆如刀，与父母相处的点点滴滴涌上心头，把那团黑暗翻裹得更加厚重。躺在一旁的空床上，本以为会彻夜无眠，却又很快沉沉睡去……

第二天早上做完骨髓穿刺后，父亲又输了两袋血。之后，他的状态好了许多，蜡黄的脸上也有了一丝红晕，吃下了一些食物后，还闹着要出院、要去阳台抽烟。一时间，子建也有一种错觉，以为一切阴霾都已散尽。可是，到了第三天夜里，如同能量用尽一般，父亲嘟囔了一句“怎么还不造血”后，就又陷入了沉睡。看来，400cc 血液支撑不了两天就会被消耗掉。

子建第一次照顾病人，喂水、喂饭、接尿、按摩肌肉，这些事情倒是不难。只是，陪护病人好像非常消耗精力，子建很容易走神，常常无法集中注意力。他企盼时间流逝，想早点拿到那份诊断结果，可同时又有些畏惧，怕事情变得更坏。

后一种情绪显然更为强烈，撑到第四天时，子建已经快要崩溃了：他宁可将人生停留于这段无休止的重复，也不想接到一份意味着生离死别的诊断。父亲的存在——哪怕永远无声无息地躺在这里，都是莫大的安慰。还好，有如判断出子建的极限一般，葛磊适时地出现了。

“抱歉，本来周三就该赶过来的。身不由己，耽搁了两天。”葛磊还是那样神采奕奕，只是看起来有些疲惫。原来，他周四晚上加班写完几份材料后，连夜开了 700 多公里的高速赶到这里。由于到得太早，怕影响病人休息就没敢联系，只好在车里睡了两小时。

子建非常感动，轻轻捶了葛磊胸口一拳，却什么也说不出来。不一会儿，母亲来替班，子建带着葛磊回家休息。

路上听子建介绍了当前的情况，葛磊问道：“如果真到最坏一步，你打算怎么办？”

“先看我的骨髓能不能用，如果不能，就把家里亲戚都找来试试。”

“需要多少费用？”

“怎么也得六七十万元吧。刚换了一套房子，父母手里没什么积蓄。不行的话就卖掉吧。”

“嗯，救人要紧。我手里大概有五万元，到时候需要的话，你就拿去用。如果不够，我还可以想办法。”

“谢了。”

……

当天下午，葛磊陪子建回到医院时，走廊里除母亲外，还站着父亲的几名同事以及子建的两名发小儿，他们好像在和医护人员争执着什么。子建赶忙上前问明情况，事情是这样的：

父亲晚上需要第三次输血，他有无偿献血证——国企组织职工献血，给一周的假，发1000元钱补助，所以父亲参与得无比积极。按理说，无偿献血达到800cc，就可以终身免费用血，父亲已经献了六七年，显然应在此列。可是，医院接到血液中心的通知，说没有这种可以无偿使用的血了。如果想要继续用血，就别再出示献血证。这算什么屁话？哪条法律准许你把血液作有偿或无偿使用的划分了？子建强压着怒火，和医院掰扯起国家无偿献血政策。医院方面知道理亏，却也很无奈，说这是血液中心的事儿，医院管不了。子建的一名发小儿把电话打到血液中心，劈头盖脸地一顿臭骂，不仅无济于事，而且那边又改了个新的说法：血库确实缺血，就算你们不用献血证，也难以保障使用。如果想用血，就找个人献血，他献多少，你们就可以用多少。

一旁的医生叹气道：“你看看，我就说嘛！血液中心的人都刁钻着呢，要是把他们得罪了，硬说血库里没血，你花钱都不调给你。”

子建的这两个发小儿并非善类，脾气也暴，意识到自己给子建惹了麻烦后，他俩恼羞成怒，当场发作，非要去把接电话的那小子揪出来打一顿。

“行了，别胡闹了。”子建瞪了他俩一眼，转过头来问医生：“血液中心的上级单位是卫生局吗？”

获得了肯定的答复后，子建又打电话给几个家里门路比较广的同学，说明了情况，让他们帮着找找血液中心或者卫生局的领导，最好能保证父亲这段时间的用血。只是，现在已经是下班时间，估计做什么也来不及了，想要给父亲输血，看来只有先去献血了。

打定主意后，子建撵走了两个发小儿，再三嘱咐他们先别去闹事儿，并保证需要闹的时候一定叫上他们。之后，子建问医生自己该去哪里献血，并请她帮忙联系，调配 400cc 血液过来。医生愕然地说："啊？一楼可以献血。可是，刚才有个小伙子已经过去了啊。"

果然，走廊里早就不见了葛磊的身影。

18 被遗忘的文婷

周日上午一早，主治医师找到子建，说科室主任打过招呼让多多关照——也不知是哪位朋友托的关系起了作用。得益于此种“关照”，原本周一才能拿到的穿刺结果，今天下午就可以提前取出。

紧接着，一朋友打来电话，说通过他在教委的叔叔联系上了卫生局的副局长，由于他叔叔刚帮这名副局长搞定了外孙上小学的事儿，副局长给足了面子，当即就联系了血液中心主任。结果，主任也是一问三不知，完全不知道手底下的人创设了这些用血“潜规则”，表示一定彻查此事。彻查不彻查的，子建管不着，也懒得管，能解决父亲的用血问题，他就已经心满意足了。

向医生、朋友一通道谢后，子建觉得有些头晕，想来是献血后没有休息好吧：周五那天，子建赶到医院一楼时，葛磊的胳膊已经插上了针头，他打算一声不吭地献个 400cc。子建不由分说，和他坐到一起，最终，每人献了200cc。尽管这两袋血会被送往血液中心加工，最终也不知道会用在谁的身上，但在某种意义上，父亲的身体也算是同时接收了他们两人的血液。想来，陪自己熬了两个晚上的葛磊一定也好受不到哪去吧。

得知下午就能拿到诊断结果，葛磊也舒了一口气，他告诉子建，自己明天必须陪领导去参加一个会议，否则，领导别说发言了，连PPT都不知道该怎么打开。所以，等到检查结果后，晚上葛磊就要连夜赶回去。子建坚持让葛磊白天好好睡上一觉，否则这样的精神状态去跑高速太过危险。结果，到家后葛磊一挨到床，便昏厥般的睡过去了。能有这样的朋友，子建自是感动得无以复加，他怕有电话进来吵到葛磊休息，就把手机关成了振动，结果人靠在沙发上，不知不觉也睡着了。

一觉醒来，天边能看到一片晚霞，估计快要下午4点了。子建习惯性的抓过手机，瞥了一眼屏幕：97个未接来电，文婷。

完了！自己把萧文婷这事儿忘得死死的，她的火车中午就该到站的。

葛磊听到动静，从卧室走了出来。他看子建有些慌乱，赶忙问个究竟。

“萧文婷中午就到火车站了，我把她这茬给忘了。都打了100个电话了！”

“哦，你现在要干吗啊？”

“当然是打回去啊！”

葛磊上前两步，抢在子建回拨前夺过电话。

“你先想好，打过去说什么？”

“还能说什么？问她在哪儿，去接她啊。”

葛磊作痛苦状捏了捏太阳穴，说：“你小子情商是负的啊？打过去说你忘了她要过来？睡过头了所以大冬天把她晾在火车站4个小时？”

“那怎么办？”子建也反应过来了，真要这样打去电话，以萧文婷的个性，非气疯了不行。

葛磊略一思索，三言两语定了套补救方案：子建直接回医院，就说下午要陪父亲做检查，手机不让带进检查室。事出紧急，子建把电话给了葛磊，嘱咐他等萧文婷电话，直接把人接到病房，等子建他们做完检查回来。结果，葛磊看时间尚早，就去了一家足疗店捏脚，这两天熬夜太累，不小心睡着了。也不知道子建手机调的是振动，没听到萧文婷打来电话。

子建在脑子里捋了一遍葛磊的话，不放心道："那我看你们一直没来医院，怎么也没联系萧文婷啊？"

"你虎啊，不是说了你让我带她去病房等吗。快 5 点你才检查完，回到病房看我俩谁都不在，就用座机打给萧文婷，没打通。然后你又打给我，把我叫醒了。然后见面了你就埋怨我，明白了吧？"

"这……"子建还是有所迟疑。

"放心吧，不会有事的。妞子的事儿，我能帮你搞定。你赶紧去医院看检查结果吧"。葛磊不容置疑，揣上了子建的手机。

虽然觉得不该这样欺骗萧文婷，但子建也确实不想在这个节骨眼上惹恼她——如果如实供述，即便今天萧文婷能够谅解自己，将来这事儿也一定会是个麻烦。想到诊断结果，子建也就顾不上其他了，干脆就把萧文婷的事情悉数托付给葛磊，自己则心急火燎地赶往医院。

葛磊把萧文婷带到病房时，子建恰好在医生的办公室里签字。等他回到病房门口，一眼就看到了脸上仍挂着泪痕的萧文婷。她正和父母小声交谈着，看不出有什么情绪，母亲更是满脸欢愉，仿佛见到了未来的儿媳。

没等子建开口，葛磊就上前道歉，连连说自己办事不力，害弟妹在火车站冻了一个下午，手机打没电了，就守着充电器在那等。子建心里清楚是怎么回事，本就愧疚，更不会演戏，他木讷地站在那里，也不知该说些什么。这么一来，萧文婷倒以为子建真的生气了，赶忙上前劝解，叫子建不要责怪葛磊，并关切地问子建献血后一直熬夜，身体要不要紧？心脏还难不难受？

心脏？

子建不解地望向葛磊。葛磊使了个眼色，意思是让他顺坡下驴。显然，葛磊路上也没闲着，定是使出了各种手段，想让子建的“后院”不要失火。这小子，哎。

不一会儿，医生走进病房，神情很是轻松。这种神情，显然不是用来匹配“病人得了白血病”这句话的。果然，穿刺结果显示，父亲的造血机能障碍，是由于缺少了一种叫作维生素 B_{12} 的微量元素，这种元素存在于多种食物，所以，应该是自身的吸收问题。

缺少维生素？子建将信将疑，把一家人折腾了这么多天、让父亲住进重症监护室与太平间一米之隔的罪魁祸首，就是这个小小的维生素？

医生很严肃地解释，维生素分很多种，倒不用分类逐一说明，单从字面意思，就可以将其理解为“维持生命的微量元素”，一旦缺少，身体就会产生不良反应，如果断绝，就有可能致命。

所以，接下来的诊疗方向，就是查明父亲为什么不再吸收这种微量元素。原因可能会有数十种，但无论哪一种，都比白血病轻微得多。

大家心里悬着的石头总算放下了，显得都很轻松。母亲喜极而泣，紧紧地抱住了子建。卸去了强撑数日的坚强，所有被抑制的情绪争先恐后地涌上心头，在母亲的怀抱里，子建几乎透不过气来。噩梦，总算结束了。

一家人在附近简单吃了顿晚饭。母亲几乎把全部的注意力都集中在了萧文婷身上，自顾自地说个没完，恨不能把子建的前世今生都交代个清清楚楚——这就像一种母性传承的神秘仪式，旁人怕是理解不来。其间，母亲说到本以为子建毕业后会回家乡，就赶国企最后一班优惠购房的机会，换了一所大房子，没想到，儿子没回来，现在也没能力帮他在省会安家，有些自责。子建觉得好笑，说不解母亲在自责什么，当时买家乡这套房子总价才不到 30 万，还用一所小房子折抵了十来万。也就是说，当时东拼西凑砸锅卖铁花掉的所有积蓄，也不过 20 万，好在是套别人住过两年的二手房，要不然，莫说装修了，怕是连刷个墙的钱都拿不出来。这20万元即便放到今天，在省会的房价面前，又能有什么用？

但萧文婷显然不这么想，听了他们的话，她神色有些黯淡，若有所思。她说，省会的房价也是这两三年才涨起来的，当时如果拿这20万元当首付，在省会偏僻些的地段也能买到一所像样的房子。

场面一时有些尴尬，葛磊安慰道："没关系，子建，你们法院系统到时候也会给干警分房子吧？"

"很难说，高院和中院近几年搞过分房的事，但基层法院连提都没提过。听说马泉法院最后一次分房是十几年前的事了。"

"哦，省会的房价确实太高了，就算不分房，应该也会有一些政策来解决大家的困难。如果一辈子都买不起房，谁还留在省会当公务员啊。"

"但愿吧。"子建不置可否，却也有些沮丧。

话题很快被支开了，但是，和拔出红酒瓶就很难再原样插回的软木塞一样，已经谈到的事，再怎么巧妙绕过，也只能是欲盖弥彰。现实，就像是一道无声的墙，让餐馆的小包间渐渐沉闷起来。纵是葛磊，也没有办法再让气氛恢复如初。

天色越来越晚，葛磊必须上路了。萧文婷周一也要工作，早已买好了晚上9点的车票。反正也算顺路，干脆不坐火车了，转搭葛磊的车回去。简短的话别后，葛磊载着萧文婷绝尘而去。好朋友、女朋友同时离开，子建心里一下子空了许多，甚至有些莫名的难过。他抖擞起精神，逐一打给牵涉于父亲生病事件中的亲戚、发小儿和其他朋友，把父亲并未罹患绝症的好消息散布了出去。

随后的几天，医生又给父亲做了几次检查，虽然始终没能查出个究竟，但补充了维生素B_{12}后，父亲的情况明显好转，他的身体慢慢恢复了对此种维生素的吸收能力，血色素的指数不断升高。很快，由重度贫血转变为中度，由中度转变为轻度，停止服用维生素后，情况依旧稳定。

父亲耐着性子又躺了两天，就说什么也不想再住院了。子建劝他多等几天，让医生再仔细检查检查，好歹闹明白为什么突然发病。父亲着急地说："我的病早都好了，他们现在是拿我搞科研。那凭什么还问我要钱？不行，我要出院。"

没办法，子建找到主治医师说明情况，询问能否办理出院手续。医生显然也是如释重负，能查的都查遍了，仍是不明就里，却偏还有领导打过招呼，总不好不清不楚地把父亲撵出院。骑虎难下的当口上，病人主动提出要出院，何乐而不为？再三叮嘱病人要关注身体状况，再有贫血症状一定要及时回医院复诊后，很快办妥了出院手续。

住了两周医院，杂七杂八的费用有 3 万多元，简单算了下，报完医保，个人也要负担 7000 多元。父亲在车里拿着对账单，心疼得咧着嘴，不住地叹气，好像谁拿刀剜下他一块肉来似的。

子建觉得好笑，调侃道："认便宜吧，这是查出来没什么事儿。一开始人家还怀疑你得了绝症，需要换骨髓呢。那可就不是花个六七千元了，怎么也得六七十万元。"

"花六七十万元续上两三年的命？真当你爸爸什么都不懂啊？你们等检查结果，我也在等。要是绝症，还用医院费事儿？我直接就从窗户跳出去。干净利落，要不然死在病床上算什么本事。"

父亲说得无比轻松，子建却十分后怕，他相信这是父亲的心里话。自己百密一疏，竟忽略了父亲的刚毅性子，所幸是在病房一起听到了诊断结果，倘若处置不周，因不必要的误会让父亲有个闪失，那还不后悔死。

"子建。"

"嗯？怎么了？"

"现在车开得还算不错嘛。"

"呵呵。"虽然父亲平时很少夸人，但对这句无关痛痒的表扬，子建也没往心里去。

“给你买辆车吧？”

“买车？咱家哪还有钱啊？”父亲的第二句话让子建吃了一惊，自己倒是动过用安家费买车的念头，但那也得等拿到钱才行。再者说了，买车容易养车难，还得考虑攒钱买房子的事儿，哪能轻举妄动。

“听说厂里近期要出个活动，直接和汽车生产厂家那边下单提车，能比市面上的价格更优惠。而且，不用交首付，签个协议就行，完事儿按月扣工资。”

“真的假的？都有什么车啊？”

“好像是从奥迪、大众、奔腾这几个牌子里选几个车型吧。”

“奥迪和奔腾？这俩车挨得上吗？”

“咋挨不上了？不都是一汽的吗。”

“真逗，那你签个协议，给我弄辆奥迪吧。把你工资全扣了，到退休也还不清啊。”

“跟你说正经的呢！奥迪咱们是买不起，但可以买个大众啊，有优惠力，5 年分期付款还不收利息，多划算啊。咱们厂好多人都等着这事儿呢。”

子建仔细想了想，还真是这么回事儿，家里也确实需要一辆车。于是，他说：“真要是福利也别错过。先给家里买一辆吧。”

“我们买车干吗，和你妈走着上班都用不了 10 分钟。当然是给你买，到时候你挑呗。买个十来万元的车，每个月让单位扣我两千元，五年不就还清了吗。我剩下八百多元工资，你妈那还有一千多元，生活起来也不吃力。”

“嗯，那到时候再说吧。”

父亲兴冲冲，子建却有些提不起精神。积攒数日的倦意一波波袭来，从握住方向盘的双手直传到大脑深处，让他有些睁不开眼。呼，真想好好歇一歇啊。

19 平安夜的朴素肠胃

父亲出院后，子建没有耽搁，休整了不到一天，就立即赶回马泉。

按照“借车惯例”，把车钥匙还给许哥前子建先去洗车、加油。一箱97#油花了500元，未免有些心疼，看来每脚踩下去的可都是钱啊。

请了两周假，似乎也没什么事情发生，显然，离了自己，一切也都是运转良好、井然有序。庭里的几个人碰到子建，礼节性地问一句“家里事情处理的怎么样了”，子建答一句“没什么事了父亲已经出院”即算了事，就这样云淡风轻、不起波澜。就连同届的伙伴们，也没有对子建突然现身食堂太过惊讶。程式化的关心询问、简明扼要的解释说明、刻意而为的感慨庆幸、不带感情的客套致谢……问者本就无心，子建自然也答着无趣。也许是刚从浓郁真情中浸染而归的缘故吧，这种尚未运用娴熟的虚情假意，越发令人难以忍受。

午饭后，子建缩在办公室里，戴上耳机听音乐：轰鸣般的失真节奏、尖锐诡异的主音Riff、密不透风的连踩鼓点、“闷棍敲猪”般的经典死嗓……老式儿死亡金属总是这样简单粗暴，几乎没有旋律，却能拖扯出内心积滞的戾气。在很多人眼里，这玩意简直就是噪声，轻则摧残神经，重则毁尽三观。此等小众的音乐，听者可分为两类：一类是哗众取宠、标新立异的跟风者，他们喜欢在人前摆范儿扮酷；另一类则是能从这种声音中汲取力量、不听就难受的金属党。

子建属于后者，也早已过了愤青的年纪。在他看来，选择何种音乐为灵魂伴侣，只是主观偏好的不同而已，没必要苛责排序，更无须苟同迎合。古典并不比流行高深多少，朋克与金属也不是截然对立。只是，小众的趣味理解起来费时费力，身边能接受此类音乐的人又越来越少，本就是自得其乐的事情，又何苦徒增辩论说理的烦恼——就连萧文婷，也接受不了这种音乐，她搜肠刮肚想出了“聒噪”二字，专门来形容子建移动硬盘里上百个 G 的音乐收藏。所以，子建一般不会主动去和“非同类”聊摇滚方面的事情。反正还有不俗的古典音乐底子，即便不去关注流行音乐，也已经足以招架所有音乐话题。

陶醉于激烈的音乐之中，子建晃着头打拍子——若仍像大学时代那样留有长发，这种行为一定会显得更加疯狂躁动。恍惚间，办公室的门好像被推开了。子建心里一惊，赶忙扭头观瞧。刘琴站在门口，愕然又尴尬地吐了吐舌头。

“对不起，我敲门了。以为没人呢，我给许哥放个东西。”

刘琴关上门，捏着一个薄薄的信封，像个小女孩一样快步走到子建身边。

“我刚才没锁门？”

“嘿嘿，我的卡能刷开执行局所有的办公室。师父，你刚才是不是脖子不舒服？”

子建有些脸红，打算含糊其词遮过此事，可耳机里传出的声音却大得惊人，兀自响个不停。

刘琴好像发现了新大陆一样，她抓过桌上的耳机，戴到自己的头上。子建连忙用鼠标把音量调低了一些，免得震坏她的耳朵。

“唱歌的人是在哭吗？”

“为什么要叫死亡金属啊？”

……

子建费力地解释起来，就好像当年葛磊给自己讲解一样。末了，他从 U 盘中找了一首永恒沉睡乐队的“No one is there”，说：“这是我很喜欢的一首歌，算是比较商业化的哥特曲风，你可以感受一下。”

一曲终了，刘琴摘下耳机，有些发呆：“我很喜欢这首歌，它叫什么？”

子建大感意外，他好奇地追问刘琴为什么喜欢它。

“嗯，我也说不清楚。就是觉得唱歌的人像是受了伤，他孤独、痛苦、绝望。但是，他又很坚强，忍痛一次次揭开伤口，就是为了等来一个真正能抚平伤口，不让它留下疤痕的人。那个人迟迟不出现，他就每天唱着‘这里没有人’来麻痹自己，虽然痛得要命，却还是拒绝妥协，不让伤口愈合……”

这是子建听过的最新奇的解释，经刘琴这么一说，记忆里乐队主唱的病态形象，也有了几分悲凉可敬。他仔细看了看眼前这个“可爱”多过“美丽”的小姑娘，她没有萧文婷时尚，不像静姐般优雅，更没有文欣的那分狐媚。古典？好像也靠不上，也许，刘琴的特质在于平实质朴吧，还有那么一丝灵动。

“对了，听说前两周你家里出了些事。本想打电话问问的，却发现没有你的手机号。”

“哦，我爸爸病了，现在已经出院了。”

“严重吗？什么病啊？”

子建本想一语带过，但见刘琴真诚而又关切，也就多说了几句。一来二去，在刘琴不断的发问下，越讲越多，甚至连葛磊献血的事儿也扯了出来。只是，说不清为什么，子建在谈话中避过了与萧文婷有关的内容。

午休结束前，刘琴要走了子建的手机号及QQ号。“这下就不怕找不到你了。”刘琴笑着道别，转身离开了办公室。子建心里却闪过一丝不安：自己本无拈花惹草之意，对刘琴也没什么非分之想。但不知怎么，两人间又好像有了一丝暧昧。红颜祸水，别惹麻烦。子建狠狠地叮嘱了自己几句，决定下次找个机会把萧文婷的事儿告诉刘琴。

没过几天，就是平安夜了。

明明是一个与国人毫不相干的舶来品，却备受大家青睐。夜晚的街道热闹非凡，枕头大战、化妆游行、灯光表演……所有的活动一应俱全。子建冻得哆里哆嗦，强打着精神陪萧文婷“巡街”。他本就不喜欢热闹，人一多就头疼，萧文婷则恰恰相反，哪里人多往哪里钻，明显是那种街上撞了头驴也要挤到最前面看个究竟的性格。

妇女儿童也都悉数上阵，每见到情侣走过，就拦路兜售物品。也不知是谁定的价格，苹果改名为“平安果”后，就敢要价 30 块钱一个，一枝普通的玫瑰也能卖到 25 块。萧文婷兴致勃勃来者不拒，子建只得频频掏钱，很快，两个人装备齐全，浑身亮光闪闪。

走的累了，萧文婷带子建走进街边的一家法国餐馆，与熙攘的街道相比，这家规模不大的餐馆有些冷清。看来，一定好吃不到哪去。

萧文婷饶有兴致地翻看菜单，向服务生小姑娘问这问那，大有凭借一顿徒有虚名的法国菜来窥伺西方文化的势头。小姑娘是晚间兼职的大学生，十八九岁的样子，竟用很强的表现欲向他们传递了一种选择生活、占有文化的狭隘优越感。虽然表演略显拙劣，吹嘘炫耀的方式与所吹嘘之物都有些可笑，但子建还是克制住了没有直接开怼。在他看来，能用两个木棍自由取食的民族，是何等的优秀与神奇，即便尊重多样文明，也没必要放下内心固有的骄傲与自负，更不必不分场合不做取舍的逢迎。

小姑娘离开后，子建打趣道：“我是一个来体验不同饮食文化的中国人，吃什么、怎么吃，都是我的自由。有必要听另一个一知半解的中国丫头白话吗？一会儿我偏要先吃餐后甜点，再要双筷子吃牛排。”

“人家小姑娘懂的就是比你多啊，你怎么总是这么不虚心？就是都像你这样闭关锁国、故步自封，中国才险些沦为殖民地的。好好吃饭，别给我丢人啊。”

萧文婷的几句抢白，勾起了子建辩论的劲头：“呦，这小词儿用得挺好啊？闭关锁国、故步自封都会用了。西方列强攻打中国凭的是洋枪火炮、船坚炮利，可不是什么红酒牛排、盐焗蜗牛。科技领域的先进长处当然要学，但总不至于见什么学什么吧？咱们已经凭借着智慧进化出一副朴素的肠胃，却硬要退回茹毛饮血的时代，这不是搞笑吗？以不应为耻之物滥施耻人之行，你不觉得是愧对造物初始之睿智浩然吗？”

“你少和我拽文，我知道我说不过你。”

“不是你说不过我，而是事情本来就是这样。你说，两三名法国留学生在中国的地界上开个小店混俩闲钱的事儿，不懂得入乡随俗也就算了，怎么还自觉高人一等了呢？你看这菜单，没一个中国字。这就叫产品标识不明，如果让消费者造成误解，不给结账，他也没脾气。”

子建侃侃而谈，却发现文婷的面色越来越阴沉，他赶忙转移话题，谈论起其他事情。

一顿饭吃掉了500多元，子建有些心疼，觉得这钱花得毫无必要，却也不便表露。他和萧文婷继续走在街上，却没有了刚才的简单欢乐。

“冷不冷？我们回家吧？”子建小心翼翼地问道。

“我不想回去。那不是家，是合租的房子。没意思。”

“那我们重租个一居室吧。”

文婷没有搭话，而是突然问道：“对了，你们的工资到底还发不发啊？”

说起工资，子建也很头疼。快半年了，法院一分钱也没发。高辉给的一万块钱早已用尽不说，信用卡也透支了5000多元。子建硬挺着对谁也没说，每个月按最低还款额还上500元，还要再搭进去七八十元的利息。

“快了吧，过年前应该能发下来。不过也没多少钱，问了问早来一年的人，他们那时候试用期工资是一个月一千八百多元，一下发了7个月的。”

“一千八？天啊！不至于吧？”文婷满脸惊愕。

“试用期可能就这么多吧，年底倒是还能有些奖金。等到明年7月转正了，工资会变成三千多元，还能把今年少发的这些补上。”

“你不是说，公务员的工资和我们差不多吗？”

“嗯，加班费、过节费、年终奖什么的都加起来，应该能有5万元吧。你每个月四千六百多元的工资，这不差不多吗。”子建算得小心翼翼，却又有些窝火。直到工作后，他才真正明白男人的尊严往往与钱包厚度息息相关。

“你真逗！谁家算工资还算上年终奖和过节费的？那洗衣卡、购物卡要不要折现啊？再说了，我们也有年终奖啊，还是和业绩挂钩的。我现在是经理助理，只能拿部门平均数的70%，那也有两万六七千元。每个月我还能报销六百元钱的发票。这些加起来又是三万多元吧？你怎么不算上？”

“好，是我算错了。你一个月挣我两个月的，行了吧。”子建被这种揶揄的语气戳到痛处，也没了好气。

萧文婷又埋怨了几句，说子建放着好好的银行不去，偏要跑到郊区当什么法官。子建强压着火气，什么也没说。直到萧文婷抱怨到父母不为儿子结婚做打算，买房也帮不上忙时，子建再也控制不住自己的脾气，他非常生气地说：“少拿我父母说事儿！他们不欠我什么，没义务给我买房。我家就这么个条件，你要接受不了，早说早散！”

此言一出，子建立刻意识到话说得太重了。萧文婷愣了一下，狠狠地看了子建一眼，拔腿就跑。

“文婷！文婷！”子建喊了两句，再想去追赶时，萧文婷已经混迹在人群中不见了踪影。他懊恼地扯下了别在外套上的闪光装饰，重复地摔在地上。周围的人巧妙地绕开了站在路中间的子建，各自相拥守望着彼此的幸福，完全不理会这种无谓的情绪宣泄。

子建颓然地叹了口气：看来，要度过一个在寒风中不断被拒接电话、不分东南西北地四处乱闯找人的平安夜了——萧文婷吵架跑掉后，总会说“如果我们真的那么相爱，你会知道我在哪里。”可这又不是拍韩剧，谁能知道她跑去哪了。

最后，一定又会是在哪家小店里找回一个冻得瑟瑟发抖的泪眼美女，先是道歉自责、诅咒发誓，受几下“拳打脚踢”，等她作势要跑时死死抱紧，然后再回家抵死缠绵一番。以遁走为始，以性爱收尾。这是他们一贯的吵架模式，在一起快两年了，从未变过。

这时，手机响起了短信提示音。子建赶忙掏出查看。

“师父，平安夜快乐！”原来是刘琴。

20 可怕的反向同化

为便于统计数据，法院系统以每个月26日作为工作分界。也就是说，从工作角度来看，所谓3月是指2月27日至3月26日。一个完整的统计年度，则是从去年的12月27日至今年的12月26日。当然，发工资什么的与此无关，仍是按自然月份。

所以，对业务庭室而言，过了12月26日，就算是进入了下一年度。一个月以来在立案庭积压的案件，也纷纷挂着明年的案号涌了上来——这也算是一种"技术"处理。有经验的律师都知道，年底不适合去法院立案，因为十有八九立不上。即便材料齐备到立案庭无话好说、没茬可找，一般也不会开票让律师拿去交费。"缓一缓吧，案子先放这儿，过两天通知你来交费"，这已经是给足面子的说法，大多数律师也就哼哼哈哈的作罢，反正当事人也不懂，案子已经送到法院，回去也好复命。如果碰到不会来事儿的律师，硬要撕破脸皮讨个究竟，立案庭也可以找个理由裁定不予受理。即便这份裁定发得没有道理，也足以拖过这个年度，下次再给你立上便是。

这是对待还算懂法的律师。如果是没有委托律师的外行，补材料、补手续、改诉状、缓交费等，随便折腾两下，也就能"抢"出时间，支持一下审判执行工作。所以，有一次立案庭的牌子上被人刻上了"不给"二字，变成了"不给立案庭"。大家饶被逗笑了许久，却也理解其中苦涩，年底突击结案真不是那么容易的事儿，民一，民三，还有几个派出法庭一般都要连着加班一两个月，才能达到要求的结案率。

这还仅仅是马泉，城区的法院就更不用提了。案件压力更大，人均结案数比郊区的法院多100件，什么"5+2""白加黑"的工作模式都用上了，也还是干不完。被逼无奈，有的民事法官干脆把律师都叫来，劝他们先撤诉，明年再重新起诉。这样做的结果就是一年压一年，越攒案越多，法官的压力也越来越大。说出来老百姓也不会相信，在他们眼里法官带个“官”字，就也是官老爷，一定也是茶水报纸悠哉度日，他们哪里知道这群自诩“法律民工”的“官老爷”有多忙碌。不过，子建倒是对此早有耳闻，在律所时也有几次晚上9点多还接到法院通知开庭时间的电话。

只是，真转换了角色后，才看到这种“忙碌”之后的病态：忙的忙死、闲的闲死。有的部门突击结案都乱成一锅粥了，一些悠闲岗位的人还四处串岗找人聊天解闷呢。后者自然是与任何评先争优活动无缘，却也怡然度日，有好处就跟着沾，工资一分也不少领。

帮助庭里其他办案组突击过12月26日后，子建和许哥也终于可以堂而皇之的休息了。张杰局长也很痛快，说执行工作本就应当灵活掌握，结完案大家也放松几天，晚上全局聚餐后，大家愿意去哪就去哪，对外别声张，元旦后再来上班。

莫名其妙多了3天的假，不用每天来回赶路，子建自是欢欣愉悦。要知道，早上6点确实太冷了，那风跟小刀子似的，几下就剔去了所有的暖意，上车缓半天膝盖里都是凉飕飕的寒气。

结果，晚上聚餐大家兴致都很高，子建本想早点去赶车，却被众人死死拦住，左一杯右一杯的，就是不让走。张杰喝得很快，他带着醉意问：“每次都是你急着走，干吗啊？不走不行？”

“张局，我再不走就没公交车了。要回城区的。”

“多大点事儿！没车了能咋？这么多人呢，还能让你回不了家？那个谁，谁晚上给他送回去！”

桌上的好几个人立即应声，都说子建兄弟放心，晚了我们开车给你送回去。

张杰满意地点点头，说：“听见了吧？放心喝你的酒。今天我做主了，你小子，必须陪到最后，把前几次欠的酒全补上。”

大伙一阵哄笑。子建还没醉到判断不清形势的地步，他知道如果还闹着要走，就真是给脸不要了。悄悄给萧文婷发了个短信，再把手机调成震动后，子建开始主动出击、四下敬酒。张局非常满意，连夸了子建好几次，说这两届年轻人里，就数这小子看着顺眼。

刘魁一如既往的能喝，他也晃着个大脑袋四处乱窜，敢接茬奉陪的人却不多。敬到张杰这桌时，他挠着头说："大哥，我敬您。""你敬我什么啊？""我敬大哥最牛 × 啊，上周院长在全院大会上说您不按规定着装，您这几天也照样这么穿。"

"什么？"张杰当时就火了，眉毛都立了起来，"那鸟人在大会上说我了？"

刘魁捅了娄子，傻站在那里不知道该说什么，二庭庭长赶紧答道："大哥，那天您没在。院长没点名道姓地说谁，就提了一下咱们执行局有人着装不规范。小许，是不是你没打领带啊？"

"啊，可能是我吧，打领带忒勒得慌，喘不上气来。"

"少哄我。咱们全局不穿制服的就我一个。新来的院长懂个蛋啊，司机每天 4 点钟不到就把他送回城区，待不了两年准又调走，马泉谁认识他啊？我这些年弄了多少案子？得罪多少人？每天穿着制服到处跑，我是怕人认不出我？"

张杰也不是没有道理，执行员处理不了的骨头案，基本都是局长带队啃下来的，被执行人抱着一排煤气罐扬言要同归于尽时，举着喇叭去喊话的又不是院长。马泉就那么屁大点地儿，抬头不见低头见。听许哥说，有一次张杰去小商店买烟，一出门就被一个老太太揪住不放，说张杰拆了她家房子，必须给个说法。这种事若遇得多了，也确实闹心。

大伙儿劝了一会儿，跟着骂了几句院长，很快就把张杰安抚住了。3 桌人消灭掉 4 箱白酒、50 多瓶啤酒后，子建已经踉踉跄跄的站不稳了。他跟着"大部队"走下楼梯时，险些扑在庭长身上。走出大门被冷风一吹，更是头昏脑涨。他用尽最后的神志，准备去路边打辆黑车回家。

“王子建，跑哪去？过来！”张杰晃晃悠悠地追了过来，一把抓住子建的手。

“张局，我打个车回去。”

“急什么？说了你得陪到最后。”

张杰拽着子建不放，子建只得乖乖就范，和剩下的十几个人走进了饭店对面的一家 KTV。

进了包厢，也没人想要唱歌，大家让服务员随便选几首歌小声放着，又点了 1 瓶百龄坛 12 年和两打啤酒，就玩起了骰子游戏。已经醉酒的子建学不来那些复杂的规则，频频出错。嘈杂的人声具象化为水中的气泡，凌乱的光影有如凝固于空中的琉璃碎片，在这灯红酒绿烟雾弥漫的奢靡之地，子建很快被灌的不省人事，沉沉地昏睡了过去。

再一睁眼时，子建发现自己平躺在一张床上，身边还坐着一个小姑娘，她背对着自己，一边看着电视，一边心不在焉地给子建捶着腿。他心头一惊，身体抽动了一下。

小姑娘正看得入迷，也吓得一哆嗦。她赶忙转回头来，怯生生地问了一句“大哥您醒了”，然后就认真地给子建捏起腿来。

眼睛虽然睁开了，但想把涣散的神志汇聚在一起，还需要几秒钟的时间。子建头疼得厉害，却还是很快辨清了处境：自己穿着洗浴中心的睡袍，躺在一间包房里。身边的小姑娘，看穿着应当是个按摩技师。

“几点了？”子建发出的声音如此陌生，就像喉咙里挤进了一罐胶水。

“哦，3 点多了。大哥您喝点水吧？”

小姑娘 20 来岁的样子，长的是真心难看，却也还算乖巧。子建喝了些水，舒服了许多。他让小姑娘出去，对方却怎么都不肯，说还没有按够钟，经理又特意关照过，一定照顾好他。

子建无奈，只得任其摆布。小姑娘卖力地按着，狡黠地问道：“大哥，你是不是想去五楼点个小妹？”

子建大体猜到了“五楼小妹”所指为何，这种话从一个年轻小姑娘嘴里问出来，让他说不出的厌恶。他冷冷地答道：“不想，我要睡觉。”然后，就闭起了眼睛，伴着一阵阵的眩晕感，很快又睡了过去。

第二天一早，子建揣着没电的手机赶回城区。

刚经历了平安夜风波，好不容易才哄好萧文婷。这还没到两天，又演了一出“夜不归宿”，还真是作死的节奏。果然，到家打开手机一看，又是未接来电，又是说狠话的短信。发了几条短信过去解释，均如石沉大海一般未见回复。子建烦躁地取出小提琴，一遍遍地拉起了萨拉萨蒂的《流浪者之歌》。他很喜欢这首曲子，即便没有伴奏，旋律也能深入人心。不过，相较于后半段的欢快，前半段浓重的忧郁色彩显然更符合他此时的心境。自己和文婷吵架越来越频繁，彼此说出的话也越来越伤人。两个人都小心翼翼维护着的东西，恐怕是一种非常不稳定的存在物，一吹就倒一碰即碎。饶是如此，不可避免的琐碎事务阴魂不散地围在四周窥伺，时不时地出手试探一二。王子建与萧文婷所捍卫之物，就如同波涛汹涌海面上的小船一样颠簸打转，每每险些倾覆。

在离开上一任女朋友时，子建的内心满是歉意。虽然没有任何值得闹到分手的特定事由，但就是怎么都不满意，越看越不顺眼。女孩在最后的一段时间里丢了自己，努力去迎合子建的需求，可她付出越多、改变越大，就越不是王子建欣赏的女人。没有谁会基于受虐的快感而接受一个喜怒无常、莫名烦躁的疯子，女孩压抑、忍让的久了，内心失衡也就怨气横生。最终，两人在一次争吵后平静的分手。

随后不久，子建认识了萧文婷，且不提她美丽的容貌、曼妙的身材，单是那小鹿般的率真性子，登时就俘获了子建的心。当时萧文婷被一个猥琐学长纠缠得厉害，烦不胜烦，她本想利用子建自保，谁知很快也真的爱上了他。审出这段“历史背景”后，子建倒有几分失落，本还以为这小妮子对自己也是一见钟情，想不到原来只是处置不当“引火烧身”。文婷各种撒娇，才哄得子健没了脾气。谈到子建的上一任女友时，文婷趴在他怀里很认真地分析道：我觉得这事儿也不能全怪你，是她没能跟上你的成长速度。两个人不在一个层面了，看的东西不一样，理想追求也不一样，硬走在一起也没意思。

而现在的状态又有些似曾相识。萧文婷不满的事情越来越多，对子建的包容度越降越低，甚至扔在墙角的一双袜子都能引出她那种厌世般的表情。而子建又明显不如自己上一任女友能忍让，他的脾气也是一点就着。吵来吵去，还真有些身心俱疲。

也许，这次是自己的成长速度没能跟上萧文婷吧。自己缩在郊区饭馆里如未受文明洗礼过的野蛮人一般喝酒时，萧文婷已经能每天混迹于各种会所、展馆，与一群叫 David、peter、paul 的真洋鬼子或假洋鬼子自在交谈了。半年时间里，自己越发地不修边幅起来，头发乱糟糟的不说，牛仔裤搭皮鞋、西裤配旅游鞋之类的事情也越发习以为常。仔细回想，恐怕行为方式也有了细小的改变，随地扔烟头、大声说话，等等。被同化的速度如此之快，令子建有些不敢相信。

自己是不是越来越变得不像自己？或者说，哪种形态的自己才是真实的自己？子建被这种绕口令般的自问搞得头疼，干脆什么也不想，整个人缩在被子里，摸过一本村上春树的《世界尽头与冷酷仙境》，慢慢地读了起来。也许，这是他眼下能想到的与文明社会、优雅生活最为匹配的行为了。可怕的反向同化，滚到世界尽头去吧！

21 “高档”的假期生活

这一年，雪下得很早。子建窝在家里读完了几本书等到萧文婷也放假休息时，窗外已是白茫茫一片了。两个人连日争吵的矛盾，也仿佛被暂时封盖在了洁白的雪里，他俩幸福地抱在一起，像两只小猫一样依偎着取暖。

迎着风雪，子建带文婷去商场补齐了被摔碎的护肤品——那天吵架时他不小心打翻了桌子，然后又去4S店逛了汽车。目标倒也明确，十万元左右的家用车型。能拥有一辆汽车，享受那种“说走就走”的便利，显然符合萧文婷对“优雅”生活的追求。对汽车一无所知的她，也饶有兴致地陪子建逛了一天。就和在中关村买电脑一样，只要认真听销售员白话，你提的白痴问题就会越来越少，多走几家店，你也就不再是菜鸟。逛到最后，萧文婷已经基本搞懂了排量、独立悬挂、涡轮增压、自动挡、行车电脑等术语了。没有驾照的她，都恨不能试驾上几圈——当然，这是不可能的。子建带着她在刚清理出的场地里兜了几圈，娴熟地穿桩过门之后，萧文婷的眼里又恢复了几分往日的崇拜。她小心地轻轻揪着子建右手的衣袖，仿佛在借此感受着换挡时的感觉，一会儿看看窗外，一会儿看看子建，眼睛里满是新奇。

想来，这还是她第一次坐在子建开的车里。子建有些自责，之前那么多机会，自己竟从没动过借一辆车带她出去玩的念头。想到这里，他瞄了一眼身旁的萧文婷，愧疚地拉过她的手，一起放在了挡把上。一瞬间，他的脑海里甚至浮现出一个很可耻的念头：如果能再向那个未曾谋面的刘律师借上两天奥迪，该有多好……

接下来的两天，过得也还算比较“有档次”。

子建先是带萧文婷去拜访了一位已经发家致富栖身土豪行列的家乡发小儿。他叫卢恒宇，高中毕业后就跑来省会打拼，跟着一群福建人做珠宝玉器生意，从租住地下室的马仔混到独当一面的店长，再凭着积攒下的人脉开了自己的店铺。只比子建大一岁的他，已经在省会买了房子，车也一路折腾成了带几分商务气息的别克君威。他和子建本就光屁股一起长大，从不见外，但带上萧文婷聚会，倒还是第一次。土豪朋友给足了面子，把生意丢给店员后，带子建他俩去唐都吃了海鲜，又去了一家会所做了理疗 SPA，临了还要萧送文婷一条彩金项链。子建连连推辞，吃饭、按摩已经败了朋友两千多块了，怎么好意思拿项链。卢恒宇把子建拽到一旁压低声音说："没啥，店里价格标的虚，彩金其实不值钱，我们都是按重量拿货的。让弟妹戴着玩吧，以后你俩要是真成了，哥再送份大礼给你们。"子建只得谢过，走回文婷身边，把项链塞进她的随身包里。

紧接着，子建和文婷又被二师兄刘洋开车接走，说是去他家附近的小酒吧玩。刘洋满脸兴奋地说，晚上带你俩看钢管舞，跳得可好了！刘洋的女朋友狠狠地剜了他一眼，说他色迷心窍，哪有带着女孩们去看这个的。萧文婷听了也不免有些脸红。刘洋着急地辩驳，说是她们自己心里不干净，钢管舞是门艺术，和芭蕾一样，这不好多女明星都在练嘛。结果，晚上只等来了两支外籍驻唱乐队，没见到有什么钢管舞。刘洋显然很是失落，说可惜这瓶"皇家礼炮"了。子建没有搭茬儿，心里却想，一瓶千元左右的洋酒在这里要卖到 2688 元，别说钢管舞了，就是来俩姑娘光着屁股跳一晚上"脱衣舞"，这白白扔出去的差价也脱不了"可惜"二字吧？晃荡完酒吧，又去唱了两个小时的 KTV，一直折腾到深夜。"嫂子"开车把他们带回小区，刘洋摸出一串钥匙，带着醉意说："我在一单元，你住二单元，左手边 1205。早点睡，明天咱俩去看师父，让你嫂子带弟妹逛街去。"然后就哼着歌走向了一单元。嫂子赶忙追上去掐了他一把道："下半夜了，你小点声。"然后，又转身向子建他们挥挥手，无奈地笑笑。

子建躺在刘洋的房子里，出奇的清醒。也不知道是自己对洋酒的耐受力比较高，还是酒量已经在这半年的磨砺中有了长进，他没什么醉意，仅仅是渴的难受。

"你醉了吗？"萧文婷转过头，用手肘撑起身体，显然有话想说。

"没，无比清醒。"

"你二师兄好像挺有钱啊？做律师这么赚钱吗？"

"挺有钱？"这简直是侮辱刘洋，子建三言两语概括了一下他家的资产状况，把喝了两口酒的萧文婷说的心跳更快了。

“天啊！一套这样的房子怎么也要四五百万，光他家那十几套房子，就值七千万了。他开的那辆车也好帅啊？是什么车？”

“他爸的车，捷豹，一百来万吧。”

文婷又是一阵惊叹，却引的子建心里有些不舒服。

“你看嫂子那一身儿没？最次的都是 Gucci，羡慕死了。你什么时候能这么有钱就好了，到时候我什么都不干了，就当你的小尾巴，每天跟着你。”

言者无心，听者有意。文婷本是撒娇讨好的言语，却戳中了子建被困窘扭曲的自尊。他故意答道：“你以为嫂子是省油的灯啊？她是本地人，二环以里有套四合院，能顶这边五六套房子。而且，人家是公司澳洲总部派驻过来的，年薪至少 8 万澳元。”

“澳元？”

“是啊，一比五，你自己算，合人民币四十多万呢。所以人家穿名牌也正常，跟刘洋可没什么关系。”

这种小肚鸡肠的话傻子也听得明白，萧文婷冷哼一声，说：“哦，好吧。也别羡慕别人的房子了，毕竟咱俩都没那样的爹妈。就当创一代呗。8 万澳元，哼，你什么时候能挣的比一个女人多，咱们的日子也就好过了。”

说完，萧文婷转过身去，卷走了大半的被子。子建只好随着转身，无意中手搭上了她的身体。

“你今天喝酒了，别碰我。”

冰冷的语气瞬间驱散了两天里积攒下的温情，子建很是烦躁，他无声地骂了一句脏话，懊恼地把身子转向一旁……

第二天醒来，子建和萧文婷很快解除了冷战：子建被拧了几下后郑重道歉，并承诺将来一定要挣很多钱，给她买无数奢侈品。然后，两个人和好如初，在这个没有合租室友打扰的房子里亲热了一番后，萧文婷仔细地检查起床单、被罩，生怕留下什么印记。还好，刘洋他俩快到中午才带着早点来敲门。

在房间里吃过早饭后，萧文婷有些不好意思跟着刘洋女友去逛，打算自己回家，却又被嫂子一把抓住，女人味十足地劝道：“男人嘛，就该出去忙正事。高辉是个酒腻子，他俩去了不定喝到几点才能回来。所以，咱们玩自己的，你得给姐姐做个伴儿啊。”

嫂子的这份“柔功”给刘洋长足了脸，他憨憨地笑着，也劝了萧文婷几句，就帮着参谋起她俩的行程。

“行了行了，大老爷们还管的着我们姐俩去哪玩？去哪也不用你接送。没事别打电话啊，我们可不配合查岗。”

萧文婷也被逗笑了，她顺从地被嫂子挽着，两人钻进了一辆红色的软顶 MINI Cooper。经过刘洋和子建时，嫂子降下车窗大声说：“喝酒了就找个代驾，谁也别开车。”然后也不等两人答话，升起车窗一转弯就不见了踪影。

“嫂子真牛，三言两语就把我媳妇搞定了。”子建由衷的敬佩。

“咳，她就一自来熟的性格，跟谁交往都这样。走吧，咱俩找师父去。”

刘洋说，师父高辉最近在北郊新买了一套复式的二手房，据说原主是个作家，房子装的古香古色、韵味十足。高辉喜欢得不行，脑袋一热就签了合同，并以火箭般的速度搬了进去。这下倒好，从繁华的市中心一下往北扎了 20 公里，找他一趟还真费劲。

子建也觉得师父这事儿办得有点“神”，律所在城区偏南，就算要搬到郊区，也该是南郊嘛，怎么突然跑到北边去了。不过，眼下更“神”的，是刘洋开的这辆处在报废车龄的破宝来。也不知道是哪的毛病，还没出小区就熄火了两次。

“师兄，你这车是要挂啊？”

“没事，一会儿车热了就好了。”

"你咋开这么个破车？"

"提起来就来气。我的车平安夜那天撞了，换配件要等20天。没买那个保险，'4儿子'还不给我提供代用车辆。你说，师父才开个沃尔沃，我总不能开辆捷豹过去吧？再说，荒郊野外的，开过去我停哪？"

子建点点头，一声不吭地系上了安全带。

"我都不系安全带，你怕啥？"

子建笑而不语，他坐在刘洋身边，回味起早上与萧文婷的那番激情，越发觉得有些亵渎了朋友的房间。不过，恐怕这也是一分值得回味之处吧。

跟着导航找到了高辉的新房之后——严格来讲，是新买的旧房，子建也就明白师父为什么非要搬过来了。小区的环境真的很棒，处处透着精细，绝不是师父轻描淡写的那种"普通低密度郊区楼盘"，它80%是独栋别墅，只有三栋四层高的板楼。而且，在这四层里，一层二层是一户，三层四层是一户，楼梯间里二层、四层的外门只是个装饰，被砌在墙里根本打不开。值得一提的是门卫处的保安，他们也很匹配这份高档，个个英气逼人，纵是穿着厚重的衣服，也能看出健硕非凡。

刘洋先打电话问出了师父的门牌号，再让他们用内线呼叫过去与师父通话。折腾了半天，几个保安才将信将疑地抬杆把这辆车放进去。估计他们也想明白了：业主也总会有几个穷朋友吧。这破车也很争气，轰了两脚油门，还没爬过减速带，就又熄了一次火。子建憋着笑，和刘洋驶入了小区。从后视镜一看，几个保安还一本正经地对着车屁股敬礼呢。高档小区，还真是不一样。

很快，子建见到了笑眯眯的师父，参观了这处四百平方米还带着露台的豪宅，果然，装修的一丝不苟，很有品质。"以后夏天，都来我这儿烧烤。"高辉指着窗外三十多平方米的露台，很是得意。

"师父，您也太坑人了。这哪是买了个复式啊？明明是个叠拼的小别墅嘛。”刘洋东瞧瞧西看看，拍了拍屋内的转角楼梯，很是感慨。

“这叫啥别墅啊，脚底下还住着一户呢。觉得好你也搬过来？”

“师父，您这儿要是摆一架三角钢琴，就更有范儿了。”

“行，那王法官你送我一架吧。弹不响的也行，我熨个衣服啥的。”

三个人说笑了一会儿，又等来了大师兄孙磊。

“走！”高辉一声令下，拎起门廊处的两瓶老酒，领着三名弟子走进了附近一家狗肉馆。这次又是从饭桌喝到KTV，从KTV喝到足疗店。

少了三师兄袁硕——他元旦回老家了，子建倒是舒服了许多，他听大家聊着近期律所里的一些趣事，也详细讲了讲自己在法院这几个月的感悟。大师兄觉得子建那套“凭技能吃饭”的理论有点虚。他说老百姓根本掂不清律师的斤两，分不出良莠好坏，业务能力说白了就是个锦上添花的事儿。有能揽到案子的“关系”，才是第一位的。然后，还要有能打赢官司的“关系”，这样，就守住那些愿意把案子交给你做的“关系”。说白了，关系，圈子，圈子，关系，子建只要能记住这一点，在系统内使劲折腾就对了。

师父和刘洋的观点比较一致：孙磊那套理论固然有道理，也绝对行得通，但这不等于说只有“本事”没有“关系”的律师就活不下去。师父现身说法，称自己今年拿下好几家法律顾问单位，凭的都不是关系——关系网结在东三省，在这里谁知道他高辉是干什么的？但是，这么多年法官不是白干的，他问了问几家公司近年来的案件情况，又审查了几份合同，当场就指出几处风险，说得众人心服口服。

师父不无骄傲地说：“知道我是怎么把那几个老总拍服气的吗？我不跟他们扯什么风险、谈什么可能性。直接告诉他们，类似的案子我审的多了，只要对方起诉，公司必败无疑。有关系你都不好使，一审能赢，端上去也是错案，二审一定发改。律师要想有这样的底气，就必须有技能。要不然当事人也看不起你。就你会巴结法官，会拉关系？那人家法律部养那么多闲人干吗？都撒出去找关系呗，何苦让律师插手掰走一块儿饼吃。”

“诶，师父您这道路不可复制啊。没当过法官，哪有这种底气？我总不能也去考公务员吧。”刘洋愁眉苦脸，他对高辉深信不疑。

“只要你钻研业务，就能有这种底气。再有，你不能光懂代理，还得懂审判。要不，打赢了官司都不知道自己怎么赢的。多跟法官学习，才能知己知彼。哦，以后你就多请请王法官呗，多跟他请教请教。咱们这弄案子也没交集，又算不上违纪。”

子建真怕像武痴一样对司法实务技能“走火入魔”的刘洋把师父的话当真，弄出一堆自己回答不了的问题，赶忙抢先说道：“师父您别埋汰我了，我这满脑袋问号还想请教您呢。”

“怎么了？说说我听听。”师父登时严肃起来。

子建一五一十地说出了自己的顾虑：过完春节就要定岗，看这架势自己恐怕要被留在执行局了。这到底是好事还是坏事？

师父和师兄闻言，从各个方面帮他展开了分析。听着听着，子建心中也就打定了主意……

22 静姐描绘的“好戏”

元旦假期就像一个短暂的梦，灯红酒绿、繁华喧嚣，有些庸俗却又充满了生机与希望。而梦醒之后，王子建又不得不在法院里忙起杂七杂八的琐事：

组宣科的胡姐找到子建，要他为年末联欢晚会出一个小提琴独奏节目。子建觉得这倒简单，随便选支曲子就好。可是，还没等他报送曲目，干部科的刘建辉就又掺和了一脚，把子建踢得云里雾里。刘建辉说，子建是新录用干警，今年要出节目就得他们八个新人一起出，一个人拉琴不合适。于是，在刘建辉的恶趣味下，小提琴独奏先是变成了配乐诗朗诵，没过两天又加入了情景表演：子建站在舞台侧面拉琴伴奏，静姐和文欣扮演辛勤忙碌的法官，在舞台正中话剧般的表演，剩下五个傻大黑粗的小伙子，在两个美女身后站成一排，朗诵《法官的青春》。整个节目给人的感觉就四个字：不伦不类。每排演一次，子建心里的别扭感就增强一分，他提出改用伴奏带，自己也加入朗诵。刘建辉却坚决不从，还暗示子建不能只想着凸显个人，看不上这样的团队协作。

和联欢会一样烦人的，还有庭室里压过来的一些写作任务。如同突击订卷一样，又是到了年底才发现高院布置的一些调研、案例分析、信息宣传工作没有完成。子建有如临危受命的救星，在执行局上蹿下跳地寻找数据，然后再摸着石头过河般的伏案而作，每天都要在家里噼里啪啦地敲打电脑，一直忙到深夜。

与此同时，子建一直在等一个机会，希望能够和张杰局长表一个态——这对自己无比重要。他想了无数种方式，想尽量表达的委婉、中肯。可是，再委婉的表达方式，也改变不了子建想要传达的事实：他王子建就是给脸不要，辜负了局长一番美意。希望在年末的中层会上，能够不被定岗在执行部门。

这么做的代价，或许会让张杰讨厌自己。但是，子建并不想按高辉他们建议的那样，先留在执行，和赏识自己的领导站在一队，以后再找机会调换岗位。何苦这样迂回？子建瞅准了一个汇报数据分析结论的机会，引出了关于此次定岗的话题。果然，张杰顺理成章地问起子建的个人意愿。子建夸赞了几句执行局的和睦氛围，感谢了领导和同事们的抬爱照顾后，话锋一转，直接说出了自己的想法：“我其实挺想去审判部门，审上几年案子。先知道为什么要这么判，以后再做起执行工作，心里也就有底了。”后半句话是子建临时加的，本想着单刀直入，就来个开诚布公，可话一出口又觉得确实有些生硬别扭，甚至会让张杰难堪。于是，说出来的话就变成了这个样子。就好像他王子建已经是执行的人，是为了将来更好地开展执行工作，才需要去练练审案子似的。当真有几分虚伪了。

张杰愣了一下，很快又笑了。他表示认同地说：“嗯，审判和执行本身就不分家。执行如果干不好，案子判了等于白判，审判如果瞎判呢，也会给执行员找麻烦，到时候铁定执行不了。所以，先弄明白审判和执行是怎么回事，才能干好法院工作。有机会的话，你先去审上几年案子也挺好。”

子建退出张杰的办公室时，他第一次起身相送。也许，自己还真是年轻不懂事，竟真敢如此“忤逆”行事，押宝自己能被分到审判业务庭室。如果分到后勤部门怎么办？研究室、组宣科、监察室、信访办，甚至，刘建辉所在的干部科。呵呵，那就只好辞职抗争了，找份收入高点的工作，也能顺了萧文婷的意。

其实，倒不是说执行局不好。恰恰相反，听高辉分析后，王子建也明白了为什么大家公认执行局是个“肥缺儿”。当一名执行法官，相对风险小。毕竟，送到法院执行的，都是已经生效的裁判文书。审判法官怎么判，你就怎么执行。只要不遇到尖锐对抗的小概率事件，也别干得太过火，执行法官就是安全的，败诉当事人的不满仍会集中在审判环节。而且，做一名执行法官，做好本职工作与“做不好”本职工作都能捞人情、换好处。为什么这么说呢？案子实结率本身就低，不是每个案件都能执行回真金白银。执行回钱来，本属于做好本职工作，但在这个“案多人少精力有限”的大背景下，往往能收获当事人的千恩万谢，是个天大的人情。执行不到钱，拖延了事，就属于“做不好”本职工作。胜诉方当事人可能会骂你，甚至去上访，但是，败诉一方又欠下了你的人情。再者，与审判相比，执行拥有真正自由的权力。无论是民事案件还是刑事案件，你敢乱下判决吗？让不该胜诉的人胜诉，不该败诉的人败诉，就会沾上无穷无尽的麻烦。所以，给你司法裁量权，也没法滥用——否则就要提心吊胆是否又造出一个可能被曝光的冤假错案。而执行则不然，执行法官手里捏着一把案件，哪个先执哪个后执，哪个认真查找财产线索哪个敷衍了事走走过场，哪个计算逾期罚息哪个只执行本金，哪个连着拘留他三次哪个简单说服教育……只要别干得太过分，任谁也说不出你什么！

高辉还说，辞职前两年，东北某省查处了一名执行法官，他和这人也算认识。这名法官干了一辈子执行，什么职务都没有，临退休前因为侵占、挪用执行案款犯了事儿被调查。结果，一查不要紧，竟查出他索贿受贿数百万，还有其他不明资产两千多万，最终判了十五年。他劝子建，如果留在执行发展，千万别整那些违法犯罪的事儿。小心谨慎，多做一些顺水人情，在不违反纪律的前提下结交点朋友。等自己门路宽了，就可以让家人或朋友出去光明正大的挣钱，这比直接从当事人手里拿钱更有技术含量，心里也踏实。所以，执行工作锻炼更多的是为人处世、察言观色，这两项倒也能沾上“司法实务能力”的边，却又和审判有着本质的区别。

总之，来法院就是想去审案子，就是要练技能，成为一个真材实料的专业人士，而不是去呼朋唤友、醉生梦死换一种小富即安、吃喝玩乐的随性生活。在子建看来，这是两条根本不同的路，非此即彼，一脚下去，自是泾渭分明。表达出自己的想法后，他倒是如释重负。至于结果如何，也顾不了太多。

只是，张杰那先是一愣旋又笑笑的神情，以及当时说话的方式，总让人觉得似曾相识。子建想了许久，终于意识到，这个场景和他告诉高辉自己考入法院时非常相似。现在看来，自己是不是过于乐观估计了高辉与他的关系，而想当然地认定高辉不会对此不满？上次吃饭时，高辉也提到，子建离职后，自己陆续找了几个助理，都瞧不上眼，直到现在，忙不过来的杂事儿都是靠刘洋顶着。当时，高辉带着醉意敬了刘洋一杯酒，说：“你可不能也一声不吭的就走了啊。”这个“一声不吭”，不就是指他王子建么。

唉，自己还真是一个后知后觉的迟钝生物。早在师父心里戳了一刀，人家没咋计较，自己却还跟个没事儿人一样蹦过去闲聊扯淡。子建突然怀念起追随高辉飞遍大江南北的那些时光，自己需要考虑的只有手里的案件，比现在简单的太多太多……

萧文婷在公司年会上抽奖得到了一台价值上万元的苹果笔记本电脑，乐的几天都合不拢嘴。更重要的是，大伙儿起哄让得了大奖的她表演节目时，她脑袋一热，用陕西话模仿了一段武林外传里的佟湘玉，全场反响热烈。那几个不懂中文的美国领导，更是好奇的四处打听，想要弄明白这个小姑娘说了什么逗趣的“脱口秀”，能把大家全部逗乐。这样一来，公司上下的领导同事都认识了她。

完成了所有的写作任务后，子建的脑细胞齐刷刷死了一片，总算也有了闲暇。他琢磨起苹果电脑自带的系统，连蒙带猜地帮萧文婷下载了一些程序。由于需要使用无线网络，他只好把电脑带到单位，趁午休时跑到电子阅览室蹭网用——除了这里，法院没有互联网，办公区的电脑都涉密，只能连接内部网络。结果，又引得同届几个人的一阵羡慕，他们一会儿哭穷一会儿拿子建的安家费说事儿，小家子气十足，让人烦不胜烦。

很快，被千呼万唤的实习工资也终于发下来了，杂七杂八加起来有一万七千多元。子建还清了信用卡，还剩下一万元多点。少是少了点，可总算是有正资产了。再次与同届人聚餐，本该是AA制的聚会，几个人却哄着子建预演一次请客。仗着领到钱的高兴劲儿，子建也没多想，痛快地付了三百多元的饭费。他盘算着拿出两千给萧文婷买些礼物，再用三千元给父母买些东西，给小孩子发一发压岁钱——怎么说也算是正式工作了。剩下的五千元，存着吧。当然，没过几天，萧文婷也领到了自己的年终奖，果然是两万七千多元。她踌躇满志地将其中两万存了个定期，将其作为第一笔买房经费。子建没好意思把自己的钱存进去，他打了个哈哈，说各攒各的，到时候比赛。萧文婷噘了一晚上嘴，嗔怪子建不上交财政大权。她哪里知道，子建是遮掩着信用卡的事儿，也实在没脸秀出自己干瘪的口袋。

直到春节前，一切都是如此的平和安宁，没有了工作负担，手中也有了闲钱，子建无忧无虑地期盼起仅有7天的假期，简直就像生活在新闻联播的前十分钟里一样幸福。趁着联欢晚会彩排的空当，他在一声声“再来一个”“真牛 ×”之类的呼声中，炫技般地拉起了一支支复杂的曲子。每次刘琴都会跑来听，眼里写满了崇拜。

可是，在新闻联播前十分钟“中国人民欢乐祥和”之后，紧接着就是中间十分钟的“世界人民水深火热”。转弯抹角地听到了静姐近期经历的一件事后，子建的欢乐也被打了折扣。

子建想象不出如此柔和优雅的静姐在副院长办公室勃然大怒时的样子，也厌倦了一个个八卦男女以“你知道吗”为开头、以“别乱说啊”为结尾四处散布打探。他直接找到静姐，关切地问起事情的原委。静姐倒是已经恢复了往昔的平静，满脸无所谓地讲起了这件“恶心事儿”，讲到自己把刘建辉骂了一通，又径自挨个敲院长办公室的门这一壮举，她自己也不好意思地笑了起来。

事情是这样的：静姐被分到北面那家派出法庭实习，离法院本部有个十几公里的距离，每天辛辛苦苦忙得够呛。法庭里有一个40多岁的副庭长，时不时地说两句歪话，一脸催精上脑般的猥琐。静姐又不是没工作过，怎么会看不出他的骚扰意图。按理说，自己打出保持距离、礼貌回绝、及时制止、秀出家庭这四张手牌后，一般级别的色狼也就该知难而退了。谁曾想，这极品还越发来劲地死缠烂打起来。静姐找庭长委婉地反映了这个问题，又找到刘建辉，要求把自己调离这个法庭。结果，这两个人都是嘻嘻哈哈，抱着几分看戏的姿态，还不忘用言语撩拨几句，追问一些细节。

不久前，在一次庭室聚餐时，这名副庭长酒后失态，端起两杯酒逼她“交杯一醉泯恩仇”后，当着一桌的人说了一些很过分的话。终于，静姐发飙了，她一杯酒泼在这孙子脸上，二话不说走出饭馆，打了辆黑车就来到法院。

“就他这种刚进城几天的农民，也敢学人家职场性骚扰？他是把我当村里大婶了吧？总之，我是气昏了头，不是没人当回事儿吗，我倒要看看有没有人管。”

“后来呢？”

“后来就是你们看到的呗，先是找刘建辉。他不是要听细节吗，好啊，我就把细节说出来，让所有人听听这事儿有多恶心。他怕我把事情闹大，一个劲儿地帮那色狼辩解，非说是我误会了。然后我又把手机短信念给他听，他唯唯诺诺的什么也不敢说，我就去找院长，院长不在，就挨个找副院长。结果，就找到一个。”

子建只读了几条短信，就也像吃了苍蝇一样恶心：“才女，请教个事儿。都说女人三十如狼，四十赛虎。这话是啥意思啊？你也三十了吧？有感觉不？”“哥喝酒了，妹子你别往心里去。在这边有什么需要帮忙的，你一句话，哥立刻就到。帮哪种忙都行，你懂的，呵呵。”“马泉法院我和谁都熟，抬谁踩谁一句话的事儿，没别的意思，就是想和你交个朋友，真的。”

子建没有读完，他厌恶地退出手机短信，心说这是什么领导，说他是个没有半点素质的市井无赖，都是在抬举他。“这事最后怎么处理了？”

“还能怎么处理。院长也是遮遮掩掩，庭长打来电话道了歉，那色狼倒躲起来没动静了。反正，大事化小，小事化了呗。其实每个单位都有这样的事儿，只是没遇到过这么直接的。我闹一闹，让大家都知道我不好欺负，以后也就不会再有这种事情发生了。”

“嗯，估计是没人敢再惹你了。”

“对啊，不过，也没有领导敢再用我了。”静姐说得很是轻松。

“不会的，你又没做错什么……”

静姐温和地打断了子建，笑道：“不用说了，其实我闹之前就知道后果。这样也好，我和你说过，法院里没有任何我想争的东西。不记得了？”

子建点了点头，他逐渐明白了静姐并不是完全情绪失控，而是权衡利弊后的有意放纵。这样一来，她以后消极怠工也好、不思进取也罢，都可以归为这次风波的产物，年纪轻轻可以只落清闲而不落埋怨。

“不过，这事儿可不敢让你姐夫知道。就他那脾气，敢拉两车人来把法院砸了，那可就真有好戏看了。”

子建连连点头，也被静姐描绘的画面逗笑了：两辆绿色军用卡车堵在法院门口，缦布一掀，齐刷刷跳下百来号穿戴整齐的解放军，他们手持铁锹、铁镐，喊着口号冲击马泉法院……还真是一出好戏啊。

23 “大盖帽”时代的苦涩无奈

子建放假比萧文婷早了两天，当然，他也可以遵循一般“惯例”，联欢会一结束就可以不来法院了。因为到那时候，留守的大多都是院级领导以及中层正副职。用许哥的玩笑话说：一干大小将领要趁年底吃点好的、分分东西，小兵们就应知趣点，别上前掺和。

果然，最后几天法院里没几个年轻人，偶尔遇到相识的领导，也会被诧异地问一句怎么还没回家？中午坐在空荡荡食堂里，确实有几分别扭，于是，子建打消了坚守到农历二十九的念头，像个败兵一样逃回了城区。

与萧文婷分别前的晚上，子建忍不住与她聊了许多工作方面的事，把自己对于即将定岗的担心、纠结，甚至一些赌气般的打算都说了出来。听到子建主动说出“辞职”二字，萧文婷并没有表现出一副“早该如此”的样子。她温柔地伏在子建肩膀上，试着帮他分析起这个问题。

“如果陷在后勤做组织宣传，几年也接触不到实务，这和我去银行有什么区别？还能离你近一点。”

“那你为什么不提前找领导谈一谈你的想法呢？谁主管这个事情，你就去和谁谈一谈。”

“说是要党组会议通过，但前期负责这事儿的其实就是干部科。可我没有办法去找刘建辉。”

“你想去哪个庭室，就直接去找主管这个庭室的副院长。那才是能决定事情的人。既然刘建辉说了不算，完全可以绕过他。”

“你说的有道理。那我是不是不该和张杰说那些？”

“你应该说。越早让他知道，他才能越主动。要一直掖着藏着，反容易得罪他。所以，你没做错什么，只是少做了一步，你没有及时找找院长。”

平心而论，文婷说的很有道理，自己在这方面是如此的稚嫩，像个丢失方向没了主意的孩子。他翻身抱住文婷，很认真地说：“你比以前厉害了。”

“你是当局者迷。而且，我们公司人员调动也挺频繁的，跟着我们经理，也能接触到这些。拎着猪头去求领导的人多了，他哪有工夫去猜你的心思、读你的暗示。所以，想要什么，就得直接说出来。”

“我想去民二庭，审商事案件。”

“嗯，那就直接告诉院长你想去那里呗。”

子建的手开始不老实地四处游走起来，可萧文婷仍停留在“谈话模式”中，她捉住子建的手，也聊起了自己工作方面的事情。

“子建，明年我也想调一下岗位。”

“哦？你们部门经理对你不是挺好的吗？”

“部门经理对我不错，可他是杨总的亲信。杨总在公司没有股权，是聘来的执行副总。现在几个股东都在挤对他，走的步履维艰。我怕再待下去，自己和他们成了一队，也没什么好结果。”

“不至于吧？你才刚入职几天呀，就一个职场新人，老总们斗法还能伤着你不成？”子建觉得文婷有些小题大做。

文婷索性挣出了子建的怀抱，向外挪了挪，继续说道：“怎么伤不着我？你也给高辉当过助理，他的很多事情是不是你经手去做？在其他律师眼里，你难道不是高辉的亲信？”

“嗯。”子建想了想，的确如此。

“所以啊，假如高辉跳槽走了，你又不是律师，怎么留在涛诚律师事务所？其他合伙人会用你当助理？我的处境正是如此，如果杨总倒了，孙经理绝对留不下。孙经理一走，我也没好日子。”

“那你准备调到哪个部门？”

“去哪个部门不重要，重要的是要和他俩撇清个人关系。就算仍留在孙经理的部门，我也应该跟项目、做业务，不能再给他当助理。”

“明白了。这样一来你对公司的价值和意义就不同了，可以淡化派系色彩。只是，去跑业务会不会太辛苦了？”

“辛苦一点挣的也多啊，每笔业务都有提成，年终奖发的也多，没准还能拿点回扣呢。”萧文婷满脸憧憬。

“别动歪心思，非国家机关工作人员受贿罪就是给你们这些想吃回扣的人定的。”

“切，哪个业务员不拿回扣。那你们法官岂不是更狠？我们只吃客户一家，你们却吃了原告吃被告。”

“吃原告吃被告，那是特定时代下，为了开展工作没办法的事儿。现在流传的，是一种误读。”

王子建一五一十地讲解起来：“大盖帽，两头翘，吃了原告吃被告”，这句话现在听来，是在谴责法官滥用权力，收受好处后妄下判决，颇有几分“狐狸给两只狗熊分饼吃”却将利益划入个人腰包的味道。但实际上，这句话并非起源于被“吃”来“吃”去的当事人，而是出自法院内部，描述的是法官自身的一种无奈：20世纪七八十年代，物资匮乏，经费有限。法官出差办案，没有公务车辆，外出调查，单位解决不了就餐费用。所以，干脆就默许了法官乘坐当事人车辆、接受当事人吃请。调查谁的案件，就去吃谁的饭。这样一来，原告、被告申请法官去调查取证，都得开车来接，都要负责伙食，需要出差的，还要提供住宿。

“吃人嘴软，拿人手短”，法官也不例外，你前脚还在酒桌上跟人称兄道弟推杯换盏，又怎么好突然变脸祭出一面“公正廉洁”的大旗扮上包青天呢？所以，“两头翘”的大盖帽里，也自有它的苦涩无奈。到了现在，法官的制服早就换成了西装，左兜装着五个严禁，右兜装着八个不准，彻底封死了接受当事人吃请、乘坐当事人车辆的口子。一旦对方抓住法官这方面的问题，对未决案件，可以提出回避申请，换个法官审理；对已判决却没生效的案件，可以上诉，十有八九会发回重审；即便是已经生效的案件，还可以凭此启动再审这一纠错程序……

司法体制十数年的改革其实早已硕果累累，只是它追赶不及民众权利意识觉醒的速度，还未达到西方发达国家民主法治的程度。但我们也在一点点的进步，且不论刑讯逼供的废除、判决文书论理部分的增强等诸多里程碑式的进步，单从法官队伍人员构成这一方面来看：十年前转业分到法院还当受了委屈大闹情绪的退伍军人，和今天最低本科以上学历还必须通过司法考试、公务员考试两次高难度筛选的专业人才，绝不可同日而语。

王子建说得越发兴起，几乎要从被窝里撑起身体。萧文婷有些听不下去，几句话泼了他一盆冷水：“一谈到法律你就瞎兴奋。如果真像你说的那样，时代变了，法官什么好处也捞不到，那你趁早辞职算了。你好歹也是名校毕业的法学硕士，哦，每个月早出晚归累得半死，挣得还不如我们公司前台小姑娘多，怎么养家糊口？难道这职位是为了富二代、官二代满足精神需求设的？”

子建顿感语塞，还没容他辩驳，更大的一盆水又铺头盖脸地泼了过来。

“唉，人家的老婆跟家里坐着享福，衣食住行全都不用发愁。咱家是女的冲到前线挣钱，傻男人什么也不想，给口吃的，就屁颠屁颠地去支援国家法治建设了。可怎么办啊。”文婷说着说着，伸手捏住了子建的脸，轻轻地晃动起来——这本是子建逗文婷时常用的动作，现在换成他被捏，感觉自己变成了一个女人眼中的小女人：挣不到钱、没法帮女人解决难题，甚至，连自己的事情也安排不好。

子建的面子有些挂不住，却又不便发作。他甩掉萧文婷的手，有些不爽地说："我说时代在变，又不是说法官就活该饿死。是，中国法官现在的待遇确实太差，别说欧美国家了，连日本韩国都比不过，所以，它以后肯定会提高，这是大势所趋，是国家对专业人才的重视。而且，你放心，就算它不提高，最不济了，多熬两年，等我练好本事就出来做律师，太高了咱也不吹，就一般点的律师，每年挣个三五十万元也是轻轻松松。"

"呀？生气了？"

"我干吗生气啊？"

"我还不知道你。好啦，别气了。明天就见不到我了。"

王子建嗯了一声，想到明天就要与女友小别十日，满是伤感，登时就没了火气。他招呼一声："来，抱抱。"萧文婷就顺从地钻进他的怀里。

"子建，其实，我可崇拜你了。"

"嗯。"

"就算你以后一事无成，所有人都看不起你、唾弃你，我也一样崇拜你。"萧文婷扑哧一声笑了。

"晕，我咋那么衰？"

"嘿嘿，说真的，我想象不出你当法官的样子。但我特别期待你成为律师，特别、特别、特别厉害的那种律师。然后我给你当助理，替你开车、帮你理财、陪你出差……"

"哦，出差时提供色情服务不？"

"还要给你收拾办公室、做西餐、烤蛋糕……"

"在办公室能提供色情服务不？"

"王子建！你满脑子色情，以后要是敢招女助理，我就先阉了你！"

"阉之前提供色情服务不？"

……

两人嬉笑着裹成一团——合租的两个姐妹昨天先行一步返乡过年了，子建和文婷无比珍惜起这得来不易的二人时光，一夜几近无眠。

第二天，两个人一起到了火车站。以前上学时走得早，这次，总算是见识到了春运的真正威力：排了两小时队都还没进检票口。扛着大包小包甚至挑着扁担的人招呼也不打一声就从你身边挤过，还叼着劣质烟卷时不时地吐你一脸烟气。萧文婷懊悔没有订机票，抱怨连连。面对这样的场面，子建也是无计可施。自己路途近、行李少，挤一挤也不怕，可萧文婷拖着 2 只行李箱，又是那样弱不禁风，着实让人担心，但如果把她先送上火车，自己肯定来不及乘车。

两难之际，从队伍前面挤过来一位“神秘人”，经过王子建和萧文婷身边时，他悄声说道：“提前进站，提前上车，50 元一位。”以前单知道买票时会有“黄牛”，没想到连排队进站也有此等“捷径”。社会秩序中凝固的公平正义、法律人的操守信仰、对寻租权力者的痛恨与唾弃……所有的这些，在切实的困窘前都是如此微不足道。眼前的男子成了子建的救命稻草，原本“贼眉鼠眼”的猥琐模样，也兀自顺眼了许多。

子建连忙掏出 50 元钱，要男子把文婷带入车站。男子收下钱，又四下问了几声，最终在一团带着麻木感的嘈杂声中无功而返，他回到王子建身旁，拉起一支箱子，带着萧文婷向进站口挤去。王子建踮着脚尖打望着，看他俩从一旁的侧门进入了火车站，才放下心来。

没有拥吻，没有嘱托，甚至来不及一句话别，这种不带一丝浪漫感、没有任何仪式性的分离，就好像是一只命运的大手将萧文婷硬生生夺走一般，让人心里说不出的难受。王子建闷头抽着烟，一步步地向进站口挪去。大约 15 分钟后，才接到萧文婷顺利上车的电话——还未开始检票，车厢里已经坐了七八个人，如果每位都以交纳 50 元作为提前上车的对价，那就是 400 元。这只是一节车厢，一趟列车有 20 节车厢，刨去车头与餐车，还剩

18节，那就是7200元。不算春运时的加车，一天有200趟列车出站，7200乘以200，那就是140万元。也许这样计算有些水分，打个对折，也有70万。每天70万元！能唤开进站口的那道小门，就有如此庞大的收益，虽在情理之中，却也有些出乎子建的意料。无法揣测他们的内部分配机制，但很可能自己半年间挣下的那万把块钱，都不如这种毫无技术含量吆喝领客的人一天挣得多。褪去乘客与黄牛的身份，走出这片嘈杂的广场，在现实生活中，究竟谁更体面一些？

在电话里补足了临别前缺失的关切与嘱托后，子建心里多少好受了一些。又排了将近一小时的队，脚冻得生疼，总算进入了候车室，排队、检票，又是一小时，才登上了火车。总共才一小时四十分钟的车程，排队进站、登车却用了四个多小时，还真是讽刺。要不是本打算与萧文婷在车站吃饭早来了一些，没准连车都上不去了。

列车缓缓开启，王子建揩去脸颊的汗水，等待抵达熟悉的家乡，等待没有新意的过年：大年三十的饺子、年复一年的春晚、劳民伤财的鞭炮烟火、与狐朋狗友的饕餮大餐……无趣，却又本该如此。

第三章　掩痛前行 / 歌舞升平

24　人见人捏的柿子内勤

过完年回到法院没多久，内网上就挂出了一条标记着"New"的《关于新录用大学生岗位调整的通知》。点击这条通知时，子建心里很是紧张。这几天已是风声四起，大家一个个表面上装的全不在乎，却又天天议论着各种可能性，散播出一条条的小道消息。子建还没来得及去找主管院长表态——或者说，还是没鼓起勇气、抹开面子，事情就已尘埃落定，倒也免去了不少纠结。

"王子建，民一庭。"

与民二庭差了一个字，看来，自己暂时与商事类案件无缘了。民一庭也称"大民事"，主管传统民事案件，像什么婚姻家庭、交通肇事、医疗纠纷、民间债务、一般侵权，都是民一庭的菜。

若让子建在心里排序，在这些庭室里，首选民二，其次是刑庭，再往后，是民一、民三、行政庭，它们难分伯仲，都是鸡肋般的存在。而排在最后的，则是派出法庭——它就像安插在乡镇里的缩微法院，名义上是审理所辖地区的民事、商事案件，但实际上一年也碰不到几件商事案件，管的事儿和民一庭差不多，又都地处偏僻。马泉已是省会郊区，派出法庭又都在马泉的郊区，不用想也知道这"郊区的郊区"该有多荒凉落寞。而且，知道了静姐在派出法庭的遭遇后，王子建更是对这种天高皇帝远的机构没有好感。如果还要再往后排序，要是真分到像什么立案庭、审管办、组宣科、信访办、研究室、干部科之类的地方，那就只能去找领导摊牌，说声抱歉后辞职了。或者，坚持干到七月，拿安家费抵了违约金，倒也不赚不赔。

所以，民一就民一吧，也算不错。看看其他人，静姐分去了审监庭，果然去了个养老部门——除了静姐，审监庭只有三个人，一个女庭长，一个快退休的老法官，一个年轻速录员。他们负责基层法院一年超不过十起的再审案件，实在闲着没事时，还可以抽查一些本院的裁判文书。

小军去了刑庭，好吧，人家是刑法专业的研究生，这也算对口。

波波被分到静姐出事儿的那家派出法庭，想必是快言快语得罪了谁吧，没能留在之前实习的民三，颇有几分发配的味道。

大鹏去了民三，这个庭室人也不多，几年前设立时想的是要审理知识产权类案件，结果直到今天，马泉法院每年也超不过五起知产案件。于是，民三庭主要负责物业费、供暖费、劳动争议之类的串案，有时候开一个庭就能结几十个案子，日子也还算好过。

文欣替代王子建，分去了执行局，想想那自上而下、弥漫不散的匪气，有点羊入虎口的意思。

程程是唯一留在后勤部门的人，但不是干部科，而是办公室。在子建看来，办公室是个无趣的部门：管理公文院章、收发传真快件、组织内外会议、设宴安排客饭等。不过，在别人眼里，办公室是片沃土福地，干部科可比不了它：能在大领导眼皮子底下干活，也就离混成个小领导不远了。法院现有的这些年轻副庭长里，大半都是从后勤部门直接空降到业务庭室的。而在这些“空降兵”里，70%都出自办公室，足见这一部门的厉害之处。

真正让子建郁闷的，其实是阿华。他分到了民二庭，这个自己最想去的部门。这货去什么民二啊，随便找个干部科、组宣科之类的地方，在领导眼皮子底下晃来晃去。岂不更合适？

木已成舟，多想也没用。按通知要求，子建简单交接了工作，就去新的庭室报到了。

民一庭的庭长年近五十，姓江名百川，一米八多的个头，圆滚滚的身形，肉嘟嘟的脸上写满了彪悍——单从外貌来看，他去执行局倒是挺合适的。江庭恐怕也是军旅出身，话不多，做事干脆利落。他三言两语介绍完庭室情况，让子建主要担任庭室内勤，同时跟庭里老马一组，给他当书记员。

“放心，我知道老马岁数大了，什么事儿都得靠书记员。案子我不会给你们多分，你主要做好内勤工作。能写就多写写，把庭里的内宣外宣抓一抓，要不然每次考核都排在后面，也不好看。”

多干杂活少碰案子，这恰恰是子建担心的事情。表示接受后，子建径自去了老马所在的办公室——靠近走廊一侧的书桌、衣橱早已收拾干净，无声地等待着子建的到来。

和法院大多数老同志一样，老马很是随和，甚至有些好玩：与子建相比，倒好像是他坠入了新的环境，总显得有几分局促、腼腆。他一会儿张罗子建抽烟，一会儿让他尝尝茶叶，生怕冷了场似的，就差帮忙摆放物件了。

聊了几句后，子建得知老马来法院之前在镇里小学当过几年老师，就干脆称他为“马老师”——要搁在以前，法院就是师父带徒弟，书记员一般喊法官“师父”，成长为法官后，再带徒弟。可是，一来，现在书记员分两类，像王子建他们这样的属于少数，永远也当不上法官、到期即被辞退的聘任制速录员则占多数，他们与法官谈不上师徒关系，之前的“传帮带”模式有些因此而打破。二来，子建心里仍有师父高辉的形象作为参照，他比眼前这个打着哈哈一看就无所作为的老头子强出一大截，若也喊老马为“师父”实在是违心。干脆，称呼声“老师”得了。

老马倒也不以为意，子建叫什么就答应什么，还真是一点架子没有——曾听波波抱怨，民三庭里有一个光头法官，曾为了一句称呼三番五次刻意刁难：你叫他刘法官，他不理你，叫他声刘哥，他还倍儿不屑，觉得被占了便宜。咬咬牙叫声师父吧，他又说自己担不起，折腾了几次，那货给自己选了个“老师”的称谓，把波波着实恶心得够呛，心说你连债权和物权都分不清楚、用电脑打字还得配一块儿手写板，教小学生法制课都嫌误人子弟，还想让自己堂堂名校法学硕士尊你为师？师者，传道、授业、解惑，这仨活儿你能干好哪个？当然，波波还是妥协了，只是在背地里越骂越狠。阿华第一次煽风点火，撺掇波波找个机会让刘哥下不来台时，子建出言劝解，反被一干人嘲笑胆小怕事。真不知道那两个山东老乡是真看不透阿华的低劣伎俩，还是各怀鬼胎的巴不得波波捅娄子。那次之后，子建干脆也听之任之，不去火上浇油，却也不置可否。结果，每次波波都狠狠抛下一句带着山东口音的“等我收拾他”，却每次又都没了下文。这不，最终还是没等收拾他刘哥，自己就调去派出法庭了。

想到这里，子建觉得老马还是挺不错的，一看就是个老实人。要不，也不至于58岁了还冲锋在审判一线，没能退到养老部门悠闲度日。子建刚收拾好东西，老马就倍儿和蔼可亲的凑上来，一会儿夸子建学历高，一会儿说子建字写得好。子建赶忙变着法地回敬，爷俩儿就这么对着吹捧了半天，老马才切入主题：“子建啊，咱俩一组我真是有点不好意思。你说，我也不会用电脑，平时打个判决、裁定啥的，还得靠你。”

“马老师您太客气了，书记员帮法官干点活儿算个啥，您还教我本事了呢。”

“不不，判决本来就该法官自己写，是我没跟上时代。再有两年我就退了，你辛苦辛苦，咱爷俩好好处。你要愿意弄案子呢，咱们就弄点儿。要是其他的活儿太重，忙不过来也别硬撑，你告诉我一声，我去找庭长，他也就不给咱俩分案子了。”

老马如此客气，子建一时没反应过来，不知该说什么，只好又是宽慰又是表态，说自己就想弄案子，别说写判决了，能替他审判那才叫求之不得呢。可是，子建的心里话可能不太容易被大众接受，他越是这么说，老马反倒越有些尴尬。

然而，很快子建就意识到自己低估了内勤的工作强度，各种杂活接踵而至不说，大家都把与审判无关的活儿抛过来，搞得他应接不暇。这也难怪，之前庭里的内勤是一名姓郝的速录员，主要负责跑腿打杂、上传下达、领物派发等技术含量不高的琐事，其他各项任务，实际上都是庭里十几个人分担的——严格说来，是其中六七个前几届考入法院的大学生分担的。这些人里，除了比自己早来一届的女孩以外，都已提为法官，办案之余，他们也写些案例分析、学年论文、其他宣传信息什么的。小郝没等合同到期就跳槽去了一家企业当法务，子建恰好顶了这个缺儿。可是，小郝可以只干琐事，用一句“不会写东西”把其他工作推得干干净净，子建却不行。大家端着“才子”的帽子，不容分说地扣在子建头上，让他成为一个巨大的标靶，转瞬就被打得头晕眼花：

“子建，我是江庭，看看内网通知，帮我准备一下周三中层干部会的发言材料。”

“喂？王子建，来审管办领一下你们庭的二审退卷。”

“是马泉法院民一庭的内勤吗？我是中院民一庭的，有一个统计，需要你做一下。”

“小王，我给你传了几张照片，我们下乡的，帮着写个图片新闻呗，谢谢啦。”

“普法下乡活动的总结材料怎么还没交？”

“王哥，你们庭还差两篇调研、三篇案例分析，再不交就要扣分了。”

“王子建，把你们庭的考勤报一下。”

“那个谁，过来领一下你们庭的工资条。”

“王子建……”

本以为老马是个好脾气的软柿子，想不到真正的“柿子”原来是内勤，院外的单位、院内的部门、庭室内的同事，不管是谁，想捏就能来捏一把，随便布置点什么，就够王子建忙活一阵。白天跑前跑后，晚上加班写各种材料，离司法实务越来越远，看不到闲暇，却也瞅不出希望。

之前的许多信念，都被这种没有意义的忙碌打破了。不是自以为是地觉得所有辛勤劳作都有意义吗？好啊，那就让你全院乱窜转着圈地领东西、交材料，每天写那些仅供法院内网刊发、基本无人查阅的内宣稿件，给区里各种文体比赛活动去凑人头、当观众……这些事情的意义在哪里？王子建看不到，惶恐、烦躁，却又不知该如何扭转局面。所有的努力就好像顽童戏海，越是奋力出击，反会被更大的水波反噬。王子建的脸色一天天阴沉起来，接各种电话前，常在心里先默诵一句三字国骂。

与自己的僵局不同，萧文婷调整岗位的事办得很顺利。她瞅了个机会和公司俩管事儿的老美用英语呱啦呱啦说了一阵，表达了想接触业务的意愿，就被调到了另一个业务部，甚至有了一定的报销额度。一个月来，应酬越来越多，社交面越来越广，她几次邀子建去听音乐会、看话剧，认识些朋友，子建都以需要加班拒绝了。文婷很是不解，说你又不是文案，怎么老有这么多东西要写？翻了翻子建写的东西，她更是皱起了眉头：廉政专项活动总结、关于法院系统再教育制度的论文、学习某某法官先进事迹的体会类征文，甚至还有法庭干警去扫雪的新闻，一看就知道是没有意义的文字罗列。

“这就是你每天写的东西？这都什么和什么啊。Ridiculous！”

“是，没有您老人家的工作高端、大气、上档次，你该干吗干吗去，我也没碍着你。”

“Unreasonable！”

“说中文，装什么假洋鬼子。”

“神经病！谁惹你了你找谁去，别拿我撒火！”

萧文婷夺门而去，王子建一拳砸在键盘上，按键应声弹飞，散了一地。俯身捡拾了半天，“S”和“B”这两个字母怎么都找不到了。子建苦笑一声，天意，神灵都看不下去了，在骂自己是一个无能到拿女人撒气的SB。绝不能再这样下去了，越来越不像之前的自己，一定要想个办法。

于是，一向不问缘由只知埋头苦干的子建，第一次分析起问题的症结：民一庭法官多，写作任务总量大，这是一方面。更重要的是，自己对工作来者不拒的性格，它在纵容庭里人把手头杂事儿全推给内勤。东西可以晚上写，想要弄案子，就必须省下白天的时间。可已经接到手里的活儿，又该怎么推出去呢？

诶，对自己而言，琢磨如何逃避工作真是费时费力，可能是头脑里没有预设这个功能吧，天生就是不会偷懒耍滑的人。子建从床底下找到了丢失的按键，花了些时间完成了该写的东西。

十点半了，萧文婷还是没回来。一次次地拨打手机，都是关机提示，子建不免着急起来。

十一点时，收到一条短信。“子建，我们的关系出了些问题，都需要静下来想一想。我在附近的宾馆，很安全，请放心。”

我放心个辣子啊！子建头皮噌的一声就麻了，心脏也跳得厉害：他的第一反应竟然是生气，觉得萧文婷在没事找事。

抓起电话拨过去，又是关机提示音。

25　稚嫩的初次爆发

昨天和萧文婷折腾到半夜，当然不是那种美好欢愉的“折腾”，而是用短信、电话绕来绕去，从点滴过去谈到悲催现状，再由现状展望起无甚希望的忧虑未来。其间，王子建几度失控，大声追问萧文婷的行踪，她倒也捏住了底线，一句“我不想听你吼”后，就挂断电话，再打就是拒接。反复折腾了几次，子建也被磨的没了脾气。4月的深夜竟是如此寒冷，子建走在空旷的街道上，哆哆嗦嗦地一条条发着短信，几次有租车靠近鸣笛示意，子建都是摆摆手回绝。终于，凌晨一点半，子建才拦下一辆出租车："师傅，去华浦路的如家。"

到了宾馆房间，子建好气又好笑道："还真不能让你有工作经费啊，以前顶多小区里跑跑，现在倒好，自己都敢来开房了。要是能让你报销机票，我是不是就得去国外找你了？这大半夜的，差点没冻死我。"再哄上几句，一直绷着脸的萧文婷哭着细数起子建让她受的委屈，有对比、有论据，概括起来一句话：子建既没有提供物质基础，也不能做好心灵陪伴，双重失职。无奈，子建只好一边引导她回忆之前的快乐点滴，一边画着一个美好的"饼"，勾勒起将来有房有车有儿女有狗狗的幸福生活。

就这样，直到三点，萧文婷才心疼地抱住一直打喷嚏的子建，让他赶紧睡觉。子建感觉自己要感冒，就缩在标间里另一张床上，让萧文婷躲远一些。睡了三小时，子建被闹表唤醒，不曾想却已是生龙活虎病意全无。他悄声洗漱穿戴，帮萧文婷上好七点半的闹钟，就向着马泉出发了……

晚睡早起的感觉很像手机快速充电：刚拔下插头时，电量看起来恢复了很多。但这都是虚电，很快就又会降到红线以下。王子建也是这样，一上公交车就有些昏昏欲睡，苦于没有座位只能站着，神志恍惚地颠簸了一路。

趁着早饭第二次"充电"的工夫，王子建盘算起今天的工作：下午要参加一个电视电话会议，然后传达给庭长，再然后召开庭务会传达给全庭干警，嗯，这个活动得报篇图片新闻。那上午呢，对，后勤服务中心说要更换内部准驾证，需要复印大家的驾照，顺便去后楼领一些笔芯、小夹子，昨天有书记员要来着。险些忘了，还要去趟银行，从小金库里取点钱，给合同到期的小彭买点纪念品，开个送别会，嗯，这事儿也要发个新闻……

综合考虑所需时间、办理难度、轻重缓急等因素，把这些工作排序后，王子建趁着早饭后大家都在，逐一问大家索要驾照。

“呀，我忘了，还在车里呢。一会儿开完庭给你行不行？”

“快点印完还给我啊，马上下乡。”

“前几年不是给后勤交过嘛，怎么又要一次？”

王子建几次都想发火，让他们自己去办，庭室内勤又不是全庭干警的保姆。可是，他还是强忍着一言不发。一线办案的民事法官长期与当事人接触，早练就一身察言观色的本领，一个个比褪了毛的猴子还精明。他们仿佛觉察到子建情绪不对，就收敛了一些牢骚抱怨。驾照收得倒是挺顺利，随后，子建就去了法院门口的银行、超市。

十点半，子建拎着一台豆浆机风尘仆仆地赶回办公室，习惯性地看了一眼内网通知。然后，他终于不可避免地爆发了。

“×！”这个心里骂了无数次的字终于恶狠狠地出了口，登时带出了一股压抑许久的怒火。老马本正聚精会神地看报纸，被吓了一跳，赶忙问子建怎么了。子建胸口一阵乱跳，他指了指电脑屏幕，冷冷地说：“您看看这个通报。”

老马赶忙晃晃鼠标弄亮了自己的电脑，也点开了那条通知。是干部科发的公告，大体意思是说，今天上午后勤的几个部门联合组织了一次突击检查，查大家的考勤、着装，照片里被几个年轻人簇拥着的刘建辉，还煞有介事地佩戴着执法记录仪。随后，就是各部门检查情况：执行局老李违反规定，把当事人从审判区带入了办公区；刑庭未按规定制作签到签退表；档案室某某工作时间下象棋——真有意思，象棋还能一个人下？为什么没通报和他一起玩的人？更“有意思”的是，自己竟然也榜上有名：“民一庭王子建脱岗。”

“早上检查考勤了？”

“我不知道啊，当时我也没在屋。”老马看东西很慢，半天才看出重点，他摘下眼镜，劝慰道：“咳，这么通报确实不合适，但你也别把这东西当回事。你是什么样的人，大家都清楚……”

“我是什么样的人？嗯？一个没脾气、好说话、可以被随便冤枉的人？”

“找个机会和他们说清楚就没事了……”

“我一早给后楼送了材料，去银行取钱，我坐着公交车去超市买东西！问都不问一句就算我脱岗？”王子建的声音越来越大，老马也不知道该说什么，只好连声劝慰。

“对不起，我不该冲您嚷嚷，这事和您没关系。”王子建从前一秒咆哮怒吼中突然恢复了平静，就好像瞬间变了个人。说完这句话，他转身就走。

“子建，你干吗去？”

“找刘建辉，让他知道我是什么样的人。”

“你可别冲动，为这点事咱不至于……”

子建关上办公室的门，冷笑一声，径自向干部科走去。没有学到父亲的身手，多少也继承下一些倔强吧。

“刘科长，您好。”

“嗯？王子建。”推门进屋时，刘建辉正晃着胖脸和程程说着什么，旁边沙发上，干部科的小唐也在。他抬起头看清是子建时，眼神里闪过一丝得意，旋又消失不见，“你先在门口等一下。”

子建没理他，随手把门虚掩上，带着蔑视直盯着刘建辉的眼睛，两三步走到近前。

“刘科长，网上的通报是您发的吧。”

“是啊，怎么了？”不知是察觉到了危险，还是被俯视得难受，刘建辉不自觉地也站了起来。

“不太明白什么叫脱岗。”

“脱岗就是不在岗位上，我们检查的时候你没在办公室。”刘建辉嘴角抽动了两下，想秀出他那招牌式的微笑，却做得不怎么成功。

“哦，内勤的工作场所仅限于办公室，是吗？那我是不是不能去法庭、不能去后勤部门交材料，也不能去复印室？只要出了屋子，就算脱岗？”

“那倒不是……”刘建辉没了底气，却还是死撑着，“我问了，没人知道你去哪了。”

“我交驾照复印件时，李主任在办公室。我出去买纪念品给庭里离职干警，也经过了庭长同意。”

“我又不知道你……”刘建辉不耐烦起来。

“不知道你可以问！可以打电话给我！”王子建一声断喝，气势十足，刘建辉不由地后退了一步。

“你这是想干吗呀？”

“我想让您把通知撤了，给我正名。”

“你俩先出去吧。”

一旁的小唐和程程早被这突如其来的变故弄傻了，听刘建辉这么说，赶忙退出办公室。刘建辉上前几步关了门，招呼子建坐下说话。

“这个事儿，可能是我们没弄清楚。你说的情况呢，我们也得核实一下，要不你先回去吧。”

“没这么复杂。如果您怀疑我说谎，不如打电话问一下李主任和江庭长。要是不方便，咱们可以一起过去，当面对质，事情问的更清楚。”

“我不是怀疑你说谎。”子建的咄咄紧逼，让刘建辉很不自在，“领导安排的抽查，查到你不在办公室，我们也没有办法。”

“呵呵，这不又绕回来了吗？您也不能否认吧，我那也是在工作，不算脱岗。”

“是，但是你也明白，刚发的通知，说撤就撤下来，那以后的工作就没法干了。”

“这种随便给人扣屎盆子的工作，以后最好没法干。还有，您可能没听清我的意思，不光撤掉通知，还要给我正名。”

“什么证明？”

“正名，恢复名誉。再发一个通知，说清楚是怎么回事。”

“你这个要求太过分了，领导不会同意。”

“哪个领导不同意，您说出来，我去找。”

“我就不同意。”

“那不麻烦您了，我自己正名。”

“你什么意思？”

“在食堂贴个公告，说清楚怎么回事，讲明白咱俩今天对话的内容。而且，我会声明，在干部科恢复我的名誉前，我拒绝处理任何需要走出屋子的工作，上厕所也会先给您打个电话。”

“你……”王子建说得轻松，刘建辉脸却涨得通红，他憋了半天，才挤出一句“你这样闹不嫌丢人吗？”

“丢人？难道让全院人都知道我工作时间擅自脱岗，就光彩照人了？”

“不是……”

“行了，看来您解决不了，也不想解决。那就不耽误您工作了，我去看看哪个院长在岗，也向他们请教请教对于脱岗的理解。”说完，子建转身就走。

虽然是复制静姐的行为，缺乏了一定的新意，但“找院长”这招还挺管用。刘建辉明白：静姐也好，子建也好，只不过是法院的光脚小兵，刚参加工作不久，某种意义上也可以算作不懂事的孩子。孩子要是受了委屈，自然可以撒泼耍赖、大声啼哭。可刘建辉是穿鞋的领导，隶属政治处，主管人事工作，若什么都摆不平、搞不定，动不动就有人找院长去反映问题，就算他没有失职，起码也显得无能。静姐的事儿刚过去没多久，他又怎能让这似曾相识的一幕再次重演？

所以，刘建辉赶忙拦住子建，能看得出有几分慌乱，却仍试图重新控制局面。他拿起电话打给江庭长，假模假样地核实了一下子建说的情况。

“哎呀，我没做好工作，让你们庭的小伙儿受委屈了，真是。对对，小王就在我这里，要不你和他说说，让他先回去吧。”

刘建辉小心地把话筒递向子建，神情很是复杂。子建心里觉得好笑，合着刘建辉权衡了半天，发觉自己 hold 不住场了，就把江庭长拉进来，还隐晦地告了自己一状。难道我有赖着不走吗？好，子建大大方方地接过电话。

“是，江庭。给您添麻烦了。行，您放心，我不会妨碍刘科长办公了，我本来正要走呢，去找找院里其他领导。等这事儿有了说法，我立刻回去工作。”

说完，子建抢先挂了庭长电话，非常礼貌地再次向刘建辉告别。

刘建辉简直快要崩溃了，他哪里想到子建掩藏着这样的脾气秉性。权衡再三，附带讨价还价，他终于修改了那条通报，删去了有关王子建脱岗的内容。随即又按子建的意思，发了一条新的通知，名为《关于某某通报的补充通知》。内容倒也简单，就一句话：“经核实，之前所通报民一庭干警脱岗有误，与事实不符，特予更正声明。”

子建致谢后离开了刘建辉的办公室，出了这口气，心里舒服了很多。

中午，王子建越想越觉得这事儿办得痛快，忍不住给葛磊打了个电话，想吹嘘几句。不料，葛磊非常严肃，他连连追问细节，把与刘建辉相干的事情都刨了出来。

“怎么样，牛 × 不？”

“牛 × 个屁！跟你说过多少遍，混机关最重要的是和领导、同事搞好关系，决不能轻易得罪人，可以平平庸庸，却不能棱角分明。你可倒好，当着同事的面和领导吵架。你咋不揍他一顿呢？”

“刚去的时候是想揍他来着，这不和平解决了么。你说得轻巧，这次我要是忍了，下次还不被他踩死。”

葛磊在电话那头叹了口气，说：“今天的事儿，忍也有忍的不好，所以你闹就闹了吧。听你的表述，这人有些胆小怕事，十有八九不会再跟你明着干。但这次你让他栽了面儿，要小心他背地里恶心你。”

“呵呵，要是敢恶心我，就接着和他闹呗，光脚还怕穿鞋的？”子建还是有些嘻嘻哈哈。

“别贫了，今天的事儿你们单位肯定会有人传，要是有人直接问你，千万别乱说，给他留点面子，让这事儿尽快过去。”

子建觉得葛磊有些小题大做，但还是一一答应。然后，他问葛磊：“你分析分析，刘建辉为什么处处针对我？”

“说不好，有多种可能性。如果你没有招惹他，那就是你碍他事儿了。”

“我碍他啥事儿了？”

“现在公务员的招录越来越规范了，考过不了分数线，有关系也难用。但是，有一种情况是例外，那就是补录。如果不是你调剂过来，马泉法院去年不就有一个空缺么，就可以从那些没过线的考生里补录一人。想被补录，人事部门就是第一道坎，虽然刘建辉没决定权，但总能过过手，往上层递递话。如果恰好没人盯着这个空缺，让他办成了，你想想，那是多大一个人情？当然，这些都是我瞎猜的。”

子建觉得葛磊分析得很有道理，如果真是这样，也难怪刘建辉看自己不顺眼。只是，子建又有些好奇，如果今天的事情发生在葛磊身上，他又会怎么处理呢？

“发生在我身上？我肯定不能让这样的事儿发生啊。你第一次意识到刘建辉看你不爽的时候，就应该想想原因，尽量化解和他的矛盾。请请送送，或者只是谦卑一点地找他谈谈心，让他出口气，没准以后还能关照你。你已经进了法院，都在一个单位，就是他的同事，和同事结仇本就是给自己找麻烦，他又不是你这样的，混了这么多年还能不明白这个道理？”

子建没顾得上回击葛磊的嘲讽，这些话似曾相识，在军事管理学院的操场上静姐也这么说过。确实，如果早几个月帮刘建辉把怨气撒出来，也许就不会有今天的事情。自以为打了胜仗，实则是无益之争，所幸刘建辉这块“玉”足够小心谨慎，他以委曲求全的方式躲过了子建这块“石头”。倘若碰到的是一块暴脾气的“玉”，捋胳膊挽袖子的和子建来个“玉石俱焚”，事情就没这么简单了。自己还是太冲动、太稚嫩……

26 抓不住的破碎希望

闹过这次之后，许多事情竟开始有了不经意的好转：

江庭长翻看子建的工作记录后，和他聊了四十多分钟，他劝子建没必要帮所有人忙，庭里事儿多，本就该谁的活儿谁干。然后，子建顺理成章地提出了自己对于司法实务工作的兴趣，说不怕加班，想和老马一起弄些案子。江庭长沉吟片刻后，表示同意，还把自己的一套《民事办案手册》送给了子建。

也不知是江庭长私下做了工作，还是子建的行为给自己贴上了“易燃易爆”的标签，其他法官对子建的态度也有所转变，他们开始配合子建工作，也再没把自己的活儿推过来。

更好玩的，是庭里的几个年轻速录员，他们纷纷向子建示好，说刘建辉就是个孙子，早该有人收拾他。子建脑袋一热，请他们去喝酒，听这几个年轻人吹嘘起学生时代打打杀杀的“英雄事迹”。虽明知此等行为的幼稚，在酒精的催化下，子建一时没忍住，也讲了自己经历的一些疯狂趣事。毕竟地下音乐圈里的狠人还是挺多的，好勇斗狠惹是生非那都是小儿科的见面礼仪，吉他包里附带一把三棱刮刀则是许多人的生活常态，就连一个地下通道之类的卖唱地盘儿，有时也能引得三五十人来场群架，刀光剑影、血肉模糊，就连作为“圈外人”“乖学生”的王子建，还曾给人捂过肠子呢……小伙们听得肃然起敬、瞠目结舌，竟还觉得这些事情挺酷，纷纷由衷热情的尊称起一声“王哥”。

这顿酒本是无心插柳，效果却很显著，他们几个不再偷懒耍赖"欺负"子建，许多跑腿打杂的碎活儿总算是有了人分担。而且，他们把子建拉进了自己的圈子。很快，每个庭室都有了子建认识的速录员。喝酒吹牛、生日聚会、KTV唱歌，这些活动子建也参加了几次，倒也很是欢乐。当然，刘琴也总在其中，继续师父长、师父短的叫着，搞得两人常常成为大家起哄的对象。

这样一来，虽然晚上还是常常要加班写东西，但白天的时间省下了许多，总算可以用于办案了。分给老马的，往往都是些婚姻家庭类的小案子，离婚纠纷、赡养费、抚养费、分家析产等。子建跑上跑下，忙得不亦乐乎。除了不能替老马坐上审判席开庭以外，基本上什么事情都是子建一个人完成的。收发诉状、催讨答辩、整理证据、问话、调解、打判决敲裁定、判后答疑……总之，如果开庭，老马连卷都不用看，只拿着子建制作的"庭审提纲"，就能把程序走完。之后，再不用他操心，案件就能了结。一个月不到，竟还有三起案件的当事人送来了锦旗。恐怕，整个法院里也找不到第二个像子建这样"能干"的书记员了。

老马乐得清闲，虽然也知道这样显得自己不大作为，却也不避讳，常常在庭里夸赞子建。这种搭配组合的方式，老马满意，子建却有些难受：很多时候，这种糊弄事儿的开庭方式影响了结案。要知道，庭审瞬息万变，难以提前设框置架，只能顺势而为。可老马事先不熟悉案情，庭审时又往往处在"半睡眠"状态，该发问的时候不发问，很多事实查不清楚。子建在台下急得要命，却也不能直接发问——开庭是有录像的，还要刻光盘附卷，书记员哪能越俎代庖。

比如，有这么一起继承纠纷案件，开庭前，子建在调解阶段摸了半天底，确定了几个子女对各自手中证据的真实性并没有什么争议，才制作了提纲让老马开庭。庭审时，大儿子宣读了遗嘱，姐姐、妹妹都没了话说，顶多是强调几句自己没有劳动能力，遗嘱中没有为其保留必要份额。结果，谁也没想到的是，二儿子也掏出了一份遗嘱，日期还在大儿子那份遗嘱之后。他冷笑几声，说这件事自己隐瞒了这么久，就是为了在法庭上跟大家说清楚——王子建估计这位大哥也是被影视作品毒害了，总以为法庭是个舞台，就算没有媒体，也会有百来号观众。把他委屈在这个十平方米的小法庭，没帮着找几个旁听的人，还真对不起这“大家”二字。

两份都是书面遗嘱，都没有经过公证，按照法律规定，应当以后一份为准。可是，大儿子对遗嘱的真实性提出了异议，说那时候老爷子已经卧床不起了，怎么可能手写一份遗嘱？他端详许久，总算看出了破绽：虽然笔迹是父亲的，但时间有问题，把“二零零一”改成“二零零七”只需一笔，肯定是二儿子自己改的。然后，双方各执一词，险些没在法庭上打起来。

这种情况下，第二份遗嘱的真伪至关重要。谁说了算？法官。但法官凭什么说了算？就凭手中的权力和对当事人的主观好恶？这当然不行。所以，这种情况下，正确的做法是应该释明大儿子有权申请鉴定。然后，等鉴定结论出来，才能确定支持哪方的主张。可是，老马估计当时是神游千里了，他被台下的哄吵唤醒后，敲了敲法槌，强调了一下法庭纪律，说出了一句让子建险些吐血的话：“行了，都不许吵了。这个证据说到这里，当事人继续举证。”

后来，费了很大的力气，这个案子还是和解了。大儿子让出了一部分遗产，分给其他三个子女。类似的事情经的多了以后，子建琢磨着还是应该尽量减少开庭审判，宁可多做些案外调解工作，也别再被老马这么折腾了。所以，有时候即便下班回了城区，子建都要再用手机打电话做当事人工作，除了辨法析理，更多的则是“居委会大妈”式的苦口相劝。

没曾想这一来二去，他们组的案件调解率、撤诉率比其他组高出一大截，简直成了民一庭的“传奇组合”。王子建对此功不可没，老马则只会嘿嘿傻乐。江庭长私下找子建谈话，夸奖了他的工作能力、工作态度。随后，江庭长以私人角度，表达了一种希望：如果子建能坚持多给老马弄一些这样“露脸出彩”的事儿，对他熬一个副处级再退休是很有帮助的。正科、副处，退休后每个月差着800多块钱呢。子建明白了江庭长的意思，感动于他这样背地里关照老马，所以对此事格外尽心。除了半暗示半索要的又弄来几面锦旗外，一有机会，子建就写一些与老马有关的文章，什么老法官冲锋一线啦、带病下乡访基层啦、调解到户进农村啦，等等，这些文章屡屡被当地报纸、杂志刊发。

显然，这些所谓的勤廉事迹多为编造杜撰，老马几次制止，觉得吹捧的有点过了。子建据实相告，说想给他的“副处级”出些力气，老马也就听之任之，放弃了“挣扎”。除老马外，则谁也没有对这些事情的真实性提出过质疑，庭里同事、江庭长，甚至主管院长见了子建都是夸几句“写的不赖”，研究室主任还特意询问子建是否有兴趣来研究室工作。

总之，帮助老马的同时，也成就了子建：被大家“才子”“笔杆子”呼来唤去的同时，注明“稿费”的邮局汇款单也纷至沓来，少的五六十，多的二三百，也算是“名利双收”。获得了认可、尝到了甜头，子建更加卖力地工作起来。优秀共产党员、调研宣传先进个人、区勤廉标兵……来法院一年，竟也攒起了一小摞荣誉证书，罩上了几个“小光环”。

子建在同一届新人里脱颖而出的同时，萧文婷的生活节奏也越来越快：她追着全国各地的项目飞来飞去，有时白天走当晚回，有时则一走就是五六天。出差在外时，她经常会给子建发几条链接，要么是广告视频，要么是推广软文，总之内容一定离不开她此刻负责的广告项目。发了这些链接，也就算给子建报过平安，再打电话过去，往往说不上几句话，文婷就急匆匆地甩下一句“我有电话进来”，切换到了另一组通话，只给子建留下一阵“嘟嘟”的忙音。于是，王子建也买了一张行军床。起初，只有萧文婷不在省会时，他才悄悄住在办公室里。可是，这个“夜不归宿”的口子一撕开，也就难免越扯越大，没过多久，即便文婷在家，子建也偶尔会出于喝酒应酬、加班工作的需要而住在法院。

在一起的时间少了，两人却并没有因“距离”而产生“美”。相反，没的好聊，甚至有些日渐疏远。就连那些情侣间的亲密举动，也不再是之前那样自由心生，而是染上了刻意为之的色彩，成为一种维系关系的任务、甚至法器。有时，子建甚至觉得，自己拥有的这具肉体只是萧文婷，或者一个类似萧文婷形状的躯壳，不知什么东西寄宿其中，并赶走了她的灵魂。最亲密的交流仪式并不在于肉欲的满足，而是在于心灵的贴近。这种“贴近”难以掩饰，同样无法强装。子建有些无奈，却又无计可施，不自觉地也开始逃避。

比起听子建东拉西扯一些家长里短的办案趣闻，这段时期的萧文婷更喜欢问一些“专业”问题：把方案卖给对手公司会不会判刑？可不可以用对方项目经理吃回扣的证据威胁他签合同？等等。这些问题透出一种浓重的“陌生感”，尤其是相拥而眠的夜里，它乌黢一团，笼罩着文婷清秀的面庞，让子建越发看不清她的模样……

子建每每警示文婷，不要想这些歪门邪道，把人做正，才能走得踏实。过于短视也许会成功一时，但终究后悔一世。

终于有一次，子建话说得重了。萧文婷直接从被窝里跳了起来，光着身子蜷缩在房间的角落里，号啕大哭起来：

“我没事找事，心术不正，让你害怕了是吗？让你恶心了是吗？对不起！我也不想这样！我也想像别的女人一样生活，找个有钱的老公，不用操心就什么都有！我什么都要自己争，什么都要自己拼！你根本帮不到我！”

子建赶忙下地，用空调被裹住文婷，不停地劝她小声一些。文婷满脸都是鼻涕，抽泣的几乎要背过气去，也顾不得挣脱子建的怀抱，就这样兀自地哭着。过了很久，她才断断续续地说出了自己迫切挣钱的原因：

文婷的父母这两个月一直在逼问她的个人问题。虽没正式见过面，他们也都知道子建的存在。陕西姑娘不外嫁，他们本就对子建这个“外乡人”有些抵触。在他们看来，两人毕业一年了，在一起又不结婚就是胡闹。王子建的公务员身份起初倒是还有些加分作用，但问清楚是在郊区的基层法院，工资又那么低后，人家父母自然皱起了眉头。进一步审查后，子建一穷二白的家境自然也遮掩不住，别说在省会买套婚房了，根本连首付也拿不出来。父母气得干瞪眼，却还是没有责怪这个溺爱了一辈子的“傻女儿”。最终，人家交了个实底儿——家里卖一套房子，加上全部的存款，能有 50 万元。男方家想法再出 50 万元，凑齐 100 万元当首付，挑个偏点的地方，赶紧买房结婚。文婷知道子建家里的情况，别说 50 万元了，凑 5 万元都难。干脆，她提都没和子建提，一心想着如何依靠自己的努力，买一所房子，让父母放心……

王子建既惭愧又感动，他没想到萧文婷独自肩负着如此巨大的压力，后悔自己这段时间乱发了很多脾气。他继续哄着萧文婷，一如既往地承诺将来一切都会好起来，一定会好起来。

“是我太任性了，父母一把年纪，还让他们为我操心。操心我上学，操心我找工作，现在，还要操心我的生活，要卖了房子支持我不负责任的选择。子建，我不能再这么自私了。”

“嗯，我们不需要父母们这样奉献。要不了三年，我们就可以自己买房……”

萧文婷甩掉被子，仍是一丝不挂地走到书桌附近，从梳妆盒里取出了一张存折。

“王子建，我这里攒了 6 万元。你的呢？”

“我……再过两个月，等安家费下来，大概也能凑到 6 万元吧。”

“好，我这 6 万元算借给你的，这样就有 12 万元了。”

“嗯？”

“你家的房子有 130 平方米，总能卖到 40 万元吧？多出来的钱，我们办婚礼。”

这句话就像一把冰冷无情的尖刀，一下子戳进了子建胸口，刺得他有些喘不过气来。他尽量抑制着情绪，没有说话。

“儿子娶老婆，父母出房子，到哪都是这样。而且，现在也不是只让你家卖房，我家也卖。你觉得呢？我父母还说了，甭管他们在亲戚面前怎么丢脸，只要咱俩能过好就行，彩礼什么的，他们……”

“我家就一套房，卖了他们住哪？”

“租房子。你不是总跟我说房子和幸福没有必然联系、没房也能结婚么？那你父母没房子也能生活，我们出钱帮他们租一套两居室。”

“……”

“你说过，过几年出来做律师，就一定能挣到钱在城里买房子，对吗？”

“是啊，所以我们不要这么着急，可以晚几年买房啊。”

萧文婷摇摇头，轻轻地说：“子建，我一直在相信你，可你呢？你相信自己吗？”

“什么意思？”

“我们等了一年，房价每平方米涨了五千。明年是什么价？后年是什么价？你现在不买，以后更买不起。如果你真那么自信几年后就可以买得起省会的房子，那到时候给你父母在家乡重买一套房子会很难么？你家乡的房价这两年变过吗？所以，是在骗我还是在骗自己，只有你清楚。”

子建愣住了，一时说不出话来。

“你是爱我的，对吗？”文婷蹲在子建面前，如此的温柔，如此的可怜。

子建用力地点点头，不争气的眼泪流了出来，流得悄无声息，滴落在文婷的手臂上。

“那我们在你生日那天结婚，11 月 24 日，好不好？”萧文婷温柔地拭去子建的泪水，她自己的眼泪却“啪嗒啪嗒”地打在地上。

子建扭过脸，竭力地忍着眼泪，仍是点了点头。

“那你和叔叔阿姨商量一下卖房子的事情，好吗？”

子建用手按住了自己的胸口，仿佛这样可以抑制住那一抽一抽的隐痛。他鼓起勇气，望着萧文婷的眼睛，决绝地说：“对不起，我做不到。”

萧文婷无力地闭上了眼睛，嘴角抖动了几下，喃喃道：“你不爱我……我早知道的……不爱……”

子建伸手去拉文婷，她触电般地躲开了。于是，子建的手悬在胸前无谓地空抓了几下，却怎么也抓不住萧文婷破碎的梦想与希望，最终只得无力地垂落在地上……

27　孤独的跑者

人以群分。手里端个酒杯，自然就不怕没酒斟满。

跟公安局的喝，跟检察院的喝，跟城管大队的喝，还有什么农委、教委、纪委、住建委、司法局、法制办，但凡攒局肯叫上一声的，子建一场都没落下。他自然明白，这种酒桌上认下的“大哥”“大姐”意义不大，但还是想给自己的行为扣上一顶“应酬”的帽子：是积极，而不是颓废；是社交，而不是逃避；是发展，而不是倒退……总之，不是在借酒浇愁，不是在麻痹失去萧文婷后的痛苦。

“子建，对不起，请原谅我的离去，原谅我没法给你任何分手仪式，你知道我会舍不得。你的小提琴太贵重了，我不敢拿。但我拿走了你的一把吉他。把它送给我，好吗？总觉得里面有你的一小块儿灵魂。还要抱歉的是，给你留下了一堆烂摊子，清理东西、退房子什么的，拜托了。

“其实挺想让你疯了一样四处找我的，在哪里找到，我们就在哪里停下，幸福简单地过一辈子，该有多好。可是，我了解你，知道你不会找我，因为你不看韩剧嘛。所以，干脆告诉你喽，我回咸阳了。我承认自己是个loser，我不想这么辛苦地活着了。省会没有我的位置，家里却有我的父母。我不能再那样自私。

“知道你不会，但还是说一句：如果你找我，就来咸阳吧。我们有12万呢，可以首付一个小房子。陕西有很多小吃，很多历史景点，很多漂亮姑娘，你来娶我好不好？

“呵呵，是我又开始做梦了。不就是分手嘛，没什么大不了的。都不许难过，你王子建又不是娶不到老婆，老娘我也一定能嫁个好人家，吼吼。保重，照顾好自己。我爱你，很爱，很爱很爱。”

这是萧文婷给王子建发过的最长一条短信了，即便不看内容，单凭这种长度也可以本能地判断出“不妙”。果然，王子建拨电话过去，萧文婷拒接，再打就是关机。回到租住的房子一看，自己的东西被收拾得井井有条，衣服都是熨烫后折好的。萧文婷的两只行李箱都不见了，地上有两个大纸箱，其中一个贴着一张便签“看看里面有没有你要的？”另一个则贴着“帮我处理一下，嘿嘿：)”。

“嘿嘿”？子建觉得天旋地转，险些跌坐在床上。便签上的笑脸吐着舌头，比着“V”字手，像极了精灵般的萧文婷。他多么希望这是一个高成本的拙劣玩笑，希望萧文婷突然拖着两只箱子跳出来嘲笑自己又一次的流泪，大声质问自己还敢不敢欺负她。可是，没有，萧文婷真的就这样离开了。

所以，这个夏天，子建好几次醉倒在马泉。有时候醒来时在法院，有时是在刚刚租下的农房，有时则是在洗浴中心——基本上，这取决于一起喝酒的人把他送到何处。用当地话讲，这叫喝“断片儿”了。

醉得不是那么厉害时，子建喜欢独自伫立在天桥上，看着身下喧嚣而过的车流，任回忆如刀片一般翻搅着残存的意识。有时翻搅得狠了，就好像虚接上了错位的时空，让他把很久远的历史和当下混在一起。所以，脑袋里一会儿是萧文婷，一会儿是陈娜：萧文婷站在属于陈娜的校园里，一旁还是那个碎了一地、深深定格在子建脑海里的西瓜；陈娜则现身于那个承载着最近一年幸福回忆的合租房里，像萧文婷那样大胆主动……没有征兆地流泪，没有声音地呐喊，人因勇敢而承认自己的脆弱，因脆弱而强迫自己变得勇敢。可是，子建足够脆弱，却并不勇敢。他蜷缩在亲手装裱的壳子里，压抑着所有的痛苦，等它凝固、冰冻。

这种白天工作、晚上喝酒的生活持续了有 40 多天，子建明显感觉到注意力越来越难以集中，左手的小指总是发麻，按压琴弦时疼得厉害。再看看镜子中那张神情呆滞、眼窝塌陷的脸，子建知道不能放纵下去了。于是，他打碎了心里的酒杯，毫不迟疑地退出了这个异状生长的小圈子，任凭这些酒鬼在电话里怎么骂娘，也再没出去乱喝。即便是庭室聚会，子建也自发地当起了接送大家的司机，宁可哼唱几句"我是女生"认怂，也绝不端杯。领导、同事们对此颇为迷惑，子建没结婚自然谈不上需要"封山育林"，怎么好端端就突然戒酒了？子建咬死了不放，坚称要封杯两个月——这是他对自己的一种惩罚。折腾了两次后，大家也就听之任之了。倔强也好，缺心眼也罢，子建就是这样一种能够给自己划"底线"的人，不管划得深了还是浅了，正确与否，有无意义，只要划定，就不会轻易违背，也算是有股子狠劲。

时间自然可以冲淡许多事情，抚平所有情绪。但是，无须意识支配的诸多习惯，就像一个个挂着倒刺的鱼钩，总能牵扯出本已抑制住的伤痛。有一次下班经过车站时，子建有些走神，竟不知不觉地开始等车，直至临上公交车那一刻，他才如同被人一拳捶醒般地回过神来，意识到萧文婷已经不在那里了。旋即，无边无垠的情绪忽地起了波澜，汇聚成翻江倒海的巨浪，痛得他喘不过气。

缺少了酒精的麻醉，夜晚总显得漫长难熬。心不静，自然是写不出像样的东西。所以，子建开始跑步，在附近学体中心的橡胶跑道上，一圈一圈地跑个没完。然后，就是读书，读各种书，像着魔般坠入了一个崭新深邃的精神世界。对于“跑步”，子建还专门写了一篇名为《孤独的跑者，跑着孤独》的随笔：

“一直以为，跑步是一个人的运动。把MP3开到最大音量，四百首歌曲随机播放，时而听着Nick cave的阴暗小调，时而是Kataklysm的撕裂轰鸣，时而则是以泪洗面的阴暗哀伤……就这样一个人跑着，保持大脑的混沌，忽略身边所有的人，只看着天边若隐若现的云。

“重复的跑道，重复的橡胶路面，重复的膝盖感触。以白色球门为界，默默地记录经过的圈数……12圈半，5000米完成，15圈，6000米完成，20圈，8000米。随即，停下脚步，扯下湿漉漉的上衣，拧干汗水，舒展肌肉。光着上身走在秋夜的凉风中，穿过熙熙攘攘的街道，躲避呼啸而过的汽车。

“在重复的奔跑中，突然意识到人生也是一个巨大的重复。周而复始，循环往复，不断地经历貌似不同实则一致的旅途。呵呵，开始喜欢上跑步。看完村上春树那本《当我谈跑步时，我谈些什么》，对孤独和奔跑之间的关系有了新一重的认知：

“是啊，人生而孤独，人都需要独处，而奔跑却是这样一种独处——它让我们暂时忘却孤独。”

很久没写过这种矫情文字了，子建干脆把这篇随笔发到QQ空间，除了几位不明就里的老友一如既往戏谑地开着玩笑，用“讥讽”表达着亲昵与关切以外，刘琴也被吸引了过来。她评论子建“无比深刻”后，在QQ里留言道：

“师父你怎么了？为什么孤独啊？”

子建打着哈哈应对几句，就不知道该说什么了，只好推脱说自己体检查出了脂肪肝，所以才要去独自跑步。

“那以后就不回城区了吗？一个人住在马泉？”

王子建一愣，这话问得颇为巧妙，想来，刘琴已经猜到他与女友分手重归“自由身”的事实，不同的回答极有可能把两人的关系带往不同的方向。一瞬间，萧文婷的形象又冲入脑海，让子建难过得几近流泪。思索片刻后，他无比慎重地敲出了答复：

“呵呵，说不好啊，也许休息够了哪天就又开始两头赶场了。我去跑步了哈，88。”

刘琴发来一个孩子头戴小钢盔满脸坏笑的表情后，就下线了。子建麻利地换好装备，继续起他“孤独”的跑步运动。

“男人生来需要女人的温度”“忘记一段感情的最好办法是开始一段新的感情”“有便宜不占 × × ×”，这些或雅或俗的理论，子建统统知晓。而且，他也不是什么道德模范，从十七八岁情窦初开迈入“两性关系”的大门后，他基本就没有过“空窗期”——或者说“空床期”更为贴切，女朋友是一茬接着一茬，一个顶着一个。“离不开女人”，是他和葛磊大学四年在别人眼中的共通之处。但两者又有着很大的不同：葛磊永远都是目标明确地攻城略地，就像一只发情的公猪一样，立志要拱遍所有看上眼的白菜，每发现一棵新菜，就要丢掉嘴里的；而子建则非如此，他像钢铁侠一样胸前有个大洞，若不放进一个女朋友作为“能量柱”，就会空落落的难受，所以，当一段感情因走不下去而结束或濒临结束时，他就会快速找寻“下家”。当然，这种“本质性”的差别在旁人眼里的意义并不大，大家能关注到的区别仅仅是数量上的不同：葛磊四年换了数十个，子建四年换了六七个，这样一来，在道德公知上，子建还算略胜一筹。

对于自己这种“走马灯，不停歇”的情感模式，子建起初并不觉得有何不妥，旁人将此评价为“喜新厌旧”也好，“内心软弱无法独自疗伤”也罢，他都是秉持着长痛不如短痛的理念，保持着快刀斩乱麻的节奏，三天、七天、十二天……用着绝不超过半个月的速度找到新女友。让他开始刻意放慢速度的，其实是陈娜：那次过早的单方宣告了感情死亡，草率注入了另一股“新鲜血液”后，才让他看到了女人深爱一个男人却遭到背叛时的痛苦。错已铸成，再怎么悔悟，与陈娜的关系也是难以恢复如初。终于，在“二次背叛”后，他和陈娜这段最长最深的感情惨烈告终。子建的随心所欲，也因此而有所收敛，破天荒的独身了大半年，直至本科毕业。这次之后，他才明白，分手后不引入新人而独自应对，是一件多么艰辛而痛苦的事情。同时，这种艰辛、痛苦又是如此的必要，不经过以痛为媒介的静置整理，你就永远无法真正看清自己来获得成长，永远只能活在爱情的“新鲜期”里浪漫狂舞，而不能正常地与恋人平静相处。

再以后，子建变得越发“普通”起来，在后续的恋爱关系中，他学会了给予而不是单纯榨取，学会了付出与维护，更学会了在分手后给自己留一段时间回顾反思。之前的种种顽劣行径，就像是少年成长阶段的绮梦，啪的一声幻灭成空，时隔区区几年，自己竟已脱胎换骨变得大为不同，恐怕任谁也无法想到吧。子建常常幻想，倘若陈娜相识的是此刻的自己，该有多好。

呼，可是，饶是此刻的自己，不也同样失去了萧文婷吗。如果换作陈娜，真的就能抵住现实的困顿，仍把一个男人的专一和些许体贴视作最大的奢求，得到之后就幸福非凡？她就不会顾忌父母感受，比对男人收入，审视未来有无希望吗？想到这里，子建又有些释然，看来，陈娜唯有出现在陈娜时代才可能具备陈娜姿态，文婷活在文婷时代就只能用文婷模式与子建相处。这是现实，是成长，陈娜时代的文婷也许同样会不顾一切、不要未来只想和子建疯狂相守，而活在文婷时代的陈娜则必然会有文婷式的烦恼顾虑，必然要相爱得没那么简单……

呵呵，这就是分手后“静置整理”情感的好处，如果想不清楚这些，就把刘琴或其他什么女人拥入怀抱，只能是误人误己，徒增一次重复的情感经历，多谈一场无疾而终的恋爱，最后，就是潇洒大叔陆续哄骗若干无知少女，走马观花，表面艳福不浅，实则越发孤独，活得病态扭曲，只能不断寻找刺激。独身才两个月的自己，最好先不要陷入什么感情纠葛，还是安安静静的“孤独”一阵吧。

所以，王子建没有接受刘琴的暗示，同样“巧妙”地躲过了“巧妙问题”，刘琴的反应倒也正常，除了像往常一样时不时趁中午请教一点吉他知识，问几道公务员考试题外，再没有其他更进一步的举动。只是，从QQ空间的访客统计工具里，子建注意到她时常“潜水”在自己的空间里，缄默地查看相册、阅读自己的文字。

不知不觉，来法院第二年的“十一”长假悄然而至。去年的这个时间，子建窝在办公室里埋头订卷，萧文婷在咸阳老家探亲访友。一年的工夫，物是人非，短暂探访成了长久回归，再不知她的近况。子建补发了一万多元的工资，拿到了那笔羡煞旁人的安家费，回到家乡强打欢颜，与父母围坐桌前认真地翻看汽车宣传页，进行一轮又一轮的比对筛选——国企还真是拖沓，一个优惠购车活动，竟反反复复酝酿了近一年才得以实施。

国企大院里的职工们一向不懂装懂以讹传讹，父亲本不懂车，听得多了，也在心里把“捷达”二字等同为“皮实耐用经济实惠”，将这个造型奇葩配置一般的“火柴盒”奉为神车，非常武断的要定一辆高配自动挡捷达。

子建费了好大力气才纠正了父亲的错误观点，提出了自己的选择：1.6L手动挡的速腾——Sagitar，取自单词“Sagittarius”（射手座），恰好是他的星座。速腾和捷达，根本不在一个档次，自然也就有了5万多的差价。最终，父母同意让子建自己负担一部分，买他喜欢的车型。

即将有车的喜悦刚刚冲淡一丝子建心里的苦楚，母亲偏又不合时宜地畅想起儿子载着萧文婷“常回家看看”的美好画面，连连询问两人的进展，警告子建要学会珍惜，不能花心……

28 比死亡更悲凉的遗忘

回到马泉没几天，王子建他们这一届的人等来了一个初任法官任命仪式：

先是阿华带头宣誓，然后是政治处吴主任向众人发放《任命书》，干部科科长刘建辉依旧是在一旁招牌式的微笑鼓掌。最后是院长训话提出“三点希望”，并与众人逐一合影。

整个仪式大概二十分钟，结束得很快。王子建夹着刚领到的法袍回到办公室，端详起手里这张印着大红国徽的《任命书》——“任命王子建为某某市马泉区人民法院助理审判员”，这样一来，自己就成为名副其实的法官了。

正感慨这张《任命书》有些粗制滥造敷衍了事时，波波在QQ群里发来一条不着边际的信息：“任命书其实就是认命书，咱哥几个就得认命了，得在这郊区再待五年。”王子建笑笑，回道：“认了吧，兄弟，这就是命。”之后，就都没了下文。

任命归任命，这并不代表着大家就能立刻变身法官，配备一名书记员开始独立办案。真正的“关卡”还在各自的庭室里，想办案子，除了院里任命，还得有庭室“授权”。授不授权，是一件可以灵活掌握的事情，如果庭里法官少书记员多，可能新任命的助审很快就能独立办案。可倘若法官多书记员少，那就有的熬了。任命三年还在担任内勤或书记员的“法官”大有人在，窝在后勤四五年一个案子没审过的“法官”也不少。这样看来，任这一下命最把稳的意义，还是在于每个月多了360元的法官津贴，以及工作证及执行公务证上的“法官等级”一栏，会从“书记员”变成了“四级法官”，多少还是虎气了一些吧。

果不其然，江庭长看了图片新闻后就约子建来办公室喝茶聊天了。其实，不用他说王子建也明白，现在民一庭不缺审案子的法官，而是缺尽职负责的书记员，更缺一个能写材料的内勤。如果王子建现在自立门户，多出一个法官，老马没了书记员，又闲出一个法官，庭里就乱套了。所以，一个字，“等”，等老马退休，民一庭分来新人，就让他顶替现在的子建，一边担任内勤，一边给子建当书记员。

这个饼固然画得焦黄灿灿令人垂涎，但显然无法填饱子建饥肠辘辘的肚子，老马刚过了 59 岁生日，离退休还要一年。不管是法院里相处不错的“老人儿”，还是篱笆墙外的师父、师兄，都观点一致地认为一定要尽早拿到审判权。这东西，可不是人人都有，能早一天就早一天拿，拿到了就别撒手。再说了，天知道那时候党组能不能给分个大学生过来“顶缸”，老马一走，不就正好空出他专职当内勤么，何必再多分来一个地位尴尬的“王子建”？

所以，子建提出了自己的条件：当内勤，可以；继续帮老马攒履历“造神”，也可以。但是，他想要一个“授权”，只要不耽误前两项工作，就也能把案子挂在自己名下。至于书记员，不用固定配备，发手续、做提纲、订卷等，自己能干的，绝不用别人，倘若需要庭审记录，庭里那些“小伙伴”们谁有空就给搭个手。

江庭长沉吟良久，有些犹豫。子建明白他的顾虑，一来，多他一个审判员，却又弄不完太多案子，庭里“人均结案”指标自然会下滑；二来，审判权衔接的可能是错综复杂的利益人情，给出去容易收回来难，他要确定王子建不会给自己捅娄子。

最终，江庭长还是下定决心，答应了子建的要求，当即打电话给法院技术处主任，帮子建申请了一个审判管理系统的账号。随后，他挂断电话宽厚地笑道：“子建，年轻人愿意干业务、有上进心是件好事儿，就按你的意思办了。内勤这活儿，我也知道，孬人干不了，好人不愿干，你先担着，以后再想办法。”

“明白，谢谢庭长，谢谢您对我的信任。”

来法院一年，总算能自己审案子了，想到这里，子建内心深处就涌出一股喜悦，荫翳了两个多月的面庞上，也第一次有了光亮。当天晚上，他就沉不住气地把庭里几个速录员都约出来烤串儿，本打算还是只攒局不举杯，却突然意识到两个月的“封杯惩戒”刚好到期了，原来萧文婷已经离开自己三个多月了，时间还真是一晃而过。

好吧，那就开喝吧，两个月的长跑还真是立竿见影，一通推杯换盏，子建还没尽兴，几个小兄弟就已经喝得五迷三道败下阵来。他们连连承诺：“王哥你放心，需要我们就支应一声，就算别的法官排好了庭咱都能给他推了，先紧着你弄！”仗义。

那一晚，子建喝了十三瓶啤酒，吐了两次，才踉踉跄跄地走回了租住的农房……

第二天上班吃早饭时，头还有些微微的胀痛，眼前餐盘里的包子，也好像变得更加荤腥，没了往日的可口。恍惚之间，一只手搭上了自己的肩头，吓得子建一个激灵。

“许哥？吓我一跳。”

许哥轻轻地点点头，坐到了子建的对面，脸色有些凝重。他掏出烟来，突然意识到这里是食堂，只好来回搓捏着烟盒。

“许哥，咋了？”

“兄弟，告你个事儿：刘魁昨天晚上没了。”

什么？闻听此言，王子建心头一震，大感意外。前两天还在楼梯碰到过刘魁啊，这黑黝黝的大嗓门还撺掇自己提了助理审判员该请客喝酒呢，怎么会突然就没了？

按许哥的讲述，昨天他们和公安局的几个人一起去拆除了两栋私建别墅，从上午一直忙活到晚上 9 点，一口饭都没顾上吃，就相约着晚上一起吃个饭。刚坐下没几分钟，刘魁接了个电话说老婆不小心把自己锁屋外面了，就骂骂咧咧地先去送钥匙了。不曾想，回去的路上出了事故，开着车上了便道，一头顶在梧桐树上。现场撞得并不严重，路过的人不以为意，觉得司机肯定会自行处理，看过热闹也就没再理会，恨不得过了半个小时才有人报警。可警察赶到时，刘魁早就死了。

“喝酒了？”

“刚坐下开始吃，喝也就喝了一点，二两都到不了，老刘的酒量哪至于这样啊！”

“死因鉴定结果出来没有？”

“没呢，张局和家属跟那盯着呢。唉，你说这人怎么说没就没了呢？”

王子建头还是阵阵发蒙，酒精以及有如絮状物般的各种情绪好像是起了某种奇异的反应，阻塞了他的思考，刘魁的容貌、笑声却一股脑地涌上心头。

正在这时，张杰打电话来问了一些昨天晚上的情况，许哥逐一回答后，轻声问道：“大哥，老刘撞着哪了？怎么就死了？”“什么？哦，哦，好，明白了。”“是，大哥放心。”

“许哥，怎么了？”

“大哥刚打电话说了，老刘的事儿工伤认定还没做完，让我今天别乱跑，没准还得去劳动局配合做个问话啥的。”

子建有些狐疑，工伤？酒后驾车发生单方事故，肯定要认定为全责，明显不符合工伤认定的标准。难道是张杰要违规运作，搞定交警队和劳动局，遮掩刘魁酒后驾车的事实？

他小心地问道：“这样操作，张局会不会有什么风险？”

许哥一脸懵：“啥啊？大哥为啥有风险？”

“如果不符合工伤认定条件，却认定为工伤……”

“凭啥不符合？”

“酒后交通事故他是全责啊。”

“咳，不是不是，这事弄拧了，刚法医鉴定完了，你知道吗，老刘不是出车祸死的，是突发脑溢血人死了才撞在树上，这不就跟交通事故、跟喝酒都没关系了嘛！要我说，老刘就是饿没的，中午我就看他快扛不住了，让他去歇会儿吃口饭，就是不去，就是不去，也不知道他跟我瞎犟个啥……”

说着说着，许哥的眼圈又红了。子建想去安慰，却又不敢开口，他实在不想陷入这种悲伤，他知道，哪怕再随着许哥的情绪多回忆那么一点点，自己的情绪也会漫延泛滥。

于是，子建只顺着许哥的前半句话接道：“嗯，这种情况跟喝酒就没多大关系了，不过，就算没关系，也别提了，毕竟酒后开车不是什么光彩的事，刘哥是加班干完活才走的，万一领导有心追认个荣誉，别人却拿喝酒的事儿嚼舌头，咱们听到了也难受。”

许哥点头，称子建说的在理。

半个月后，刘魁被劳动局认定为工亡，简单的一句“21 时 30 分许，刘魁驾驶车辆回家途中，突发脑溢血致死”，成了他人生最后的定格画面。

丧葬补助费、扶养亲属抚恤金、一次性工亡补偿等各项费用加起来有将近 60 万元。区里额外给了 10 万元，高院又给了 15 万元。鉴于刘魁认真负责的工作表现，追认三等功……

刘魁就这么突然走了，酒桌上再也见不到他咧嘴傻笑自顾自喝个没完的身影。最后的小插曲是：家属来清理他的个人物品时，在抽屉里意外发现了他近万元的“私房钱”，还有剩下半盒的杜蕾斯。这里面的故事与秘密，恐怕也都随刘魁一并尘封到了另一个世界。人们谈论的方向，很快从哀伤追忆转向了八卦揭秘。

而子建始终难以忘却的，是全区拆违专项行动后执行局一起喝的那次酒：

“大哥，这杯我敬您！”

“坐下，这杯我敬你。”

“别别，我敬……”

“坐下，你个憨子，”张杰把小杯里的酒又倒回了分酒器，直接整壶端了起来，“上午你冲那么前面干吗啊？嗯？你没看见丫已经把煤气罐都拧开了？还往上冲？”

刘魁嘿嘿地笑道：“咳，大哥，我当啥事呢，我当然得冲啊，城管、国土那帮孙子都往后缩，咱要不上，谁还上啊！大哥您老说咱们得有狼性，咋啦，兔子手里捏个炮仗狼就怂了，那咱法院、咱执行局不就成笑话了……”

“真要炸了咋办？”

“炸了，真炸了就完犊子呗！”

“……”

“大哥，我其实知道，你们都跑在后面追我，我当时就怕自己跑得慢，被你们撵上，咱不能怂，但也别都一块儿炸死啊，不划算，哈哈哈哈！”

“好兄弟，干了！”

……

现在，已经再没人提起刘魁，提起那半盒避孕套对应的风流故事了，在法院工作了二十多年，却终将彻底淡出了他人的脑海。王子建不禁想：如果突然消失的是自己，又有谁会哭泣铭记呢？

比死亡更悲凉的，恐怕是遗忘。

29 险些坍塌的防线

马泉的秋天一如既往的短暂，天气瞬间转凉，让人很不适应。与淡淡的寒意相伴的，则是突然挤进子建生活的各种糕点甜品：静姐玩起了烘焙，瘾头很足，隔三岔五就要带些作品与子建分享。基本不吃甜食的子建哪见识过如此繁多的花样，单是乳酪蛋糕就能分为轻乳酪、中乳酪和重乳酪三种，他不由赞叹起静姐的手艺。作为回报，子建也经常开着自己乳白色的“打死奥拓”（Das auto，一汽大众）载静姐去采购原料。两人在马泉租住的房子一东一西，恰好两个方向，即便如此，天气不好时，子建下班也总要绕路送一下静姐。

纵然心中坦荡无鬼，在这个嚼舌造谣为乐的缩微社会里，为了少生事端，子建和静姐还是有所顾忌，来往都很是低调小心。可马泉就这么大点地方，碰到的熟人多了，也就自然有了一些不怀好意的风言风语。“清者自清”需要彻底无视旁人的勇气，恐怕并没有多少人能真正做到。相反，“捕风捉影，无中生有”“唾沫星子淹死人”倒是更趋近于真理。很快，子建和静姐就被搞得不厌其烦，自然而然地减少起单独相处的次数，反倒有了几分“做贼心虚”的味道。

子建对此颇为不爽，却也无可奈何，人性还真是个微妙的东西，明明一个个心里有屎肮脏龌龊，却偏要打着道德的旗帜装出几分清高，靠谴责他人来抬高自己。在这些人臆想的世界里，好像男女同事坐在同一辆汽车里的下一瞬，不是开房就是车震，真是可笑。

说到汽车，还有一些“谣言”让子建哭笑不得，他怎么也没想到，一辆十几万元的速腾，竟然能让无聊者为子建杜撰出了一个殷实富裕的家庭背景。这类故事有鼻子有眼，版本还挺多，有说子建家是当官的，也有说他家是做生意的。总之，甭管做什么，反正挺有钱。传来传去，子建竟成了一个在城区里有几套房子的“阔少爷”。这种事没法解释，只能越描越黑，干脆也就听之任之吧。

除了谣言，同样麻烦的，还有大鹏、小军这两个蹭车的人。子建并不小气，也不在乎多绕点路接送一下同事。只是，不知为什么原本帮忙助人的好意，投射到他们两人身上后，就成了一种单方面的义务。虽是同届进入法院，但大家本就是下班各回各家少有交集的关系，子建连他们何时搬入附近小区都不知道，更谈不上相互的往来走动。平日里，他们三个老乡就像一个形影不离的小团队，若不是波波搬去了派出法庭的宿舍，恐怕他们还会一直合租下去，蹭车的就该是三个人了。

在子建的价值观里，别人帮助自己是交情，不帮则是本分，即便是举手之劳，也应心存感激。可大鹏和小军恐怕不这么想，你帮他们是天经地义，不帮则是不讲义气。自打子建有了车，这两个人就像是逮到了不要钱的司机一样往死了使唤。有时候子建下班有事不能直接回家，反倒先要向他俩“请假”说明行踪，甚至听他们抱怨两句。他俩在外面吃喝玩乐得晚了，也总不忘先给子建打个电话，询问他是否“恰巧”在附近。这种电话接得多了，难免有些郁闷：不知这俩人是怎么想的？自己又不是在马泉转着圈拉活的黑车司机，何苦每次都偏执地相信自己一定在附近驾车乱逛呢？

子建忍了一段时间，他俩没有任何收敛，越发变本加厉，干出了许多堪称“极品”的事儿。天气越来越冷，农房没有暖气冻得人直哆嗦，干脆，在变成小军相亲撑门面的工具、接送女孩的专职司机前，子建退了房子，直接搬到了离法院十几公里远的一所新建小区。这种偏僻到连公交车都不通的小区，风景不错还价格便宜，1200 块钱就租到了精装修的一居室。房东大哥姓黄，平时都住在省会，买这个房是为了投资。他人很好说话，做事也讲究，确定子建可以长租后，专程赶来帮忙租了个车位，并执意支付了前三个月的管理费。这让子建觉得非常不好意思，他生拉硬拽，说什么也要留这位大哥吃顿饭。结果，一吃饭不要紧，偏巧就扯出了一个共同的熟人：曹睿。

原来，黄大哥恰好是毕马威的人力资源部经理，曹睿毕业那年非常不厚道地抢了刘华宇的机会被事务所录用时，就是他给办的入职手续。一晃已经一年半了，别说散至天南海北的同学们了，即便同在省会的这几个人，平时各忙各的，也没怎么聚过。子建当即掏出手机，想给曹睿打个电话，可对方却是关机。子建嘟囔了几句，问曹睿是不是换了号码。黄大哥面露难色，犹豫了片刻，说："小曹出了点事，这两三个月可能接不了你们电话，但是也不用太着急。"

这句话说得子建一头雾水，赶忙追问究竟。黄大哥起初不愿意谈曹睿的事儿，无奈子建逼得太紧，只好说出实情：原来，曹睿上个月嫖娼被警察抓了，治安处罚拘留了7天不说，还要收容教育6个月。这样一来，工作肯定是保不住了。

送走黄大哥后，子建心里堵得难受。虽说曹胖子人不咋地，关键时刻办事不太厚道，可毕竟两年同窗，嘻嘻哈哈地也有了感情。怎么出了这么大的事儿自己都不知道呢？想到这里，子建给詹超然打了个电话，他俩一个宿舍的，也许会清楚一些。

说到老詹，他果然没找工作，毕业后就进了老爸在省会的公司，率先实践起经济管理专业里学的那套东西。不过，用他的话讲："书上教的全是扯淡，说多了还挨揍。"一般来说，还不等老詹把分析模型搭好，他爸就已经快速决断了，再敢多嘴上去就是一大耳刮子。子建笑得不行，不理解既然如此何苦要让老詹读个硕士，直接子承父业打理红木生意不就完了。老詹倒觉得不能"学以致用"也无所谓，反正他詹家出了个正牌高学历，能在亲朋好友间炫耀两下，也就无愧家族栽培了。至于老詹那传奇般的女友，为了爱情也留在了省会，除了继续经营花店以外，恐怕干的最多的还是打点老詹的生活吧。

和老詹也是大半年没通过电话了，俩人先是对"骂"两句，接着就一通神侃。聊了大半天，子建才把话题引到了曹睿，果然，老詹顿时支支吾吾、闪烁其词。

"行了，我今天碰到他们事务所的领导了，基本知道咋回事，你就别藏着掖着了。"

老詹如释重负地叹了口气，想来也是憋得难受，忙不迭地说出了事情的原委：

曹睿出事后第一时间联系了老詹，在电话里哭得那叫一个稀里哗啦，求他帮忙搭救。这个思路倒也没错，老詹家在这边生意做得不小，黑白两道自然也该有些门路。

念着旧情，老詹立刻去求他爸帮忙，很快就找到了能说上话的警察朋友。老詹他们起初觉得嫖娼不叫啥事儿，交点罚款，找找关系，就能把人弄出来。谁曾想曹胖子是如此的不争气，摊上事儿就乱了方寸，警察连哄带吓加熬夜，让他彻彻底底地来了个“坦白交代”。

王子建不解地追问：“坦白交代不是该从轻发落吗，怎么还给收容教育了呢？”

老詹叹了口气，说：“哥哥，这货交代得也忒彻底了，我找人看了问话笔录，厚得跟一本小说似的。里面哩哩啦啦交代了几十次的嫖娼经历，供出了一群小姐的手机号，他还以为自己这样能立功呢吧？”

“估计也是吓傻了。詹，我说实话你别不爱听。嫖娼就是个一般违法行为。钱色交易各取所需，没有苦主也就没人盯着。警察抓人一抓就是一群，多一个不多，少一个不少。你要是真找对了关系，人就能放出来……是不是因为华宇的事儿，你……”

“王子建，我是那样的人吗？都一个宿舍的我能见死不救？真尽力了，我爸给找的人，市局的支队长，俩人也好多年交情了。这里面还有事儿没和你说呢。”

“什么事儿？”

“公安局从政法委新调来一个副局长，这次扫黄是他带队的第一个专项活动，本来就挺重视的。听说询问完曹睿后，局长都想把它转为刑事案件呢。”

“不会吧？嫖娼只是违法，又不是犯罪，次数再多也不会从治安管理案件升为刑事案件啊。”

“嗯，说他经常帮朋友约小姐出台做私活，有时还拿小姐招待客户，这些都算是犯罪，叫介绍卖淫还是什么啊？”

王子建恍然大悟，《刑法》第359条明确规定，“引诱、容留、介绍他人卖淫的，处五年以下有期徒刑、拘役或者管制，并处罚金；情节严重的，处五年以上有期徒刑，并处罚金”。什么叫情节严重？多次介绍，介绍多人，介绍幼女，介绍有严重性病的等，都属于严重。曹睿的行为，如果立案，没准最终能判个5年以上呢。

“唉，”子建叹了口气，“他的行为叫介绍卖淫，确实能构成犯罪。”

“就是嘛！费了好大劲，才没把案子转给刑侦。”

“哎，子建，曹睿的事儿有这么严重吗？不就是找几个小姐吗？真能判刑啊？”

“一般来说，嫖娼是一般违法，不是犯罪，但是，如果有其他情形，性质就可能发生转变。怎么说呢，比如啊，你出去乱搞时……”

“别瞎比如啊，你又不是不知道我老婆有多彪悍。”

“哦，那就不说这事儿了。”

“靠，别卖关子，给我也普及下法律知识。不过，别说得太专业，听不懂。”

“行，有三种情形可能构成犯罪：第一，分享情形。像曹睿这样帮朋友联系小姐，或者拿小姐送礼，就可能构成介绍卖淫罪。第二，引诱情形。如果人家本来不是干这行的，你仗着有钱使劲撩拨，让人家出卖了肉体，就算仍是钱色交易，也有可能构成引诱卖淫罪。第三，聚众情形。有些事情，一男一女足矣，别学黄片里那样整一群人，要不然就可能构成聚众淫乱罪。咋样，听明白了不？”

“明白了，你真专业，不愧是老江湖。”

“滚，我可没那嗜好。想想都嫌脏，这辈子我也不会去那种地方。”

“哈哈，你又不是处女座，装什么洁癖啊。都是兄弟，我又不去找萧文婷告密。对了，你俩怎么着了？领证了吗？”

“我俩分手三个多月了……她离开省会回老家了。”子建尽量说得轻描淡写，却还是难以掩饰那丝无奈的酸楚。

“那个，你再没找过她？”

“没有。分手了就不能再联系，你懂的。”

“嗯，够爷们。我过几天找你喝酒去吧？一年多没见了。”

“好啊，随时过来。”

……

挂断电话，子建检索出国务院发布的《卖淫嫖娼人员收容教育办法》，囫囵地读了一遍。果然，这制度和劳教差不多，收容教育的期限是6个月至2年。这样看来，曹睿已经算是最轻的档位了。

随后，他深深地叹了口气，好像这样就可以把心底泛起的萧文婷影像彻底吹散一般。可吹散了影像又能如何？孤独感在这安静的房间中蔓延开来，如同看不见的雾霭，邪恶地吞噬起他仅存的温度。稍有抵抗，雾霭又汇聚成佝偻嶙峋的手，死死地扼住他的咽喉……烟，酒，运动，这些柔弱的伎俩早已被其逐一看破，变得不堪一击。王子建险些遏制不住冲动去拨打电话——不是打给萧文婷，而是打给刘琴，他渴望起这个小女人的善良随和，想象着如何用她来填补心中温吞吞的空白，驱散如影随形的孤独，甚至，还想到了温暖柔软的缠绵……“啪”，王子建狠狠地抽了自己一个嘴巴，重新绷起了险些坍塌的防线。

这一夜，几近无眠。

30 忙到极致的睡神

之前，每次从省会返回马泉，子建心中都难免有些失落：自己何苦蜷缩在这样一个偏远的郊区里，徒有省会虚名却过着与大城市全然不相干的生活？一厢情愿相信着的“光明前景”，又是否只是自欺欺人的幻想？五年之后的自己，真的会有勇气、有能力走出法院去施展拳脚实现梦想吗？比自己早来几年的学长、学姐们，当年又是否曾和自己一样憧憬过截然不同的人生？

这些无解的疑问惹得人头疼，却又不能逃避。审视内心，子建每每意识到自己随环境进行的改变，都会产生一种恐惧：原本并不看重的荣誉与奖励，竟然也品读出了全新的意义，它们是将来竞聘领导职务时的加分项；原本不想理会的无聊之人，自己也会搭上时间与笑脸去取悦，因为没准将来哪件事情会需要同事们来民主测评，即便貌合神离也要先做到“貌合”；之前笑笑不置可否不甚在意的幼稚观点、无耻行径，也越发变得不能容忍想要去一较高下……心变小了，自然会计算起这仅有的荣辱得失，会因为论文没有获奖而懊恼嫉妒；局限在狭小的一方天地，当然就跳不出马泉法院的家长里短，八卦新闻也变得越发有趣。尤其搬至马泉居住的这几个月，没有了往返奔波的动力，几乎与省会彻底断绝了联系。

还好，王子建的活动空间因拥有一辆汽车而获得了延伸，“机动性”也前所未有地提升了许多，接到电话后一个多小时，他就能轻松舒适地跨越50多公里的距离，从被人遗忘的马泉移动至省会繁华的天地，出现在高辉、刘洋或其他任何人的面前。再不必历经三小时灰头土脸的辗转，也无须记挂着公交车的末班时间，这种便利，促使他重新出现在许多人的视野中，并取得了一些意想不到的收获。

比如，老詹的一位朋友黄总开了家贸易公司，最近频频出事：交易时对方违反合同约定拒不发货，给公司造成了损失，一气之下去法院起诉，合同却被认定无效，只获得了少量补偿；刚消停没两天，公司几名年轻员工又集体“倒戈”，以用人单位未签订书面劳动合同为由，提起劳动争议仲裁，要求公司支付一年的双倍工资，折腾一番后，公司又败诉；这还不算完，公司居间联系，找下家生产了一批音箱用于贴牌销售，也算是挺洋气地做了一把“OEM”，没想到交货后上家直接贴了个全球知名品牌的LOGO，转手一卖就消失得无影无踪，显然侵犯了该品牌的商标专用权。而且，这位年轻的黄总也不知是怎么想的，当时竟自作主张地把自己公司的信息及联系方式都篆刻在了音箱背面，也难怪他收到了一封中英双语的律师函，要求停止侵权，赔礼道歉，并赔偿五十万元。

公司注册资本不过才一百万元，黄总接到律师函都快急疯了，拉着老詹一通国骂，却也于事无补。于是，老詹想到了最近刚通过电话的王子建，火急火燎地请他来城区“吃饭”。

王子建心想这位黄总也真老实，竟能被一封不具备任何法律效力的“律师函”吓成这样，不免有些好笑。圈外的人可能不懂，总觉得律师出具的这个东西制作精良还盖着红戳，肯定是封不得了的法律文书。可实际上，律师函就是律师写给你的信，往往都是义正词严地数落一顿，再说几句吓唬人的话，主要有三个功能：

第一，做给自己的雇主看，让他觉得律师的服务很多元化，律师费没有白花。

第二，有的时候，发一封律师函可以起到中断诉讼时效的作用。这一点也好理解，比如说，你欠对方钱，到期不还，按照法律规定，对方应该在两年之内起诉你。这两年，就叫作诉讼时效，如果超过时效，只要你提出时效抗辩，法院就会判决驳回对方的诉讼请求。谁让他怠于行使自己的权利呢，只好承担“丧失胜诉期待权”这种不利后果。可是，诉讼时效是可以中断的，积极主张权利，就是一种中断事由。所以，发个律师函，写上“还钱”两字，就可以重新获得两年的诉讼时效，又快到两年时，就再发一封。

第三，很多时候，给对方发律师函的公司，损失都不大，也并不想承担诉讼成本。你想啊，如果真是不得不去法院诉讼解决，何苦先要大费周章告诉对方一句“我要起诉”，直接去法院立案就好。所以，律师函往往是想通过文字的威慑力来制止对方继续侵权。同时，如果对方不识趣，不管不顾地继续侵权，把损失扩大到公司愿意进行诉讼解决时，这封已经发过的律师函，也可以作为一种“情感证据”，来表现公司的“无辜”与“善良”，凸显对方的蛮横，从而博取法院同情，获得更有利的判决结果。

当然，律师函也有一项最直接的弊端，新手们也常因此而犯错误，那就是：你牛 × 哄哄地发个函过去，有时候会打草惊蛇。写得太细致，则会泄露你关于诉讼维权的战略部署。这样一来，对方就有了更多的机会去准备、甚至“制造”证据，或者转移财产，逃避惩处。

听了王子建的讲解分析，这位黄总可算松了口气：“咳，吓我一跳，还以为这东西就是法院传票呢。那我甭搭理它就得了。”

“回一封商务函吧，向对方说明情况，披露一下实际侵权的那家公司信息。再承诺一下将来愿意作为证人配合他们维权。还有，附一份你和侵权公司合同的复印件。”

见黄总满脸疑惑，王子建进一步解释道：“附上合同，是让对方看到这种音箱总共生产了 300 台。这样一来，我们诚恳的态度有了，数额又这么小，对方很可能就不去折腾了。通过这件事也算进入了对方视野，显示出公司的专业态度，也许将来还会有合作的可能。”

黄总虽然知道自己这种小公司并不具备与行业巨头合作的可能，但还是对子建勾勒的应对方案非常满意，觉得处理得很得体，既化解了潜在干戈，也没有让公司丢了面子。

聊完律师函这件事后，子建又分析起公司之前几起法律事件失利的原因，说得黄总心服口服，频频点头。随即，子建看了看公司常用的几份合同范本，发现其中误区诸多，风险重重，显然是从网上下载模板改了改抬头。他不由得叹了口气，说：“黄总，说句心里话，你们公司缺一名法律顾问。合同里全是漏洞，早晚吃亏。”

“是啊，已经吃了好几次亏了！我也觉得该找一个法律顾问。王兄弟，我现在就信得过你，能不能请你给咱们公司兼个职？”

子建连连拒绝，表示帮忙可以，但职业纪律不允许法官兼任任何公司的法律顾问。生意人虽不懂法，脑子却当真灵光，黄总满脸堆笑道：“我明白了，那咱就不叫法律顾问，我也不跟您谈钱，咱就是朋友间帮帮忙，有事没事多聊聊天嘛。”子建一时没反应过来他的意思，但还是很仗义地回答：“没问题，都是朋友，法律方面的事情随时和我联系，不用客气。”

结果，临别时黄总千恩万谢，硬是往子建后备厢里塞了两箱铁观音、两箱红酒。嘿，没想到黄总“不谈钱”的意思是给实物报酬啊？恐怕，子建就这么阴差阳错地拿下了人生中第一家法律顾问单位。

严格说来，这应该算不上违纪吧？法律好歹也是门专业技术，做点私活挣些外快也不过分。想到这里，子建也就再没为此事过多纠结，他连着用了 4 个整晚的时间，给公司修改了全部的合同模板，并撰写了一封不卑不亢的“商务函”。这种工作强度，也算对得起这些茶叶和红酒了。能在担任法官的同时，重新以律师姿态工作，倒让子建很是兴奋。

比起能从黄总这里实践公司法律实务，更大的收获则来自一次同学聚会：同班一位女同学在一家出版社工作，吃饭时提到他们正在编纂一套普法丛书，以日常生活领域涉及的法律问题为专题划分，包括买房租房、婚姻继承、劳动就业、交通事故、产品质量、物业管理等，能分出二三十本，要求实用浅显、编排科学、涵盖领域内全部常见问题并配以实例。现在正在找寻作者签约，稿酬嘛，少得可怜，一千字才 35 块钱。

同学们一阵唏嘘，说这么点钱谁会去写啊。小姑娘振振有词道：“切，你们就只能看到稿费。别说 35 块了，15 块都有人写，这可是正规出版发行，想出书的人多了，我们不收他书号钱就不错了。”

言者无心，子建却动了心思，把自己的文字印成书籍，该是多么有成就感的事情。于是，他又联系了这位同学，商谈一番，决定选择“物业管理”这本和出版社签约。

“子建，你平时工作也挺忙的，这套书时间赶得紧，4 个月你能写出来吗？我看别人找的作者都是大学里的老师，他们可是有学生帮忙。”

“放心吧，美女，我肯定不拖后腿，也不给你丢脸。”

“我对你一百个放心，就是怕你太辛苦。不过，你现在是法官，可以出书吗？”

子建被问得愣了一下，旋即轻松地答道：“没问题，法官又没被剥夺政治权利，著书立说的大有人在。”

就这样，子建和出版社签了《委托创作合同》，按照约定，4 个月后交初稿，字数在 15~25 万。子建可以署名，却不享有版权。

子建签约后，很快摸索出了写书的“头绪”：

以新出台的《物权法》中有关业主对建筑物的区分所有权为框架，先汇编整理与小区物业管理制度相关的法律法规、部门规章，从中整理出问题，再以自问自答的形式确定书籍体例。对于重点问题，能找一些典型案例，进行相应的讲解。嗯，还可以再增加一个部分，专章指导民事维权诉讼，把诉讼主体、代理、管辖、证据、时效等专业内容浅显易懂地讲出来，作为这本书独有的亮点！

起初进展得还挺顺利，资料收集齐全后，周末一天就整理出了 3 个问题，写了 6000 多字。这样一算，一个月怎么也能写上 10 万字嘛。想到这里，子建信心满满，觉得写本普法书籍也不算难。可是，随着写作的深入，子建很快发现自己低估了这项庞杂浩繁的工作，写书果然是费时费力，困难重重：为了保证体例统一，常常写到一半还要翻回头来修改前文；遇到难以把控又不容略过的问题时，总是提笔难下，不得不四处查阅资料；更要命的，是法院工作繁重，晚上的写作时间常常难以保证。这样一来，子建不敢懈怠，常常忙碌至深夜，倒也再无暇去顾忌所谓“孤独感”之类的旁骛。

在这种趋于极致的忙碌形态下，子建玩命般地挤压着时间，虽然疲惫，却仍是干劲十足。只是，有时候睡得太少，人会像用尽电量一般突然“关机”，瞬间昏厥般的入睡。这段时间里，除了开车和开庭，王子建在各种场合睡着了一次又一次。尤其是开会，简直成了王子建补充睡眠的绝佳时机，全院大会、电话视频会、业务培训会，甭管什么会，只要发言人一开口，子建就能顿时入睡，直到散会才醒。

一次全院动员大会，王子建破天荒地睡出了鼾声，在台上党组成员们的注视下，以极其不雅的姿态狼狈惊醒的他，就这么成了法院公认的“睡神”，之后的几年里，都一直带着这个“光荣称号”。

31 风中伫立的身影

埋头苦干了3个来月，子建终于在大年初四写完了这本20万字的书，给这份沉甸甸的工作画上了一个圆满的句号。霎时间，服刑结束重获自由的感觉油然而生，他兴高采烈地走出书房，张罗全家人一起出去吃饭。

父母面面相觑，看着这个自打过年回家就闷头忙碌，连春节晚会都顾不上看的儿子：“你的书写完了？”

“嗯，完成初稿了，可能以后还要改。”

“就弄这一本得了啊，以后可别再写书了。”

“怎么啦？”

“大过年的，几天都不怎么说话，跟得了抑郁症似的。把我和你爸急的，那个崔永元不就是写书写抑郁了吗。”

“晕，人家那是工作压力大，抑郁了以后才有时间写的书。我心态一向良好，就是趁假期赶赶进度嘛，上班时候实在太忙了。”

母亲端详着子建越发消瘦的脸，很是心疼地问道：“是啊，每次打电话都听你说忙。看，白头发都长出来了，公务员不是应该挺悠闲的吗？”

悠闲？呵呵，回顾自己被任命以来这四个多月的工作，真像打了一场旷日持久没有尽头的恶战。尤其是年底突击结案那半个月，那种为了结案数据迫不得已把所有未结案件原告都喊来，挨个劝他们先撤诉明年再来立案的无奈，王子建也算初次领教了。当事人骂着街不配合的，狡黠的趁机谈条件的，警惕的怀疑法官被对方买通的……实在让人心力交瘁。

这种时候，如果原告委托了法官“熟识”的律师，事情就会好办很多。有时候法官说破嘴皮子，都不如律师的一句话好使。甭管这律师水平如何，尽职与否，人家能接到这个案子，就足以证明和当事人建立了信任，让他撤诉就撤诉，让他上访就上访，凶狠蛮横恨不得冲击法庭殴打法官的当事人，见了自己的律师十有八九也都变得慈眉善目低声细语。

比起那些连案卷材料都不看一眼就敢来开庭乱说一气，全然不顾及当事人合法权益只知道鼓动诉讼、鼓动上诉二次收费的律师，王子建更看不上眼的，是那些没有职业尊严纪律底线，不具备律师资质却谎称自己为“律师”骗取当事人信任的“黑代理”。

什么是“黑代理”？实际上它是公民作为诉讼代理人这一制度异端化的产物，随着法律服务市场缺口的增大，越来越多的公民在社会上私自承揽法律事务，冒用律师的名义捕捉案源，收取代理费后以当事人朋友、亲戚或同事的身份参加诉讼，他们广泛存在于各种场所，比如，法院附近的那些法律咨询服务公司、自称为“律师工作室”“法律打字复印室”之类的无证照小门脸等。千奇百怪的名称背后，则是简陋的办公条件，“打一枪换一个地方”的从业心态，以及严重不负责任的代理风格。甚至，在个别管理松散的正规律师事务所里，当事人也有可能被一些尚不具备律师资格的“助理”忽悠，自以为请的是正规律师，却和助理签了一份“公民委托代理协议”，交钱后连发票都没有，只拿张手写的收据。

“黑代理”和律师的差距当然很大：成长为一名律师，需要至少 4 年的法学本科教育，通过司法考试，再在律师事务所实习 1 年，期满还要通过司法局的考核。而以代理诉讼为业的公民，不需要具备丰富的法律专业知识，也不需要支付大量的前期资金投入，只要具备巧舌如簧的口才，杜撰一系列谈资，装腔作势拿捏住当事人的心态就可以盈利。

在律师界，素有“七年之养”之说，意即用7年的时间学习法律知识、培养业务能力、掌握办案技巧、积攒客户人脉。在这条由律师助理成长为实习律师再到律师的漫漫长路上，许多年轻学生不得不租住地下室忍受不能称为工资的“补贴”，经历一次次磨炼与蜕变。而“黑代理”通过代写文书、代理诉讼，一个月往往收入万元，更有甚者凭借索要额外财物谎称打点法官等非法手段，可以达到一年上百万元的收入。极低的准入门槛，巨大的获利机会，自然使从事这项业务的公民个人趋之若骛，屡禁不止。王子建有着“科班”出身的自负，又曾近距离接触过律师行业，所以自然有些痛恨这伙驱逐良币的“劣币”。

总之，甭管是不负责任的正牌律师，还是不具资质的公民代理，人家当事人就是买账听话。难道是因为花了钱，唯有将精挑细选的代理人想象为帮自己对抗邪恶法官的正义卫士，才能觉得这笔钱花得不冤？

这种带有“斯德哥尔摩”味道的心理，王子建不得而知，也懒得揣测。他只知道自己不想和这些人扯上关系，染上“公事公办”之外的任何色彩。可是，结案率、撤诉率、调解率、发改率，这四座大山死死地压着办案法官，纵是被“逼良为娼”，又有什么办法？案子干不完，的确是不争的事实。法官想要节操，也要先顾忌庭室的指标。

有人会质疑，你法官凭什么审不完案子？纳税人花钱不是在养酒囊饭袋。首先这话听着气人，从我国的税负制度来看，哪个个体和赋税脱得了干系，谁不是纳税人？再者，审不完案子，也是客观实情：

王子建提了助审这四个多月，结的案子并不算多，也就50来件。但他干的是“三合一”的活儿，既是法官，也是内勤，还是老马的书记员。弄完自己的案子，还要帮老马也结个30来件，还要负担起庭室的琐碎杂活，从上班忙到下班连口水都顾不上喝基本属于工作常态，周末加班写判决书的事情也没少干。

单看王子建弄完的这80多起案件吧，在马泉法院民一庭，4个月结案80件，平均算下来一年200来件，应该只是个非常普通的数字。庭室结案最多的，一年能有300多件，省会城区的基层法院，据说还有个能结800件案子的神人，他一个人配一个助理两个书记员。叹为观止，望尘莫及。

200件也好，800件也好，这是一个什么概念？横向比较，全国法官的平均结案数字是每年30余件，省会的法官们10倍20倍地赶超了业界同人；纵向比较，许多律师一辈子代理的案件数量也超不过400件，这还算是生意不错的律师。

这样一来，也可以想见子建这本书完成的有多辛苦，法官的活儿有多难干。

和父母摆完这番数据后，子建还是蛮骄傲的，甭管挣钱多少，年轻人最重要的就是别闲着，做得越多成长越快，20多岁时不拼命，难道退休后再拼吗？

无事一身轻后，子建很想趁剩余的几天假期多陪陪父母，可是，狐朋狗友们陆续邀约，一通吃吃喝喝折腾下来，就到了大年初八的归期。临别之际，母亲说，如果能下场大雪把你困在家里就好了，还能多陪陪我们。子建听得心里发酸，笑笑却不知该说什么。

发动汽车走出很远了，还能从反光镜里看到父母伫立在风中不停地挥手，他们的身影在寒风中显得如此单薄，和印象里已是截然不同。子建忽地落下泪来，心痛成一团。这次过年，父母已经察觉到子建与萧文婷分手的原因，出于自责，甚至开始相互埋怨。这让子建非常烦躁，他说了一些誓要出人头地的狠话，强硬地制止了两位老人的争吵。的确，父母节衣缩食供养自己20多年，只要子建需要，就时刻准备着舍弃拥有的一切。作为子女唯有感恩，哪有资格去心生埋怨？可是，烦躁之下过于强硬的态度难免缺少了温情，纵是将没钱买房归结为自己“无能”，替换掉了父母的自责，也还是戳中了两位老人的痛点，让他们黯淡了好几天。倘若自己能多拿出些耐心，处理的再婉转些，该有多好。想到这里，子建更是觉得懊恼。就这样伴着音乐胡思乱想了 3 个多小时，不知不觉中，子建接近了马泉。眼见天色还早，干脆给二师兄刘洋打了个电话，打算今天就把家乡特产送过去。

刘洋接了电话很是高兴，非常爽快地邀他晚上喝酒。

“师兄，甭张罗了，我见你一面就走，晚上还得回马泉呢。”

“回啥，你们法院不是初九才上班吗？在我这住一天，明天再走。”

“可是……”

“别磨叽，到我这儿了就没有可是。哎，要不要问问师父有没有时间啊？”

“甭问了，前几天给师父拜年，他在东北呢，过了十五才回来。”

“哦，对，年前他和孙磊一块儿走的，估计俩人都没回来。那得了，咱俩晚上单练吧。”

“咱们律所过了十五才上班吗？”

“那当然啊，你那两年不都是过完寒假才回来的吗。再说了，哪个缺德法官不出正月十五就安排开庭啊？”

“我……我就是那缺德法官，初十、十一都安排开庭了。”

“哈哈，王法官真狠。行了，好好开车吧，到了打电话。”

春节过得肚子里全是油水，没什么想吃的东西，见面后，子建接连否定了刘洋的几个提议，实在懒得往任何饭店里钻。

“你丫这是跟我非暴力不合作啊？”

“师兄，真吃不下。要不，你迁就我一次，我给你炒俩花生，咱就跟家里聊会儿天。”

刘洋指着那两瓶空军专供茅台，满脸痛苦：“这可是我过年都没舍得拿出来的酒啊，抓把花生就干喝啊？”

“你们省会人就是瞎讲究，吃碗炸酱面都要摆 8 个小盘，没好菜就不愿意喝酒。要不这样，我再拍个黄瓜？”

“……”

就这样，两人去超市买了一堆现成的凉菜，连餐桌都没上，围着茶几就喝了起来。

“子建，审多少案子了？”

“挂我自己名字的就 50 来件，其中有调解的，有撤诉的，也有裁驳的。真正开完庭需要写判决的，也就 30 件吧。”

“这就不少了，师父去年一年才接了 13 件案子。”

“啊？不是每年都接 30 多件吗？”

“咳，你走了以后师父有点忙不过来，干脆代理费 30 万元以下的案子就不接了。别看我俩就干了这 13 件案子，代理费收了这个数。”

刘洋伸出五个手指头，很是得意。

500 万。王子建迅速地计算起来，高辉是高级合伙人，按照 60% 的比例拿提成，扣除律所的管理费、公摊费用后，拿到手里的应该还有 200 多万元。按照公务员现行的工资标准，师父一年就挣出了自己一辈子的收入。唉，别说 200 万元了，哪怕自己一年能挣 50 万元，不，20 万元，也不至于在现实面前如此无力。他不由有些失落，怕被刘洋察觉，赶忙打趣道：“师父没给你封个大红包吗？”

“哈哈，封啥红包啊。我是工薪律师，每个月要干完 160 个工时。师父好说话，每次都给我多报几个。这样一来，我不用去给别的合伙人干杂活，每个月还都算加班，年底直接晋了一级呢。”

“是吗？恭喜恭喜，离高级合伙人又近了一步。”

“那些名儿都是虚的，没必要在意。判断律师好坏的关键，是看他能接到什么案子。跟你说，我和师父干的这几个案子，太带劲了！就说某市副市长受贿、渎职那个案子吧，中央政法委书记批示要严办的案件，硬是让师父二审从死刑给辩成了无期，牛吧？案情是这样的……”

刘洋说起案子就精神，吧啦吧啦讲起来没完。王子建怀念起在律所与大家共同奋战的日子，听得越发入迷。恍惚间，自己仿佛又回到了之前的生活，在法院的这两年，则变成了一场深深的梦境……

32 法官的自由裁量

和刘洋的这顿酒喝得极慢，两个多小时了，一瓶茅台都没有喝完。这个酒也很是奇怪，虽为茅台，却不是那种刺喉的酱香型白酒，标着 52% 的度数，喝起来也很绵柔，浑然不觉上头。王子建拿起瓶子仔细端详起来，标签是空军特有的迷彩颜色，上面写着“特需专供”4 个大字，还注明了“非卖品”。

刘洋已经一口气讲了 3 个案例，语速奇快——这是他喝酒后最直接的反应之一，子建听得头有点发木，赶紧岔开了话题：“师兄，这酒真有 52 度吗？怎么喝着一点都不像啊？”

“哈，这是军区里的专供酒，有钱你都买不到，喝起来当然不一样啦。”

“这东西没写产地，也没有生产商，这不三无食品吗？”

“晕死，你见过压缩干粮上写着生产商啊？不就印俩五角星，写个部队番号么。小时候我吃了半桶，又喝了一肚子凉水，差点撑破肚子。”

“啊，后来呢？”

“后来？呵呵，一边拉一边吐，折腾了半天。”

“真恶心，来，喝酒。”

两人就这么扯起了小时候的趣事，不知不觉喝完了一瓶酒。

刘洋起身拽过另一瓶，指着包装盒上的字念道：“军内名酒，将军公认。看看，还要什么商标啊，将军的公认比什么不强？就咱们这个军队，别说将军了，营长以上的，哪个不懂酒？除了懂酒，还得懂姑娘，要得开。”

王子建笑了，二师兄又说起了不着边际的反动言论，想来离喝 High 也不远了。不料，刘洋坐下后，又恢复了一本正经的神态。他把两个人的酒杯倒满后，叹了口气，说：“子建，说正经的，现在我是真佩服师父啊，他的功底太深了，甭管什么案子，几句话就能扣在点上。”

“嗯，我给师父当助理时，懂得不多，也分不出好坏。现在回想起来，师父确实很厉害。你注意到没有，他开庭的时候很稳，一句废话没有，思路特别清晰。”

“是啊。师父说律师也要学会驾驭庭审。”

王子建一愣，一般来说，法官是法庭的主宰者，自然而然地要操控每场庭审的走向与节奏，这是审判权所必然伴随的优势，也是查清事实的保障。师父做过多年法官，当然知晓其中的利害关系，审案子时也一定能娴熟地驾驭庭审。可是，脱掉法袍后坐在审判台下，他就不再是法官，又何来驾驭庭审之说呢？

刘洋继续说道：“师父说了，庭前的准备固然是重中之重，但庭审的走向瞬息万变，绝不能死捏着事先准备好的思路不放。律师的驾驭庭审，是通过驾驭法官来实现的。”

“驾驭法官？”

“嗯，我是这样理解的，每个法官都有自己的庭审节奏，案子审到一半，也都会形成一种倾向性意见。如果这个意见对我们有利，就通过庭审来强化法官的倾向性，把自己的步调和法官心里的待证事实重合起来。抓大放小，他可能认为重要的事实，你就帮他查清、查透，他觉得无关痛痒的事实，你也不要多提。这样一来，你的节奏就和法官重合了。利用这种节奏的惯性，即便你有所偏差，向着更有利于自己的方向多走了几步，法官也会随你而行，同样的倾向于你。这样，律师就驾驭了庭审。”

王子建仔细揣摩着这番话，越想越觉得悬乎，显然是理解歪了。他不禁问道："那如果法官最初的倾向性意见不利于我方呢？怎么让他随你而行？"

刘洋撇撇嘴说："那就先把法官的印象掰过来呗，梳理法官心里的逻辑链条，推翻最关键的节点，然后再向刚才说的那样引导他。"

王子建笑了，说："师兄，我觉得你有些'着相'了。"

"着相？"

"嗯，着相是一个佛教术语，意思是执着于外相、虚相之类的表象，而偏离了事物的本质。"

"什么意思？"

"您是我师兄，我就冒死忤逆一回。怎么说呢，好比练武，你有些过于在意高手所授的招式动作，而忽略了他们成为高手的深层原因。招式，只是表象，高手的实质是什么？要么内力纯熟，要么出手老练。我理解的司法实务技能，也是这样。师父概括的，是他自己对于庭审的领悟。这种领悟，源自几十年的审判经验，以及在审判台上驾驭庭审的习惯。"

王子建顿了顿，继续说道："什么叫驾驭法庭？谁来驾驭法庭？这个问题看起来很重要，其实不然，它并不是决定案件胜负的关键。法官判案看的是什么？事实。事实是怎么得出的？证据。作为法官，谁来驾驭庭审并不重要，重要的是不能偏听偏信而忘记居中裁量者的身份，不能任由主观好恶而忽视了双方证据所共同支撑起的法律事实。"

"嗯，你接着说。"

"师父之所以厉害，不是因为他能控制庭审节奏，也不是他能抓大放小在法庭上沉稳发言，这些都是表象。律师的成功模式有很多种，情感充沛的话剧型律师，惜字如金的缄默型律师，见人就咬的疯狗型律师，等等。师父的形态，只不过是一种个人风格，而不是他成功的本质原因。"

"那你觉得本质原因是什么？"

“我觉得，本质原因是师父在常年工作中积累起了足够的经验，依托这些经验掌握了审判思维。所以，他可以更为准确地把握每一起案件的走向，判断出法官需要查清哪些重要事实，领悟到法官每个行为所蕴含的深意。说白了，师父能看懂对方在干什么，也能看懂法官在干什么，更重要的，是他清楚法官在这个案件中应该干什么。所谓的驾驭庭审，实际上就是配合法官，把一场庭审回归到它查明事实所必需的应然形态，防止自己、对方甚至法官跑偏。”

“庭审的应然形态……”刘洋呢喃着，重复起王子建的话。

“对，庭审的应然形态，就是高效率、全方位地查明案件重要法律事实，支撑起法官判案三段论逻辑中的小前提。师父不是说过么，不懂得节约法庭时间的律师不是好律师。驾驭法庭，并不是一定要和对方，甚至和法官争个高下，而是要尽力维护这个‘应然形态’。如果一个律师连案件事实都把握不住，却试图通过与法官进行一种节奏互动来控制庭审，一定反会沦陷自己的阵地。”

刘洋若有所思地点了点头：“你说得很有道理，纵使学会了李寻欢的动作，没有强大的内力，同样甩不出飞刀。我确实有些走偏了。”

“对，就是这个意思。师兄你不计得失地跟着合伙人办了许多大案，看到了他们谈案的技巧，也注意到了他们代理案件过程中的诸多亮点，肯定能学到不少东西。但是，这些东西替代不了自己谈案、办案才能攒下的经验。这些经验，才是你的内力。”

“……”

“不同的案件类型，不同的处理模式；不同的承办法官，不同的审判风格；不同的标的大小，不同的重视程度；不同的当事人性格，不同的谈案方法……这里面有着无穷无尽的变数，唯有尽可能多的经历，才能从中悟出规律，再逐渐形成自己的风格。所以，我觉得师兄你以前的模式更靠谱，什么案子都接，才能快速成长。要是刻意地只跟着师父办大案，你就会少了许多积累。而且，你也没必要按照师父的模子去塑造自己，你嘴皮子比师父利索多了，将来肯定是个雄辩型的律师。”

“唉，子建啊，”刘洋呷了一口酒，感叹道：“听你这么一说，我也觉得自己有问题了，这两年我只对师父手里的大案子感兴趣，有一些小案件的当事人上门找师父，师父让我自己签下来弄，我都给推了。”

王子建听了这话，好悬没一口酒喷出来，说：“大哥，有你这么当律师的吗？师父把自己的案源白送给你，让你赚着提成练手艺，比发红包还实惠！你再不差钱也不能都推出去啊！”

刘洋挠挠头，认真地说：“我以后会多接一些案子。子建，给我讲点你们内部的事情吧，就那种体制外看不到的东西。”

“体制外看不到的东西？”王子建略作思索，说道：“其实，司法领域涉密的东西不多，律师和法官之间的信息已经非常对称了。即便是那些注明‘内部资料’的审判指导意见，律师手里基本也是人手一份。所以，与其说看不到，倒不如说你们不愿去深究的东西。比如，审判讲究法律效果与社会效果的统一，这个提法肯定见过吧？”

“这不就是一句套话吗，每次最高人民法院换院长，都能提出这么一系列换汤不换药的说辞。”

“起初我也是这么觉得。可是，当你把这里强调的‘社会效果’延伸到个案中，就可能真的会影响到判决结果。比如，你之前接过一个商品房买卖合同纠纷的案件，咱俩一块儿弄的，还记得吧？”

“记得，老太太卖房，买方交了定金付了首付，没等公积金贷款办下来，房价涨了老太太反悔，死活不肯去办理过户。这么一来，买方的贷款办下不来，老太太的尾款也拿不到，僵了一年多。咱们代理买方起诉，要求对方继续履行合同，办理过户登记手续，并支付违约金。”

“对，就是这个案子。法院判下来，咱们拿到了房子的所有权，可是，违约金没有支持。你觉得是为什么？”

“判决里说，办理过户登记手续是需要双方共同完成的行为，法官觉得咱们没能提供充足的证据，证明不能办理过户的责任在于卖方。这个理由太扯了，作为守约方，难道人家摆明都说了不去过户，咱们还要按原定时间一个人跑去房管局等丫，再录像取个证证明对方不来，才算没有过错？”

“是，咱俩当时一起骂了半天。不过，现在我回想起来，有些明白法官为什么这么判了。”

刘洋疑惑地望着王子建，等他说出下文。

“当时老太太胡搅蛮缠，提了好几点理由来解释自己为什么不去办理过户。其中有一条是说，咱们当事人配偶没有工作，家庭收入低，她有合理的理由断定贷款批不下来，担心买方诈骗她的房产。”

“对，这个太容易反驳了。咱们提交了住房公积金管理中心出具的批贷证明、用人单位出具的工资收入证明，甚至还有当事人工资卡的进账流水单。那哥们一年七十多万元的收入，买处一百多万元的房子太轻松了。”

“现在想来，坏就坏在收入证明和银行流水单了，如果当时换个思路，不提交那两份证据，也许结果就不一样了。”

“为什么？”

“因为法官考虑了社会效果：违约金按日计算累计四万多元，一方是个退休金每月三千元还死了丈夫的老太太，四万元钱是人家一年的收入；另一方是年薪七十万元的小伙子，四万元钱可能只够他给老婆买个包。换你怎么判？”

刘洋登时就急了：“哦，合着法院就这么考虑‘社会效果’啊？靠劫富济贫来实现实质正义？按着你们的逻辑，咱俩也别工作了，都随便找个茬去起诉有钱人，然后组织证据哭穷就等着胜诉了？”

子建笑道：“咱俩可不在一个阶级，要真有劫富济贫，你也是那被劫的。”

随后，他又认真地说：“用极端化的思维进行假设，是法律人攻击对方逻辑漏洞的惯用武器。之前我也觉得，在个案裁判中讲求社会效果，极易造成司法不公。同样的合同约定，同样的违约情形，就应当得出同样的违约责任。不应该因行为人的地位、财富而进行违约责任构成要件之外的考虑。说白了，就是要同案同判，把实现社会效果的考量转移至司法之外的部门。比如这个老太太，违约了就要承担违约责任，如果因此导致生活困难，民政部门可以提供相应的救济。这样一来，法律效果和社会效果也是统一的。”

“这个思路才对嘛，同样的案情，就应该……”

“可是，后来我又想，真的存在完全相同的案情吗？任何不同的因素，都可能导致案件的差异性，而法官自由裁量权的作用基点，正是在于这些或大或小的差异。就说咱们这个当事人，你能说他的收入能力与本案完全无关么？如果买房的是我，对方不愿过户甚至有‘一房二卖’的风险时，我会这样淡定地只发几个短信连电话都懒得打？会长达一年不理此事，偶然听说打官司有诉讼时效才找律师？但凡上点心，事情早就解决了，哪会计算出四万多的违约金。”

“那他也是守约的一方，有钱又不是错。”

“对啊，所以原告胜诉了。一年时间，一百万元的房子升值为二百万元，要是放到现在，估计能值四百万元。这些升值收益，远比四万元违约金要高得多，法官再怎么自由裁量，也没有触碰合同应履行、房屋须过户的底线。就像我刚才说的，通过司法来追求社会效果，经不起极端化的假设。单看社会效果，肯定不能作为司法倾斜的原因，甚至都不该在审判中被过多考虑。可是，法官自由裁量权的尺度，消除了极端化假设的可能，从而实现了追寻审判法律效果与社会效果平衡点的可能。这样一来，作为律师，如何组织证据，避免将自身放置于明显的非平衡状态，也就变得尤为重要了。”

“过于优势的地位反会造成不利后果……”刘洋皱着眉头思索着。

“对。你换个角度，就能读懂法官的思维了。其实，有一些对于社会效果的考量，已经写进了法律。比如，离婚分割财产时要照顾女方权益、处理遗产问题时要为生活困难者保留必要份额，这些都是对弱势者进行的必要偏袒。我们能够接受成文的法律，从中体悟出合理性，为什么就不能同样接受与此性质相近的自由裁量方式呢？”

33 云端之下的现实

王子建一觉醒来，已是天光大亮。

环顾四周，场景似曾相识。旋即，他猛地意识到，这里是自己曾和萧文婷“战斗”过的那间卧室，是刘洋的另一套房子。至于自己是怎么到的这里，则全然想不起来。一斤白酒，竟又让自己喝断了片儿。

闭上眼睛，仍有几分天旋地转，而这旋转之中，又夹杂着一种“物是人非”的忧伤，一次次的冲击起已封存的记忆。王子建不想再多经受，挣扎着起身洗漱，随后打电话叫醒了刘洋……

十点四十，说不上来该算早饭还是午饭。本想简单的话别，却又引出了说不完的话题。

“子建，昨天你说得很有道理。唉，难怪师父那么喜欢你，你离开快两年了，他还总是夸你悟性好。”

说到自己的离开，子建心里总有一丝对师父的“愧疚”，再加上早上又触景生情想到了萧文婷，此时更是情绪低落得不愿多说话。

过了一会儿，刘洋也好像不经意似的问了一句：“对了，昨天晚上我也喝大了，有些事儿没听清，你和袁硕之间……是怎么回事来着？”

子建心中一震，想是昨天自己酒后失言，说起了和袁硕关系闹僵的事情。他本想打个哈哈岔开这个话题，可是抬眼看到刘洋故作轻松的表情后，他意识到自己有必要说说清楚，免得被二师兄误会。

事情是这样的：子建去了法院后，和袁硕的接触自然变得更少了。有时候，袁硕会打电话，托子建利用法院内网的数据库检索一些相关的判决，或者询问一些内部审判标准。这些小忙，子建从未推辞，帮了一次又一次。

可是，从去年起，袁硕也接起了马泉的业务。那天中午，他突然打电话说自己来马泉了，让子建"务必"出来吃个饭。子建没多想，衣服都没换就出了法院。到了地方才知道，一起吃饭的还有两名当事人。

袁硕所代理的案件并不在民一庭，自然也就不是子建承办。袁硕的目的，在于把子建当作撑台面的"法院小兄弟"，招来在当事人面前展示律师的神通。所以，席间他十分做作，既要显露自己和子建的亲密，又要把自己提高一个段位，刻意强调"师兄"身份，小耍几把威风。

纵使恶心，子建也强忍着吃完了这顿饭，看在昔日的情面上，没有拆袁硕的台。可是，子建显然低估了袁硕脸皮的厚度，临别前，他故作随意地说道："子建，瞅机会跟那法官说说，都是自家兄弟的事儿。"

子建顿时意识到自己中了招：这句明显说给当事人听的话，暗藏玄机，不管自己如何应答，刚才做足了"前戏"的袁硕都能实现目的。不置可否，就等于子建应下了"师兄"的请托，袁硕大可凭此吹嘘一通；断然回绝，也没关系，子建一走，袁硕就可以把他的行为解读为"需要打点"……这么看来，恐怕唯有当场彻底翻脸，才能打翻袁硕的如意算盘。而这，恰恰是袁硕料定子建做不出来的事。

最终，子建没有接这个话茬，憋了一肚子的火走回了法院，一直忍到下午袁硕打来电话时，他才非常严肃地指责其不该如此办事，让全然不知内情的自己去和什么当事人吃饭，严重违反法院纪律。

袁硕嘻嘻哈哈的又是装傻又是道歉，保证不会再有下次，还说过几天一定专程去马泉赔罪。

话说到这个份上，王子建也就没法再多埋怨什么，闲扯两句就挂了电话。

两个月后，袁硕又打来电话，还是约子建吃饭。当时的子建正在夜以继日地写书，不想浪费时间，再加上上次的前车之鉴，所以更是再三推辞。可袁硕信誓旦旦，说这次是专程赔罪，绝对不谈案子，也没有任何当事人。没办法，王子建极不情愿地舍弃了周五晚上的时间。经过一番思想斗争后，他甚至决定吃完饭后带袁硕来住处坐坐，毕竟难得人家专程跑来一趟。

谁曾想，这次去了饭店推开包间门一看，又是四五个陌生人。子建的火气腾的一声就顶到了脑门，他料定袁硕这孙子一定是想再阴自己一次，于是连门都没进，转身便走。

袁硕一边招呼着“这儿呢，这儿呢”，一边追了出来。

王子建一直走出饭店大门，才停了下来。他冷冷地问道：“师兄，这一屋子的人是怎么回事？”

“咳，你想什么呢？太小题大做了吧！他们就是我几个朋友，又没在你们法院打官司，一起认识认识嘛。”

“朋友？做什么的？”

“哎呀，都是开公司做生意的，走吧，快跟我进去。”

“呵呵，”子建冷笑道，“恐怕公司都恰好开在马泉吧？”

“嗯……是啊，是在马泉，所以才顺便叫出来，也给你介绍介绍……”

“师兄，你是这几家公司的法律顾问吧？”

“不是，真不是！”袁硕和王子建对视了一眼，登时没了底气，声音低了下去，补充道：“是有这个意向，但还没签协议。”

“所以，和上次一样，是吗？”

“什么一样啊？”

“再装就没意思了，我不傻，知道你为什么叫我来。”

袁硕有些着急了：“兄弟，别闹了。里面是三家公司的人，就当你帮我个忙，卖我个人情。”

"……"

"要不这样，你就进去敬杯酒，坐一会儿，然后就说有事先走。"

"……"

"子建，行了，我也不白求你，就一起聊聊天，你抬抬我。签下一家法律顾问我给你两千元，两家我给你五千元，三家我给……"

"给你妹！"王子建狠狠地骂了一句，就头也不回地走了。

从那以后，他直接屏蔽了袁硕的电话，再也不想和他有任何联系。

刘洋听得目瞪口呆。

"大体就是这样。当时每天熬夜写书，睡得太少，脾气暴躁。现在想来，可能是太冲动了。"

"丫就一孙子！"回过味来的刘洋勃然大怒，"这种事儿就算不被人抓住把柄，传的多了一样也能损你名声！为了点代理费他就能这么卖你？亏我还给他介绍过案源！不行，我得打电话骂他！"

王子建赶忙拦住愤愤不平的刘洋，说："都在一个律所待过，认的又是同一个师父，闹点事出来谁都不好看，所以，这事儿我谁也没提。以后我和他不会再有什么交集，互不相干，可你俩还在一个单位，抬头不见低头见，千万别找麻烦。"

好说歹说，总算劝住刘洋后，王子建叹了口气，说："师兄，其实我能理解袁硕。"

"屁，有什么好理解的？反正我是理解不了，这种为了点钱脸都不要的人，得亏是个男的，要是个妞儿早就出去卖了。不对，现在不光妞儿能卖，我看他早晚得勾搭所里那几个女合伙人，当个小白脸。"

"呵呵，你理解不了，是因为你站得太高了。"王子建认真地说："师兄，如果人生是一场牌局，你起手就是一把好牌，想怎么打就怎么打。可是，大多数人并非如此，满手烂牌，甚至无牌可打。我，一个郊区小法官，也是袁硕的一张烂牌。为了拿到案源，签下法律顾问单位，他当然要物尽其用地把我打出去。如果不能为他带来收益，我和他之间的交情，就失去了意义。”

“一定要这么功利吗？”

“你的手牌好，必胜不败，所以，也就能关注到牌面大小之外的因素。牌的花色、图案、质地、喜欢的数字，都有可能成为你留下一张牌的原因。可是，袁硕和大多数人一样，没有资格考虑这些。”

“呵呵，那如果你成长为一张大牌，袁硕不就傻眼了。”

“不会的，他心里很清楚，我俩之间没有友情，只是交情，性格因素，我们永远不会成为朋友。所以，如果我真成长为一张大牌，也就不会再是他的手牌。与其这样，不如趁早用掉。”

“子建，我觉得……在这方面，你有点偏激了吧？”

“也许吧。师兄，在你的眼里，亲情、爱情、友情，甚至单纯的兴趣，都可以比物质重要，对吧？”

“对啊，物质是为人服务的，你不能成为它的奴隶。和亲情、爱情、友情相比，钱不钱的，没那么重要，不是吗？”

“是的，身外之物无须看重，道理本应如此。媒体不断渲染，每个人也都在表述、强调。但是，恐怕只有极少数人，能够真正接受、贯彻这种观点。你在其中，是因为你就算一分钱不挣，也不需要担心因物质匮乏而失去，更不会被物质左右，逼迫你排序取舍其他宝贵的事物。”

“这个……也要看性格吧，你说的这些，我能举出几百个反例。”

刘洋仍在招架。有钱人往往都希望弱化财富与自己的关联，更愿意外界去窥视其远胜旁人性格特质、艺能才干。尤其是富二代，一个个支棱着脖子，内心时刻叫嚣着“老子就是家里没钱也同样 so fucking special”。所以，王子建的这番言论，刘洋肯定不爱听。可是不知为什么，子建还是忍不住想把刘洋从云端拉回现实，让他以非“玩票儿”的姿态，看一看这个世界。

“你是能举出几百个反例，可是，别忘了中国有十几亿人口。正是因为这些例子违反常态，才会被关注，才能进入到公众视野。法律工作者，首先应当是一个理性的社会观察者，看透常态读懂人性，先掌握了社会公众的一般思维，才能进入矛盾的核心深处，让专业思维发挥作用。否则，就是隔靴搔痒，站着说话不腰疼。所以，师兄，有时候你得蹲下来，把自己普通化，这样一来，看到的东西也就不一样了。”

“我去，你把我捧得也太高了吧？还蹲下来，哈哈。反正不管我有钱没钱，都不会像袁硕那样不择手段，这就是道德问题，扯别的没用。”

“嗯。如果你没有房子住，没有车开呢？你会不着急赚钱吗？”

“租房啊，打车啊，我急什么？”

“如果嫂子成天在你耳朵边上数落你没出息，挣不到钱，不如别家男人能干呢？”

“那让丫找别人去啊，我就这样，甭跟着我受穷！”

“如果生不起孩子，买不起奶粉，孩子上学交不起择校费，父母重病没钱住院……你还是不着急赚钱吗？”

刘洋愣了，他显然没有设想过陷入此等处境：“这个，也太惨了吧？”

“不，这才是社会生活的常态。大多数人都因物质而饱受困扰、煎熬，不是因为向往奢侈、光鲜的生活，仅仅是为了解决必须面对的难题。无力感会逼着你换上功利的态度去生活，不知不觉，就偏离了所谓的道德。你看待袁硕的方式，就和我当初看待那些贫穷的当事人一样，我理解不了父母怎么会为了孩子一个月 300 元的扶养费相互推诿，理解不了几十年的老邻居怎么会为了几棵枣树剑拔弩张，理解不了夫妻离婚时怎么会为了一台电视机的归属当庭动手……我心里总是在想，这么点事儿，至于吗？后来，我逐渐明白，至于。在他们的世界里，这些事重要到需要对簿公堂，在他们的世界里，这些事值得斤斤计较。如果考虑不全他们眼中的细节，仅凭自己的立场去判断取舍，法官作出的调解或判决都不会被信服，律师给出的法律服务，也会失了准头。”

“你倒真能替袁硕开脱，那小子可没你说得这么落魄。”

“哈哈，那当然。每个人所处的高度不同，你蹲下来看到的是我和袁硕，我们在为了生活挣扎；我蹲下来看到的是刚说的这些可怜人，他们在为了生存挣扎，但道理都是相通的。”

“你怎么老把自己说成这样？也没见你因为钱的事儿受什么煎熬啊。”

子建苦笑两声，未作答复。

“是不是遇到什么事儿了？需要帮忙就说话啊。”

刘洋热情诚恳的包揽，反而更是戳中了子建心中的酸楚：从没有嫉妒过朋友财富的自己，突然羡慕起刘洋生来就拥有的一样东西——选择生活的自由。

34 逐年流失的法官

刚过完新年，自然又有一场全院总结表彰大会。

子建占了庭室唯一的嘉奖名额，披着绶带走上主席台，从刘建辉手中接过了荣誉证书和一尊沉甸甸、棱角分明堪比“凶器”的水晶奖台——老江公道得令人感动，每次都把荣誉硬按在子建头上，用他的话讲，民一庭绝不搞什么“雨露均沾”“轮流坐庄”，荣誉就是要给到表现突出的人，谁不服气就拿成绩出来比。

领奖时子建心里盘算着案件，也没顾得上观察那招牌式的微笑里是否仍有敌意。没办法，审限就像看不见的锁链和皮鞭，驱使着办案法官埋头向前，无暇顾及其他。

颁奖表彰后，是院长的训话。本想悄悄溜回办公室写判决的子建，突然听到这样一组数据：

全省三级法院全部工作人员一共有7200人，其中行政编制4500人，具有法官身份的3600人，在一线办案的法官2300人。五年间，全省共流失了600名法官，占到了总数的17%，而且，走的这批人99%都在一线，大多还是庭室的办案主力。这些经验丰富的法官大多选择从事律师、企业法务等法律相关工作……

院长讲话透露出的惋惜与沉痛并没有感染到王子建，比起听那些“用事业留人、用情感留人”的空话套话，他倒是更有兴趣琢磨这600名离职法官的归宿与发展。

至于法官为什么会流失？与其分析17%法官离开的原因，倒不如探寻下这剩余的83%为什么留下。尤其是统计出跳槽法官平均每年能挣30万元时，坚持死磕一份年薪五六万元的工作，总要有个理由吧？

按主流媒体做节目的风格，解答此类问题肯定会大谈坚守与奉献，把法官讴歌成屁股里都能透出金光的异类。这和大陆影视作品中围绕既定主题而设置角色，然后再单一解读人性的手法如出一辙。他们不敢触碰人的复杂和多元，更不能剖析每种现象折射出的社会问题。所以，干脆就玩煽情、树典型，不知不觉玩大了：洪水袭来，弃自家老小性命不顾而奋力抢救乡亲猪崽儿的党员，才是人民的好党员；砸锅卖铁，老伴儿病死床上无钱就医却偏要资助十几个孩子读书的大爷，才是人民的好大爷。同样，不穷到一定极致、捐个几次骨髓、承受家人误解、晕倒在审判台上的法官，就不是人民的好法官。

呵呵，好一个“全民奉献”的舆论时代，可笑之余，却也可悲。在这种氛围下，我们的法官哪里敢像欧美、日韩开跑车住豪宅的同人们那样愤然上书，主张提高待遇来保障司法公正？一露头说句买不起房子，顿时就会被群众的口水淹死——教师也买不起房子，出租车司机也买不起房子，农民工也买不起房子……总之，各行各业的人都会跳出来，以更响亮的“哭穷”声来指责法官丰衣足食的朴素梦，什么教育程度、行业性质、地区差异、个人能力统统在所不同，反正比你穷、比你惨就是最大的道理，就蕴含着抽你几个嘴巴你都不能还手的合理性。如果这种被扭曲成麻花状的“奉献精神”真的能成为维系某个行业畸形稳定状态的动力，那管理一个国家也就当真容易了。

比起奉献精神，老百姓们可能更愿意相信法官能轻松捞到剩余的 24 万，或者是工作无比清闲叠加出了工资之外的性价比。“捞钱”这种事儿，也是因人而异，不能否认，这支队伍里确实有个别违法乱纪吃拿卡要的害群之马，但更多的则是秉持底线不愿滥用权力的秩序卫士。王子建自豪地居于后者之列，以行使审判权定纷止争为荣，且不提正义、操守这些旁人不愿相信的东西。单从“性价比”来看，王子建也觉得贪污受贿这种事情不划算，超过 10 万元起刑点就是 10 年以上，成本过高。法律人数年间培养起的思维习惯中，首先就包括了“强迫症”似的风险预估和非常理性的价值排序。所以，那些因经济问题获刑的法官，要么是拥有着与法律人截然不同的思维习惯，要么就是心宽到了一定的境界。

说到一线办案法官的忙碌，城区的一家基层法院传出一个真实的段子：说该区法制办有一个处级领导调任法院，去了一家派出法庭当庭长。刚一去的时候，人家倍儿有派头地开了个短会，说自己对工作的要求非常严格，在法制办因经常带头加班而出名，很多同志都适应不了工作强度要求换部门，所以，请大家做好心理准备。结果，过了一个来月，这位领导打报告要求调至后勤部门，理由是受不了法庭没日没夜地加班，感觉自己快要猝死了。听着像个冷笑话，却很真切地反映了现实。

所以，在子建看来，除了少数特例外，一线办案法官没走的最主要原因，是没有合适的机会，法院里年轻人聚到一起互诉苦水时，说的都是比律所、企业里的同学工作累、挣得少，还看不到发展希望，要是有谁开出 20 万元的年薪来挖人，立刻收拾东西走人。第二个原因，6 年的服务期也是个坎儿，省会的户口不是白拿的，虽然不到期硬走也能走成，但会被按辞退甚至开除公职处理，再也不能报考公务员，也无法担任国企领导职务，甚至无法成为律师。所以，一般大家都选择熬过服务期再走，成长 6 年，30 来岁，办案逾千件，等到能走时可不恰好都是庭室的办案主力吗。第三个原因，则是温水煮青蛙式的职业惯性，一线法官被审限撵着跑，被案件当事人四处拽，上班就变成机器人，下班则累成植物人，抱怨几句，也就接茬儿忙碌去了，连静下心想想自己职业规划的精力都没有，更别提投简历找工作了。倘若大家都有所规划，抱着“越狱”的心态积累自身能力，时刻找寻跳槽机会，而不是机缘巧合式地等着同学、跳槽同事介绍，酒香不怕巷子深般地等着公司、律所挖人，恐怕这 5 年流失的一线法官还会更多。

任何一个地方待得久了，都会有感情。如果能不走，谁愿意出去折腾？可惜，不是每个人都像刘洋那样拥有选择生活的自由。以自己为例，当初来法院，是因为没有户口，留在律所不知道几年才能成为律师，权衡利弊只能离开。这是现实，容不得自己任性。同样，几年以后，纵使舍不得法官这份能大量接触司法实务的工作，舍不得脱下这身法袍，恐怕还是会考虑离开法院的。不为别的，就为了有能力去挣一套让父母放心、女人安心的房子，为了让自己挺直腰板不去啃老。可是，这样一种简单的需求，体制外又有多少人会心平气和地看待，而不是拍案而起借着纳税人的身份一通狂骂？

那次和刘洋分别后，他发来一条短信：“子建，别变成袁硕。”

子建的回复是：“放心，理解不等于接受。”

可是，连刘洋都经不起的那一连串设问，自己就真能顶得住吗？如果现实的困窘能够杀死大多数人的尊严，凭什么就杀不死他王子建的道德与底线呢？

思考良久，子建自忖不是圣人，没法不食烟火。为了不变成一个连自己都无法接受的人，他决定时刻提醒自己一定要变得强大，唯有获得摆脱经济困窘的能力，才能真正按照自己的想法去生活。

有了这样的念头后，原本只在口头上说一说的回归律所、离开法院之类的话，越发具有现实感，原本简单忙碌的生活里，也掺杂进了一团团絮状的忧虑：

转眼来法院就满两年了，有了工作经验，也算是有了户口优势。可是，如果现在重新来过，投简历、找工作，会比以前更容易吗？所处的平台，所做的工作，能为自己带来多大升值？这是两年，三年以后呢？五年以后呢？传统民事案件审得再溜，家长里短等纠纷拎得再清，恐怕也还是搞不懂同学们口中的专业术语，增长不了处理“高大上”商事案件的能力。莫说上市、重组、并购、IPO、PE、VE、资产包这些能对应高额法律服务费用的业务，就算是一般公司法务从事业务所需的能力，也没法在田间地头里获取啊。所以，如果不得不走，自己又能跳去哪里？

想得多了，一时又看不到出路，子建难免有些担忧。捉襟见肘时，也常常和老马抱怨几句。

“马老师，您看看这个追索工资的案子，现在马泉这边砌墙的小工一天都挣300块了啊？”

“那肯定啊，一个月怎么不得闹个万八千的。”

“咱们这工资也忒寒碜人了。”

老马每每对此类话题笑而不语，抛枝中华烟，就继续“品读”《法制日报》去了。但听得多了，老马也渐渐开始对王子建进行提点：

“子建，别老摆弄那些工资条了，你得想法弄点儿活钱，要不然，日子就越过越死。”

“我去哪弄活钱啊？”

“想弄活钱，就得先找着活路。”

“去哪找活路？”

“那你得先认识活人。”

“您这车轱辘话说得也太……”

“子建，”老马突然打断子建，缓缓地说道，“你有时候啊，活得还是太单了，成天就喜欢对着书本和电脑，不愿意跟人打交道。”

王子建愣了一下，本能地辩驳道：“没啊，我成天和当事人打成一片，做调解做的人家都恨不得跟我拜把兄弟了，这还不算跟人打交道啊？”

老马眯着眼睛，意味深长地说：“工作是工作，谁看完病还记得医生是谁啊。你得多和同事们走动。我喊你出来吃饭喊了多少次？你出来过一次吗？”

王子建一时语塞。的确，自己提了助理审判员之后，很快就开始没日没夜地写书，除了按照惯例请庭室的人吃了一顿饭以外，再没参与过吃喝应酬。不光老马十几次没叫动自己，许哥等人攒的两个局，王子建也都找个借口推了。

现在看来，老马刚提到的“和同事走动”，是一个暗藏玄机的按钮，恐怕能开启一扇自己虽已一知半解却从未实际触碰的神秘大门。趁着给老马递烟、点烟的空当儿，王子建脑海里迅速闪现过信访办主任英雄“柴米不进”的“英雄”事迹。那么，不愿与同事过多交往的自己，是否也在不经意地重蹈覆辙呢？

想到这里，王子建打个哈哈，说：“刚开始自己弄案子，啥也不懂，白天又没时间，只好晚上充电学习，就没顾得上和大家交流。”

老马撇撇嘴：“案子嘛，怎么都能结出去，别太和自己较劲，你干得再卖力，法院也不给你发奖金，差不多就得了。”

王子建点点头，没有说话。

老马好像想起了什么，深咂了一口烟，感慨道：“前些年，工资改革之前，咱们这儿办案是有津贴的，每结一个案子，给发一百块钱。那时候，人们都想方设法往业务庭室调，甭管审判还是执行，案子一上来大家都抢，不分给他都骂街。现在不行喽，一个个都往后勤部门缩着，躲个清闲。”

“啊？还有这种津贴？”王子建有些惊讶。

“有啊，后来阳光工资，就没有这种津贴了。城区法院给的更多，有一个案子给 150 元的，也有给 200 元的。”

“那后勤部门岂不是亏死了？”

“他们拿全院前勤部门平均数的 70%，也不错啦，真正亏的其实是刑庭，他们案子少，也没法自己找。”

“自己找？”

“是啊，当时我在行政庭，本来案子比刑庭还少，一年也就 30 来件。但是，我们找了一千多件案子，全庭总共 3 个人，分下来钱比民庭还多。”

“一千多件？全是行政诉讼？”

“当然不是，全是非诉审查案件，甭管符合不符合申请执行条件，先让他们立上来，然后撤回执行申请，回回手再端上来，反复来上几次，不就够数了。”

子建目瞪口呆。

“现在就不行喽，只剩下死工资了。”老马折上报纸，摘下花镜，拿在手里摆弄起来。

“是啊，所以说嘛，还是没地方找活钱去啊，总不能去法院门口帮别人写诉状吧。”

老马笑着说：“下次不喊你吃饭了，跟我去打牌吧？赢点手里就有活钱了。”

“晕，那要是输了，连死钱都没了。”

“跟我去，能让你输？”老马说完这句话，眯着眼睛，意味深长地看着子建，整个人竟变得陌生起来。

35 旋涡边缘的游弋

和老马讨论过“活钱”的话题之后，没过几天，王子建就真的拿到了第一笔活钱：

那天是临下班前，老马的牌友——立案庭的一位王法官来他俩办公室闲聊，不知怎么就和老马抬起杠来，非要斗几把地主。子建陪笑了几句打算回家，却硬被老马留下凑手。

一来二去，这两个互不服输的老同志谁也没占着便宜，一个输了五百多元，一个输了七百多元。战局结束时，办公室烟雾缭绕，有如仙境。王子建从赌博特有的兴奋中回过神来，顿觉诚惶诚恐，他想把钱退回去，一番推让却是徒劳。

王法官急急忙忙地推门走了，很快没了踪影。老马则哼着小曲擦起了桌子。

“马老师，这钱拿得太不合适了，您快收回去吧。”

“拿着！赢了就是你的，哪有往回收的道理。”

见王子建还是为难，老马又宽慰道：“拿着吧，这点钱不算啥，而且，就算退也轮不着你退，明白了吧？”

王子建心头一紧，仿佛真的明白了什么。

把老马送回家后，他突然觉得有些烦乱：自己引以为傲的意志力与品格，竟然在一场低级的纸牌游戏中全线阵亡。赢牌的喜悦、输牌的懊恼，还有输赢悬于一线时的极度紧张……情绪仿佛坐上了忽高忽低的过山车，转眼就在输赢的不断转换中度过了四个小时，有如置身梦境。寸土必争的求胜心，生怕输钱的小纠结，在这场人生初次的赌博中发挥得淋漓尽致。赢了千把块钱，却输了对自己的连贯认知。而且，听老马的意思，这钱，真的是自己“赢”来的吗？

第三天，老马替赢牌的子建张罗“请”王法官吃饭。电话里，王法官“很自然地”和小舅子在一起，老马也“很自然地”说那就一起带上呗，于是，王子建更是“很自然的”在饭桌上见到了自己离婚案件中的当事人。

早该明白的事，却还是天真到了最后一刻。不知是心虚还是沮丧，一向能说会道的子建变得有些木讷，根本不知该说些什么。这顿饭吃的也不是滋味，婉拒了“小舅子”提出的麻将邀约后，王子建几乎逃一般地钻进了汽车，连车窗都没顾得上降下来，挥挥手，就匆忙离去了。

一路上，脑子里闪过的都是一些支离破碎的零星警句，什么防微杜渐啦、千里之堤啦，等等。停稳车后，王子建才意识到副驾驶的座位上还扔着王法官硬塞进来的两条烟……鲜红刺目，索性塞进后备厢里，没有拿上楼去。

原来，这就是不会输的牌局，它更像一个编排好的下水仪式，老马作为资深教练，以最自然的方式飞起一脚，把被骗至池边不明就里的王子建踢入污浊的泳池。现在的纠结，则像是初次入水者的扑腾，他们一定相信，几次之后，尝到甜头的王子建甚至能学会花式跳水。

王子建在狭小的房间里踱来踱去，心里滋味个中万千，说不出的复杂。第一次赌博、第一次接受同事请托、第一次收取礼物、第一次酒后驾车……这接二连三的“第一次”，就像直奔面门的组合拳，打得子建头昏脑涨。

自己是怎么了？为什么会对局面失去控制？

这样想着，子建拨通了葛磊的电话。

电话那头，歌舞升平。

葛磊一定是紧捂着手机，呼吸声格外的厚重。

“忙呢？”

“没，在酒吧喝酒扯淡呢。等我走出去。”

“你先忙吧。”

“没关系，我也出来透透气。”

子建略过寒暄，讲了讲这几天发生的事情。

葛磊听后笑道：“怎么现在法院那边办事都这么婉约了？送个千把块钱，还得哄着你打一晚上扑克？”

“靠，我都快郁闷死了，你丫能严肃点吗？”

“当事人想让你办什么事儿？严重不？”

“倒是没什么，希望我能快点判离，要不然明年他们那儿拆迁，补偿款还得分女方一半。”

“哦，符合判决离婚的标准吗？”

“分居不满两年，但也一年多了，又是第二次起诉，判离没什么不妥。”

“假如托人找你的是女方，要求这次判不离，能行不？”

“男方没有能证明双方感情确已破裂的证据，如果女方坚定地不愿离婚，判不离也说得过去。”

“哈哈，可左可右的事儿，风险不大。那，拆迁补偿款能有多少？”

“这……”子建想了想，说，“不是很确定，发手续时听女方说的，修国道，占他家面积也不大，也就补个十来万块钱吧。问这干吗？”

“看你承担的风险值不值呗，按补十万算吧，人家省了五万，给到你的好处只有两千多，合行情吗？”

葛磊轻描淡写的几句话，让子建有些瞠目结舌，他不敢确定这是葛磊思考此问题的方式，不由得问道：“你不觉得我是被老马摆了一道吗？我真没想到他是这样……”

“那你想到的老马是怎样？一个心智健全的成年人，每个月挣不到5000块钱，却舍得一天买一包软中华？一个在法院混了40年的老法官，你就只能看到他的慈眉善目？”

子建无言以对，更有些惭愧，只得听凭葛磊继续“教育”。

“第一，你手足无措、乱了阵脚的主要原因，是你缺乏对身边同事的正确认知，事先没有心理准备，又是第一次，心里紧张，导致临场应变能力发挥失常。”

“第二，这么一件简单的事情，老马和其他同事需要大费周章，用这样烦琐的方式拉你下水。说明同事觉得你不合群，不好交往。他们不敢贸然约你出来直奔主题。”

子建想把自己拒绝十多次饭局的事儿告诉葛磊，转念又作罢了，葛磊分析得没错，想来，不近人情的自己已经戳了其他人的脸面，老马搞这么一手，一来让子建实际尝点甜头，二来用一场烟熏火燎的赌博涂黑他的清高，让大家变得“平等”。

“……冒了这么大的险，这是最失败的一点。”

晃神间，子建没注意葛磊又说了什么，连忙问道：“刚没听清，你说什么？”

“我说，酒后驾车，是你最失败的一点。因为慌乱，你担了罚款、拘留以及被法院处分甚至辞退的风险。而且，这种行为显得你鲁莽、不能自控，会降低同事对你的评价。”

“你说的这些都对，我也不知道怎么了，对这种事特别发怵，一下乱了方寸。可是，葛磊，对这件事的正当性，你就没有任何评论吗？”

“什么正当性？”

“我拿了同事的好处，答应了帮忙。这种行为……是不是有点……”

“既然这个案子怎么判都没错，人情社会，顺势而为吧。不过，不是所有的请托都能答应。你必须事前冷静分析，以自我保护为首要原则，妥善处理。而且，这次的情况还算简单，只有一方打招呼，也许下次，双方都有关系，你就要尽量谁也别得罪。”

“我真的做不来，也不想做这些事情！”一想到处理这种错综复杂的关系，子建就觉得头痛。

“你会习惯的，哗，哗，哗，听到了吗？这是一个巨大的旋涡，有的时候，随着它转，比奋力挣扎更安全，抵抗，粉碎。”

王子建仿佛看到了醉酒的葛磊伫立在酒吧门口，无视旁人诧异的目光，用手一圈圈地比画着旋涡的形状。他很想告诉葛磊，顺着旋涡旋转的最终命运，十有八九是被无情吞噬。可是，他没有说出口，因为他意识到，葛磊很可能已经在随着一个旋涡飞速旋转，停不下身，上不了岸……有机会，要和他好好谈一谈。

仔细思考了“顺势而为”四个字的含义后，王子建深深地叹了一口气，勾勒起今后应对此类事件的行为准则。

旋即，王子建又想到了什么，一遍遍地在心里对自己说：“这不是来钱的正路，不能靠此解决经济问题。学本事，学技能。”

这一夜，睡得很不踏实。更为搞笑的是，王子建做了一个无比真实细腻的梦，女主角竟然是静姐。醒来后，梦境仍是历历在目。

竟然梦到大自己 6 岁的同事，王子建一边自嘲，一边起身清洗。镜中的自己赤身裸体，虽然腹肌的轮廓不再清晰，但去年跑步速成的健硕感还在。萧文婷已经离开 9 个月了，这恐怕是自己发育以来，最长的一段空床期了。也难怪静姐都看不下去，要在梦里献身。在不受控的精神层面里，自己已经和静姐睡过了。那，现实中的静姐，会和梦中一样疯狂吗？不知不觉，小子建又悄然昂首，抵在了洗手台上。子建苦笑一下，捧起一把凉水，浇熄了它略带邪恶的欲念。

女人，唉。

判决“小舅子”和老婆离婚，塞给老马一条烟，找许哥闲扯淡相约找机会喝酒，遇到每个认识的同事都热情招呼，张罗同届的兄弟姐妹们一起吃了个饭……以不像自己的姿态忙碌一番后，虽然觉得很累，但也越来越能够听懂弦外之音。

5 月，新一轮的公务员招考结束，成绩还没出来，几名条件还不错的大学生就被法院招来干活儿了，想来，院里领导给了人家一定录用的承诺。民一庭给分了一位政法大学的女硕士。王子建壮着胆子找江庭长一通谈心、再三保证，终于顺利卸下了内勤的担子。交接工作时，小姑娘听得云里雾里，可怜巴巴地一个劲儿地央求，“师兄，慢一点，我还不太明白”。

子建耐着性子又为其梳理了一遍内勤的日常工作，然后故作轻松地说道："除了这些固定的事项，你还要盯着内网和高院网站，上面会有相关的工作通知。有时候，中院、高院、法制办、政法委也会打电话和你联系，拿不准的，就问问庭长。哦，还有就是庭长、后勤部门有时候也会给你派活儿。"

想到自己初为内勤时的遭遇，王子建又补充了一句："这些事儿，也就够你忙的了。如果庭里别的人找你帮忙，就看你有没有时间啦。干得越多，成长越快，但如果实在超出了自己能完成的范围，也不用什么事情都接。"

小姑娘若有所思地点点头，怯怯地问道："师兄，干多长时间内勤才可以审案子啊？"

王子建笑了，内勤这工作还真是不招人待见，人家一听就明白怎么回事了。于是，他宽慰道："第一年是试用期，肯定没戏。第二年提助审，提了以后能不能审案子，也说不好。比你早来三五届的，还有在当内勤的呢。各个庭室的安排都不一样。不过，咱们庭应该算快的，你看，我这不第二年就审上了。"

交接之后，子建心情舒畅，主动请缨，一下给自己分了80件案子，庭长略有迟疑，旁敲侧击地劝他悠着点。瞅了瞅副庭长阴沉的面色，子建意识到自己有些得意忘形，赶忙又转出30件……自此，不用再考虑庭里的杂事，堆砌些没有意义的文字，虽然同样忙忙碌碌，每个月结上二三十件案子，却觉得很有收获。

与之相伴的，先是几个以老马或庭里其他人为"踏板"的同事，拐弯抹角打听打听案情，试探着约王子建吃吃饭打打牌。很快，就有电话直接打给王子建，寒暄一二，直奔主题，甚至还有办事不讲究的同事直接领着当事人往办公室钻……王子建小心谨慎地躲闪腾挪：本就该按他们预期结果处理的事儿就顺手卖个人情，实现不了结果的就尽量给找补些面子、帮着出出主意，对于超出裁量权范围之外的事情，一概委婉却坚决地拒绝。这么一来，有的时候，自知胜诉无望的当事人反倒更愿意接受调解了。

几个月下来，当事人的钱，子建一分没收。同事的吃请，也是有吃必还，变着法地请回去。至于特产、烟酒，实在推脱不过时，象征性地收一些……就这样，子建小心翼翼，如履薄冰，坚守着依法审判、正当行使裁量权的底线，周旋在葛磊所描绘“旋涡”的边缘，装作已被卷入其中……

第四章　渐入迷境 / 险中求胜

36　刘斌的故事

“王法官您好。”

眼前的刘斌三十六七岁，斯文得体，衣着整洁，眸子中闪烁着睿智与平和，与子建近日来接触的当事人、律师都不相同。这种气质就像一股不容小觑的力量，反倒让自己有些不自在起来。

“您好，刘律师，上次借车的事情早该当面说声谢谢的，一直没有机会。”子建很快稳住了心神，找出纸杯，给刘斌和许哥泡了杯茶。

许哥则在一旁憨憨地笑着，咋咋呼呼地开着与此时气氛不甚融洽的玩笑。

“王法官，虽然家丑不宜外扬，但事情到了这一步，也没什么好遮掩的。我起诉的案子，分到了您的手里。”

子建点点头，他已经仔细研究过案卷。

“这件事情对我很重要，若不是如此，也不会来麻烦大家。”

子建继续点点头，示意他继续说下去。

“当年离婚，我太忙，女儿又小，我觉得和妈妈一起生活会更有益于孩子成长。所以，没有争孩子的抚养权。可是，现在情况有了变化，我必须把女儿的抚养权要回来。”

“什么变化？”

刘斌顿了顿，像是下了决心，谨慎地措辞道：“那个继父，我觉得他有问题。”

王子建心头一紧，同样小心地问道："您手里是不是还有这方面的证据材料没有提交？"

"这个事情，没有证据，也许只是我的猜测。但作为父亲，哪怕只有万分之一的可能，我也不能让女儿去冒险。而且，即便能组织一些证据，我也不想在法庭上提这件事。一旦说破，所有人脸上都不好看。"

思索了片刻，王子建说道："这件事情，既然不能提，开庭时我只能当您没说过。您也是法律人，这点应该明白。"

"明白。"

"最高人民法院 1993 年发布过一个司法解释，叫《关于人民法院审理离婚案件处理子女抚养问题的若干具体意见》，您一定也知道。"

"知道。"

"你女儿不到 7 岁，法庭没法考虑她的意愿。你前妻也没有法律规定的疾病、伤残等无力继续扶养子女的情况。你也没法证明她存在虐待行为或对孩子身心健康造成了不利影响。所以，法庭没法当然地支持你。"

"那咋弄？给想想办法啊。"许哥有点着急，刘斌则微笑着等子建说出下文。

子建没有理会许哥，诚恳地望着刘斌，说道："想要法庭支持变更抚养权，要么，你能和女方达成一致意见，咱们调解变更；要么，你能给法庭一个正当理由，足以支持你的请求。"

……

几天后，子建通知刘斌的前妻来法院领起诉状。本想就此机会试探一下女方意见，没曾想等来的是她现在的配偶，也就是刘斌口中"有问题"的继父。

显而易见，这名"继父"和刘斌完全属于两个世界：花衬衫、粗金链、黝黑脸庞、三角眼，大喇喇地夹着一个手包，正指着楼梯口值班法警的鼻子争执着什么。

王子建赶紧刷卡出门制止。

“王法官吧？我说了您通知我来领手续，丫的就是不让我进去！”“继父”瞪了法警一眼，才转过头来笑嘻嘻地向子建告状。

“这是办公区，当事人不能进，右边才是审判区，不是说了让你在大厅等吗？”

“哦哦，我以为得去您办公室呢。呵呵。”“继父”悻悻地笑着，又对法警说道：“刚对不住啊，小兄弟。”

子建不无厌恶地领着他往谈话室走，边走边问：“蔡颖自己为什么不来？”

“她怀孕了，身子不方便。法院也不是啥好地儿，还是别来了。哦，不对不对，不是那意思啊，我对法院……”

“蔡颖怀孕了？几个月了？”

“咳，再有俩月就生了。你说刘斌那小子，偏偏挑这时候起诉，成心捣乱，哪天我非抽丫的！”

子建没接话茬儿，若有所思地把“继父”领进了谈话室。

“刘斌是孩子的父亲，起诉要求变更抚养权也不过分。他倒是没提蔡颖又怀孕的事儿。”

“他上哪知道这事儿去。”

“现在你们也有了自己的孩子，对于刘斌的诉讼请求，蔡颖是怎么考虑的？”

“哼，凭啥还给他啊？甭说蔡颖不愿意，就是她愿意，也得先经过我同意。我要不答应，这事儿他也办不了，说啥全是扯臊。”

王子建皱了皱眉头，问道：“怎么，您对这件事有自己的想法？”

“那当然啦！孩子不到一岁刘斌就走了，除了按月给钱，啥也没管。我跟孩儿她妈把娃拉扯大，眼瞅着就上学了，哦，他想要回去就要回去？没门儿！”

“您和蔡颖不是去年刚结婚吗？谈不上一起拉扯孩子吧。”王子建越瞅这人越来气，言语中也就带上了一些攻击性。

一来二去，一个简单的送达手续变成了近半个小时的谈话。很快，子建对这件事有了初步判断，从情感上，他也倾向于小女孩远离这个粗鲁的无赖。为求慎重，子建当即决定带上书记员跟他一起回家，和蔡颖、小女孩都聊一聊。

当天晚上，子建直接把刘斌约到了自己的办公室，详细地讨论了已掌握的情况，制定出两个方案：

方案一：从“继父”入手，争取促成一致意见。

首先，刘斌通知对方，今后严格按照离婚协议约定的金额支付抚养费，不再额外给付。这样一来，每个月10000元的扶养费一下就变成了1000元。

“我也考虑过这样逼他们一下，可又怕女儿会因此受委屈。”刘斌面露难色。

“试一试吧，观察着事态发展，如果谈崩了，大不了你再想个名义送些钱过去。”

然后，刘斌私下找“继父”协商，承诺如果做通蔡颖工作，给他些“感谢费”。

“明白，只要能尽快把女儿还给我，给他些钱也无所谓。”

最后，子建在开庭前组织调解，适当给女方施压。

方案二：组织证据，从两个方面证明存在变更抚养权的合理理由。

第一，刘斌无其他子女，而女方即将再次生育。

第二，刘斌能给女儿提供更好的教育条件。

“如果方案一行不通，单凭现有的两点理由，判决支持的可能有多大？”刘斌直视着王子建，看不出他内心的想法。

“还是尽量达成一致吧。”

王子建习惯性地没有正面回答这种问题，可突然又有一种不吐不快的感觉，挑战起内心坚持的审判纪律。

终于，子建下定决心，作出了办案以来尺度最大的承诺："您也知道，这种案子，判决不予支持的居多，也更稳妥。如果判决支持，一旦对方上诉，就有可能被上级法院发回重审或改判。"

刘斌眼神黯淡了一下，但很快又恢复了常态。不等他开口，子建继续说道："我不知道你担心的事情到底有没有根据，但我理解你的顾虑，也相信你能给孩子一个更安全的成长环境。所以，如果你们谈不成，我愿意冒险出这个判决。"

这个承诺转变得很是突兀，显然超出了刘斌的预料。一时间，他不知该说什么，愣了一下，才从包里摸出一个信封，起身递到子建面前，说："谢谢你为我冒这个险，无论事情最终结果如何，这点心意，请收下。"

子建瞥了一眼这个厚厚的信封，恐怕，里面能有两三万元吧，可以先用它付一年的房租，买一块 damage control 公司出品的电子管效果器，甚至再换一把日本进口的 ESP 电吉他……

挺大一笔钱，真的很诱人，收下它估计也很安全，不会有什么风险。

只是，不能拿，就是不能拿。

子建抓起桌上的信封，绕过刘斌，径自走到他放书包的座位，不紧不慢地把信封又塞了回去，拉紧拉锁。

"王法官……"

"刘律师，我不想拿你的钱，换个方式表达这份心意吧。"

"您说，只要我能办到。"

王子建笑了笑，说："我今天去过蔡颖家了，见到了你的女儿。小姑娘很可爱，看得出，她和你的感情也很好，说了好几次想爸爸。"

刘斌抬眼望向别处，有些感慨："是啊，蔡颖再婚后，我见孩子的次数就明显少了。那个无赖，唉，不说也罢。"随即，他又把视线投向子建，小心地问道，“王法官，有什么我能帮你做的事情？”

“有。”王子建很认真地说，“如果你真的拿到了孩子的抚养权，我希望你尽到父亲的责任，忙不是借口，你必须拿出更多的时间、精力去陪她，而不是单纯地满足她的物质需求。这样，案子我判的心里才踏实，也就算你帮了我。”

“这……”刘斌愣住了。

险些被一时贪念操纵的子建，此刻则是无比释然。操守、纪律、防微杜渐……这些字眼所有人都很熟悉，自己撰写的廉政文章更是文采飞扬频频获奖。可是，缓解困境的诱惑真的摆在面前，并不带有任何违反道德、良知之罪恶感时，又岂是那样容易抵住？总之，做到了，不用被自己鄙视，也挺好。

“谢谢。”刘斌轻叹了口气，伸出右手，诚恳地说：“好吧，再提别的，就真侮辱您的好意了。我欠您一份人情。”

“哈哈，那就欠着吧！”王子建爽朗地笑着，也伸出了手。

接下来的事情很顺利，王子建最终也没有作出那样一份“冒险”的判决。蔡颖挺着肚子来到法庭，很快与刘斌达成了和解协议，双方一致同意变更女儿的抚养权。相应地，刘斌免除蔡颖支付抚养费的义务，承诺蔡颖及她的亲属可以随时探视女儿，并在寒假或暑假接女儿同住……

兵不血刃，案结事了。

从那以后，王子建和刘斌成了朋友。有一次，王子建问起当年到底给了“继父”多少钱。刘斌笑了，说：“一分钱没给他，只花了点医药费，算是改良方案吧。”

原来，约谈“继父”时，对方还真为削减抚养费的事儿动了手，一来二去，刘斌的手指被砸断了。忍着疼给对方普及了一下故意伤害致人轻伤，3年以上有期徒刑之类的法律知识后，刘斌就要报警、验伤。“继父”听到会坐牢，慌了神，事情最终也就解决了。

王子建咂舌不已，觉得这也太便宜对方了。

“不碍事。其实，就算这事办不成，我也不会把他怎么样。真要判了刑，蔡颖的家就散了，再带个孩子，日子还怎么过？咱不能干这样的事儿。”

子建点点头表示认同：“刘哥你真挺仁义的，当初何苦要和前妻分手呢。”

刘斌苦笑道，说：“王兄弟，有一句话说得很好，贫贱夫妻百事哀。当时太穷，有了孩子以后，吵得更凶。两个人都年轻气盛，一赌气就分开了。”

此时的刘斌，一身低调的名牌，事务所外停着崭新的奔驰轿车。谁能把他和“穷”字联系到一起？

“对，太穷了。刚离婚那会儿，有时候连1000块钱抚养费都凑不齐，几次都是问父母借钱。”

“当时您30岁吧？”

“当时我32岁，蔡颖25岁，那是我辞去公职的第二年。”

“辞去公职？”

“是啊，我本科毕业后分到这边的司法局，当时还是马泉县。干了7年，从科员提到副主任科员。30岁，结婚，然后辞职去做律师。呵呵，32岁，离婚……”

王子建心里默默计算着时间，也就是说，离职后不到6年的时间里，刘斌白手起家，彻底摆脱了贫困。这家毫不起眼的“刘斌律师事务所”，竟有如此大的创收能力？

想到这里，他脱口说道：“这么看来，您做律师还是蛮赚钱的。”

“呵呵，”刘斌笑了，“在马泉做一名律师，挣不到多少钱，一年四五十万元，也就是极限了。这个律所，是去年开起来的，算是给自己的律师身份一个交代。但是说实话，我基本不关注它的经营情况，也两年没代理过案件了。”

“那你……”

“做了一些期货投资，然后开始做国际贸易，用钱去生钱，而不是拿自己有限的时间去换钱。”

王子建若有所思。

“给你讲个我为什么辞职的故事吧。”刘斌温和地笑了笑，说：“我们司法局有一个公众浴室。我去洗澡总是遇到几个退休的老同志。听他们扯一些猪肉涨价、豆油还是葵花籽油好吃等鸡毛蒜皮的小事。还有就是抱怨，无休止的抱怨！退休金不够花，单位不照顾老干部，新来的保安不让他们进来洗澡等。我当时年轻气盛，踌躇满志，狂妄得一塌糊涂，心说这简直就是一群小肚鸡肠的失败者，压根儿不想搭理人家。”

“后来，时间长了，慢慢地开始聊天，把我吓了一跳。他们都是什么人？两个副局长，两个处长，最小的也是一个副处级。总之，都是当年局里叱咤风云的领导。可他们退休没几年，就都沦落到要和保安斗智斗勇，才能混进单位洗澡的地步了……呵呵，扪心自问，别说局长了，我能当的上处长吗？而且，当上又能如何？退休之后脱离社会，拿着不断被稀释的退休金，咀嚼着往昔的风光四处追忆，每说一句话都要加上个男性生殖器官当后缀来增强气场？这不是我想要的生活，我必须拥有属于自己的财富、事业，拥有一种能支撑我一生、让我不被遗弃的力量。所以，我选择了离开。”

“你呢？子建，你是那种甘心在体制里一辈子的人吗？”

……

“我以后也多去法院的浴室转转。呵呵，谢了，刘哥。”

话别之际，子建有些不在状态，拉开车门时险些碰到一旁的车。刘斌则继续微笑，像是欲言又止。

37 高段位的吐槽揭秘

老马退休了，走得很是突兀，甚至容不得一个送别。

那是一个风和日丽的普通早晨，老马不知从哪搞来两个大纸箱，慢条斯理地收拾起东西。子建忙着外出勘查现场，没顾上细问，就离开了办公室。等他中午回来时，老马还在收拾，桌上明显干净了许多，几个抽屉也已经腾空了。两个纸箱显然不够用，地上又多了一个硕大的编织袋。

"您收拾啥呢？"

"呵呵，做退休准备。"

"不是还有 3 个月呢吗？"

"明天我就不来了。"

王子建吃了一惊，忙问究竟。

老马搪塞不过，干脆放下手里的杂物，从裤兜里掏出烟来，打算和王子建慢慢聊。可是，这大半包软中华经过刚才的蹲蹲起起，已经齐刷刷地被压折了。老马撇撇嘴，也没细瞧有没有"漏网之鱼"，就随手一团扔到了垃圾桶里。不等子建掏出烟，老马起身拉开了自己的衣橱。

"抽你一包烟啊。"

"什么？"

"这条烟，是给你留的，让你尝个新鲜，先拆开抽了啊。"

老马扯过一条"避暑山庄"，娴熟地拆出两包，就势顺着桌子撇过一包后，径自给自己点燃了一支。

子建顾不得拆开这盒包装极为精致的香烟，胡乱拉开抽屉摸出半包芙蓉王，也跟着吐出一口烟气，开始听老马讲述事情的原委。

原来，老马一早就被政治处主任请到办公室，人家委婉地表示，今年情况有变，提副处级审判员的事情有了难度。区里编制办那边不松口，只给了一个名额。可是，今年有两个人退休，除了老马，还有信访办的老杨。

听到老杨的名字，子建心里一颤。这是自己进法院时接触的第一位“老人儿”，他带着自己四处接访，对自己不明白的事情，都是有问必答。虽然之后工作上罕有交集，每次见面也都是热情地东拉西扯。怎么好端端的，老杨就和老马有了竞争关系？

老马眯着眼睛，继续说道：“然后呢，主任说党组研究了，决定报老杨上去，可能是因为学历吧，他的本科学历比我的更正式一点。”

学历？老杨是从部队大学里弄了个本科，老马则是工作后参加最高人民法院组织的学习，有了学历。这两个东西都不是正经的科班教学，专用于解决评职称定级别时的学历门槛，一丘之貉本无二致。

子建小心地说道：“都是一样的东西，您那个是最高院颁发的证书。难道部队的函授就比法院系统的函授公信力高？领导是怎么考虑的？”

“怎么考虑的？呵呵，考虑的是这个！”老马做了一个捻钱的动作，不无鄙夷地哼了一声。

“不至于吧？老杨复员转业，性子也耿直，不像能给领导送钱的样子啊。”

“你了解他？”老马看了子建一眼，一股脑地说了起来：“82年老杨争副科，写匿名信举报同事有作风问题，事情败露后俩人在食堂干架，领导一生气，谁也没选。”

“86年外出执行公务，老杨欠下赌债还跟人耍横，被扣在河北，一起出差的书记员姓陈，她找了当地的法官想去说情，结果去了也被扣下。老杨吓怂了，把小陈留在贼窝里，自己开车跑了回来。凑不够钱，又不敢声张，拖了两天才问大家开口。结果，小陈回来抽了老杨俩嘴巴，之后没多久就申请调走了。谁也不知道她到底出了什么事儿。一大老爷们把小姑娘押在外地，自己跑回来，这干的是人事儿？”

“90年换了院长，老杨又想给自己弄个副科，四处找人说情，说通了院长。结果民主测评时大伙都不同意。党组本来想如实公布数据，不通过他的提职。后来老杨堵院长门堵了好几天，软硬兼施。院长没办法，老杨就成了副科。”

“98 年我们一起提的正科，竞职之前，老杨问我好几次按什么标准送礼，我说我屁都不送，爱提不提。他不信，四处说我不实在。后来，我听说他挨个拜访了所有领导。”

“其他鸡毛蒜皮的小事就不说了。怎么样，这个老杨够不够耿直？”

王子建瞠目结舌，不知该说些什么。

老马笑着说：“怎么啦子建？觉得马老师编瞎话骗你？”

“不，没有，我知道您说的都是真的。”

“是的，咱爷俩在一起一年多了。我是个什么人你也能看得出来。我在法院待了 30 年，之前的环境和现在不一样，难免有些乱七八糟的事情，我什么都知道，只是，我从来不去乱说，更不会去诋毁谁，时代变了，人也变了，事情也就都该过去了。今天话说到这里，索性多说了一些，让你看看身边人到底都是个什么揍性。”

王子建什么也没说，默默地起身给老马点了支烟。

“子建，我这一辈子，还真就没给领导送过礼。好烟我有，我自己抽，好酒我也有，我自己喝，犯不上拿去巴结谁。这一辈子没闹个一官半职，可也算自在逍遥。”

“凭您的人缘，如果想当官，早就当上了。”

这不是王子建的客气话，老马在全院上下人缘确实极佳。

“当年想弄个庭长啥的还不容易？我就是不愿意折腾，不想当官，不想和领导走得太近。”

“嗯，这次的副处……”

“呵呵，这次的副处？呵呵，没事，我不在乎。你算啊，一个月差八百元，一年一万元，我就算活到 80 岁，才差个二十万元。”

“我是说，能不能再争取一下？”

“不争啦，没意思。”老马很不屑地撇撇嘴，“主任要我自己去跑跑区里，让多给分个编。拉倒吧，还没等挣回送出去的钱呢，我肯定就憋屈死了。”

王子建点点头，问道：“那您这提前回家是怎么回事？”

“咳，这不主任劝咱别往心里去，问有啥组织上能帮着解决的问题吗，我就说岁数大了腰腿不好，想早点回城区看孙子，到日子再来办手续。”

“嗯。”

“然后主任说我可以自己安排，再然后，我就收拾东西了呗。到时候也懒得过来了，让谁帮我代办个手续就得了。”老马轻描淡写，却还是听得出心里的不平。

王子建打开抽屉，拿出一个铭刻着飞马图案的 Zippo 火机，递到马老师手里，说：“马老师，您撤得太突然了。这是准备送您的礼物，来不及包装了。您留个纪念。有机会我到城区找您，咱爷俩一起喝点。”

子建说得动情，险些红了眼睛，老马也受了感动，连连应允。

俩人又闲扯了半个下午，子建听到了许多高段位的吐槽式揭秘，时而被震惊，时而被逗笑，最后都趋于麻木了。

老马想是这辈子也没有这般口无遮拦过，各种陈年往事越发说得兴起。

子建不忍打断老马的宣泄，一直到老马的朋友打来电话，说已经到法院门口时，老马才关死了话匣，长长地叹了口气。

“马老师，没事还是多回来转转吧，江庭长今天没在，您那么多老朋友，估计也都想和您道别呢。”

老马点点头，没接这个话茬儿，而是非常认真地说：“子建，现在法院的环境和以前不一样了，谁也不能做太出圈的事情，更不能想着靠法院发家致富。你和我们也不一样，你有学历，有本事，而且，马老师看得出来，你心气儿贼高，所以，有合适的机会能走就走出去，别跟这儿耗一辈子。我年轻时，光知道打牌、喝酒，浑浑噩噩……”

正说着，几个人涌进了办公室，很快就抬着行李，簇拥着老马往外走。

子建插不上手，送到电梯口就被劝了回来，只得隔着办公室窗户目送他们上车。临行前，老马扭头向窗户望了一眼，子建赶忙招手，却忘了这种窗户从外边根本看不进来。等他反应过来想开窗时，他们已经驶出了法院……

突然，子建心里空落落的有些难受，分明失去了什么，却又分辨不清，说不出来。

接下来的几天，除了有几个牌友、酒友不明就里仍来办公室找老马闲扯外，再没有人关注过老马离开的事情，即便是江庭长，也只是轻描淡写地避过此事，径自与子建谈起了其他工作。

呵呵，人情味，当你在这个圈子里的时候，它是如此浓郁。可当你离开了，它也随之不见，就好像从未出现。刘魁的死，还留有一些话题可供茶余讨论，而老马的提前退休，就这么被所有人别无二致地无视了。

新旧罔替，后浪竞逐。刘琴在她服务期的最后一年通过了公务员考试，作为新招录干警，一并出现在人员公示名单里，和其他几名应届毕业生奇奇怪怪的姓名相比，“刘琴”二字自是怎么看怎么顺眼。子建由衷地为她高兴，服务期满青春被榨取完毕又不得不卷铺盖走人的其他小姑娘、小伙子，自然也是由衷地愤懑。

相比于老马这朵以再正常不过的形态被拍死在沙滩上的“前浪”而言，马泉法院第一个由聘任制书记员考取行政编制的刘琴显然更受关注。食堂里不止一次听到有关“命好”“点儿正”的酸葡萄言论，也有更直接的“小丫头能行吗”“她专升本的学历法院也要啊”等诸多质疑。的确，能在1∶3的面试中脱颖而出，挫败那些名校与非名校的法学硕士，对于刘琴来说，显然是一件值得庆幸的事情。替她高兴之余，王子建也有些欣慰：看来法院还是念记旧情的，给了小妮子一条前景更明朗的道路，让付出备考的辛劳有了回报。

酒桌上，大小领导早已散尽，只有一些年轻人留下来继续喝酒。不胜酒力的刘琴已经醉得有些言语不清。其他几人明知此景，却还是不住地劝酒，俨然要将她彻底翻桌。王子建闪转腾挪却又不容置疑一一拦下，卖着面子，硬是自己以茶代酒悉数化解。大家嘘声一片，最终只好转移目标，互相搏杀。同为聘任制书记员、聘任制法警，虽不道破，显然也是怀揣着各自的苦衷忧虑，言谈欢笑与抨击制度间，竟喝得天昏地暗，酒杯都碎了一地……

王子建作为唯一的清醒者，一直陪到最后，领着刘琴付账，打电话叫车接人，看着众人拿好个人物品再逐一送上车，一直折腾到晚上九点多。刘琴双眼迷离地看着王子建替自己张罗这些事情，脸蛋红扑扑的，举手投足间，也有了几分小鸟依人的媚态。最终，她吃吃地笑着，坐进了王子建的副驾驶位。

“师父……”

“没事吧？”

“有点晕。”

“以后别这么喝酒了。”

王子建把刘琴送到她租住的小区，刘琴却没有下车的意思。路上睡了一会儿，又吹了吹风，好像清醒了一些，又好像醉得更加严重。她笑盈盈地说道：“师父，能陪我说会儿话吗？”

子建彻底降下车窗，点燃一支烟。刘琴自顾自地讲了起来：父亲在自己6岁时去世、母亲险些没有让她上学，高考时痛经发挥失常、家人不让复读所以读了大专，从一入学就开始准备专升本考试，跌跌撞撞地参加过两次司法考试、两次公务员试后考入马泉法院，将来要如何照顾母亲和弟弟……

子建听着刘琴的故事，唏嘘感动，却找不到共鸣，不知该如何应答，只好默不作声地倾听。自己轻易到手而不甚满意的事物，却是刘琴长达数年拼搏奋斗的目标；自己纠结挣扎试图改变突破的现状，则是她历尽苦难才得以换回的人生篇章；一条一眼就能望穿尽头、平庸到让人绝望的发展道路，竟然能给刘琴带来如此灿烂的希望……

子建突然想到了很多年前《读者》上登载的一篇文章，依稀记得好像叫“我用了多少年才能坐在你对面喝咖啡”，是一个用数倍努力才得以修正起点偏差、跌跌撞撞跻身华尔街光鲜行业的人，像刘琴一样讲述自己的奋斗史。而咖啡桌对面的听众，恐怕和子建一样，也是按部就班顺风顺水甚至不明就里地进入了这个行业，或许也同样有着诸多不满和困惑，同样惊愕地发现自己所拥有的事物对他人而言是这样的珍贵。当初读这篇文章时，子建的心绪随着讲述者的经历而起落，而今天，他第一次意识到咖啡桌对坐之人同样拥有经历与情绪：你用尽全力与我同席共坐，究竟是你的成功，还是我的平庸？

这种想法无疑是卑鄙而阴暗的。眼前的刘琴情意真挚，显然是无比信任才将自己的人生悉数道来。而自己却如此狭隘，不免又一次有了想抽自己的冲动。

凉风阵阵，话题已止，两人沉默良久。

“师父，”刘琴仿佛鼓起了勇气，低声说道：“上楼喝点水吧？”

“太晚了，下次吧。”王子建未经思索，拒绝的话已经冲口而出。

车内的气氛瞬时有点尴尬。不知出于何种心理，王子建快速地补充道：“一杯水可打发不了我，呵呵，怎么你也得亲自下厨做顿饭给我吃啊。”

刘琴轻快地笑了两声，连连应允，推开车门，消失在夜色之中。

回去的路上，王子建心里一直盘萦着一句话：我用了多少年才能和你在同一家法院审案……

挥之不去。

38 童叟无欺地“抱腰摔”

这个秋天有点阴冷。

王子建一如既往地埋头办案，在各式各样的矛盾冲突中巧妙地游走，在个人生活方面，却显得有些孤僻寡言。

体制，代表着一种稳定。即便是在繁华都市，工作稳定者也大多比旁人早婚，更别说在这偏僻传统的马泉了。所以，自然有一些同事向子建说媒，这个主任的女儿、那个校长的孙女等，无论如何介绍，都脱不了“家庭成分”的干系。更有大哥大姐苦口婆心地直接相劝：找一个家里有点门路的本地媳妇，对将来方方面面是如何如何的有帮助。

说不上为什么，子建就是不喜欢这种明码标价整合资源式的相亲，受不了介绍人“大馅饼砸人”状地强调姑娘能带给子建的诸多裨益。在子建看来，为了结婚而刻意为之的努力，是一种“趋同性”的体现：别人这个岁数结婚了，自己也就不能落后，得赶紧找个合适的姑娘结婚生子。这种感情的产生，不是基于心动与喜欢，而是依托着权衡和算计。哪里是什么感情升华到极致而产生婚姻，分明就是撕掉婚姻的神圣外衣，赤裸裸地举旗招人搭伙过日子……

一次次的婉言谢绝之后，大家都以为子建自持过高，也就不再介绍。一些朋友也在问，你王子建到底想找一个什么样的女人？

其实，这个问题也好回答：找个自己喜欢的。

但这个无法量化对位寻主的主观标准，总是让人嗤之以鼻，视作敷衍。

静姐也曾试着给子建介绍学妹，被“不给面子”的拒绝后，则是揪住子建给出的择偶标准，在QQ里大谈“喜欢”与“爱”的区别，在她看来，前者是随性，后者则含有责任。键盘吧啦吧啦地你来我往，谁也没能说通谁。一次酒后，子建心血来潮，干脆写下了这样一篇日志：

喜欢与爱

很多人不明白，其实，喜欢一个人比爱一个人更加真切和贵重。

爱，是一种可以由时间和经历中衍生的情绪，相处的够久，自然就爱了，新鲜感褪去之后，凭借惯性、物质牵涉、依赖感还有不敢失去、害怕再次孤寂等理由，还可以继续维持。一句句我爱你成为一种不连接心跳的口是心非，变成了麻痹自己安慰对方的润滑溶剂。有多少人在这样地爱一个人？有多少人已经习惯在该说爱的时候说爱你，以眼神的聚焦伪装成深情凝视，以低沉的声调故作真挚，在自己都不曾意识到的情况下完成种种被期待的粉饰。

而喜欢，是一种无须自我暗示即可产生的心跳，是一种灵魂不自觉震颤的真实。它与理性分析无关，与利弊权衡绝缘，可以绝对的清澈而自然。喜欢一个人，可以无视他人目光所及的缺陷，可以不顾虑任何应然及或然，可以停止一切世俗的计算，可以把所谓的物理距离、文化差异、家庭背景、学历专业、高矮胖瘦、过往经历、年纪星座都统统视为扯淡，可以在面对任何反对声音时都无愧于心中“老子就是喜欢”的那份坦然。

与喜欢不同，心中抱定了要爱一个人的意念之后，自我催眠的效果终究有限。慢慢地开始期待对方的改变，慢慢地因失落而产生厌倦。或激昂或平静地探讨是谁在不经意间发生了渐变，是谁的情感先一步趋近于背叛时，爱与被爱更像是一种悲哀和无奈，终将被冠之以求而不得后被束之高阁……一个物欲横陈的时代，一个悲剧频发却又情感泛滥的时代，一个为了结婚而结婚为了不空虚而恋爱的时代，自以为抗争，却胡乱讴歌着爱，盲目浸染着爱，重复践踏着爱。

纷繁复杂的理论扰乱过探寻的足迹，过多的参照却仅仅是本不具备普适性的无谓攀比。因恐惧而不再相信村上笔下那种遇上百分百女孩时的心灵悸动，因世故老练而不再勇于面对自己的情感，在失去坚定的守望能力并无数次欺骗自己后，还要得意地点支烟，笑谈两句收获成熟所需的理智与现实，偶尔重获心跳时却又那般轻易地苦叹一声：罢了，随缘……

不想这样妥协，我还是期待会最终遇到喜欢的人，遇到一个让我无须理性分析无须客观评定无须世俗估价，单只是想到她就能笑出声的姑娘。无论她高矮胖瘦，五官端正还是口歪眼斜，都将是各种形态不分伯仲的美丽；无论她如何公主脾气，或懒惰或无赖，也都将是让人一笑置之的可爱。因为喜欢，会变得勇敢，不介意她头顶白色假发妖魔状的与我一同招摇过市，不介意她是否图腾文身抑或周身穿孔。因为喜欢，会变得耐心，不介意她小孩子般地把我摇醒，让我夜里去做饭，不介意她是否有无尽新奇古怪的念头要随时分享。因为喜欢，会变得包容，不介意她答应的事却总是食言耍赖，不介意她因为在路上逗一条小狗而迟到害我苦等。因为喜欢，会变得乐观，不介意前方有多少阻碍难以克服，不介意现状有多贫瘠和难测，只要有她跟随相守，就会替她变成超人，打拼下一座城市。

成长了，世故了，喜欢了，受伤了，慢慢也就不信了；相遇了，得到了，走散了，失去了，渐渐也就妥协了。再读到这样矫情的文字时，也就会嘲笑我这份痴嗔与大言不惭的狂妄了。可是，人生真的好短，每天都在赛道上追赶、再追赶。我相信，只有和喜欢的人在一起，做所有想做的事情，去所有想去的地方，才能在耄耋之年不留遗憾。遇到这样一个人，用一生相守谱写隽永、铭刻相知，生命才能变得完整。

呵呵，外表冷漠，却不忍熄灭内心的火。即便只能各居云端暗忖孤客，纵然相拥短暂余生孤酌，泣泪成血心居焚河，也无法改变这份狂热。

得之，我幸，不得，我命。浪迹天涯凄迷终老又有何悔？好过一生浑噩心口不一徒增市井俗气！

此文一出，“反响”不俗。

葛磊第一个打来电话，一阵笑骂，说子建这个催精上脑心口不一的家伙，堆出这么一篇华丽丽的文字，肯定是在忽悠哪个涉世未深的小丫头。

按他的话说，“王子建，你丫也忒高明了！甭管追谁，加她QQ，让她看这篇文章，然后就去跟人表白，说你就是老子喜欢的姑娘。哈哈，完事儿拉黑，再加新的好友，这篇文章能反复利用！省多少口水啊！”

子建百口莫辩，捋胳膊挽袖子一通回骂。临了，葛磊讪笑着把这篇文字复制到了自己的空间里，估计是拿去“反复利用”，研磨铁杵去了。

静姐回复子建：“看不出小鬼还挺深刻的啊，得了，祝你早日找到一个喜欢的姑娘，等着看你变超人。Ps：文笔真棒，描述的场景很诱人呢。”

其他十几位朋友陆续回复之后，就连母亲，也留言表态，希望儿子能早日找到幸福。有几个走得很近的发小，干脆就在子建的空间里和母亲一来一往地闲聊起来。

刘琴，则一如既往的潜水，把这篇日志看了很多遍……

一个让自己真正喜欢的姑娘？呵呵，真的会有这样一个人存在吗？重读了几遍，子建也觉得自己有些虚伪。也许，他压根就不是那种会拼命喜欢谁的性格，无论是情感还是性欲，也都无法驱动他去争取哪个异性。原本以为很清楚自己到底在坚持什么，反对什么，没想到真的具象成文字让别人读懂后，自己反倒混乱了。罢了，随缘……

谈到婚嫁大事，同届的阿华及文欣倒是更加夺人眼球。当然，这并不是说他俩能擦出什么爱情或色情火花，而是两件完全不相干的事情：

阿华谈了一个女友，“震惊”了全院乃至区里领导。这名女子到底是谁家姑娘，大家也都是捕风捉影以讹传讹，但可以确定的是，她老爸至少是省级官员，还派人来法院了解了一下阿华的情况。

聚餐的时候，波波他们一通臭骂，说阿华如何如何作风糜烂、始乱终弃，前脚打着电话和家乡的女友甜言蜜语，转身就领着马泉的小妹去看电影，这下又不知怎么的，攀上了高官的女儿。王子建不置可否，看着几只吃不到葡萄的狐狸跳脚骂街倒也有趣，人性啊，还真是这样，和歌里唱的一样：“只要你过得比我好，我就受不了……”

程程小心翼翼地说，“这么一来，阿华是不是在马泉法院待不久了？”

众人一阵唏嘘，空气中再次散满了妒忌。

过了一会儿，阿华赶到，连连抱歉来得太晚，还没落座就喊着要自罚三杯。

大家立刻又变了嘴脸，七嘴八舌地一阵关切与抬奉。看着阿华从容得体地应对，斯文而又略带豪气的谈吐，王子建倒是觉得他顺眼了许多。一晃两年了，不得不说，阿华成长的速度真的很快，而且，仔细回想，除了最初的一些行为举止惹人讨厌之外，其实这家伙倒也没做过什么不讲究的事情，见了王子建也都是客客气气，相比之下，自己倒是有几分意气用事了。

正想着，阿华已经大大方方地举起酒杯，招呼道：“子建，来，你总是开着车，咱哥俩有阵子没一起喝酒了啊，机会难得，我先敬你一杯。”

两人仰脖一饮而尽，阿华起身想给王子建满酒，一旁的小军拦住他的身子，笑盈盈地说：“隔得这么远，别起身了，我来吧”。然后，就不容分说地抢过了酒瓶。

王子建看在眼里，心中暗笑，这还没怎么着呢，就开始巴结高官女婿了？

套话的明显没有被套的高明，阿华死守着自己的秘密，任凭他们几个怎么轮番轰炸，也总能游刃有余地岔开话题，一直喝到大醉，也没有吐口。

王子建打断众人，满满地倒了一杯酒，对众人道：“好啦，都别问了。女朋友的爸爸是谁，并不重要，重要的是两个人之间的爱情。来，一起祝华哥幸福。”

众人相跟着举杯，蘸着好奇与猜忌，饮下了这杯装满旁人锦绣前程的美酒。

呵呵，若是能尽数滤去虚情假意，这顿酒倒也喝得挺痛快。

至于文欣，则有点玩火自焚的意思。

小妮子一直喊着自己没有男朋友，撒着娇担心自己嫁不出去，今天让这个哥哥介绍，明天让那个姐姐搭桥，通过相亲结识了不少优质男士。这些人大多家境殷实，其中不少也是那种犯点啥事儿喊句“我爸是某某”就能搞定的主儿。

买卖不成情意在，哥哥妹妹也不赖。这么一来，文欣虽然没急着把自己嫁出去，却巧妙地结了张华丽的关系网，全区一有什么风吹草动，都能知晓个大概。

网织得差不多了，文欣和区委一领导的儿子也越走越近。想也知道，凭文欣的媚态，肯定把人家公子迷得魂飞魄散。估计要不了多久，基本也就成了。

没想到，一男版“秦香莲”突然出现在马泉法院门口，大喊着文欣的名字，要她出来把话说清楚。一连三天，这男的疯了似的，堵在门口，见人就说自己和文欣的那点事儿，第四天估计是实在说不动了，干脆竖起了纸牌子。

大意是：自己是文欣的男朋友，两个人在一起的这四年，一直在外地工作。这次费尽力气调回省会，就为了和她结婚。两个月前，男的用自己的积蓄买了套房，写上了文欣的名字。没想到，房子人家文欣收下了，却直接提出了分手。

按理说，这四川哥们也挺可怜，文欣做得是有些过分。但听到他喊出一句话后，子建顿时就对他没了同情。

“啥子青春损失嘛？我就是去嫖四年，也花不了一座房子吧！”

一个看起来憨憨厚厚的理工宅男，和这么一句下作不堪的言论，恐怕还真是不怎么和谐。于是，文欣从立案庭冲到大门，狠狠的一个嘴巴，啪的一声，响彻半个马泉法院……

他俩扭作一团互相抓挠时，子建挤上前去，顺势一个抱腰摔……

看这哥们倒地翻滚时，子建突然想到句话，可是没敢说出来。呵呵，你嫖上四年，可能确实花不了一座房子。可凭人家文欣的姿色，倘若卖上四年，恐怕早就住进别墅了吧？机会成本的损失，也是一种损失嘛，要得赔偿嗦。

总之，法院里又多了一些酒桌上的段子。

而且，子建确信，那些走近趴在桌上痛哭的文欣，义愤填膺地骂着对方“无赖”“流氓”，安慰她“哪个如花似玉的小姑娘年轻时还不碰上一两个混蛋”，包揽着“哥哥姐姐找人给你出气”的人，一定是最热衷于在酒桌上传播此事的金牌段子手。

呵呵，相比之下，自己的那个抱腰摔，还真是实心诚意、童叟无欺啊。

39 与精彩并存的无奈

涛诚律师事务所一向节约得近乎“抠门”，连文印室都要装上监控防止律师们打印无关事物。可今年不知怎么地转了心性，竟然授权各个部门组织度假秋游。高辉特意邀请子建参加，一起到山庄里度个周末。

已经离开律所两年多了，再去参加这种活动，显得脸皮有点厚。更关键的是，自己现在是法官身份，五个严禁、六个不准、八项注意，其中很核心的一个要旨就是不能和律师走得太近。所以，子建有些为难，电话里支支吾吾了半天，也没说出个所以然来。

高辉仿佛猜到了子建的心思，调侃道：“怎么？法官和律师就这么势不两立？哈哈，来吧，都是咱部门的自己人，没那么多事儿。刘洋攒了一周的劲儿，憋着把你喝趴呢！”

话说到这个份上，子建心头一热，是啊，到法院两年了，除了袁硕曾经跑到马泉以外，根本就没人代理过这边的案子，这个被限制来限制去的身份，对高辉他们而言有何意义？法官也是人，当然也会有亲戚朋友，既然问心无愧，何必庸人自扰！想到这里，他欣然接受了师父的邀请。

枫林山庄，依山傍水，俨然世外桃源仙境。为免尘嚣叨扰，汽车必须远远停在山脚，上山下山都有专门的电动通勤车辆，虽有小题大做之嫌，用心良苦之处却也可圈可点。

子建比大家早到一些，没急着上山，就坐在车里听着广播。

没过多久，一辆载着七八个人的金杯海狮悄然停稳，刘洋第一个跳下车门，一眼就瞅到了子建的白色速腾，子建忙不迭地下车，大声回应刘洋的吆喝。一行人说说笑笑，很快就抵达了山腰处的别墅房。

KTV、保龄球、游泳、台球、网球、棋牌……各种各样的活动室，愿意干吗就干吗。子建和其他几名律师寒暄一二，就随着师父、师兄进了酒水屋。

“让他们玩去吧，腰疼，不愿意动。”高辉表情痛苦地扭了扭胯骨，找了个舒适的位置坐下了。

“您的腰怎么了？”子建关切地问道。

刘洋抢着答话：“咳，师父越老越神叨……”

“啥叫神叨啊，咋说话呢？”高辉笑着抢白。

刘洋不甘示弱：“咋不叫神叨啊？哦，您一声不吭地开着车就去吉林了，一来一回30多个小时，能不腰疼吗？啥岁数了？您当自己还是小伙儿呢？”

孙磊帮腔道：“人家刘洋这次说的没错，这么远的路，我开车都打怵。”

高辉笑笑不置可否，招手点了一打百威啤酒。

“师父，咱不会这就直奔主题了吧？”

“不，就点这么多，先聊会儿天，晚上再好好喝！”

师徒四人把酒畅谈，自不待言。

王子建小心地问大家，袁硕为什么没来。

刘洋一如既往的心直口快，毫不顾忌地说道：“那孙子跳槽去小所当合伙人了，放心，就他那样的，也长不了。”

高辉啧了一声，制止了刘洋的言语讥讽，中肯地说：“袁硕这孩子是有自己的问题，怎么说呢，有点急功近利。我也和他谈过，年轻人重要的还是积累。去小律所提成比例确实能高一些，但是，没了大律所的牌子，你接触不到像样的案子，一辈子小打小闹，也没意思。”

子建揣摩着师父的话，附和道：“是啊，平台还是很重要的。中院、城区法院的法官跳槽非常容易，公司、律所都抢着要，我们郊区这边的法官，就比较困难。”

“跳啥跳啊，你可别轻举妄动，体制内多牛 ×，比律师强多了。真出来你就知道了，活儿不是那么好干的。”

子建望着孙磊，打一进门，他就显得有点丧气，用不雅的话讲，就是一副“逼脸黑黑”的样子。这话说得，显然也是有感而发。

“咋的了师兄，遇到啥事儿了吗？”

“提起来就憋气！”

孙磊一五一十地讲述了自己近期的遭遇：

广东那边有个地级市，一房地产公司老总姓王，生意做得不错。当地政府通过调查发现，公司曾于八十年代挂靠当地的建设局，属于“红帽子”企业。这么一来，现在就该是国企。于是，按照国有企业的管理程序，浩浩荡荡地派了一行人去“共管”企业。王总刚烈，誓死不从。政府恼了，说你不愿意共管，那国资委就直接全面接管企业。王总不甘，四处告访：当时挂靠是政策所逼，那个年代，个人想开办企业，就必须打着行政机关的名义。可是，行政机关既不出资，也不管理。现在企业做大了，凭什么说它是国企？

一来二去，王总就把自己折腾进去了。先以私分国有资产罪立案侦查，移送审查起诉被退回补充侦查，又以贪污罪端上来。这么一来，从顶格 7 年有期徒刑的较轻罪名，一下就变成了有可能顶到死刑的严重犯罪。

子建弹出烟来递给两位师兄。孙磊叹了一口气，继续说道：

“当地的律师没人敢碰这个案子，家属找到我。初步一看，这个案子疑点重重，控方的证据根本站不住脚，我觉得这就是个民事纠纷，可以辩无罪，就接下了。去了广东交了代理手续以后，先是司法局的人找我，建议我退出程序。凭啥啊？我直接就没理他。然后公安局的人来吓唬我，说当地治安不好，犯罪率高，让我小心点。”

“然后呢？”

“然后？哼，然后有一天我正跟宾馆里看材料，有人按门铃。我透过猫眼，看到的是酒店的保洁员，推着清洁车要给我打扫房间。我也没多想，就开门了。结果，人家推着车就往前跑。我还没反应过来怎么回事儿呢，俩小姑娘裹着浴巾、抱着衣服就冲进了房间，进门就来了个一丝不挂。”

“本来老子还以为是谁看我工作辛苦，给送了个慰问大礼呢！结果，都没来得及关门，又冲进来几个警察，一脚就把我踢翻了，直接拷到派出所。”

“聚众淫乱？”子建心头一紧，想起了被收容教育的曹胖子。

“没，就说是嫖娼。笔录做完之后，监控录像一关，他们所长说，这次是送俩妞子给我养养眼。如果再不滚，保不齐哪天房间里搜出毒品，就不是他们派出所能管的事儿了。末了，人家问我，是想拘留 15 天啊，还是想早点回家？”

子建听得头皮一阵发麻，气不打一处来，险些脱口而出这种事儿就要跟丫死磕，可转念一想，恐怕大师兄不会冒这个险。于是，说出来的话就变成了一声叹息：“唉，强龙不压地头蛇啊。”

“是啊。”孙磊情绪有些激动，声音颤抖地说：“你知道吗？我说我退出这个案子的时候，心里有多憋屈！当时真想拼上一把，咱们鱼死网破，让真相大白于天下。可是，我敢赌上身家性命吗？拖家带口的，我输不起呀。”

大家纷纷出言宽慰，却也都是唏嘘不已。

孙磊继续说道：“最后，所长当着我的面撕了问话笔录，我离开公安局的时候，那俩小姑娘还嬉皮笑脸地跟了过来，当着一群警察的面，问我，大哥，对不住啊，要不要找个地方给您泻泻火？他们这是有多嚣张啊！”

子建可以想见一向孤高自傲的大师兄是如何灰头土脸地回到宾馆，忍着屈辱收拾行囊，厚着脸皮找家属解除委托关系，再灰溜溜地回到省会……

这种事，无凭无据，告诉无门，又能向谁反映？

子建思绪万千，突然想起本科时代玩乐队认识的一个朋友，他叫路伟，圈子里都喊他伟哥。这哥们来自陕北，脾气火爆，点火就着，打架闹事是一把好手。大学被劝退之后，就南下广州打拼。一别3年之后，子建在省会读研，这哥们来办事，俩人就有了一次小聚。他给子建讲了自己的经历：

广州人的彪悍骁勇全国有名，路伟对此却颇为不屑，在当地纠集了几名同乡，同进共退也从不服软，在建材批发市场领域抢到了一块份额。一次，他们去迪厅消遣，舞池里不小心撞倒了一个本地青年。言语不和，起了争执。路伟这边人多势众，其中几个小兄弟更是血气方刚，不由分说就动了手。出来消遣无谓生事，所以，路伟极力阻拦，控住了局面。可是，挨打的人不干了，一直骂个不停，问他们敢不敢在这里等5分钟。

大家只道是这个瓜怂嘴上不服软，找补两句面子，也就没往心里去。呵呵，5分钟？有什么不敢，广州的地界上咱陕北人怕过谁？5个小时也敢等！

结果，出事了。

几分钟后，一大群人簇拥着这个青年回到了舞池，个个凶神恶煞，很快就把路伟他们围住了。青年一指刚才动手的一个伙计，几个人就亮出半米长的砍刀，登时把他砍翻在地，鲜血迸射，喷出两米多高。这群人疯了一样地继续抡刀猛砍，一点都没有停下来的意思。

为首的光头大汉把路伟他们逐一揪到青年面前，意思很明显，他在让青年辨认这个人有没有动手，用不用一并剁了……

很快，又有几个兄弟倒在血泊之中。

轮到路伟时，青年看了看他，摆了摆手，意思是没路伟什么事。

大汉抓着他的头发，冷冷地说："跪下。"

讲到这里，路伟狠狠地咂了一口烟，说："兄弟，不怕你笑话，当时，我好像一下就活明白了，真的，整个人都成长了一截。什么面子不面子的，活着比啥都强。"

路伟就这么跪下了，毫发无伤，安然无恙。同去消遣的同乡，则是两死三重伤，直到现在还没破案。

从那以后，他老老实实地做起了生意，小心翼翼、和气生财，再没充过大佬。

"现在，我一看见路边有人打架，浑身都跟着哆嗦。呵呵，怂了，真的怂了。"

眼下，孙磊苦笑着说出"以后小地方的刑事案件我是不想接了"这句话时的样子，和当年的路伟格外相像。

王子建极力地思索着，如果换作自己，又会怎么样呢？真的敢来个玉石俱焚吗？设身处地，自己也一定会跪倒在滴血的砍刀面前，一定会退出这个案子的审理。怕出事，更怕出事之后至亲无人照顾……

刘洋试着岔开话题，但搜肠刮肚地整出两段轻松愉快的趣闻之后，就也转为了一阵阵的抱怨：

"现在的法院也真挺过分的，我去 A 区立案，人家让我证明被告人在 A 区有经常居住地，我提供了租期两年的房屋租赁合同。这不就齐活了嘛！可你们猜怎么着？丫扫了一眼合同，说，你得证明被告实际居住在这个房子里超过一年！我证明你妹啊，总不能每天蹲他家门口偷拍偷录去吧！”

“还有一个案子，原告天南海北三十多个人，告咱们这儿的一家邮票经销商，我费了好大力气，协调着推选出了两名诉讼代表人，办好了委托手续。去立案吧，人家说你这得拆成三十多个案子分别起诉。凭什么啊？我做的哪儿不符合法律规定啦？立案庭的庭长倒也坦率，说拆成三十多个案子，合并开一个庭就能完事儿，人家审判庭室的结案数字就上去了！丫的你结案数倒是上去了，我得重走一遭委托程序，再准备七十多套起诉材料，整整两箱子啊！”

“……开庭时法官肯定收了对方好处，对我们的证据视而不见，对方发言就天南海北敞开了说，我一说话就敲锤制止，让发表与案情相关的意见……”

“房屋判决归我方所有，申请法院强制执行，执行法官就是不给去办理过户手续。给丫递根烟，大哥长大哥短地叫着，猜人家说啥？我这人就爱收集烟盒，你这烟我没见过，抽完了盒子给我留着。装什么孙子啊！120块一包的大熊猫你没见过？咱心里敞亮啊，下午就给丫送了两条烟，外加一张购物卡。嘿，第二天一早，人家打来电话，说，兄弟，走，咱们过户去！”

“还有更气人的，案子代理得好好的，当事人非要解除手续更换律师。我就不明白啊，咱是能力不足了还是消极怠工了？嗯？当事人说了，法官直接约他问话，非常隐晦地推荐了个律师。按这意思，找了这个律师，案子十拿九稳。从那以后，我绝不在起诉材料里再留当事人电话，委托人和代理人全写成我的手机号码，随便你打哪个，接电话的都是我！”

……

子建感慨不已，连称真是长了见识，看来个别同行的伎俩还是有够阴损的。

高辉也是法官出身，想也不愿意多听这些害群之马有损整个法官队伍形象的拙劣行径，他瞅了个时机打断了刘洋，开玩笑说："王法官不负责纪检，别老跟人家倾诉法官欺负律师那点破事儿啦。"

"好好，咱不提法官，我再给你讲讲傻 × 当事人是怎么折腾律师的！"

刘洋继续吧啦吧啦讲个没完，孙磊也不时地帮腔几句，不直接生产价值而要从当事人手中分割利益的律师，本质上只是在提供法律服务，自然免不了受雇主和法官的夹板气。说到极品当事人，连高辉都忍不住讲了自己从事律师行业以来的几个受气故事。

子建听得如坠云端，半晌没回过神来。外面的世界的确精彩，但同时也写满了无奈。个中辛酸，只有亲历者才能娓娓道来。

一直聊到晚饭时分，一打啤酒还没喝完。高辉潇洒地比出一个"停止"的手势，结束了这三个多小时的控诉大会："走，吃饭！"

走出酒水屋时，高辉拍拍子建的肩膀，笑着说："子建，真想出来做律师吗？你可得考虑清楚。说实话，有时候我都挺怀念在法院上班的日子了，还是法院里单纯啊。"

40 几十株果树的冤魂

在枫林山庄抱着一株倒霉的枫树狂吐两次后，这个打着休闲名义来透支身体的周末就结束了，新的黑色星期一变得更加黑色，王子建强打精神，翻看着卷宗，一边在稿纸上梳理着法律关系脉络，一边标注一些疑点。

"1988 年签订的分家协议竟然是打印版？呵呵，当时马泉法院都没有打印机，这个日期十有八九是倒签的，开庭时要问清楚。"

王子建用铅笔在协议落款处打了个星号。胃里又是一阵恶心袭来，只好无奈地合上卷宗。

习惯性地抬头想调侃些什么，才猛地醒悟到老马已经退休了。对面的桌子干干净净，电脑键盘和鼠标缠在一起，倒扣在桌面上，象征意义非常明显。子建苦笑一声，自己还真是不适应离别，总停留在相聚相守的惯性中，把玩着错位的时空。也许，哪天又会触景生情，想起许多已远离自己的鲜活生命，比如，萧文婷。

“喝酒以后要多喝蜂蜜，要不然肠胃就坏了！”

每次萧文婷见到自己喝醉难受时，都会送上一杯温暖的蜂蜜水，然后心疼地抱着他，揉手掌上的鱼际穴、手臂上的内关穴……

“喝完酒不要抽烟，血液循环快，更伤身体！”

烟吸得猛了，王子建剧烈地咳嗽了几声，胃的不适感里又夹杂了几分痛意。即便如此，他还是夹着手里的烟，又狠狠地嘬了一口。

敲门声响起。

“请进，咳咳。”王子建大声应了一句，又咳了起来。

门开了，刘琴轻快地闪了进来，手里捧着几个柿子。

“师父，小彭家里的柿子熟了，拿几个给你尝尝。”

王子建捻灭了手中的烟，连连道谢。

“师父，怎么你的脸色这么难看？”

“昨天喝酒喝多了，胃有点疼。”

“那你还喝茶？喝酒以后要多喝蜂蜜！你等着，我去给你拿。”

似曾相识的关切，让王子建愣在原地，不知该说些什么，回过神时，刘琴早已跑出了办公室，不多时，就拿来了一瓶蜂蜜，不由分说地倒空了王子建的茶杯，又倒满了一杯开水。

“我自己来吧。”子建有些不好意思，伸手要拿桌上的蜂蜜。

刘琴急忙一把抢过，摆摆手说：“不行的，要等水温了才可以。”

杯中的热气蒸腾上涌，源源不断，丝毫没有降低温度的意思。俩人尴尬的一坐一立，就这样傻愣愣地等了片刻。

“坐会儿吧。”子建想打破僵局，却怎么也找不出合适的段子来幽默一把，只得坐在椅子里脱口说出了这句更像送客辞令的话语。一般来说，这句话对应的答案往往是“不了不了，我那边还有事，先回去了”之类的回复。

不想，刘琴轻轻“嗯”了一声，就坐在了老马的座位上。她双手抓过子建的水杯，像是要感触水温，更像是找点事做化解尴尬。

“这个，呃，蜂蜜是养胃的哈。”

“嗯，是的。胃疼的话，还要多喝小米粥，吃清淡一点的东西。啊，对了，这个柿子也是养胃的，不过太凉了，你一会儿用温水泡着吃。”

刘琴起身想寻找合适的容器，子建连忙招呼她坐着别动。刘琴找了一圈，无有所获，重新坐下，咬着嘴唇说：“我那有一个饭盒，你要不嫌的话，拿来给你泡柿子吧？”

“不用不用，别麻烦了，我回家再吃吧。”

“哦”，刘琴扁了扁嘴巴，眸子里满是温柔，长长的睫毛忽闪忽闪的，更添了几分可爱。她单手撑在桌子上托起下巴，定定地望着王子建，幽幽地问：“师父，你是不是很喜欢喝酒啊？”

王子建苦笑道：“还好吧，也谈不上喜欢，只是有时候不得不喝。”

“那你干吗每次都喝那么多？你可以学着吐酒啊，吐在茶杯里、纸巾里，或者干脆就吐在脚边嘛。”

“哈哈，那上次你请客时怎么不吐点出来？”

“我吐了啊，可是，还是喝醉了……”刘琴吐了吐舌头，很是调皮。

王子建设想了一下，故作认真地说：“你说的吐酒，倒也是个办法。不过，实施起来难度很大。”

“为什么啊？”

“先说白酒吧，一杯白酒是二两五，茶杯往往更小一些，也就是二两的样子。Ok，我开始吐酒，第一杯全吐在茶杯里。然后，第二杯都吐在纸巾里，估计得弄出十几个湿乎乎的纸团。就算一桌子人都憨厚无比，只道是我在狠命擦口水，我也不能堆一桌子纸团吧？所以，第三杯就只能往地上吐。别说一整杯，就是倒半杯水在地上，也跟尿了一摊似的，谁瞅不出来啊？到时候抽烟，人家要是使坏扔根火柴过来，我脚底下一片火海，算怎么回事啊？”

刘琴已是咯咯地笑出声来，王子建仍不紧不慢地分析道：“要是红酒呢？每人喝两瓶，一共三斤，吐地上虽然着不了火吧，红不刺啦一片也跟凶杀现场似的。啤酒更别提了，起步十斤，呵呵，别说纸巾了，拿拖把你也收拾不过来啊……”

突然，刘琴眼睛一亮，她兴奋地叫道：“师父，我有办法啦。”

“嗯？”

“你做一个水袋，藏在身上，留根注水管在外面，卡在袖口，这样，手一捂嘴就可以吐酒啦！”刘琴边说边演示动作，嘟着嘴向袖口里吹气。

王子建越发觉得小妮子傻得可爱，也跟着笑了起来。

两个人就这么闲扯着各种飘忽不定的话题，一直聊到杯中的水温降下来，刘琴看着子建喝完蜂蜜水后，才离开。

王子建觉得心里暖暖的，却又多了一种说不出的惆怅。他无比清晰地感觉到刘琴对自己的爱慕，贪恋享受并从中汲取温度时，心底却总涌起一连串巨大的“不”字，不要接受，不要开始，不要伤害这个女孩……

“十一”长假回家陪父母，老爸一如既往的寡言少语，唯独对子建日渐孱弱的身体颇有微词。的确，缺乏运动再加上烟酒侵蚀，上趟楼都有些气喘吁吁，整个人远不如前两年精神。于是，老爷子强拉着子建传授他太极拳法，子建应着头皮跟着演练了7天，权当是敷衍以尽孝心。老妈则絮絮叨叨张罗个没完，悉数着还有谁家的姑娘也在省会发展，靠谱的不靠谱的，都想撺掇子建交往结识，早日敲定终身。

王子建没想到对自己学业、事业一概不多过问干预的母亲，终于也未能免俗的“正常”起来，急不可待大有逼婚催娶之势。烦不胜烦，强忍着没有以“经济问题”为理由封堵母亲的一再打探——这样又会伤到父母的心，只好一再敷衍。

很快，7天时间就在这不断的敷衍中结束了。子建读懂了父母的关切与期待，只是，父母又是否能读懂自己内心的压力与无奈呢？

回到马泉，还没等调整好假期的悠闲状态，子建就摊上事儿了：

之前审理过一起民事案件，国道征地拆迁，本是利国利民的好事，住建委和村委会签订了补偿协议，一揽子支付了几百万元的占地补偿款，确保每个村民都能第一时间拿到补偿。一四十多岁的老光棍儿陈伟华的部分自留地也在拆迁范围之内，地里只种着几十株桃树杏树，按市场价格估计的话，也就值个万把块钱，却也算到了两万多元的补偿，但他还不知足，狮子大开口，非要按30年的果实价值计算赔偿金额。子建一次次地向其释明：住建委行使的是行政职权，如果该行政行为违法损害到他的利益，那也是按照国家赔偿法进行处理，应该通过行政诉讼解决，而不是民事。可陈伟华就是不听，坚持要打民事官司。无奈，子建裁定驳回起诉。这种案子上诉到中级人民法院后，自然也是维持。

当陈伟华琢磨过味儿来想去打行政诉讼时，傻眼了，按照《行政诉讼法》的规定，公民应当在知道作出具体行政行为之日起的3个月内提起诉讼，可这民事诉讼一审二审折腾完都半年多了，起诉超期，立案庭根本就不给他立案。

于是，几十株果树的冤魂、告诉无门的怒火，自然全都一股脑地指向了王子建。

声如洪钟的陈伟华堵在法院门口，喊着王子建的名字一通骂街。

“王子建，狗日的法官，你个贼操的！”

“民一庭的王子建，你官官相护，不得好死！”

法院的人早就对此习以为常，就连一旁站岗的法警，也是充耳不闻，只要他不挡着车辆进出，就完全不加理会。

一连骂了3天，用词越发下作，简直不堪入耳。子建几次忍无可忍，恨不能出去和他对峙。可庭长一次次地叮嘱，这种事就得忍着，不能直接发生冲突。

庭长对此也算是尽心尽力，亲自去接待了两次，结果也被骂得狗血淋头；打电话要法警大队处理，可撵走一次人家回来一次；联系信访办主任英雄，要他们引导走信访程序，这倒好，在信访接待室里，陈伟华一言不发，褪下裤子冲地上就尿，然后一边跺脚溅起几朵尿花，一边叫喊着法院判决不公，就要找他王子建承担损失……

无计可施的子建干脆打电话报了警，人家“110”倒也客气：兄弟，你们法院的事儿，自己搞定吧，该拘就拘他呗，我们出警算怎么回事啊？

司法拘留？需要院长签字。这些年了，别说这种动口不动手的无赖，就算是打了法官的当事人，只要没出轻伤，又有几个被拘了？还不都是法院忍气，息事宁人。法院不光自己忍，还要做干警工作，被打了也是白打，连赔偿要求都不能提。更有甚者，派出法庭里，当事人先抽了法官两嘴巴，法官回身一个飞踹后，最终的结果是法官低头道歉，赔了人家500块钱。什么世道！

王子建犹如笼中困兽，气得咬牙切齿，却无计可施。那一声声叫骂，就像刀子一样剜着他的心。想到含辛茹苦养育自己的父母，竟因为自己选择的职业而无辜遭受此等污言秽语侮辱，王子建忍不住了，咬碎了牙也忍不住了！

“王子建，你妈……啊！”

陈伟华一句脏话还没骂完，就一个踉跄倒在地上。王子建站在一旁怒目而视，强忍着没冲上去踏上几脚。

“法官打人啦！××的！法官打人啦！”陈伟华坐起身子，看清楚推倒他的人是王子建后，更是一阵鬼哭狼嚎。

几名法警赶忙围了上来，一边拦住子建，一边搀起地上的无赖。后者用手指着子建，龇牙瞪眼地作势要往前冲，嘴里仍是不干不净地骂着："我×××……"

子建脑子里那根名为"克制"的神经登时就被绷断了，他奋力甩开拦阻自己的法警，两步冲到近前，单手扼住了陈伟华的脖子，使出了全身的力气，又把他按倒在地。

陈伟华惊恐地瞪着子建，喉咙里有些声音却又发不出来，他拼命用双手去掰子建的左手，一时却还是挣脱不开。

王子建抡起右拳，眼瞅着就要狠砸下去，千钧一发之际，英雄快步冲到近前，拼命抱住了子建的手臂。

王子建红了眼，厉声喝道："你再敢骂我父母一句试试！"

和上次混迹在劝架人群里顺势掀翻文欣的男友不同，这次在法院门口直接对当事人使用暴力，显然是犯了公务员的大忌。

江庭长在办公室里烦乱地踱来踱去，子建则坐在沙发里一言不发。

"王子建啊王子建，我说你什么好？怎么就这么沉不住气呢？不是让你别露面吗？你倒好，直接过去动手！还真厉害，法警都按不住你！唉！"

发泄出郁积怒气的王子建舒服了很多，见庭长为自己急得乱了方寸，他不由问道："庭长，这事儿有这么麻烦吗？"

"怎么不麻烦？甭管因为什么理由，法官动手打当事人是多么严重的负面舆情？如果对方不依不饶，不肯息事宁人，院领导肯定要处理你！这么年轻一小伙儿，真要为这事儿背个处分，影响了前程，多划不来啊！"

子建笑了笑，问："庭长，您说，如果是院领导的父母被骂得这么难听，他们能忍上 3 天吗？"

"这个……"江庭长一愣，有些含糊。

"肯定忍不了，当然，他们也不用忍。如果换成院领导挨骂，早就有人去处理这件事儿了。”

江庭长不得不承认子建是对的。

“所以嘛”，子建不无讥讽地说：“院领导自己都忍不了的事情，却要我们这些手底下干活的人往死里忍。我被骂了3天，除了您跑前跑后，再没有哪个领导出面处理过此事。哦，对外屄地跟啥似的，处理起自己人却毫不含糊，这也忒无能、忒孙子了吧？”

江庭长没想到子建会这样说话，一时语塞，但很快又反驳道：“那你也不能动手打人啊！”

看庭长一本正经的焦急样，子建忍不住调侃道：“我也没办法啊，那种下作的话我又说不出口，对骂要是骂输了多给咱法院丢人，只能动手了啊。”

“好啦，亏你还笑得出来，唉！事到如今，得想办法把事儿压下来。我回头找找他们村里的主任，看能不能帮着劝劝。嗯，再找立案庭说说，不行的话先给他立上案，缓缓他的情绪。真要是惊动了党组，我再找主管院长说说好话。你这边也做些准备，子建，毕竟是你动手打了人家嘛，大不了就先服个软，别因为年轻气盛自己吃亏，来日方长……”

江庭长这番委曲求全的部署全然出自好意，却也着实戳中了王子建心里的愤懑。他依旧笑着说：“庭长，您也太抬举他了，依我看，谁都不用找，我有更好的办法。”

“什么办法？”

王子建把玩着胸前别着的天平徽章，笑容逐渐褪去，轻描淡写地说：“带着这个，我是法官。摘了它以后，我什么也不是。敢来一次，我就打他一次，打到他不敢来为止。”

说完这话，王子建面无表情，却又无比真诚。江庭长则不由得倒吸了一口冷气。

41 平事儿的方式

江庭长放了王子建半天假，让他回去静静心。

王子建一路向西，一直把车开到高架桥附近，却怎么也平静不下来。

后悔吗？不，如果时光能够退回到今天上午，恐怕自己还是会义无反顾地冲出法院，而且，一定会躲过英雄的阻拦，狠狠地砸上几拳，打得老光棍满脸开花……

害怕吗？也谈不上，大不了就真背个处分，或者进入院领导心中的黑名单，什么前途不前途的，没什么打紧，反正别人这么辱骂自己的父母就是不行。

只是，一想到这么一个低等无赖的胡搅蛮缠就能给自己的处境造成如此深远的影响，彻底打乱自己的工作节奏，心里就无比不爽，像吃了一个营的苍蝇一样恶心。

王子建把车停在路边，从包里掏出刚才响了几次的手机。

未接来电，静姐，葛磊，刘琴。

王子建想了想，先给葛磊回拨了过去。

电话里，葛磊无比傲骄地宣布："兄弟，祝贺我吧，竞聘成功，我从秘书处调到发改委当科长了，具体是在价格监督与反垄断审查局的反垄断业务科室。"

然后，就是一通绘声绘色的讲述，省级反垄断审查业务的新兴与发展、发改委与商务部对反垄断业务的划分、价格审查与反垄断业务的关系等。

子建听得云里雾里，很多机构的名称也记不太全。总之，按葛磊的表述，这个业务非常"高大上"，中国加入 WTO 以来，反垄断审查的地位不断提升，此次权力下放至部分试点省级单位，原先"姥姥不疼舅舅不爱"的价格审计所摇身一变，成了省发改委旗下众人追捧的新设局级单位。在领导身边鞍前马后服务了5年的葛磊，也随之摇身一变，选调到业务科室担任科长。

“跟在领导身边是不是机会更多一点啊？不是很多人都想当秘书吗？”也算在机关里浸淫了2年，王子建小心地提出了自己的疑惑。

“首先，这个职位很牛×，我一个电话过去，企业的老总就得屁颠屁颠地跑过来和我说明情况，而且，绝对都是数一数二的大企业，你想嘛，没点实力能形成垄断地位？其次，在机关一步快，步步快，正科实职，别说是反垄断局了，就是选调到科协、残联，也得去啊，将来再遴选就是了。”

“嗯，确实。”

对葛磊提到的一步快、步步快的理论，子建倒也有所感触。马泉法院公开竞聘领导职务，也会对竞聘者的职级、年限以及年龄提出具体要求。比如说，竞聘副处级领导职务，就要求担任3年以上正科级领导职务或3年以上副处级非领导职务，同时，年龄还要在45周岁以下。这么一来，越早当上官，进阶的机会就越多，真要是熬到50岁才当上科级干部，也就乖乖等着混个副处退休吧。葛磊，27岁，工作5年，就考取了要害部门的正科实职，着实厉害。

又是好一通扯淡，挂断电话后，子建的手机已经快没电了。他想象着葛磊坐在办公室里的样子：周密有序地布置行动组开展行业突击审查、颐指气使地把龙头企业的老总训得噤若寒蝉、言简意赅地电话请示省委领导重大案情……

葛磊很强，强得很有道理，却也强得令子建惭愧——他感慨葛磊命好点儿正时，葛磊长叹了一口气，说：

“唉，你是光看见贼吃肉，见不着贼挨揍啊。刚跟你说的睡姑娘的事儿其实是吹牛×呢，这几年真没那时间，除了喝醉酒，每天我都睡不够4个小时。3年下来，考过了4门注会，今年再考过一门，就能拿证了。哦，上次和你说过，我还报了个在职硕士，今年也毕业了，算是把学历上的不足补了补。”

注册会计师！多少会计专业的学生都望而兴叹的“高峰”，竟然被葛磊这个门外汉一步一步地攀登了。他本就工作繁忙，抽挤时间极其不易，不难想见经历了多少辛酸困苦。证书、学历、人际、能力，这些东西汇聚在一起，不断地增加着葛磊的砝码，把他送到了一个崭新的平台。而自己呢？这两年又都做了些什么？与一个无赖村民大跌身价的当街互殴？得了，这种不甚光彩的事情，子建干脆对葛磊只字未提。他分享着葛磊的喜悦及欢乐，梳理着自己的失落与自责。不过，这两种情绪显然是没有关联的：真正的朋友之间，只有祝福，没有嫉妒，相互激励，绝不做戏。自己也要尽快变得强大起来才行……

静姐的电话又打了过来，瞬间把王子建拉回了现实。

“怎么回事？电话一直占线，没出什么事吧？”

“没事，接了朋友一个电话，聊了会儿。”

“聊了一个多小时啊，女朋友？”

“哪儿啊，男的！”

“男的？哦……好吧。”

“晕，你可别瞎想，我的取向很正常。”

“好啦，不和你贫了，今天到底怎么回事啊？”

王子建把经过一五一十地讲了一遍。

“哎呀，你搭理那人干吗啊！他愿意骂就让他骂去呗，你又少不了一块肉，你看，他骂了你3天，我们在后楼根本就一点都没听到嘛！”

子建笑笑，不置可否。

“那现在怎么办？影响大不大？”

“不知道，想办法让对方闭嘴呗。江庭长说了，如果事儿压不住，院领导十有八九丢卒保车，拿我当祭品，平息不明真相群众的愤怒。”

“只要别有媒体关注炒作，这事儿就不难压。哎，子建，要是你去找那个人和谈的话，可以把我带上啊。有个美女在，气氛才好调节嘛。”

子建心里涌起一阵感动，在这个人人只求自保，多一事不如少一事的机关大环境里，静姐甘愿为自己趟这摊浑水，是多么的难能可贵。

他谢过静姐的好意，连番保证自己能妥善处理好此事。静姐挂断电话前，仍再三叮嘱子建千千万万不要再和当事人起冲突。

紧接着，是刘琴的电话，她没能想得太过深远，只是听说子建和人打架，着急地问他有没有受伤，话语中满是暖暖的关切……

至于其他调侃着“兄弟牛 ×”“打得好”“就该抽丫”，抽象地说两句“需要帮忙就说话”“回头喝酒”之类内容的短信，王子建不傻，自能读懂其中看热闹的心态，心生鄙夷，也就没有一一回复。

无论心中有没有所谓，既然摊上了事儿，就总要把它平掉。如何选择平事儿方式，也就变得尤为重要了。

王子建一根接一根地抽着烟，想理性地分析当前事态，权衡各种处置方式的利弊得失。但很快，不断积淀的情绪就压过了理性：自己被无端辱骂了 3 天，一拳都没打出去就被拦下，自己憋着气，却还要思前想后怎么给对方解开心结、舒缓情绪，好让他手下留情，不要四处告访……找人说好话？赔他点钱？毕恭毕敬端杯酒道歉再说声大哥你骂我骂得都对？

越想越气，子建的身体都开始哆嗦，胃里更是一阵翻腾。他推开车门，跑到路边的隔离带，干呕了几下，却没吐出什么东西——已经下午五点多了，自己一天只吃了一顿早饭！

从后备厢里拿出一瓶矿泉水漱了漱口后，子建冷笑一声，脑海中只剩下一个旋律——痛苦的信仰乐队的那首《你的热血哪去了》，是的，既然已经在江庭长那儿放了狠话，现在还畏首畏尾思前想后个啥啊。打定了主意，子建直接驱车向马泉法院驶去。

回到办公室，翻出工作记录，找到陈伟华的电话。

拨号。无人接听。

再拨。

“喂……”

一个四声的语气词，语调向下拖沓，有气无力且极不耐烦，听着就有一股无赖腔调。

“陈伟华？”

“啊，你谁啊？”

“王子建。”

“谁？”

“法院，王子建。”

对方一愣，嘀咕了一句“哎呦我 ×”，紧接着张口就骂：“你 × × 地打了人还想咋？我告诉你！咱俩这事儿没完！”

“你在哪儿？”

“什么？”

“我说，你！在！哪儿？”王子建非常大声地质问着。

“我在哪？我在医院！你把我弄伤了！我且得瞧病呢！看着吧，非让你吃不了兜着走！敢打我……”

“哪个医院？”

“你以为打了我能白打？就不信这个邪……”

“别废话！我 × × 问你在哪个医院！说！”

子建不容他絮絮叨叨地骂街，也开始了咆哮。对方显然有些意外，一不留神脱口说道：“喊什么，我明天才去医院。你想干吗啊？”

“干吗？你以为骂了我可以白骂啊？你在哪？我去找你，咱们好好说说这事儿。”

“我……我 ×，骂你咋了，骂你犯法不？你有本事抓我来啊！你判我死刑！法官还真牛 × 了啊！怎么了？就骂你！王子建，你妈的！我又骂了，嘿，你抓我啊！”

子建使出全身的力气，对着听筒厉声喝道“陈伟华，我 × 你妈！有种就告诉我你在哪！抓你？我打死你！说！你在哪！”

陈伟华遇强则弱，嘴里的脏话少了许多，却仍是不服输道：“呸！打架我怕你啊，不行咱就练练。不过别忘了，你可是法官……”

“少废话！你说个地儿，我这就过去！单挑！”

“你……神经病。”

陈伟华的气势软了。其实，从王子建扼住他喉咙，瞪着眼睛抡拳要打的那一刻起，他就已经有点惧怕这个年轻的法官了，他发怒的样子实在太可怕了，那眼神凶的，当真是要杀人啊……

无赖怕恶人，王子建越是不依不饶地喝问，陈伟华越是支支吾吾不敢答话。

“陈伟华，说话！你㞞了是不是？有个男人样！就今天晚上！咱俩必须死一个！说！你是不是在家呢？好，我有你地址，你 × × 哪也别去，在家等着我啊！”

陈伟华是真慌了，他怎么也没想到，王子建打来电话不是道歉、不是谈条件，而是直接宣战，他连连说道：“没，我没在家，你不用过来……”

“怎么了？你不是喊着要杀我全家吗，现在还不敢见我了？”

“我那个案子……”

“少跟我谈案子，你愿意申诉就申诉，愿意上访就上访，随便。现在咱俩的事儿和案子没关系，你点名道姓地骂了我 3 天，就必须给我个说法！”

“那你也把我打了不是。”

“我打得你轻！就今天晚上吧，有点男人样，咱约个地方把这事儿解决了！行不行？”

“……”

“说话！”

“……”

“不敢见我？行，那你给我听好了，陈伟华，这次我不跟你计较了，但你要再敢针对我，再敢骂我父母一句，法官这身皮我他妈不要了，见你一次打一次！听明白没？”

“……算我倒霉。”

“问你听！明！白！没！”

“嗯。”

王子建狠狠地扣下电话，好一会儿才平静下来，刚才喊得声音大了，喉咙扯得生疼。

以暴制暴，先发制人，眼下看起来效果还算不错。

王子建默默地盘算着，倘若老光棍不见棺材不掉泪，再来法院告状说自己威胁他该怎么办？嗯，反正对方刚才也不太可能录音，干脆当下死不认账，完事再当真狠揍他一顿算了！就这尿人，两次就打服了他！

想到这里，王子建不由得又笑了，人家葛磊都当上科长了，怎么自己还幼稚得像个孩子一样？

第二天上班，江庭长一直向窗外张望，心说也不知道这陈伟华会不会来法院找子建麻烦，哎呀，不会是直接坐上车去城区告状了吧？

第三天，第四天……一周过去了，风平浪静。

江庭长犯嘀咕，忍不住问子建：“那个老光棍叫陈伟华吧？”

“嗯，庭长，怎么啦？”王子建当时心里一紧，以为陈伟华采取了什么行动。

“没啥，总觉得那人会来找麻烦，但最近好像也没啥动静。是不是上次被你吓住啦？”

王子建松了一口气，轻描淡写地说：“我上周给他打过电话。”

“哦？说什么了？”

“没什么，就是让他愿意申诉就申诉，愿意上访就上访，理性解决问题。”

又过了十来天，王子建去立案庭换票据，一瞥就看到了趴在导诉台上填表格的陈伟华。他心里咯噔一声，不自觉地攥紧了拳头。

陈伟华抬头恰好也看见了王子建，两人目光相对，陈伟华赶忙俯下身子，佯装继续填表。

王子建面无表情地走了过去，径自站到陈伟华身旁。

“王法官，我就是来立个案，告……告村委会。”

看到他战战兢兢的样子，王子建冷哼一声，一言不发，转身离开，却也是长长地舒了一口气。

说实话，气头过了，回想起当时发飙的怒吼，多少也是有几分心虚啊……

42 包厢里的小秘密

“喂，子建？晚上我和曹胖儿请大家吃饭，你来不来？”

放下电话，王子建皱了皱眉头：原先的曹睿除了关键时刻有些自私之外，人还算是地道。被收容教育 6 个月放出来后，简直就像变了个人，令人说不出的厌恶。可是，之前已经拒了老詹两次，再不露面也不合适。所以，子建略作犹豫之后，还是故作爽快地答应了。

一顿饭吃得很是铺张，曹睿挺着越发突起的肚子位居上座，以非常夸张的姿态与一众昔日同窗闲聊扯淡。硕大的名牌手包，豪华的奥迪轿车，毕恭毕敬等候于包间之外的司机，所有彰显着“成功”的要素华丽丽、大喇喇地堆砌在眼前这个做作的胖子身上，夸张却又没有太多违和感。

曹睿嫖娼被抓的事，老詹和王子建心照不宣，绝口不提。至于其他人是否知晓，饭桌之上当然看不出来。无趣的寒暄、没有主题的怀旧中，却夹杂了太多对曹睿的赞叹和羡慕。有钱，潇洒，排场，混得好，这些词汇包裹着酸溜溜的醋意，更带着几分有所图谋的功利，齐刷刷地射向曹睿，当然，偶尔也射向同样“有钱、潇洒、排场、混得好”的詹超然。只是，老詹一如学生时代那般遮遮掩掩，曹睿则小农乍富似的大包大揽，那叫一口无遮拦。

“买房你咋不早说啊，我现在弄着一楼盘，明年年初就能预售，起码给你打个八折啊！”

几个房奴同学一阵唏嘘，尚未买房的同学则拼命压抑着激动，毫不矜持地连连敬酒，和曹睿攀着亲密关系。

子建和老詹对视一眼，很有默契地笑笑。

“子建，你也还没买房呢吧？怎么着？也弄一套呗，咱同学都住一个小区里也热闹。”

“呵呵，不用了，你们在马泉那荒郊野外没项目，我沾不上你的光了。”

“哦，没事，回头我给你打听打听，看最近谁在马泉盖房，说说给你便宜点。”

“谢啦，可我是孤家寡人，还真没有买房的打算。”

曹睿还想说些什么，却被老詹抢过话头，问起了最近公司遇到的几个法律问题。子建细致地一一解答，众人听着无趣，纷纷各自搜索起学生时代的快乐回忆，继续和曹睿缅怀感慨。

借着一起上厕所的工夫，子建不无疑惑地问老詹：“曹睿的后妈真有这么牛 × 吗？这小子怎么摇身一变就成阔少爷了？”

老詹努着嘴，使劲地尿向小便池中的彩球，用力地嗯了一声，说：“反正比我家牛 × 多了，买房可以送家具，你听说过谁买家具送房子的？”

“少来，一套红木家具也得几十万元吧，我一年都挣不出你家一个板凳。”

老詹沉吟了一下，小心地说道：“子建，这几年房子一直在涨价，我觉得你还是考虑考虑，早点下手吧。这次曹胖子没吹牛，找他确实能给优惠。”

“不用了，真没那打算，我凑不够首付，也还不起贷款。”

“首付我可以帮你凑一些，贷款，咳，你该跟父母开口就开口，别那么要强。”

子建拍拍老詹的肩膀，笑着说：“谢啦，都说这年头借钱难，我身边能有你这样上赶着借给我钱的朋友，忒骄傲了。看吧，如果有需要，我一定开口。”

“我，那你也别把尿抹我身上啊……”

见到老友，提到房子，自然也就想到了萧文婷。走出卫生间时，子建有些感伤，如果当时自己开口向老詹、刘洋这样的朋友求援，他俩是不是就不会分手？未作任何挽留她的努力，是放不下自尊，还是不够爱一个人？

说到自尊，酒桌上纵情大笑的曹胖子，这段时间恐怕是真的放下了，他的身世，王子建也是后来从老詹嘴里听来的：

曹睿出事后，老詹很够意思，从头关照到尾，也和曹睿的父母见了好几面，事情办不下去，人捞不出来时，曹睿的“爸爸”很是着急，一时脱口而出，对他老婆说了句“要不让睿儿他爸爸给想想办法吧？”曹睿妈妈断然拒绝，说：“不就是蹲六个月嘛！我们娘俩死了也不会找他！”

老詹在一旁听得一头雾水，完全摸不着头脑，去看曹睿时忍不住提了一句。想不到这胖子也是坚定决绝，和他妈妈口气如出一辙：“让他帮我？我不如死了算了！”

一直到6个月收容教育期满，丢了工作四处碰壁的曹睿和老詹坐在一起喝酒，才解开了他的疑惑：原来，老詹见到的，是曹睿的继父。而曹睿的亲生父亲，在曹睿上小学的时候，就和他母亲离婚了。母亲孤身一人，含辛茹苦把曹睿养大，直到他初中时，才改嫁给这个老实巴交的教师。

老詹不解，不就是父母离异嘛，血浓于水，又何苦这么大的仇恨？

曹睿苦笑道，血浓于水？自己的父亲是第一批辞职下海的人，生意失败后就和因家庭成分不好而分手的初恋女友搞到一起。本就情意深绵，死灰复燃之后更是熊熊烈焰，烧了个欲罢不能。而且，这个初恋女友确实没有辱没地主阶级先人的基因，精明能干，事业有成，一路顺风顺水，生意越做越大。父亲贪恋名利富贵，以“爱情”的名义狠下心来抛妻弃子，迎娶了自己的初恋女友。

可能这个女人是真心爱着曹睿的父亲吧，爱得太深，反倒容不下他与妻子的过去。于是，她近乎病态地不断提出要求，让曹睿父亲变着法子去折腾这对母子。曹睿的父亲是否有过苦痛挣扎，旁人不得而知，但他确实一一照办了：先是停了曹睿的扶养费，被法院判决后仍是坚持不付，非折腾着曹睿的母亲一次次地申请执行。然后，曹睿父亲原先所在的国企房改，通知他补足非常少量的费用，就能办理产权证。可是，曹睿父亲硬是要把这福利分房退掉，任凭亲戚朋友怎么规劝，就是不配合办理房屋产权变更，眼睁睁地看着单位收走了母子唯一的住房。曹睿的舅舅气不过，抄起擀面杖去公司找这个没良心的姐夫“理论”，一通打砸之后，被法院以故意毁坏财物罪、故意杀人（未遂）罪判了 8 年有期徒刑——这显然是那个年代对方找关系操纵司法的结果，恐怕全国上下也再找不出一个类似的判法，能把携带擀面杖视作有预谋地去杀人……

拿不到抚养费，搬出去租房子，曹睿的母亲都撑住了，可面对自己弟弟的牢狱之灾，她只能妥协哀求，甚至跪倒在一个抢了自己丈夫的第三者脚下，啜饮着屈辱不断叩头……

女人最终不耐烦地从曹睿母亲怀里抽出了自己名贵的跟靴，撇下一句：“行了行了，哭得人心烦，让你弟弟上诉吧。”然后就咯噔咯噔地离去了，曹睿父亲一句话都不敢说，屁颠屁颠地追了出去。母亲就那样跪在地上号啕大哭，15 岁的曹睿伫立在一旁，内心满满的仇恨。

不久，二审改判舅舅有期徒刑2年，缓刑3年。曹睿一改昔日的懒惰，发奋读书，誓要出人头地，保护母亲。而且，从那以后，他再没接受过自己的父亲，拒绝探视，拒绝礼物，拒绝所有的联系，成年后，就自己一次次跑去公安局，软磨硬泡，随母改姓了“曹”……

听老詹讲到这里时，王子建内心一阵阵的感动，原本浮夸好吹嘘而且又慌乱软弱的胖子，竟也有这样热血硬气的一面，有着撑起家庭保护母亲的信念。

可是，老詹叹了口气，说：“出来没多久，曹睿就变了，找了他爸，认了后妈，成了现在的曹少爷。呵呵，不对，可能再过一阵，人家就该改回张姓了，张睿，张少爷，倒也挺好听的哈。”

王子建心中一紧，随即明白了许多，他突然很同情曹睿的母亲：20年前，自己的丈夫以“爱情”的名义离她而去，20年后，儿子又祭起“亲情”大旗，模糊了是非对错，重归父亲怀抱。最可怕的，是他在完完全全享受当前的状态，没有一丝一毫的羞愧和负担，对母亲的同情，对父亲与继母的仇恨，都融化在了羡煞旁人的财富中……

“他应该叫钱睿。”

“我 ×，你咋知道他后妈姓钱？”

王子建苦笑不已，心中暗呼天意，天意。

一顿饭吃到了晚上十点，王子建松了口气，总算可以摆脱这个让人厌烦的胖子了。按照计划，接下来他该去老詹家住上一晚，等第二天酒劲过了再开车回马泉。可是，曹胖子不依不饶，张罗着要去唱歌、洗澡。同学们都已各自成家，纷纷找着理由回家去陪老婆孩子了。老詹搞不好是真带着“买房送家具”的战略使命，竟显得有些为难。

子建见状说道：“你俩去吧，我正好在城区办点事，甭管我了。”

老詹和曹睿说明情况，曹睿撇着个大嘴，数落道：“就剩咱仨了，你装啥啊？这么不拿我当兄弟？还办点事，走吧，我带你俩办事去！”

说罢，他不由分说地把子建拽上了车。

“去海洋帝国。”

司机应了一声，非常平缓地驶出车位。迎着夜色，硕大的奥迪 A8 灵巧地穿梭在熙熙攘攘的车流之中，驶向了曹睿口中的“帝国”。

奢华的包房，舒适的沙发，子建整个身子陷在其中，心里隐隐有些别扭，瞄一眼身旁的曹睿和老詹，他们的神情怡然自在。酒意再次袭来，就在子建想闭目休息的一刻，包间忽然闪进一排腰系红绳的高挑姑娘，他顿时清醒，挣扎着起身，不顾众人的阻拦，强硬地推倒以身躯堵门的曹胖子后，决然离去……子建知道，包房里即将发生的那些事，与他这种人，永远不会有关联。

43 不便言说的人情世故

阿华辞职了。

服务期未满，按照法院系统一贯的处置方式，本应是辞退。可是，马泉法院还是悄悄给他办妥了辞职手续。世上没有不透风的墙，这种不公平的处置方式，自然惹得骂声一片。当然，大家也就仅仅是在食堂里骂骂，发发牢骚，吐吐酸水，谁也不至于为此贬损了自己。

这几天，阿华的档期排得很满，大小领导都张罗起给他送行。三四天后，才轮到子建这批同届大学生。阿华真的变了，低调、谦逊，对自己的去处绝口不提。大家再三追问，才轻描淡写地说要去某个国企。

大家一片唏嘘，都说阿华应该想办法去哪个机关走仕途，但子建心里明白，这种安排比从政要合理得多，依托着老丈人的庇护，在企业里可以更灵活地做事，更灵活地晋升。从此以后，阿华的生活定会有天翻地覆的变化。

眼见着这些每喝酒必骂阿华为“反复小人、无耻之徒、吃软饭、小白脸”的人们一个个变了模样，争相喊着苟富贵勿相忘悉数起两年来相处的点点滴滴，子建心里有些好笑。这一幕又是如此的似曾相识，对，不久之前，在曹睿张罗的那顿饭上，同学们也不外乎是这么一个形态。成王败寇，笑贫不笑娼，英雄不问出处……随便其他人套用何种理论说服内心来巴结奉承，反正他王子建目前还做不出这种当面一套背后一套的事情。

道过珍重，就此别过，想也不会再有过多的交集——在一个屋檐下两年都没能成为多好的朋友，难不成离开后反会升华不成？总之，珍重。

阿华喝多了，哭得一塌糊涂，哭得王子建反倒觉得自己有些“冷血”。他坚持要打最后一个圈，轮番和在场的每一个人喝一杯酒。敬到子建时，阿华摇摇晃晃地说：“敬一下子建兄弟，以后千万不要断了联系。”

“不会的。阿华，能离开体制这个笼子也好，你一定会大展鹏程。”

阿华摇摇头，说：“不，真正能飞得高的人是你，你还没发力呢。”

这种评价明显高于子建对自我的认知，但又听不出里面有什么虚伪或揶揄。子建苦笑一声，将杯中的啤酒一饮而尽，着实想不出自己还有哪些“力”没有发……

阿华的离开就像是一种催化剂，刺激了许多人将改变现状的想法付诸行动。子建怎么也没想到，真正率先明刀明枪和法院大干一场的不是自己，而是波波：

法官流失严重，所以，内部约定俗成，6年服务期内不允许报考其他公务员，不管是国考还是省考，都不能参加。这种限制简单粗暴，倒也容易实现，非应届毕业的在职人员报考公务员是需要单位干部科审核同意的，没有单位的盖章，就不能参加。但法院公章管理的比较松散，就在办公室桌子上放着，哪个案子要出判决书、裁定书了，书记员就带过去盖上一摞。所以，波波报考公务员时在审核表上自己写了一个“同意”，顺手盖上了公章。

结果，还真就进面试了。

法制办，三选一，波波笔试分数第一，超了第二名足足 15 分。

虽然知道法制办是一个苦兮兮的清水衙门，但也顶着政府机关的名头啊，大多数山东人心里都有浓郁的“体制梦”，学而优则仕的思维贯穿着他们的每一根神经。这份代表着殊荣的工作，即便是没有工资白天上班晚上要饭，也足以让波波的家乡沸腾。所以，波波“疯”了，被这个巨大的馅饼砸得无比振奋，铆足了劲想要冲进伟大祖国的心脏。

很快，法院给出处理意见，报考未经许可，不许参加面试。这一盆冷水泼得波波晕头转向，原本他兴冲冲地向领导们宣告了这件事，还以为会有鲜花、掌声、祝福、照顾，最起码，能给放几天假好好准备准备面试。这倒好，法院直接在背后捅了他一刀，连去挑战一下的机会都不肯给。

这种事谁都明白，口子一撕开，马泉法院其他人自然也会去报考，限制就成了摆设。如果波波面试成功，真的离职了，其他法院的年轻人自然也会军心浮动，多一条逃离的途径。所以，干脆杀一儆百，死不松口。早在波波傻乎乎的一通炫耀，说准备直接去主管副院长办公室请他签字顺带“报喜”时，王子建心里浮现的两个字就是——“幼稚”。

副院长找了，不行。政治处主任找了，还是不行。波波脑袋一热，直接找了大院长，结果被“骂”出了办公室……这下，波波才是真的“疯”了，他神经病似的四处乱找，什么政法委、纪委、中院、高院甚至国务院都打电话倾诉了一个遍，希望能有哪个贵人伸伸手，把这件难事抚平。

院里的人一如既往地在看热闹，认识不认识的，都来煽风点火，夸夸国务院牛 ×，骂骂法院不近人情，撺掇着波波使劲闹。

面试前的最后几天，波波也不去派出法庭上班了，每天就赖在法院里折腾这件事情，简直就是一个萧墙之内的上访户，还是忽悠不走的那种。

子建叹口气，心说这孩子是没彻底救了，事情哪有这么办的？

最终，交材料的期限过了。笔试第四名顺理成章地获得了面试机会。

波波的梦碎得稀烂……

负气含冤，波波也闹着要辞职，去干部科交了申请。刘建辉说没法办，想走也行，就得按辞退，这辈子也就甭想再考公务员了。

波波不干，问凭什么阿华能办辞职？

刘建辉眼睛一瞪，说：“说话要负责任！谁说他是辞职了？服务期不满就都是辞退。”

一来二去，波波火了，和刘建辉一通争吵，又拿着辞职报告去找院长……他说这事没完，一定要弄个水落石出，看阿华到底是辞职还是辞退！

再后来，阿华是否被辞退的事情不了了之，波波则以“借调”的形式被发配到最偏远乡镇的司法所，暂时离开了法院，远远地淡出了人们的视线。

程程在办公室，消息灵通，说院里给波波下了最后通牒，他已经一个多月没有到岗上班，再加上之前私用法院公章，严重违反纪律，再不消停下来，也甭说辞退还是辞职了，直接开除公职。开除和辞退不同，属于最严重的处分，别说再考公务员了，律师、国企、事业单位也统统不能干了。于是，波波认㞞了，就这么灰头土脸地去了乡镇。

王子建对此颇为不屑，心说若依了自己的脾气，事情走到这个地步，辞退就辞退，开除就开除，大不了去投简历找工作，好的民企、外企也有的是，闹得撕破脸了再往回缩，谁还能看得起你？同时，他也有些厌恶起这个泥淖般的体制，厌恶它的不公，它的势利，更厌恶它以“稳定”为诱饵对人的消磨。

有人失落，有人得意。文欣第一个取得了“实质意义”的进步，当选了马泉法院的团委书记，也算是或多或少沾上了“团派”的边。

团委书记属于副科实职，此次公开竞选，年龄限制在25周岁以下，子建他们这届只有程程和文欣有资格。小姑娘不露声色，一举将其稳稳拿下，级别从科员晋升至副主任科员不说，也算是有了领导职务。这下，院里又是一片哗然。

按照大家的说法，这叫比着萝卜挖坑。凭什么之前几届的书记都限制在 30 周岁，今年偏要定一个 25 周岁？分明是想给文欣扫除大部分的竞争对手。

而且，凭什么是文欣？一时间，关于文欣人品的风言风语四起，那四川理工男在法院门口骂大街的事情又被翻出来一通加工演绎，各种侮辱谩骂开始流传，甚至，有人说她和院党组的某位领导睡了。

到底有没有人为此事宽衣解带，谁也看不见。甭管怎么说，尘埃落定，人家就是当上了这个职务，25 岁的法院团委书记。当然，闲话传得太厉害，显然也会冲淡当事人的喜悦，这么大的一件事情，文欣竟没有任何请客庆祝的表示。

总之，心里默默表示恭喜吧。

旁人的荣辱得失、是非对错，王子建兴致不大，也没那么多闲工夫去跟着八卦，他一如既往地折腾着手里的案子，闲暇时写写案例分析，帮黄总、老詹等几个朋友处理处理法律问题，虽劳神费力，日子过得却也还算简单。

元旦将至，学校以前的辅导员打来电话，希望子建能来参加一个座谈会，给一群即将毕业找工作的大四学生讲讲就业形式，说说法院的工作。

王子建连连拒绝，心想自己简直就是一个失败的典范，哪有脸去给别人讲就业？但这事怎么推都推不掉，也只好硬着头皮答应下来。

座谈会上，台下黑压压二百多人。王子建坐在讲台上，依旧觉得自己分明衬不起“优秀毕业学长”的身份，听着之前几任学长讲完银行、律所、企业法务的工作内容后，迎着一片掌声，也说起了自己当时找工作的心路历程，介绍了法院的工作内容，以及相关的福利待遇。

讲台是个很神奇的地方，说着说着，子建就进入了一种不吐不快的状态，他索性抛开了准备好的提纲，力求真实、清晰地描述起法院的生活，说到法官逐年流失的问题时，更是生动形象地举了一些实例，让这些学弟学妹们真正听明白了什么叫审限压力、信访难题、当事人纠缠甚至威胁——一个再普通不过的交通肇事赔偿案件，死者家属抱着遗像盯了王子建3天，手挽手围住王子建的车不让他离开……

20分钟的讲解结束，台下掌声经久不息，同学们开始自由提问。

“师兄，法院的工作这么累、这么危险，待遇也不高，你有跳槽的打算吗？”

“没有”，王子建想了想，笑道：“一直在忙，也就没时间去打算了。”

“师兄，我本打算明年报考法院，被您说的都不想去考了，怎么办啊？”

小姑娘略带撒娇的口气倒是和文欣有几分相似，将来搞不好也是个“人物”。

王子建答道：“在我看来，这次座谈会最大的意义，就在于分享最真实的信息，让大家凭此作出判断，来决定是否要选择一份工作。其实，每个行业都一样，有吸引人的地方，也有不尽如人意的地方，是否选择它，取决于你更看重什么。如果希望生活得安逸舒适，我不建议你来法院，如果来，也尽量别在业务庭室；如果希望凭本事赚取财富，生活得宽裕体面，我也不建议你来法院，工资就那么多，而生活压力是平等的，在菜市场里不管你是几级法官，都没有特权。但是，如果你喜欢司法实务工作，想很快地掌握一些类型案件的审理，想研究、学习一些技能，法院是一个非常好的平台。名利、职位都是虚的，随时可能被剥夺，但作为法律专业人士，我们的技能，是可以伴随终生、不断升值的。”

……

“师兄，我最近看了一本小说，也是咱们学校的人写的，书中以一个律师的视角，描述了法官的生活状态，和您说得很不一致。我在想，会不会是您去法院的时间不长，还没有看到这个群体的全貌？”

这个男生的提问很是犀利。那本小说王子建也看过，一个律师周旋于法官之间，靠行贿、拉皮条赚取案源，在书中，法官都是满脑淫虫、见女人就发情的劣等生物，一个个堪称贪婪无能的典范。这本小说写作的尺度挺大，收不回来，最后干脆大笔一挥，说这一切都是主人公做的长梦，都是假的，实际生活春光明媚，法官则个个清正廉洁。它的影响力也挺大，引发了社会各界激烈的争辩。王子建不喜欢这本小说，他觉得作者用心险恶，仗着自己名校法学毕业的身份，以猎奇的姿态误导众人，赚取眼球效应。

所以，他非常严肃地说："那本小说我看过，说实话，读着挺来气的。我承认，每个行业都有害群之马，政府、法院、银行、国企，都会有各种贪污受贿、腐化堕落。这是少数人，等待他们的，终将是法律的严惩，我不相信有哪个职业会整体性的荒淫糜烂到书中所描写那般地步。在我身边，有大量廉洁奉公勤勉尽职的法官，他们顶住各种压力，作出了对得起自己专业、对得起自己良知的审判。如果有机会我能结识到这位校友，我真的很想邀请他不带偏见地走进法院，看一看法官的真实状态。"

"但是……"

"这位同学，如果你去法院打官司，法官收受了对方的好处，明显判决不公，你的第一反应是什么？"

"那我肯定举报他啊。"

"那如果是法官向你索贿，说不给钱就让你败诉，你会老老实实地给他钱吗？"

"我凭什么给他啊！当然还得举报他！"

旁边的人七嘴八舌地补充道："不行，你得先给他钱，把给的过程录下来，才有证据。""先赢了案子嘛，然后再举报他。"

王子建满意地看着台下，说："不能惯着法官，是不是？你们都这么想吧？那就对了，现在的当事人也都这么想！别说法官索贿了，只要败诉，他们就觉得一定是法官收了对方好处，一个个憋着劲恨不能把法官送进监狱。你手脚干净，心里才能坦荡，才能经得起当事人的折腾。如果手脚不干净，呵呵，受贿10万元起刑点可就到10年了，其他人怎么样我不清楚，反正我身边大多数的法官和我一样，胆子都很小。你们想啊，哪个犯人不是被我们判进去的，和这群人一起蹲监狱，日子能好过吗？”

台下哪个学生大声地接茬儿道：“可不是嘛，都不打篮球改打法官了。”

众人一片哄笑，王子建也随着笑了起来，心说现在的这帮孩子可真活泼。

可笑过之后，他又有些感伤，刚才说的那一通，够慷慨够激昂，也都是自己内心的真实想法，可是，上次“赌博”赢的钱呢？一次次不得不做的顺水人情呢？推不掉的烟酒宴请呢？

……这些无奈之举，随着人情世故，又怎么能在这里说给这些孩子？

44 百万年薪的诱惑

春节前的这场大雪来的毫无征兆，车窗之外白蒙蒙一片，天真的雪花抱成团落在前挡风玻璃上，容不得有片刻停歇，就被雨刷器无情地抹去，淤积在玻璃的两边，再不时扑簌簌地滚落，卡在前盖与玻璃的连接处，慢慢地变成雪水。

子建小心地开着车，慢吞吞地向着家乡驶去。高速公路封闭了，只好选择这条从未走过的国道。音乐声音开得很大，才遮住了车轮卷起雪浆的唰唰声。

真要命，早知道应该提前两天动身的。原本两个多小时的车程，就这么被无限地延伸着，随着车流走走停停，五个小时了，离家还有六十多公里。

这是工作以来的第三个春节了，这样算下来，自己已经在马泉法院度过了两年零七个多月的时光。人生就是这样，青春悄然流走，总叫人不忍回视，学生时代的意气风发仿佛近在咫尺，转身想去触摸时，才发现早已远隔天涯。27岁，说大不大，说小不小，在人生这条无法掉头的单行道上，不断地得到，不断地失去……

三小时后，王子建才得以踏入家门，父母见到儿子回家喜不胜收，嘘寒问暖满是关切。这样一来，八个小时车程所带来的不快与烦躁登时烟消云散。

一如既往的鞭炮聒噪，一如既往的无趣春晚，一如既往的拜年短信，在这种炮火和硝烟中，子建戴上耳机，在电脑上和葛磊一通神侃。

“无聊。”

“无聊就对了。有意思还叫过年吗？”

“你干吗呢？”

“和你聊天呢。”

“废话，除了这个。”

“酝酿明年去查谁呢，今年查了银行、汽车、医药的价格垄断，明年还得折腾点项目啊。”

“去查查中央电视台吧，春晚垄断了多少频道。”

“呵呵，查不了，春晚又没有价格。”

“说的跟有价格你就能查似的，中国移动、中国电信、中国石油，你去查吧。”

“别急啊，早晚有查的一天。”

“拉倒吧，有些垄断优势是世袭的，人家活得傲娇着呢，呼风唤雨，兴许家里都养着龙。”

“‘屌丝’也有逆袭日，慢慢来嘛。你要有愚公移山的精神，世袭又不仅仅发生在高层领导身上，你的成就也可以传给后代啊。你这辈子折腾到处级干部，你儿子就能站在处级起点，他再努努力，混成个局级，你孙子或曾孙离部级也就不远了。”

“你想得真远，还曾孙呢，我都不知道儿子和谁生去呢。”

“上次我见的那个小姑娘就不错啊，可惜还是被你始乱终弃了。”

王子建知道葛磊说的是萧文婷，苦笑一声，想打些字出来辩解，却怎么也写不出合适的句子。最终只得回了一句：“多长时间了，你还记得呢。”

“当然记得啊，前两天我还去她 QQ 空间了呢。”

子建心头一紧，问：“哦，是吗？她最近怎么样？”

“还行吧，看她晒的那些大肚子照片，我估计 4 月就该当妈了。”

“哦。”

呵呵，分手才一年半而已，没想到萧文婷已经结了婚，连孩子都快生了，这是何等的效率？那么，她对自己所谓的“很爱很爱”，又到底是多爱？很多回忆一瞬间涌了上来，涌的过急过猛，让人心里有些不舒服。

“你想看她照片不？我去给你下载几张？”

“不用了，看那干啥。”

“看看呗，前女友过得幸福，咱们这些好男人也就放心了。”

不一会儿的工夫，葛磊不容分说地传来几张照片。

婚纱照，婚礼现场，自驾游，大肚照……

“还不错，新郎挺精神的。”

“傻 ×，别绷着了，知道你挺在乎这姑娘的，但人得往前看，缅怀个一年就得了。”

“缅怀个锤子，你要不提，我都快忘了有这么个人了。”

“那你一年多不找女朋友？还是找了没告诉我？”

“你不也没找吗？还是找了也没告诉我？”

“嘿，要是我隔三岔五就告诉你个新名字，你不弄混了才怪呢。咱俩不一样，我是万花丛中笑，你是膏药粘猪毛，看似洒脱，但老是自个儿偷着刻骨铭心，每谈一场认真的恋爱都得拽块皮下去，差不多得了。”

“我刻个毛的骨，铭个辣子心啊，说的我有多专情似的。”

“其他几个我不敢说，这次这个，叫萧文婷吧，你放下了吗？还有陈娜，分开都6年了吧，你放下了吗？”

王子建长长地呼出一口气，葛磊这小子，唉。

“别提陈娜了，要不是你非闹着要泡外院那个妞儿，我能认识王芸晗吗？”

“我 ×，我又没把你扒光了扔人家被窝里，这也能赖上我？”

“你好歹也是国家领导干部，说话能不能别这么粗俗。”

“Ok，您和王芸晗同志革命友谊的升华，真不是我促成的。”

“不说这些了。”

“嗯。”

“哎，你说陈娜结婚了吗？”

“不是不说了吗？”

“最后一句。”

“我哪知道啊！你们法院不是有身份查询系统吗，查查她的身份证号，看户籍登记的是已婚还是未婚不就知道了。”

“你说的那系统是公安的吧，我们哪有啊。”

“那你就找个公安局的朋友查查，或者找个以前的同学打听打听。”

“算了，不想这事儿了，跟我也没什么关系。”

“哈哈，别啊，万一人家陈娜还等着你呢？”

“等个屁。不跟你聊了，下楼放炮去了。”

QQ提示音还是响个不停，子建也不理会，摘下耳机，径自关闭了电脑显示器。

陈娜、萧文婷，多么刻骨铭心的两段记忆。如今，又还剩下些什么呢？

正想着，母亲在客厅招呼着：“子建，小宇来找你了！”

子建闻言赶忙走出书房："宇哥，你咋过来了？"

"大年三十没事干，一想你肯定在家，就过来看看，顺便给叔叔阿姨送点海鲜。"

母亲连声嗔怪卢恒宇太过客气，一边招呼他坐下，一边把东西挪到了厨房。

都是一个大院里光屁股长大的发小儿，自然没有过多的见外，卢恒宇随子建去了书房，饶有兴致地聊起天来。

"宇哥，叔叔阿姨都好吧？你咋不陪着看看春晚去？"

"陪啥啊，他俩跑海南过年去了。我前阵子刚从日本回来，本想着也去海南，但有些关系需要趁过年走动走动，干脆就不去了。"

"哦，你跑日本干吗去了？"

"有个珠宝展，去长长见识，顺便也进了些货。"

谈起自己的生意，卢恒宇头头是道，按他的意思，钱不好赚，但摸到门路后也没那么难。

的确，同在省会，子建这几年亲眼见证着朋友一点一滴的成长，刚去读书时，卢恒宇还在给福建老板打工，开着一辆四手的进口欧宝，三天两头的修车。等到子建研究生快毕业时，卢恒宇有了自己的珠宝店，买了一辆崭新的君威。最近几次见面，他的生意还算顺利，店里增添了几名售货的小姑娘，相邻的铺位也被一并租下进行了装修。每次去看望卢恒宇，他都不让自己白来，好吃好招待不说，今天送条链子，明天给块玉石，搞得子建都不好意思再去找他了。

"你在法院怎么样？现在一个月开多少钱？"

"三千多吧。"

"灰色收入呢？"

"没有。"子建想了想，补充道，"关系特别近的同事、朋友啥的，才敢收点烟酒茶叶啥的。"

“你还得租房？”

“嗯，租了个一居室。”

“还得养辆车？”

“嗯。”

卢恒宇皱着眉头，不解地说：“那你是咋活下来的？”

王子建苦笑两声，答道：“单位管饭，我又没什么别的开销。”

卢恒宇连连咂舌，表示很难理解。

“兄弟，要换了别人跟我说这话，我真都不信。在省会一个月挣三千多？那不扯淡呢吗！我店里小姑娘初中学历，包吃包住，一个月底薪还两千五呢，算上提成，哪个月不得挣五六千！”

“公务员就这样呗，死工资，图个稳当。”

“稳当顶啥啊，三月都挣不出一副眼镜来。”

王子建语塞：去年夏天邀请卢恒宇来马泉玩，一起开车去山里吃饭，路上被阳光晃得不行。回来后卢恒宇二话没说，把自己车里的墨镜留给了子建。当时他轻描淡写地说镜片磨了一点，早打算重买一个，让子建甭嫌弃凑合着用。结果，子建回家上网一查，我去，这个眼镜原价九千多块。

卢恒宇并没有注意到子建的尴尬，他就像个在替弟弟发愁的兄长，不住地叹气。

“兄弟，你这么混下去可不行，挣得太少了，啥时候才能在省会买房？将来结了婚你怎么养家？趁早出来吧。”

“嗯，再积累积累吧，到时候出来找个公司当法务，或者去律所，熬上几年，收入也就上去了。”

“不还是挣辛苦钱？不行，太慢了。”

“那我还能做什么？”

“你出来吧，跟我一块儿做生意。”

“做生意？我？”这可真是子建想都没想过的事情。

卢恒宇非常认真地说："对，做生意。地上洒的全是钱，就看你会不会捡。你出来，咱俩一起做点大事。我手里有一个非常好的机会，需要信得过的人和我一起做。"

王子建狐疑地看着卢恒宇。

"我现在这个珠宝店算是立住了，有几个大哥帮衬着，一年赚个百八十万没什么问题。但这样来钱还是太慢，一个店面的销售能力终归是有限的。"

"嗯。"

"怎么才能来钱快呢？去三线、四线城市开店，找人加盟，按销货比例抽成。我之前跟着福建人时，就那么个破牌子，都能开出四五十家分店，一年什么都不用干，光加盟费就能收近千万元。这些加盟店，不都是你宇哥一家一家谈下来的嘛！这个模式稳赚不赔，他们卖得越多，我提得越多，卖不动了，关门倒闭也碍不着我，倒闭了我还能没收他的保证金。"

"那他们为什么非要加盟别人的品牌啊？"

"废话，不加盟他们去哪拿货啊。你宇哥在这个行业折腾十几年了，上下渠道全打通了，才能开起自己的店，换成别人试试，首先，他有钱都进不到好货，其次，他进到好货也卖不掉。进货、销货都需要渠道，老百姓认什么？牌子。没有牌子的好东西靠什么流通？圈子。"

"我懂了。所以你现在要去地方城市开加盟店？"

"本来我也是想慢慢创出自己的牌子，再走加盟店的路数，然后躺着收钱。可是牌子没那么好创，得找一条捷径。"

"什么捷径？"

"中国宝石知道吗？我能拿到至少五个省的独家代理权，走他们的牌子谈加盟，同时出咱们的货，从零售转批发。"

"中国宝石让这么干吗？"

"傻小子，给他们分几个点，打上中国宝石的 logo，配上证书，咱们的货就成了中国宝石的货了。这个圈子就这样，你以为每个品牌都有自己的工厂啊，还不都是深圳、香港拿货，再打上牌子卖。”

“可是，供货的话得需要多么大的资金啊？”

卢恒宇笑了，说：“资金是一个链，有一小段就够了，不需要整条链子都是你的。有的是人想出钱跟我合着干，可我不想带他们玩，所以，钱得靠咱们自己解决。每个加盟店的装修，都必须由咱们来负责安排，每装一家至少黑他 20 万元，再加上保证金 50 万元，这就是 70 万元。谈下 10 家店，就有 700 万元。凭我现在的信誉，找几个供货商，每家赊上 300 万元的货，加起来怎么也得到 2000 多万元。你算算，这就 3000 万元了，基本能起步了。一旦资金流动起来，3000 万元就和 3 个亿没什么区别。”

“这么一算的话，你也没投自己的钱啊。”

卢恒宇摇摇头，说：“我的钱得投在更前期，想拿代理权，照着 500 万花吧。”

王子建咂咂舌，心说自己还真和恒宇讨论起这单生意了，500 万元，呵呵，让他凑 5 万元都悬。想到这里，王子建不解地问：“你这手笔太大了，我可没钱跟你合伙。”

“我缺你那仨瓜俩枣啊，再说了，这么好的事儿，你宇哥如果把消息放出去，明天就有人拎着钱来求我入伙你信不信。”

“那你拉我进去干吗啊？我对珠宝行业一窍不通，也没啥社会资源。”

“我拉你赚钱啊，傻小子！这事儿干起来，就是咱们自己的事儿，一年分你一百万算个啥，买个奔驰宝马还不是分分钟的事。”

“我的意思是，我在你的团队里能干什么？我凭什么从你那分一百万？”

“这种事一个人跑不过来，我需要信得过的人帮我，而不是养几匹随时准备撬走我资源的狼。再说，你也不是白拿钱，我带你几次，你就得摸清门道，领着业务员去给我做市场，独当一面把加盟谈下来不说，还得控制着手底下的业务员，别让他们像我一样，有机会自立门户。”

“我恐怕真做不来，想想都觉得自己不行。”

“你哥哥我高中学历都玩得转，你这么聪明，又是硕士，没问题的。”

“这和学历没关系。再说，做生意有风险，大起大落的，我真适应不来，也不想丢了自己的专业。”

“风险都在我这儿呢，你怕个啥？事儿干成了，咱俩人分钱，事儿要黄了，我一个人倾家荡产。当然，这种可能性很低，我也是个谨慎的人，要不早就发财了。”

“我……”

“你刚来我肯定没法给你100万元，毕竟咱还没挣着这钱，但是我保证不让你比现在过的差，甭管赚不赚钱，我先每年给你20万元，这还不行？子建，男人要做大事，就得把握机会。”

“宇哥，谢谢。说来说去，我还是有顾虑。”

“你还顾虑啥啊？”

“你给我开的这些价码，对应的并不是我的能力，也不是我创造的价值，而是冲着咱俩的交情，取决于你对我的信任。这样一来，这钱我拿得不踏实。”

“怎么会呢，你干的活……”

王子建摆摆手，打断了卢恒宇，认真地说：“而且，有太多朋友因为一起创业变成了敌人。百万年薪是很诱人，但对我而言，咱俩这20多年的交情更珍贵。”

卢恒宇愣了愣，笑骂了一句“傻×”，仍坚持道：“咱俩不会变成那样。而且，你也不知道信任现在有多值钱。行了，先不提这事了，等我把前期的工作都处理好了，你再考虑要不要跟我一起干。”

又聊了一会儿，抽了几支烟，卢恒宇接了个电话，才急匆匆地告辞。

“大年三十还要我带他们出去玩。

“那你还过去？”

“那也得去啊，都是我的衣食父母啊。”卢恒宇无奈地笑笑，钻进了自己的汽车，一辆崭新的宝马5系。

目送他远去后，想想刚才谈话的内容，王子建不由得叹了口气：连一个卖首饰的小姑娘都挣的比自己多，读那么多年书，到底意义何在呢？

45　尘埃落定的遴选

接下来的几天假期，子建心里总有一种说不出的苦闷与压抑。走亲戚、串朋友，大家越是表示羡慕子建的职业，内心的背离感就越发强烈。卢恒宇的事业，萧文婷的现状，甚至老詹与曹胖子的生活，对自己都是一种无形的刺激。

不成熟，内心不够强大，过于在意外界事物。子建拼命给自己贴着道德标签，极力说服告解，仿佛这样就能重获平静。可是，压力是客观存在的，老爷子节衣缩食，都买上烟丝开始自己卷烟抽了。看他噗噗地吐着烟叶沫，子建心里说不出的难受。几次提出自己每个月拿点钱一起还车贷，却都被拒绝了，就连子建带回来的1万元年终奖，他们也是死活不肯收。

人都说胃是最大的情绪器官，果然，心里的这份难受很快就转移到了胃部，喝点酒就一阵绞痛，抽支烟则恶心得想吐。

子建把签名档改成了“担子够重，才能跑得够远”，以图自勉。

刘琴上线了，一看到她的新签名，子建登时就乐了。

“你挑着担，我牵着你，迎来日出，送走晚霞……”

女人的神奇就在于此，无论男人得意还是失意，只要情绪有了起伏波动，就都迫切地需要一个，分享喜悦，或是舒缓压力。子建终于未能免俗，此时此刻，他需要刘琴，需要她的关注，需要她的欣赏，甚至需要她给自己力量……

“姑娘，你这签名档……”

“嗯嗯，就是在影射你。”

“应该是牵着马吧。”

“嘿嘿，马又没挑着担子，牵它干啥。”

“晕。”

一来二去，两个人聊得火热。

过年这几天的趣事，音乐风格，最近看的电影，审判业务知识，喜欢女孩子的类型……话题跳来跳去，不知不觉已是凌晨3点。

刘琴发来一个晕倒的表情：“你真的是王子建吗？”

“嗯？”

“突然感觉不像……你不会是他的朋友吧？”

“为什么？”王子建有点莫名其妙，“我朋友能知道咱们单位人的名字，还懂审判业务？”

“哦，也对。呵呵，好吧，是我脑袋抽抽了。”

小锤子敲打脑袋的表情。

王子建笑了，打道：“太晚了，早点休息吧。今天拉你聊了这么久，辛苦了。”

“嗯，这就像了。”

“像什么？”

“像你啊。”

王子建有些疑惑，按下了字母“w”“s”“m”，屏幕上跃出三个绿色的小字：“为什么？”

“距离感。呵呵，撑不住了，晚安！么么哒～”

“啊，晕了晕了！没有么么哒，这几天和闺蜜道晚安道习惯了。晚安师父，88。”

么么哒？

子建百度了一下，原来是“亲吻”的意思。难怪，他俩之间，显然还不是那种可以“么么哒”的关系。

关闭电脑，子建躺倒在床上。呵呵，自己这是要干什么？和刘琴在QQ上聊了五个多小时？

闭上眼睛，回想着刘琴问自己的一个问题。

“师父，你喜欢什么样的女孩子啊？”

当时给出的回答是：“简单、真实。”

可是，什么是简单，什么是真实？恐怕连他自己也搞不清楚。

困意袭来，四周一片混沌。不知怎的，子建突然想起海洋世界里那个高挑俏皮的姑娘，淡淡的妆容，柔顺的马尾，高挺的双峰，腰间的红绳，干净无毛的小腹，还有那柔软湿润的嘴唇……别想了，美丽的妓女，仅此而已。

回到马泉之后没多久，内网上发布了一条消息，中院遴选。

这可是头等大事，子建仔细阅读着通知，脑海里快速地盘旋着相关信息。

马泉法院只有一个名额，要求硕士以上学历，担任助理审判员及以上职务，具备民商事、刑事审判业务经验者优先，学术论文曾获国家级奖励者优先，调研外宣能力突出者优先。

Ok，马泉法院最近几年才开始招到硕士，单凭此条学历限制，就卡掉了大多数年轻人，再加上助理审判员职务的要求，自己这一届里，大鹏、小军、波波、静姐，4个对手。比自己低一届的，5个对手。比自己高的一届两届里，也仅有3个对手。全算下来，包括自己一共仅13个人有资格参加。

13选1，1∶3的面试比例，也就是说笔试成绩考到前三名，就能进入面试。再看那三个"优先"条件，论文全国获奖的，马泉法院一个没有。民事审判经验，自己靠的上。调研外宣能力，自己也绝对是这13个人里最突出的，不说那些获奖的案例分析，频频见报的各类文章，单说那本呕心沥血的个人著作，在全省青年法官群体里也是绝无仅有的成果。

所以，只要能通过笔试，赢面就应当很大。

一个离开马泉，重返省会繁华的绝佳机会啊！中级人民法院，更多元的案件类型、更大标的金额的准入门槛、更专业的审判团队，自然对应着更多的知识收获、更快的技能成长。

想到这些，王子建很是振奋。他简单制订了一个30天的复习计划，心无旁骛地扎入一摞书籍之中，每晚在办公室闭关苦读，直到深夜才开车回住处。

一个月后，王子建非常自信地走入考场，挥洒有如神助：抽丝剥茧般地分析案例，旁征博引论述评析，理论知识和这两年接触到的实务经验融合在一起，让他思路喷涌，奋笔疾书欲罢不能……

等了20天，成绩揭晓。

第一名，王子建。

第二名，静姐。

第三名，小军。

看到这个名单，子建心头一颤，没想到3个全是自己这一届的，更没想到静姐也在其中。虽然不该诋毁静姐的能力与学识，只是……半路出家转修法学的静姐，分明对专业知识兴趣不高，没怎么下过苦功。一起培训时听她谈过几个案子，许多法学基础理论，在她心里明显是胡乱堆砌的，存在一定误差。当时给子建的感觉就是：司法考试真的是太水了，但凡谁背背法条，就能考过360分。至于小军，这两年也表现平平，虽然提了助审，却还在刑庭干着书记员的活儿，没什么出彩之处。

这两个人的竞争力都不强，远不如前两届来法院的那3个学长、学姐。好歹人家都已是经验老到、独当一面的法官。但即便如此，子建还是不想和静姐、小军竞争，同室操戈的感觉终归不好。胜出了，就等于是自己直接抢走了他俩的机会；败北了，过于知根知底，恐怕也难以说服自己去接受。

3个人突然变成了竞争关系，再和谐的形式，也难掩尴尬的实质。小军连连谦虚，说自己就是陪标的，不管是静姐还是子建，都比自己机会大。王子建也只好搜肠刮肚，违心地细数着小军和静姐的优势。唯独静姐，总是不愿提及此事，至多只是笑笑，就想着法子避开了。

身边人也都很看好王子建，一时间，他从高院调剂至马泉，比旁人多一笔安家费的事情又被刨了出来，仿佛这次遴选都是量身打造，以助其一步步重返高院似的。

每每听到一些过早的祝贺，王子建都得连连解释，说最终还是要看面试结果。刘琴也无比真诚地表示，王子建一定是最强的"选手"，会毫无争议地胜出，但这份真诚里，明显又看得出几分落寞。两人刚刚升温的关系，因为这个突如其来的机会而又有所疏远。王子建无暇顾及，只好佯装不知，摩拳擦掌准备着面试。

葛磊却对此事非常审慎，他劝王子建：

"不错的机会，赶紧找找关系，给中院的领导打打招呼，别跟家里傻等着。"

"遴选一个助审，至于吗？再说了，我和他们也搭不上话啊。"

"你们单位有没有领导肯帮你？"

"够呛，没有能开口的人。"

"你律所那个师父呢？"

"他的社会关系不在这边，也悬。"

"唉，我还是不放心，万一你同事找了关系，把你顶了怎么办？"

王子建一愣，旋即故作轻松地答道："那我就多一个中院的朋友呗。"

话说起来轻松，可对这件事倾注的希望还是挺大的，一想到有可能落败，王子建心里就有点发慌。无奈，人力尽则由天定吧。

没过多久，面试的结果出来了。舆论又一窝蜂似的指向了静姐。

“她老公是个军官，听说老公公也是部队出来的。”

“哦，难怪啊，中院的院长不也是军转干部出身嘛。”

“对对，估计是找人了，要不然怎么会是她啊。”

“你们知道吗？人家刚来法院时就说过，待两年就要回城区的。”

“是吗？怪不得她不跟马泉买房呢。”

……

王子建不想去听这些无聊的八卦，偏偏总有流言蜚语插着翅膀飞进他的耳朵，越听越累，更让人想好好地歇一歇。

他相信，静姐一定是找了关系，这样也就不难解释之前她为什么总是回避此事。呵呵，如果早点告诉自己，也就不用劳神费力地复习而浪费时间了。如果早点告诉自己，也就可以不抱任何希望去走个过场，也就不至于这般难受了。可是，换作自己，会早点告诉静姐吗？

算了，还好是静姐，如果是小军，岂不是心里更不舒服？想到这里，王子建平复了心绪，拨通了静姐的电话。

“静姐，恭喜啦。”

“子建，我……”

“呵呵，离开马泉，就不用来回折腾了，好事。”

“你比我更优秀，真的，本来应该是你的。”

“别这么谦虚，到中院以后多念点旧情，少发改我的案子才是王道啊。”

“子建，很多事情……我……”

静姐欲言又止，竟有了哭腔。

王子建赶忙宽慰：“挺好的事儿，你难过啥啊。我打心眼里替你高兴呢。”

“我应该早点告诉你的，对不起，你肯定心里特难受，呜呜。”

静姐终于说出了憋在心里的话，哽咽了起来。

王子建心里彻底释然了，他很感谢静姐的真诚，更是读懂了她的单纯与善良。

“静姐，合着你是替我难过啊？嘿，我这么年轻，机会多的是，这算个啥。还有，不带你这样的啊，嘴上说怕我难受，结果还得我安慰你，忒没天理了。能不能来点实际行动给我疗伤止疼啊？”

静姐破涕为笑：“那，我请你吃饭吧。”

“两顿。”

“行。”

挂断电话，王子建长长地舒了一口气，虽然还是很不甘心，却也不怎么难过了。他明白，等着看自己出丑的人一定不比传静姐闲话的人少，越是这样，越不能成全了他们。所以，接下来的几天，子建处之泰然，谈笑风生，完全一副置身事外的样子。

“子建，中院那事儿真可惜，唉，你窝在马泉法院太屈才了。”

“没有啊，咱法院氛围多好啊，中院太累人，呵呵，当初报名的时候我还犹豫呢。”

“子建，我们都觉得叶静肯定找关系了，要不然一定争不过你。”

“咳，不能这么说，静姐很优秀的，长得漂亮，干活细致。再说了，她去中院也合适，起码离家近了。”

……

故作轻松地应付完单位里那群煽风点火的职业选手之后，心里好像还真的轻松了起来，虽有遗憾，却也能想明白：任何一个社会，都同样要讲人情，资源存在即为合理，不去使用反倒脑袋有蛆。遴选调动之事，本就没有什么公平与不公平可言。与领导的关系、能送出去的礼，都是增加成功概率的砝码，和子建写书、发表案例、评先获奖并无本质区别，当然，前者作用或许更直接一些吧。

继阿华之后，静姐即将第二个离开马泉，同样也是走得既风光又稳当。呵呵，离开马泉的话，好像大家当年都说过，能否真正走出去，却不是说说话那么简单。总之，几年一遇的遴选机会，就这样错失了。尘埃落定，也就别去想它了。

失落之时，不免又是渴望起女人的温暖与支持，王子建顺理成章地接受起刘琴的关心与劝慰，这种召之即来挥之即去的处置方式，让他都觉得自己无耻与卑鄙，然而卑鄙的通道一旦打开，又怎能轻易地关闭？

起初的自责，被刘琴的包容吞噬殆尽。她全然不在乎子建忽冷忽热的态度，甚至刻意迁就着子建的时间，只在被需要时出现，而从不提出任何与陪伴相关的要求。

至于两人的关系，谁都没有试图说破，刘琴不提，子建更是乐得回避，按照他对自己宽慰的想法：和刘琴发生性关系之前，都只是正常朋友，至多只能算是有些暧昧……

何以如此呢？刘琴虽然不是第一眼就能勾魂摄魄的美女，但也绝对担得起“漂亮”二字，不会因为外貌问题而扫了任何一个男人的“性”致。就性格而言，她也算是活泼率真，骨子里透着质朴，显然没有惹人讨厌之处。但子建就是说不上来的有所排斥，以至于每次和她走得近些，都要刻意地疏远两天，都快逼出强迫症了。

葛磊劝道：“王子建你老淫贼一个，就别装纯情了。麻利儿的，都一个单位的公务员，你还真想谈场恋爱啊？兔子还知道不吃窝边草呢。”

“滚，都跟你似的？女人就只分上过和没上过两种？就不能有个红颜知己？”

“首先，我分的是四种！”

“啊？”

“你看，我想上且已经上过的，不想上但也已经上过的，想上却还没上过的，不想上也还没上过的，这不四种嘛。”

“服了。”

“还有，红颜知己这种事儿，拍着胸脯说，你信吗？”

“……不信。”

纵是笑骂，葛磊也还是戳中了王子建的一点顾虑，是啊，都在一个单位，无数双眼睛盯着，着实是一件麻烦事。

46 被凝固的时间

伴着一天天升高的气温，静姐离开马泉的日子也越发临近了。与欢送阿华时的场景一样，众人七嘴八舌地怀旧感伤、祝福惆怅，唯一多出的话题，则是中院到底会不会分房……

应对这些与虚伪缠绕在一起的真情时，静姐显然不像阿华那般灵活，招架了几轮之后，仿佛耗尽了电量，即又恢复了那种宣示距离的微笑表情，以茶代酒，不断地说着“谢谢”。

王子建把玩着这种“其乐融融”的气氛，心中有些好笑。当波波被酒精冲昏头脑，开始一连串控诉自己经受的不公正待遇，谩骂司法所普法宣传、人民调解工作的毫无意义，感慨人生的悲凉与无望后，大家草草地结束了宴席，只留下一桌的狼藉。

“子建，你怎么回家？”

“我去找辆车，你甭管了。”

“嘘，你等会儿再走。”

静姐把其他人送上了车，旋又回到王子建身边。

“走吧，这次轮到我送你了。”

王子建推辞不过，只得乖乖就范，把车钥匙交给了静姐。

“手动挡？天啊，我几年没碰过了。”

王子建脸上浮起了一条条的黑线：“姐姐，你坐我车得有一百次了吧？你都不知道它是手动挡？”

“这个……真没注意。我开不了你这车。”

“就说嘛，我还是打车回去吧。”

“不行，我今天一定要送你。”

王子建锁好汽车，疑惑地跟着静姐，走到了不远处的另一辆车前。

“开我的车吧。”

咔嗒一声，车门解锁，车灯一阵闪烁。

一辆硕大的SUV车型，车头上赫然一个“BMW”的圆形标识，宝马X5。

“呃，静姐……这是你的车？”

“我爱人的车，以后就是我开着上班用了。”

子建坐在副驾驶位，拂拭着漂亮的桃木贴片，感受着宽敞空间与开阔视野，一百多万元的宝马，也该算作豪车了吧？

汽车稳稳地停在了子建的车位上。

“辛苦了，静姐，早点回去吧，路上慢点。”

“按电视剧的套路，我是不是该问一句：不请我上去喝一杯？”

子建应声笑道：“你说的那是公子哥勾搭小姑娘的桥段吧？Ok，静姐，要不要上去喝一杯？”

“好啊，非常荣幸。”

静姐当真熄火下车，俏皮地拉住子建：“小姑娘，你住几层啊？有电梯没有？”

一直到掏出钥匙打开家门，子建都以为静姐这一路是在和自己开玩笑，随时会快步跑回车里离去。没曾想，她真就随自己攀爬了五层楼梯，气喘吁吁地一屁股坐进了客厅的沙发。

“还行，收拾得蛮干净的嘛。”

这不足50平方米的狭小熟悉领地罕有人至，静姐毫不见外地四处打量，反倒让子建有一些局促。

“静姐，你喝点什么？”

“有什么啊？”

“白酒、红酒、啤酒、威士忌、白兰地、伏特加、薄荷酒、杜松子酒、朗姆酒……”

王子建一口气报出了十几种酒，又笑着补充道：“当然啦，也有红茶、绿茶、牛奶，但这些都是要额外收费的。”

“还别说，我真以为自己到了酒吧呢，你家里干吗放这么多酒？”

子建本想答一句“装 × 呗”，话都溜到嘴边了，突然意识到自己谈话的对象是静姐，于是就应是改成了“装……小资本主义情调，想把每种酒都尝一尝。”

静姐点点头，指着酒柜里的瓶子问道：“这个绿的是什么？”

“GET27，法国的绿薄荷酒，21度，有些甜腻。”

“这个蓝色的呢？”

“孟买的蓝宝石金酒，37.5度，据说用了十几种草药，口感顺滑清新，有点柠檬和甘草的味道。不过，我还是更喜欢便宜一些的哥顿金，用汤力水调好后口感比较直接，没蓝宝石金那么复杂。喏，这个就是。”

“嗯，我要一杯绿色的，一杯蓝色的，再来一杯这个白色的。谢谢。”

子建皱着眉头道：“姐，这可都是酒，真要喝啊？”

“怎么，舍不得你的酒啊？”

“不是，你可开着车呢。”

“没事，酒劲过了再走呗，和你多聊会儿。”

“这酒喝了一时半会儿可过不了劲儿，可就酒驾啦。”

“那就打个车回住处呗，明天你负责把我车开单位去。”

“好吧，那你先来杯薄荷酒吧。”

子建微微叹了口气，拉开了酒柜的玻璃门。心说，真要是让静姐一样喝上一杯，估计得醉到明天去了。

取冰块，切柠檬片。很快，鸡尾酒杯盛满绿色的液体，推到了静姐面前。

“嗯，真不错！薄荷味挺足的，这不就是饮料嘛！”

“这个真有酒精，洋酒说醉就醉，你慢点喝。”

静姐撇撇嘴，又喝了一大口，舒服得吐了口气，王子建瞬时闻到了一股薄荷的香气。他端起手中的金汤力，一股类似于柚子的苦甜口感随着酒精的冲劲，一下子涌到喉结，之前饭馆里那顿不温不火的吃喝所带来的不快，瞬间就消失得无影无踪。

“子建，买这些酒很贵吧？”

“贵的买不起，这些都在几十元到300元，很便宜，看网上哪种酒搞活动，我就订一瓶，自己一个人喝得慢，就都攒下了。”

静姐点点头，很快杯中就只剩下了未融尽的冰块。

“来一杯蓝色的尝尝。”

子建从未见过静姐喝酒，真是低估了她的酒量，几杯各不相同的洋酒下肚，除了脸色微红、话变得多了些以外，完全看不出她有何异样。反倒是自己，头皮都有些发胀。

“我去换身衣服啊。”

“去吧去吧，要是有女式的居家服，也给我找一身。”

“这个真没有。”

子建去洗了把脸，换上了舒适的睡衣。今天确实没有状态，胸口都已经发红了。

回到客厅，静姐晃动着子建的杯子，笑道：“你的酒喝起来好苦啊。”

子建心里也有些苦，心说这是不是做梦啊？大晚上的把女同事领到家里喝酒？这分明是葛磊办事的路数啊。

“呼，就要离开马泉了，还有点舍不得。”

“有啥舍不得的，穷乡僻壤连个星巴克都没有，你家又在城区，早就该回去。”

静姐摇摇头：“不想回去，不想每天回家。”

“为什么？”

“小孩子别问那么多，来，喝酒。”

王子建悻悻地举杯，怎么自己就成了“小孩子”？晕。

“我能抽烟吗？”

“不能。”

“哦。”

“逗你的，你抽吧，这又不是我家。”

子建深深地吸了一口烟，清醒了不少。

“静姐，中院的工作量肯定比马泉大，去了要多保重身体，别太累。”

静姐笑笑：“去了我也是找个后勤部门待着，累也累不着我。说真的，我一直觉得你比我更适合去中院，你到了那边，能大展拳脚，好好练练本事。我去那算是浪费了。”

子建叹了口气：“也不能这么说……”

“真的，不骗你。我一开始连名都没想报，但是……有些事我说了不算，你姐夫，一定要让我回城区。”

哦，军官姐夫，子建不知该说什么，继续抽烟，没有搭话。

“考试的时候，我基本什么都不会，乱写了一通，却也进了面试。然后我就明白了，这一切都已经被安排好了，哪怕我交张白卷，可能还是这么个结果。当然，我也不敢交白卷，那样你姐夫肯定会知道，又会罚我……”

“罚你？罚你什么？”

“呵呵，说不出口。”

子建点点头，好像人家夫妻之间的事儿确实不便深究。

“我知道你有真才实学，也知道你在准备面试，当时就特想告诉你，可同样也是说不出口……真的不知道该怎么和你说，一拖再拖，就……”

“静姐，都过去了，就别提这事儿了。我能理解，真的。”

静姐的脸越来越红，却瞅着子建说：“你不是喝酒不上脸嘛，怎么变得跟龙虾似的？”

王子建起身看了眼镜子，脸色确实变红了，他招呼道：“来，你过来看看自己，咱俩谁更像龙虾？”

静姐摇摇晃晃地走了过来，为了挤进这面比较窄的条型镜子，她使劲地靠在王子建身上，还攀住了他的胳膊。这种皮肤贴在一起的感觉是如此的久违，手臂抵在女性柔软胸部的触感，又是那般的熟悉。王子建赶忙向外挪了挪，心跳却是明显加快了。

又喝了一会儿，静姐还是没有停歇的意思。王子建晕乎乎地起身炒了一大盘花生米。

静姐也不见外，嫌筷子不趁手，径自去厨房找了把勺子，一勺一勺地挖着吃，边吃还边“埋怨”：“这么有品的洋酒，你炒个花生干吗？搞的土不土洋不洋的，太混搭了吧？”

“混搭就混搭吧，我说静姐，你现在这个形象非常女汉子啊。之前从没见你喝酒，今天才知道你酒量真不错。要是搁了别人，就这么掺酒喝，早就躺下了。”

“我本来就很能喝啊，后来结婚了，才被人管制起来，不许喝酒、不许烫头、不许加陌生人好友、不许和异性逛街、不许穿短裙、不许染指甲，你知道吗，甚至不许我刮腋毛，说这是不正经的女孩干的事！”

“不至于吧？姐夫这人很 old school 啊。”

“嗯，老不老派不好说，不过他确实挺老的，比我大 15 岁。”

“啊？咳，老夫少妻也挺好的。”王子建有些愕然，随即赶忙圆场。

“好什么啊，简直就是两代人。”

静姐一口气喝干了杯中的酒，晃着手指说道：“我是他老婆，又不是他的士兵。说起来都可笑，别人家吵架是女的可以任性耍赖，我这边倒好，要是什么事情不顺他的心意，竟然罚我站军姿！你见过这样的夫妻吗？”

“那你甭搭理他不就完了，这不家庭暴力吗！”

“那他就真的会使用暴力。”静姐冷冷地说：“不光对我，还有我哥哥。他是我老公手底下的兵。上次我俩吵架，他劝了两句，就被罚在操场上蛙跳了20圈，两条腿的韧带全拉伤了……”

王子建不知该说些什么，只得叹口气，默默地抽出两张纸巾，递给静姐，让她擦去那悄然而至的眼泪。

“所以啊，他让我考公务员，我就得考，让我调回城区，我就得调。几年了，我最放纵的一次，也就是今天和你喝这顿酒。”

“不过……你不是想要孩子吗，不喝酒也好。”

“呵呵，孩子？要了两年多了，老天不肯给，他就埋怨我。可我去医院查过了，什么都很正常，让他去查又不去……哎呀，我这和你说的都是什么啊，喝醉了喝醉了，你就当我胡言乱语吧。”

“没事，你就拿我当你亲弟弟吧，想说什么说什么。我又不是当兵的，也没人能来罚我蛙跳。”

“说说你的事吧，一直没有问过你，到底为什么和女朋友分开？”

子建一五一十地讲了起来，说到萧文婷估计已经生下了孩子，不免也是一阵哀伤。

静姐若有所思地说：“物质基础只是一个方面，选择结婚对象最重要的还是看感情，否则光有钱也幸福不了，比如，我。不过，不都说你家挺有钱的吗？”

“呵呵，咱们法院这帮人的嘴，等你调走后估计能把你传成叶挺将军的孙女。”

静姐哈哈大笑，说：“我的先祖是叶问。”说完还比了个咏春拳的动作，倒也像模像样。

“这伏特加也太难喝了。”

“嗯，香草味的伏特加，买了我就后悔了，简直不是人喝的。”

……

第二天一早，子建睁开眼睛，头疼欲裂。定了定心神，自己应当是在卧室床上，挣扎着想翻身，翻至一半，却感觉自己裸露的后背压到了什么。

身后传来一声娇哼“嗯”。

王子建吓得险些没从床上弹起来，瞬间就清醒了。他小心地向前挪了挪身子，再慢慢地翻转过来，定睛一看，静姐躺在自己的身后，刚才压到的，是她的手。王子建已经感觉出自己处于裸体状态，再看看与自己合盖一条空调薄被的静姐，露在外面的白皙手臂，裸露的肩膀、后背。

这是怎么了？子建拼命回想着昨天晚上的事情，记忆却很模糊：

“有人说如果深爱一个人，是会梦到她的。你梦到过萧文婷吗？”

“男人做梦是没有特定对象的，逮着谁梦谁。”

“是吗？你都梦见谁了？”

“谁都梦啊。”

“也梦见过我？”

“梦见过。”

“说说，在梦里我干吗了？”

“呃，说不出口。”

“为啥说不出口？”

“那种梦。”

“哪种？”

“就……那种。”

“是这种吗？”

说完，静姐起身跨坐在王子建腿上，捧着他的脸颊，深深地吻了下去……

再之后的记忆，就全是支离破碎的片段了。

洗澡时头撞在墙上了……给静姐找浴巾……帮她摘项链……设置空调温度，无关痛痒的事情记得很是清楚，最关键的部分却还是想不起来。

做了？还是没做？

王子建突然想摸摸静姐的下半身有没有穿衣服，手刚一伸过去，旋即又缩了回来：还想伸手摸一摸？这不傻吗！

一瞬间，又一个细节泵入脑海，最后的一丝希望也随之破灭了：昨晚在床上，静姐挣扎着不要背对着子建，说这样像小狗，子建则半哄半强迫地就那样趴在了她的身上……

搞清楚状况之后，子建紧张得汗都下来了，心说，这下算是完了。

第一次这么近距离看静姐的脸，青春悄然定格，完全看不出 30 岁女人的样子。她还是闭着眼睛，但眼珠分明动了几下。

“静姐，醒了吗？”

子建小声地试探着。

静姐睁开了眼睛，同样小声地“嗯”了一声。

一束晨光透过窗户，投射在凌乱不堪的床单上，细小的颗粒物漂浮于光束中。

空调出风口的叶片执拗的摆动着，偶尔传来轻微的咔嗒声。

两人对视无语，时间，则就这样凝固了。

47 可悲的无尽意淫

“静姐，我……对不起。”

过了好一阵，子建才说出一句话，喉咙干渴难耐，声音也空洞沙哑，把自己都吓了一跳。

静姐勉强地笑笑，伸手抵住了子建的嘴。

“别说话，我们还在梦里。”

说完，她突然拥入了王子建的怀里，把头埋在了他的胸口。王子建的左手被静姐压在身下，右手僵在空中，最终，只得扶在她的后背上，温柔地摩挲起来。

静姐先是不出声地流泪，慢慢地变成小声的啜泣，最终肩膀也一抖一抖地抽泣起来。

王子建不知该如何宽慰，索性闭口不语。

当王子建穿好衣服走回卧室时，静姐用被子把自己捂得严严实实，仍是不住的哭泣。他退到卧室门口，点燃一支烟，不断地自责。

“咱俩之间什么都没有发生过，以后和谁都不要提，也别再跟我提，好吗？”

“嗯，我知道了。对不起。”

“没什么好对不起的。可能我内心一直也在期待能放纵一次，只是，真做了出格的事情后，却发现自己心里根本接受不了。”

“明白，你是个好女人。”

“好女人？呵呵，我算什么好女人？”静姐苦笑着发动汽车，说：“我把你送到昨天的饭馆，你去开车吧。”

“静姐。”

“嗯？”

“昨天晚上，好像……那个，我去给你买盒药吧。”王子建打量着静姐的脸色，小心翼翼地说。

“不用了，我自己会吃的。”

一路无语。汽车稳稳地停在了路边。

临下车时，静姐再次嘱咐道：“子建，我还要再叮嘱你一次，咱俩的事情真的就当没发生过，以后不管是见面，电话，还是短信，都不要和我提。如果我爱人知道了，他一定会杀了我们。知道了吗？”

“嗯。”王子建郑重地点点头，幽幽地问：“还是朋友？”

静姐一愣，点了点头，答道：“还是朋友。”

黑色的 X5 绝尘而去，王子建伫立在路旁，痛苦地揪了揪头发。

他知道，自己已经注定要失去这个朋友了。发生关系的男女，有几个还能做成朋友？

坐进车里，仍是头晕难受。打电话问了问书记员，确定今天没有安排庭审后，再打给庭长请了个病假，然后，王子建就开车回家了，一团狼藉等着收拾，床上，还留有静姐的味道……

“葛磊，最近怎么样？”

“呼，还好。”

“感冒了？”

“没，昨天喝多了。”

话题一时枯竭了，子建这才发现，原来自己是这么一个“被动”聊天的人，在葛磊找回状态之前，他竟完全无法找到话题。

“哎 ~~ 呀”，葛磊显然是挣扎着起身了，又咕咚咕咚地喝了两口水，才继续说道：“昨天，被我们处罚的一个企业过来叫板，拿来一摞经济学专家的意见，非说自己的行为在学理上属于纵向垄断，在当前国情下不该被处罚。”

“所以你就把他们喝趴下了？”

“啊？没有，跟他们喝哪门子酒，两档子事儿。我昨天是去陪了几个市里领导，人微言轻，只能玩命喝酒呗。”

“哦，看你对价格垄断这块儿挺感兴趣，也是个新兴领域，好好弄吧，将来你肯定是能创设规则的。”

“呵呵，怕是在这里也待不长了。”

"怎么了？"

"近期可能还是要调动一下。"

"往哪里调？"

"市残联。"

"我晕，跑那去干吗？"

葛磊幽幽地说："我这段时间谈了个朋友，她爸是省组织部的领导，残联副主席有个空缺儿，让我去先把坑占上。"

王子建默默地盘算着，市残联应该是个副局级单位，主席副局级，副主席就应该是正处级。这么一来，葛磊要从正科攀升至正处，20 多岁的处级干部？到时候和县长同级，也很牛 × 了。不过，还是先说说那个姑娘吧。

"当官的事儿放一边，那姑娘怎么样？你这次要定下来了？"

"丑 × 一个，说不说的吧。"

"哦，那脸咋样，漂亮不？"

"我不说了丑……嘿，欺负我酒还没醒是吗！"

俩人一通哈哈大笑。

按葛磊的说法，这姑娘人还不错，属于非典型的官二代，天真烂漫，能力平平，没有太过骄纵。俘获这样的姑娘，就得拿出文艺青年范儿，上钩之后，还得让她醋意横生，葛磊摇滚明星般的辉煌过去、"不经意"暴露出的几个美丽前女友、几次欲擒故纵的小把戏，很快就把小姑娘迷得神魂颠倒，大有非他不嫁的意思。

"小姑娘现在干吗的？"

"研二，没毕业呢。"

王子建突然想起了阿华，就把他的故事讲给葛磊。

葛磊认真听完，笑道："这哥们不错，有机会我该去认识一下。呵呵，恐怕大多数人都会把我俩定义为吃软饭的小白脸，你咋看？"

“你是啃铅球的小黑炭。”

“滚。”

“呵呵，开玩笑的。我觉得，存在即为合理，你知道自己在做什么就好，不用管别人怎么想，他们还巴巴地想要一个这样的资源呢，有句法谚说的好。”

“嗯，没有人厌恶特权本身，他们厌恶的只不过是特权掌握在别人手里。”

“对，就是这句。”

“呵呵，我的性格你了解，我不会搞什么入赘家门，当谁的上门女婿，也犯不上为这点利益出卖灵魂。”

“如果你有灵魂可卖。”王子建快速地插了一句。

葛磊笑笑，继续说道：“你说这是资源，概括的非常准确。但是，我和小姑娘本质上谈的还是恋爱，而不是买卖，父辈资源只不过是附着在她身上的一个考量因素，和漂亮、学识、性格、财富一样，同样可以用来吸引异性。哎，你有没有注意到这样一群傻 × 男人？”

“哪一群？”

“有点小财富之后，眼泪汪汪地四处寻找真爱，成天对着姑娘喊，我要是没有钱你还爱不爱我。”

“没，我身边穷人居多。”

“呵呵，就那一群傻 ×，我要是姑娘，就反问他们，我要是又老又胖先天阴道发育不健全再被硫酸毁个容，你还问不问我这个蠢问题？”

一通闲扯之后，子建突然想到一个问题。

“可是，如果人家爸爸帮了你，你最终却不和人家女儿结婚……会怎么样啊？”

“走一步看一步吧，想办法把自己变成受害者，苦情一点。”

王子建若有所思，他总是觉得其中有什么不妥。阿华是要和女友结婚生子的，踏踏实实为人家家族开疆守土，而葛磊分明就是在寻找踏板，攀爬几年就想一脚踹开，他低估了省部级官员的智商，更低估了父亲对女儿的爱，搞不好就是给自己埋了个炸弹。

“最好还是小心一点。”

“嗯，知道，看吧，不行我就真娶了她。省组织部部长有什么了不起，到时候我走进中央部委，只能算他懂得投资。”

王子建没有搭话，法官是个必须善听弦外之音的职业，经过了与无数名当事人的博弈磨合，他已经娴熟地掌握了这一技能。从葛磊略显张狂的刻意强调中，王子建已经分明听出了一种顾虑：葛磊远不像自己描述的那般洒脱，心比天高的他迫切地渴望着机会，却远没有达到不择手段的程度，他在意成功，也在意成功的过程。一顶“吃软饭”的帽子，他万万承受不起，而同时，一个女友能提供的莫大帮助，又充满诱惑，使他断然无法拒绝……这种矛盾，恐怕只能靠他自己寻求平衡，妥善消除了。

“在残联当上副主席，下一步是什么？”

“我太年轻了，在残联熬处级有点浪费时间。所以，等明年提起副处以后，代行副主席职务，主持残联工作。到时候也算是有了在副局级单位主持工作的经历，再看机会，不行的话还是先下基层，弄个县长、县委书记啥的，干点成绩出来镀镀金，再往上爬。”

“嗯，都说官场险恶，背后有个靠山，心里应该能踏实很多，起码有什么风吹草动时，能有个人提前告诉你。”

葛磊感慨道：“你说的很对，在官场里无依无靠还敢跑得快的，一定是最先死的。”

“是不是留下再干两年正科会更稳妥一点？”

“呵呵，我离开现在这个岗位也有这部分原因。其实，快与不快，不仅是看行政级别。反垄断审查这块业务，明显是被领导们低估了。中央定了调调，按销售额的比例进行处罚，销售额啊，可不是净利润，这得是多么大的一个数字？比如我之前说的那个汽车集团，销售额 1200 亿元，按最低比例 1% 来罚它，就是 12 亿元，企业利润的 30% 就这样挂掉了，还不疯了一样四处找关系。所以，这个部门就成了超牛 × 的肥缺。这一点，省里的领导恐怕都没有预料到。”

“所以你得赶紧走？”

“是的，得把位子让出来。”

“你那省委组织部的老丈人，不能帮你想想办法留下？”

“不懂曲线救国的道理，最终一定会死得很惨。每个单位都一样，你将来也会遇到这样的问题，别死磕，守不住就趁早退，留了名声，赚了人情，另一条路就会变得更畅通了。”

“明白了。”

打完这通电话，王子建有些心绪不定：仕途险恶、官场无情，葛磊在他描述的巨大旋涡里奋力游弋；商场如战场，朝存夕亡，卢恒宇在市场经济的浪潮里舍命逐浪。官场、商场，显然都不是自己可以驾驭的领域，原来，成为专业技术型人才看似辛苦，反倒是最稳妥的避险遁身之法，是最没有压力的存活路数。

他把手机扔在床上，思索着自己的人生，一股莫名的压力毫无征兆地碾压过来，让人有些恐惧：工作这么久了，看不透发展的方向，却一眼能看到 10 年后的生活，那就是——现状。可到那时葛磊是什么样子？卢恒宇是什么样子？还有刘洋、阿华、老詹甚至曹睿，自己与他们的距离会被拉至多大？所谓的稳定，难道就是一成不变的贫穷吗？日渐老去的父母，什么时候才能从替自己的忧虑中解脱出来，像其他人的父母一样享一享天伦之乐？

不得而知，更无从找寻出路。

他突然很想制作一份简历，认认真真地重新找一次工作，去看看有了这两年半法院工作经历的自己，到底是升值还是贬值了。如果真的能找到一份大型企业的法务工作，拿到万元以上的月薪，生活也算是能有个盼头。

等等，为什么是企业法务，而不是去做律师呢？被师父师兄描绘的困难吓到了么？不愿承担案源与收入画等号所带来的压力及不稳定吗？自己想要的到底是什么？

就这么胡乱想着，眼皮打起架来。

新换的床单，已经洗过的薄被，几天过去了，竟还能感受到静姐的气息。一场醉至没有神志表现不佳的性爱，彻底打破了王子建这一年多来相对“清心寡欲”的生活。他搜寻着记忆深处中与性有关的片段，不自觉地进行着剪辑拼贴，把生命中曾出现的几个姑娘串联在一起。更要命的是，他会幻想着下一次的场景主题，并不断地更换着女主角的面庞，俨然已经有了形成“心理疾病”的前兆。

可是，不管把主角想象成陈娜、萧文婷、静姐、刘琴中的哪一个，都会随着遗憾、哀伤、愧疚、纠结等负面情绪，唯有海洋世界里那个面容姣好腰系红绳可以直奔“主题”的姑娘，才能经受的起子建各种邪恶无耻的想象。

半梦半醒间，这个姑娘又自动出现在了子建的脑海。一个无比清醒的王子建混迹其中，冷眼旁观着这种可悲的无尽意淫。他叉着腰颇为不屑地说：“你行不行啊？老逮着个妓女瞎捉摸，早晚就真变成嫖客了！”另一个王子建唯唯诺诺地点头，一副嬉皮笑脸的样子，视线却仍停留在姑娘腰间的红绳上……

第五章　浮生新梦 / 泥淖独影

48　衔接着自由的枷锁

7月一过，全国各级法院又多了一批6年服务期满的法官，一时间，社会上有关法官辞职的消息漫天飞舞，各大媒体争相刊发了评论文章，什么《法官都去哪了》《人民法官流失的成因》《莫让司法领域上演劣币驱逐良币》等。在法院系统内部，哪个法院走了几个，他们跳去了哪里，则更是餐桌上炙手可热的话题。

显然，军心在日益浮动，不同地区的领导们各自怀揣着苦闷不满，表现出来的状态却是千差万别。上海某区法院的院长怒而拍案，放出豪言壮语："要么忍，要么滚，别拿辞职吓唬人，走一个我招三个！"

可是，人家上海待遇高啊，一个月虽说只有五千多的工资，可是有额外的住房补贴，工作满4年且续签四年"承诺书"就能一次性领取20多万元的"安家费"，这样算下来，也是实打实的年薪10万元以上了。这么一来，跟风辞职的是极少数真正精英，少了他们，法院也能正常运转。

王子建所在的省会则不然，薪资待遇永远的畏首畏尾不说，中央一有作风建设之类的风吹草动，就率先削减干警福利，连块月饼都不敢再发。憋着劲想出去的法官人数众多且皆为办案主力，他们聚在一起相互打气，一旦悉数涌向市场，法院半数以上的庭室顿时就会陷入"青黄不接"的窘境。所以，法院领导也就没了那份拍桌子的底气，他们一边给法官们画着大饼，一边聚在一起商量出了几个比较无耻的"对策"：

首先，今年再招录的新干警改签10年服务期协议，毕竟给了省会户口嘛。

其次，进一步封堵法官参加国家、省级公务员考试的渠道，没过服务期当然不让考，过了服务期的也不许考，这算是法院系统的管理需要。

最后，服务期内，不允许法官辞职，也不允许他们被辞退，如果执意要走一律按开除公职处理。

消息传出来后，全院哗然。

第一条倒也说得过去，原本就存在的服务期制度被延长了，新入职的同志结合自身需求可以自由选择，接受不了就不要进这个体制，倒不涉及其他早入职同志的利益。

第二条对策相当孙子，虽然仍有突破的可能，但恐怕需要较强硬的关系后台来运作，绝大多数人凭借公务员考试来实现“体制内华丽转身”的梦想就这样被无情浇灭了。

第三条对策则纯属扯淡，没有任何的合法性及合理性可言。开除公职是公务员法中最为严厉的处分，在它之前还有警告、记过、记大过、降级及撤职。法官犯了什么错？要因为辞职行为经受此等处分？而且，被开除公职意味着什么？律师铁定不能做了，国企及事业单位也都基本没法去了……

这对一个人的影响，无疑是致命的。

虽然没有下定辞职的决心，出于对“公理正义”的追寻，王子建仍是怒火中烧难以自持，他在实名认证的博客上一气呵成写了一篇长文，试图揭露法院系统“挽留人才”方式的无能与无耻，却又在临近点击发表时动摇了。这种言论一出，必然就把自己推到了风口浪尖上，还是“成熟”、事故一些吧。

即便如此，餐桌上王子建还是极尽了冷嘲热讽之能事，话说得多了，自己反倒成了一个非常不安定的存在，很多人都以为是他想要跳槽，法院里又是传了好一阵关于王子建的流言，就连他遴选失利的前因后果，也被添油加醋地描绘成了上级法院领导派系间的权衡博弈，说他是因此种博弈而心灰意冷才萌生了去意……

除了刘琴时不时地带来这些消息，再三叮嘱子建压压脾气，不要再乱说话以外，就连江庭长，都被这些流言搞得晕头转向，几次打着“兄弟情义”的旗帜，旁敲侧击地来试探子建是不是要走。

其实，江百川不知道，民一庭里真正想走的确有其人，但不是子建，而是现在的内勤。

小姑娘来法院已经一年多了，和子建这届不同，为了进一步缓解案多人少的压力，他们略过了看光盘、轮岗实习那套烦冗的培训过程，甚至还没等录取就分了庭室。正是她接替了子建，担起了内勤的工作。

小姑娘性子柔弱，催使不动庭里的人帮忙不说，就连分外工作，也像当初一样被悄悄地推了过来。唯有王子建，经常主动写点东西，帮着分担一些工作。这么一来，在她心里，王子建自然也就成了全庭上下唯一的“好人”。

所以，小姑娘之前已经和王子建告辞过了。

“师兄，我可能要走了。”

“嗯？”王子建一时没反应过来，紧接着问道：“什么情况？要离开法院了？”

“嗯。我想辞职了。”

“你刚来一年多点，试用期刚过，怎么就要走了？”

一来二去，王子建听明白了。小姑娘已经打听好，现在走还能算是辞退，如果再过一段时间，等刚刚酝酿出的“对策”真的变成了“政策”，没准就真只能是开除公职了。至于她离开的理由，找的倒也还算充裕，老公在城区与自己两地分居啦，要还房贷生活压力大啦，父母已搬至省会希望能与自己团聚啦，等等。

当然，还有一条不能对领导明说的理由：

“师兄”，小姑娘委屈地说：“我每天都忙忙碌碌，可是一年下来，却又想不出自己到底学到了什么。这些工作，我觉得找一个初中生来做都没有问题，我所学的专业根本用不上不说，就连最普通的民事案件都不让我审。我熬不满这6年……”

子建没能说出任何挽留的话，只是叹了口气祝她一切顺利，早日办清手续，跳入那个对口的外企——国际经济法专业，在马泉这个无权审理涉外案件的基层法院，注定是要被荒废的。同时，他也好心地叮嘱了一句：“事情办利索之前，先别对太多人说，更别提你已经找好了一家外企，免得出什么变故。”

没过多久，民一庭的内勤果然被“光荣”辞退了。

两名刚满服务期的法官受到了不小的鼓舞，听说也递交了辞职报告。但是，又不知怎么的没有了下文。

王子建盘算着自己剩余3年的服务期，走？还是不走？一时拿不定主意，也不知道自己能走去哪里。况且，人的情感确实非常微妙，再觉得不济的人或事物，一旦真的想要离开或失去，就会想起许多美好，心生留恋。这一点，在情侣间表现得尤为突出，平时闹得再凶恨不能撕了对方的男女，真到了分手那一刻，往往也会不舍。

院长在民主生活会上一通慷慨激昂：法官的社会使命感、中央必将推进司法改革的决心、青年干警未来的待遇福利、中院高院只保留遴选途径而不再面向社会招募干警……当然，还有扎根基层，让正义及理性之花绽放在大山深处的殷切希冀。

依旧是画饼，略去情绪的感召力以外，也就没了什么实质内容。

最讽刺的是，没过多久，院长也没能跳出马泉法院“三年一换心”的宿命，“镀金”结束，调回了省高院的政治部……

也许是由于刚夸下陪大家一起扎根基层的海口，院长走得灰溜溜的，听说做了很大的抗争，但还是不得不服从组织安排。在最后一次中层会上，他表示了自己的歉意，说在任3年也没能给马泉法院做些什么。临了，院长为全院干警谋了最后一份福利，争取到了一双皮鞋……在这个人人自危多一事不如少一事的新整风时代，此举当真是冒了莫大的风险，再加上院长平时为人不错，所以，他的离开让大多数人唏嘘不舍。

至于这个新来的夏院长，相比起来则有点“极品”了。

好歹也是五十多岁的人了，却完全摸不清形势，第一次召开全院大会，竟然笑眯眯地说了一段这样的话：

“同志们，最近社会都在传法官离职的新闻，对此，我其实也有一些看法。法官本就是一个清贫的职业，你不能跟西方发达国家比，咱们没那个国情。生活方面嘛，要学会知足，要懂得向下看。你总能找到过得不如你的人，找到比你不幸福的人，那自然就心理平衡了嘛。”

“而且，很多人说法院的工资很低，难以维持生活，真的是这样吗？我觉得大家太夸张了。我也是法官，拿我举例吧，我一个月开九千多块，住房公积金还有两千多，日子过得非常宽裕啊。没有豪宅，那就一家三口挤在一个三居室里，也是其乐融融。我就不明白，这样的生活大家有什么好抱怨的……”

话还没说完，十几个人已经颇为不屑地溜出了会场。

王子建一阵苦笑，心说这夏院长是傻吗？你是副局级干部，一个月算下来一万多元，我们这些副主任科员加上公积金才四千二三；你在二环以里的政法小区分了一套三居室，那地段现在一平方米7万多元，而且马泉这边区委也给免费提供了一套三居室用于居住，我们要么租房要么啃老啃出一套房子，每个月工资大头都付了房租或还了房贷，甚至还不够；你来马泉法院当一把手配奥迪公车，想回家就有专职司机接送，我们想进城一趟若是坐公交得一个半小时，自己开车油费过路费一个来回也得小一百……竟然拿自己的宽裕生活和普通干警比较。

先不说新的院长给院里带来如何的变化，单说民一庭，内勤一走，江庭长又想到了王子建，希望他能把这个事情“兼”起来。

好不容易才摆脱内勤岗的王子建已经不再是三年前那个“任凭差遣、闷头苦干”的形态了，他兜着圈绕着弯，就是不肯给庭长一句“痛快话”。

墨迹半天，江庭长有些恼火：“你小子，不就是让你当个内勤嘛，看把你为难的！又不是让你长干，咱们现在短一个编，过阵子分来个新人，你传给他不就完了。这么点事，至于废这么多话？”

王子建仍是连连推脱。他心里清楚，庭长说的都是哄自己临危受命的“屁话”：民一庭走了一个人，并不代表很快就能分一个过来，业务庭室、派出法庭全部人员短缺，抢人跟抢金子似的，今年新招录的大学生都已经分下去了，当时各位庭长都恨不得摆擂台打一架，现在谁还能吐出来一个让给民一庭？所以，即便加人，也至多是从后勤抽调一个聘任制书记员分过来“略表心意”。到时候，内勤这顶帽子就又扣到自己头上摘不下去了。

江庭长还是不依不饶，他认准了子建是内勤的不二人选，饶是口才不佳，也偏要颠倒黑白的一通忽悠，说到底，就是要子建“服从组织安排”。

子建终于恼了，平时自己对庭长毕恭毕敬，工作起来也是任劳任怨，内勤是个大家心知肚明的苦逼差事，庭里这么多年轻人，何苦偏要推给自己？他一时没绷住火儿，很不客气地回应道：

“庭长，您觉得我还不够服从组织安排？去年，我结案数全庭第二，但咱们心里都明白，分给我的案子里没有一起是串案，所有的案件都是一个一个干出来的。我白天开庭晚上写判决，几乎每个周末都过来加班，我抱怨过吗？我奶奶去世，五天丧假我只休了一天就跑回来……”

“我知道你挺拼的，干活不惜力……”

“是啊，就因为我干活不惜力，又愿意弄案子，所以才把内勤的活儿推给我，就算我每年少结一半案子，也蛮划算——因为别人如果接了这个活儿肯定就要当全职内勤，不再碰案子，对不对？”

江庭长略一迟疑，没有接茬儿却也没有否定。

“内勤的活儿我真是干够了，您要说硬往我头上扣，我没办法，您是领导，我只能接着。但是，江庭，对不起，我精力、能力都有限，恐怕也没有办法同时兼顾审判和内勤工作，全院上下所有的业务庭室，都是专职内勤，以后也就别给我分案子了，手里剩的这六十多个，也麻烦您给我转出去。”

“你这不是闹情绪吗，之前都干得好好的。”江庭长皱着眉头，没想到平时那么好“使唤”的王子建也给他来这一手。

“真不是闹情绪，更不是针对您。”

“那你就不想弄案子了？当初是谁找我要的审判权，是谁说想接触司法实务工作啊？”

“我想弄案子啊，不过，说实话，民一庭的案件就那么几类，我也接触得差不多了，您觉得近期还会有什么新类型案件吗？”

面对王子建赤裸裸的“挑衅”，江庭长一时说不出话来。

“所以，我可以趁着当内勤的工夫，研究一下其他庭室的业务，多陪审几个刑事、行政、商事案件，帮他们写写判决，也能学到不少东西。不过您放心，我肯定不耽误咱内勤的本职工作。”

话说到这个份儿上，摆明了要撕破脸，也就难以再回旋了。江庭长脸色有些难看，被子建架得也很是难受：从情感上讲，堂堂一个庭长被手下干警这般顶撞，还敢摆出个“鱼死网破”的阵势，那大不了就来个鱼死网破，专职内勤就专职内勤，恁地还治不了你了；但从理性上讲，自己的“小算盘”被王子建一语道破，人家说了，当内勤就不审案，若硬把他定成内勤，庭里少了个最拼命的办案主力，其他审判组的压力太大了。一想到全庭上下怨声载道，忙得四脚朝天时，人家王子建却悠哉悠哉地跑去帮其他庭室审案子学本领，他心里也不是滋味。

王子建狠狠地呛这几句火只是一时嘴快，说完之后，反倒开始认真思索起来，倘若能以此种形式接触到其他庭室的审判业务，比起重复审理已经掌握的案件，倒是一点也不差啊。所以，他竟期待起江庭长铁血一点，给出一个“同归于尽”式的答复，让自己在套上内勤枷锁的同时，却又获得跨庭室“作业”的自由。

良久，江庭长不动声色地说：“咳，真要是想弄一个专职内勤，肯定要找结案数最少的，选兼职内勤才得找能力最强的。得了，你要是不愿意兼着干，我就定给别人吧。”

言罢，他拍了拍子建的肩膀，推门走了。

对话结束的突然，就像被电工钳硬生生剪断了线路，以至原本运转之物悉数停止。子建呆立在自己的办公室里，想到两年来江庭长对他的种种照顾，心中又有了几分懊悔……

49 房间内的虚幻与真实

“这是我在马泉法院最好的朋友，出了名的才子，王子建，现在是民一庭的法官。”

“这位是我大学本科最好的朋友，一个宿舍的兄弟，之前在市银监局工作，刚刚遴选了汤山镇的副镇长。”

“这位是我研究生时代……”

阿华逐一介绍着餐桌上的众人，王子建不住地颔首微笑，与这些陌生的面孔打着招呼。

省委办公厅的副科长、省高院的法官、省公安厅经侦大队的警察、房地产公司的经理、银行的法务主管、律所的合伙人……随便哪一个，听起来都比王子建在远郊区县当一名法官要“靠谱”的多。自己作为阿华法院工作时代结交的“最好朋友”位列席中，心里却多少有些含糊，搞不清怎么就被赐予了如此高的评价。

推杯换盏，轮番对饮。

轻松欢愉的气氛，新奇有趣的见闻。很快，大家不再陌生，随着酒精与相互吹捧，也就有了兄长弟短的感情。

这一桌人酒量颇好，子建喝了几轮之后就决计防守，不敢再张罗着敬酒。还好，自己这个远郊区县的法官和大家没有什么交集，攀论关系找寻共同之处时，往往是无须随饮的漏网之鱼。

阿华作为圈子的中心，屡屡被提中，只得频频举杯，很快就醉了。他含糊不清地嚷嚷着：

“都是哥们，谁都不许再叫我杨总，再叫就得罚酒！比我大的，叫我阿华，比我小的，叫我华哥，没意见吧？”

众人一阵哄笑，颇有默契地数着“一、二、三”，然后一齐大喊了一声“杨总”，紧接着共同举杯一饮而尽。

这顿饭吃得很是到位，9 个人，两箱 52 度的白酒。之前谁也没想到会喝得这么凶，第二箱酒都是临时从饭店买的。

阿华被塞进汽车时，几乎不省人事了，司机很客气地问大家住哪，打算顺路捎上几个人时，阿华大声喊着王子建的名字，让司机先送他去马泉。

这个年轻小伙听见马泉俩字顿时就傻了，也不知道该如何应对喝醉酒的领导，一时愣在原地。王子建喝的并不多，估计到不了一斤，所以还算清醒。他上前拉住阿华的手，一遍遍地解释着自己的车停在城里，明天再回马泉。

又折腾了一会儿，大家喊着下次再聚，各自离开了。

10 点多，夜色正浓，街上却仍是霓虹闪烁，不乏车辆与行人，自然和马泉此等时段的一片死寂截然不同。

王子建摇摇晃晃地走在街上，打量着每一个擦肩而过的行人，突然觉得头晕，险些摔倒，就赶忙扶住一株松树。想点支烟解解酒，却不小心把 Zippo 掉到了地上，弯腰去捡时，胃里一阵翻腾，“哇”的一声喷涌而出，吐了个干干净净。

可怜的打火机，萧文婷送给自己的生日礼物，也被这坨污物覆盖了一半。想要伸手去捡，却也觉得恶心，环顾四周，地面干干净净，半张纸没有，心说：这要是棵梧桐树就好了，起码还能有片树叶。

正想着，不远处站着等出租车的男子走了过来，啥也没说，递过半包纸巾，转身就又走了。

子建捡起打火机，才想到自己忘了致谢，转身挥挥手想说些什么时，却发现人已经不见了。也许，是出租车来过了吧。

“老詹，和平大厦离你那远吗？”

“不远，三站地，咋了？”

“我在门口呢，喝多了，求收留。”

“靠，等着，我这就过去。”

老詹赶到饭店门口时，子建酒已经醒了很多。

“就三站地你开车来还四十多分钟？”

老詹苦笑两声：“得了，快上车吧，去我办公室凑合一宿，明天一起吃个饭再走。”

王子建好像意识到了什么，问：“是不是给你惹麻烦了？嫂子不乐意了？”

“没有，甭瞎想，我比单身汉还自由呢，明天叫上她一块儿吃饭。”

子建不再言语，心中却还是一片狐疑。纵是喝醉了，察言观色的本领也还是有的。可是，不至于啊，老詹媳妇就是一条女汉子，没那么多事儿，况且大家也认识这么多年了，别说去家里蹭吃蹭住了，当年他俩情人节开个房，哥几个都能厚颜无耻地蹭进去打牌……她都是乐呵呵地把这些当笑话讲。

到了公司后，老詹吩咐值班室的保安去搬一箱啤酒，子建连连制止：

“行了，我老感觉你有事没跟我说，你赶紧回家吧。”

老詹为难地叹了口气，说：“唉，你说你这人敏感的，得了，告诉你吧，丽丽怀孕了，没到 3 个月，不让跟别人说。”

“呀！恭喜啊，快当爸爸了！”子建由衷地替朋友高兴着。

“唉，别提了，怀孕后她老难受，情绪也有点不正常，变得特别黏人，不愿意我晚上出去。你别往心里去啊，我估计都是体内激素紊乱闹的。”

“别废话了，快回家吧，我要知道你这个情况，绝对不找你，真的，这是头等大事，老婆孩子比啥都重要，赶紧回去陪着。”

“兄弟更重要。”

“别跟我扯臊，兄弟一年才能见几面，也没法给你生孩子。场面话就别说了，都不是外人。你要是真能把朋友看得比老婆孩子重要，不是傻 × 就是冷血。”

“行了，我好不容易出来了，陪你一晚上。”

“陪个啥，快走，我要睡觉了。”

“你撵走了我，我也不回家。”

“你爱去哪去哪，我一会儿就发 QQ 状态，说我一个人在你办公室里，你媳妇可是我好友，等着案发吧。”

老詹笑了，说：“行，那我走了。哎，你自己跟这儿无聊不？要不我还是送你去海洋世界？玩玩嘛。”

“哈哈，行了，别逗我了，快走吧。”

老詹如获大赦般地走了，王子建明白，他得回家“救火”。也许，是自己太随性了，忽略了朋友们已有家庭的事实，总在给他们找麻烦。

呼，家庭，老婆，孩子。这一切离自己还真是说不出的遥远啊。

回到马泉后，子建感觉自己身体变得怪怪的，乏力，难受，一阵阵的头晕。

一测体温，有些发烧。

连喝了两天开水，仍不见好转。

坚持着去法院开了两个庭，就难受得坐都坐不稳了。

眼尖的同事一眼就发觉了子建的异样，她翻着子建的衣领，惊讶地说：

“你看你脖子上、脸上这些疙瘩，不会是出水痘了吧？发烧吗？”

水痘？这不是小孩子才得的病吗？

照了照镜子，确实有许多小疙瘩，不看还不觉得痒，看过之后忍不住就想去挠。

“千万别抓，水痘要完全发出来才会好，你快去医院吧！”

就这样，子建因水痘进了医院，开了药膏。

“小伙子，水痘传染性很强，要不然住院吧？”

“一定要住院吗？怎么治疗？”

“这个……倒没什么治疗的好方法，就是抹药膏，两三个礼拜自己就好了，主要还是为了隔离。”

“明白了，您给我开个假条，我自己把自己隔离起来，可以吗？”

“也行，你可能还会发烧，身上的水痘也会越来越痛痒，最好找个曾得过水痘的人来照顾你。”

“曾得过水痘的人？”

“是的，水痘是自限性疾病，得过一次终身免疫，你小时候一定是没得过。”

王子建强忍着头皮、脖颈处传来的阵阵瘙痒，戴上两层口罩，去超市采购了面包、方便面、鸡蛋、火腿肠等物品。估摸着足够支撑 20 天后，就赶忙驱车返回住处，生怕传染到别人……

显然，他低估了水痘发作时的痛苦：持续的低烧，周身的痛痒，几乎已经丧失了照顾自己的能力。之前预想的是畅享 20 天假期，难得悠闲地读读书，现在倒好，每天躺在床上一动都不想动，饿了就抓两片面包，连方便面都懒得下床去泡。更要命的是抹药，全身上下都是疱疹，头皮上的看不见，后背上的够不着，折腾几下，自己就先火了，干脆不去理会。

一直到第三天，稍微适应了一点，王子建才想到手机早已没电了。

充电，开机，很快，叮叮声想个不停，单是刘琴的短信，就有十几条。

从关切到焦急，最后的两条干脆就是一连串的问号了。

王子建强打着精神回拨过去电话，平静地说明了自己的情况。听得出来，刘琴两天联系不上子建，担心得都快哭了。

“是不是有人在家里照顾你？”

“啊。”

“叔叔阿姨过来了？”

“没。”

“那是谁在照顾你？”

子建笑笑，答道：“一个叫王子建的傻小子在照顾我。”

“把你家地址给我。”

“住的太远，别折腾了。”

“快点告诉我。”

“嗯……你得过水痘吗？”

“小学的时候得过，怎么了？”

王子建知道这次肯定拗不过刘琴，既然她曾得过水痘，确定不会被传染，干脆就把地址告诉了她。

两个来小时后，敲门声骤然响起。

王子建瞄了一眼床头的钟表，还不到中午 11 点。他打起精神应了一声，确定门外是刘琴之后，打开了房门。

刘琴气喘吁吁，拎着大袋小袋的水果和一箱牛奶，晃晃悠悠地闪进门内。

王子建伸手想去接她手里的东西，同时心里也在组织语言打算责怪她破费，没曾想，同时打算进行这两项举动导致了大脑一时死机，呆愣愣地看着刘琴把东西挪至厨房，自己则被她推到床边。

“躺下，别乱动。”

“哦。”大脑恢复运转时，自己已经躺在床上了。

仿佛已被输入过明确指令一般，刘琴上下忙碌，手脚麻利，有条不紊。很快，房间焕然一新，所有物件整齐有序，顿时没了沉闷等死的味道。

“水痘不能见风，但家里还是要通风啊，可以开这扇窗户。”

“水池子都臭了，一会儿得烧一壶开水浇下去。”

“嗯，其他没什么了，你还算干净的了，比我弟弟的宿舍强多了。”

王子建不服气地说：“要不是我生病，家里哪可能这么乱。我每隔三天就擦一次地好不好。”

刘琴搬过一把椅子，坐在子建面前，笑吟吟地说：“每隔三天擦一次地还这么理直气壮？我可是每天都扫地擦地，每个周末都收拾家的哦。你家的卫生死角太多了，哪天我帮你扫除一下，窗帘啊、抽油烟机啊、灶台啊，真的都该收拾了。已经中午了，我给你做饭吃吧？”

“好吧，冰箱里只有啤酒，能吃的东西都在厨房柜子里。”

刘琴颠颠地去了厨房，马上又折返回来：

“王子建！难道你每天只吃方便面么！”

王子建摇摇头，费力地说：“旁边的柜子，还有火腿肠、卤蛋……”

“你这简直是慢性自杀啊。”

当天下午，刘琴置办了简易的厨具，子建则吃到了热气腾腾的饭菜，虽然病得有些食不知味，但吃完饭后，整个人的状态明显好了许多，大脑运转的速度也明显恢复了。

“子建，我请几天假来照顾你吧。”

“不用，没那么严重，又不是动不了的病。”

“第一周还是挺难受的，到第二周就好多了。你别管了，我自己安排吧。来，我给你抹药。”

刘琴俯下身子，小心地拨开子建的头发，一边用嘴嘘着气，一边均匀地涂抹着药膏。脸、脖颈、手臂、胸口、后背上的水痘，也都被逐一处理了。

子建享受着这种被人照顾的感觉，心里觉得暖暖的快要融化了一般。

"那个……"刘琴红着脸，问："短裤下边有没有啊？"

"没有，没有，都在腰部以上呢。"

趁刘琴跑去扔棉签，子建迅速地把手伸进短裤里，摸索了一周，确定没有水痘。

"吃个苹果吧。"

刘琴温驯地坐回椅子，非常利落地削起了苹果，长长的果皮越拉越长，一直到削完垂落地上，仍是完整的一根。

子建嚼着苹果，由衷地赞叹道："你也太会照顾人了吧！"

刘琴笑着说："因为我有个弟弟啊，总是要照顾他，就习惯了。你觉得怎么样？"

"我觉得，从小有个姐姐照顾挺好。"

"我是问你身体怎么样了？"

"头还是有点晕，不过最难受的是痒了又不能抓。"

"结痂之后就好了。"

刘琴望着王子建，王子建望着刘琴，从彼此眼睛中看到的自己，都是一副呆呆傻傻的样子。有人因为生病，有人则因为痴迷。

王子建闭上眼，一阵天旋地转，不知不觉就睡了过去。再睁开眼时，屋子里已经黑了。餐桌附近，隐约有个人影，正在玩手机。

"刘琴？"王子建轻轻地招呼了一声。

"嗯"，刘琴摁亮了客厅的灯，很快走到了王子建面前，"你醒啦？"

"几点了？"

"十点半了。"

"你就在那一直坐着？"

"嗯，我怕你醒了见不到我，会……不适应。"

"傻妮子。"

"妮子？"

“傻丫头，呵呵。”子建打了打精神，从床上坐了起来，看刘琴疲惫困倦的样子，有些心疼，“你躺下休息一会儿吧。”

“不了，我得赶紧回去了。”

“这么晚，你打不到车了。我开车送你。”

刘琴断然拒绝，不肯让子建下楼受风。

“要不这样吧，你别走了，睡卧室里。我去客厅，沙发放倒就是一张床。”

刘琴犹豫再三，羞涩地应了一声，就去客厅摆弄沙发床了。

王子建则下床翻找出拖鞋、毛巾、牙具，招呼她去洗漱。

“睡了吗？”刘琴用的声音非常小，简直就是在检测子建的听力。

“没。”

“哦，换了床我睡不着。”

“你那是沙发，不是床，所以不该影响你的睡眠。”

子建拗不过刘琴，她执意把舒适的床让给了自己。

“好吧。”

虽然房间里漆黑一片，看不到刘琴的表情，但王子建笃定她肯定又噘起了嘴。

“你有什么话想对我说吗？”

“大恩不言谢。”

“切。”

嗯，此时一定翻了翻眼睛。

呵呵，原来这个姑娘的一颦一笑都已经印入自己脑海了，可以想象的如此清晰。

刘琴还是不死心，听动静像是翻了个身，用手臂支起了身子，问：“那，你的房间里突然多了一个人，你是什么感觉啊？”

“我觉得很温暖。”

“还有呢？”

“很真实，也很虚幻。”

“虚幻？”

“是的，你坐在我面前时，我觉得真实。你离我这么远时，我觉得虚幻。”

“那，你喜欢真实的感觉还是虚幻的感觉？”

“我喜欢你离我近一点。”

对白戛然而止，因为刘琴已经悄然走了过来，坐到了他的对面。

“王子建，我喜欢你。”

“我知道。”

“你呢？”

“我……”王子建很想说一句我也喜欢你，这本是非常轻松的一句话，在他的生命里重复了无数次，说给了七八个女人，但此时此刻，却怎么也说不出口。仿佛一旦出口，就会失去所有的真实。

刘琴等了几秒，温柔地掩住了他的嘴，说：“你不用喜欢我，让我一直对你好，然后你爱上我，就足够了。晚安，子建。”

说完，刘琴跑回了客厅。

王子建愣在床上，突然反应过来，原来刘琴说的“喜欢”与“爱”，对应的是自己那篇日志，原来她在用如此高的标准喜欢着自己……

50 权力回归原位的快感

“你来我们这边考察啥啊？”

“考察你们省残联的先进做法呗，甭废话，把你地址发给我，下午我就过去。你几点下班？”

"我跟家歇着呢。那个……你小时候得过水痘吗？"

"水痘？咋了，你出水痘了？哈哈哈。"

葛磊在电话里一通大笑，震得王子建直皱眉头。

挂了电话，王子建很是高兴。上次见葛磊，还是父亲生病那年，一晃又是两年过去了，倘若按照这个频率发展下去，估计他俩到死也只能再见二三十面而已。

病程进入第二周，身体正常了许多，不再发烧，水痘大多也已经结痂，虽然看起来比较骇人，却没那么痛痒难耐。当然，刘琴功不可没，倘若没有她的悉心照顾，保不齐王子建早就感染溃烂臭死在家里了。

做饭、抹药、擦身，甚至唱歌哄他入睡……生病的自己好像变成了一个小孩子，又恢复了撒娇耍赖的天性，明明比刘琴年长，却好像是大姐姐在照料小弟弟。

不过，葛磊的一个电话，把子建拉回了现实，他思索片刻，拨通了刘琴的手机。

"喂？怎么了？"

刘琴声音压得很低，也没有称呼子建的姓名，显然有所顾虑。她之前请了 3 天假，这两天已经回单位上班了，但每天下班后都会过来，晚上仍是住在子建的客厅，一种很微妙的"同居关系"。

"没什么，那个……"本来已经想好如何表述，临要说了，才感觉有些不易出口，"今天下午有个同学来看我，他在外地，我俩关系很好，两年多没见了。"

王子建费力地描述着，仿佛这样就能给自己接下来的要求增添一些合理性。

"哦，需要我准备什么吗？"

"不需要，就是，呃，他可能晚上就住我这儿了，聊聊天。"

电话那头，刘琴已经走出了办公室，但依旧用很轻的声音说道："明白了，那你们怎么吃饭？”

“放心吧，能搞定。”

“嗯，千万别喝酒，多休息，照顾好自己。”

面对子建略显自私的安排，刘琴没表露出任何不满，只是不断地叮嘱，再叮嘱。这让子建有些不好意思，他知道，自己没有给予刘琴应有的尊重，但又确实不想让她此时就与葛磊相见。

葛磊仍是那般器宇轩昂，举止神态一如既往的自信，却分明又多了一些威严，即便是仍像以前一样以骂骂咧咧的形式开着玩笑，却再也捕捉不到那些熟悉的或贱或二的表情。

他把带来的饭菜塞进冰箱，环顾了整个房间，坏笑着问：“王子建，藏的够深的啊，弟妹呢？”

“什么啊？”

“少装蒜，你这屋子里要是没住着女人，我把头拧下来给你。”

“不知道你说什么。”

葛磊用手指了指王子建，冷哼了一声，转身进了卫生间。

“呦，我还低估你了，都知道把洗漱用品藏起来了啊。”

王子建笑而不语，其实他已经知道绝对瞒不过葛磊了，女人收拾过的房间嘛，自然会留下女人的“味道”，而葛磊，绝对是捕捉此种“味道”的高手。

“不过，百密一疏啊。王子建同学，你一个寸头，洗澡用得着戴浴帽吗？”

“你小子，唉，怎么不去搞刑侦呢。”

葛磊笑了：“错，我应该去搞审讯，傻×，你卫生间里根本就没有浴帽，我诈你的！”

“晕！”

“说说吧，怎么回事？”

没办法，子建只好把刘琴这几天照顾自己的事情简单说了一下。

葛磊感叹："你小子就是命好，总能碰见好姑娘。她几点下班？我去接一下？"

"我跟她说过了，你今天住我这儿，就没让她过来。"

葛磊皱了皱眉头："好歹也该见上一面嘛，人家照顾你这么多天了。不过，你俩的关系怎么处理？一个单位不太方便吧？"

"嗯，看吧，没想太远。"

葛磊点点头，不再多说什么，坐在子建面前，饶有兴致地盯着他脸上的水痘看。

"别看了，影响食欲。"

"啧啧，小姑娘叫什么来着？"

"刘琴。"

"嗯，刘琴得有多喜欢你啊，这么恶心的疙瘩，还得每天给你抹药。你还是叫她过来吧，我可下不去手。"

"滚，你就是下得去手我还不用你呢，再传我一身花柳病，冤不冤啊。"

地三鲜，土豆回锅肉，鱼香茄子，干煸豆角，老醋花生，凉拌白菜心。

葛磊把这些菜逐一摆上餐桌，招呼王子建滚下床来吃饭。

"快点快点，我可不是你家刘琴，还得端过去喂你。"

"哎哟，葛磊啊，10 年了，你这点菜的品位怎么就没有一点改变呢？永远都是这几个菜。"

"我比较专一。"

"嗯，是，你的专一全用在吃饭上了。"

葛磊非常熟练地用筷子撬开了一瓶啤酒，放在了自己面前。

"给我也开一瓶。"

"开个屁，好好养病吧，别喝酒了。"

子建再三坚持，葛磊无奈，只好递过一瓶啤酒。

冰凉的啤酒下肚，带来一阵激爽，好像人也精神了许多，夹一片炸得金黄的土豆片，微脆、油腻、略咸，很熟悉的口感。

当年读大学时，大家手头都不宽裕，能去街边小餐馆吃顿饭，就已经非常奢侈了。名为盖浇饭，其实就是炒菜和米饭，每个人至少点一份菜，米饭不要钱，随便吃。子建和葛磊常常因错过食堂饭点儿，不得不搭伙出去吃饭，一个人点素菜，另一个人点肉菜，一顿饭顶多十来块钱。

“唉，地三鲜是6块钱，土豆回锅肉7块，鱼香茄子6块……”子建凭着记忆，报出了当年的菜价。

“嘟囔什么呢？”

“还记得当时咱们吃盖浇饭吗，呵呵，每个人点一个菜，吃六七碗米饭，老板脸都绿了。”

“记得啊。你总是点酸辣土豆丝，那个最便宜，4块钱。有一次咱俩身上都没钱了，一人点了一个酸辣土豆丝……”

“对，老板看咱们当时都背着乐器，硬是送了一份水煮肉片，说好像在音乐节看过咱俩演出。”

“嗯，我陪着老板侃大山，你个孙子趁机捞肉片吃！”

“放屁，我当时就不吃辣。”王子建叹了口气，感慨道：“那时候真穷，生活费都用来买乐器了，看见‘老干妈’都馋得流口水。”

“你买啥乐器了？大学4年，每次演出都得帮你借效果器，你那点生活费，都省下来和陈娜开房了吧。”

“哈哈哈，别逗了，一个月400块钱的生活费还出去开房？一般不都是宿舍里解决嘛。”

“还有学校小树林……”

与葛磊的相聚总是令人欢愉，不知不觉，王子建已经喝了3瓶啤酒。

“傻×，别喝了，出水痘不能喝酒。”

王子建摆摆手，颇为不屑地说：“要是什么都听医生的，人类早就灭绝了。”

不过，说实话，他确实觉得有些头晕。甚至隐约有一种感觉：这场水痘之后，身体状态再也回不到之前了。

接着刚才的话题，葛磊分析道：“我觉得现在还不是你辞职的时机。”

“为什么？”

“首先，你在法院待了3年，却没积累下什么资源，一旦出去，这3年就白费了。”

“我积累了司法实务技能啊。”

“技能顶个啥用。这么说吧，假如说你现在跳出去了，赶上个马泉法院的案子，你能搞定法院的人吗？”

“这个……看分在谁手里了。”

“你也就和那么几个同事熟，和领导都说不上话，对不对？”

王子建点了点头。

“所以啊，别说整个法院系统了，就连一个马泉法院，你也搞不定，跳出去要么是个从零开始的小律师，要么是企业里一个小孙子，每向上攀爬一步，都要付出数倍的辛苦，何必呢？”

“成功本就没有捷径，哪有什么工作是清闲不累大把捞钱的？”

“谁说没有捷径？计算好投入和产出的关系，选择性价比最高的道路，就是在走捷径。你在法院工作3年，走出去是个小律师，拼搏10年之后，没准成功了，有了自己的律所，没准失败了，还是个小律师。可是，如果你把当律师去拼命的劲头用在体制内，想尽办法向上攀爬，几年后当个庭长，再接触的，就都是法院中层领导级别的人物，有了他们作为资源，你一起步就能在各区县开几家律所，还不用去给小律师们当助理，或给小法官们当孙子，看他们脸色……”

“现在想当庭长，又不是凭本事，拼技能……”

“需要拼什么你就折腾什么！拼关系？你敢说所有被提拔的年轻人都

是靠父辈关系？我所有的关系不都是自己一点点搭出来的，我可以做到，你为什么不行？”

“体制内就一定比外面好拼吗？”

葛磊狡黠地一笑：“绝对好拼，体制内有野心有抱负并愿意为之行动的人绝对是凤毛麟角，有点责任心，就能把自己凸显出来。体制外则不同，没有什么安稳日子可言，要么拼命，要么饿死，律师、销售、客户经理，谁不是在拼命？出去和他们争，我觉得比当官难多了。”

“可是，我一个月就挣3000多块，现在不走，要熬到什么时候？”

“工资是有点低，不过，看你账怎么算了。”

“再怎么算我也是3000多啊。”

“Ok，如果你现在跳槽，你能谈下来的最高收入，是多少？”

“估计能有1万元吧。”

“好，就算你月薪1万元，扣了保险和公积金，就只有8000元了吧？”

“嗯。”

“在城区你租一套这样的一居室，至少4000元，住偏点也要3500元，没问题吧？”

“对，或者找人合租。”

葛磊摇摇头，继续算道：“你在马泉养一辆车，也就是油费，可是，大城市的停车费，每小时可都是10元以上，这些增加的成本一个月要几百块，你考虑过吗？”

“还有，你现在单位提供一日三餐，出去工作，就算你每天只吃最便宜的麦当劳套餐，每天也得60元吧？一个月22个工作日，单是吃饭，又要多花1000多元。”

“烟、酒、茶叶，看着不起眼，你出去以后还有人送吗？一个月再加1000元。所以，你的生活不会有任何好转，如果一年挣不到20万元以上，跳出体制绝对会后悔！你多拿的钱抵不过你失去的东西。”

“我失去了什么？”

“靠山、稳定、社会地位、优越感，等等。”

王子建认真思索了片刻，说：“我承认，你算的那组数字很正确，跳出去挣这个钱，生活也得不到什么改善。有些人离开，是因为得到了更好的机会，有些人离开，则是受够了体制的稳定，不想过那种一眼就能看到10年后自己的生活。而且，法院没有多高的社会地位，当事人可以指着你的鼻子骂街，很多付出，也得不到社会的理解。”

“一眼看到10年后的自己？幼稚到何种程度才能有这样的想法？体制内也充满了变化，你可以竞职晋升，可以参加各地的遴选，也可以去考更高平台的公务员，每上升一步，你都会看到截然不同的世界，收获不同的感悟。只有那些混吃等死的人，才能一眼看到10年后的自己，他们应该知足与感恩，幸亏是在体制内，否则，早就饿死在社会上了。至于法院的社会地位，这不是以你的内部感知为准的，我的直观感觉、社会大众的直观感觉，才是社会地位的真实体现，与实际情况的背离感越强，反倒是社会地位拔得越高。”

的确，葛磊说得很有道理。王子建想了想，继续问道：“那么，如果我注定无法成为一个会拉关系、搭梯子的人，是不是该趁早离开体制，用你说的那种比较笨的方式，在社会上拼出自己的一席之地？”

“咱学的不是闷头搞科研的专业，任何一个需要与人打交道的工作，都需要你学会维护关系，如果你已经把自己贴上了此等标签，还是在体制内好好待着吧。出去以后，你一样得适应这些。这是一个社会，是一个巨大的漩涡，我们目前没有能力去制定规则，就只能顺着它走。”

“你为什么这么看好公务员这个职业呢？”

“因为这是‘屌丝’以最低成本、最小风险改变命运的机会。它能给予你的，远比你想象的要多。”

“灰色收入？”王子建有些不屑，从烟盒里弹出两支烟，递给葛磊一支。

硬中华，45 元一盒，显然超出了自己的消费能力，却也抽的坦然，因为，这是朋友找他咨询案件之后送上的感谢，和自己的法官身份、审判权力没有关系，是凭自己的专业技能挣来的。当然，如果硬要说两者有什么关系的话，法官身份赋予了王子建更强的公信力，也给了他专业方面的底气。

“跟你就不谈灰色收入了。就说你始终强调的专业和技能。说实话，通过司法考试之后，我就没怎么用过法律知识。但是，如果现在咱俩共同跳出去做律师，我的起点也会比你高。”

“哦？”

“与反垄断相关的诉讼、规避反垄断地位的方法，这些东西，国内只有几个顶尖的律所在做。我不过是个二流大学的本科学历，外加一个在职硕士，人家的团队都是什么人？十个里面有九个具备海外留学背景，或者已经是相关领域的专家、学者。我不过是逮着了一个机会，扛着国旗举着党徽，做了不到一年的反垄断业务，他们就得时常跟我交流探讨问题，邀请我参加业界研讨，甚至，开出 50 万的年薪来挖我跳槽。你说，如果我是一个刚毕业的学生，学的反垄断法专业，并立志成为该领域的律师，我要奋斗多少年，付出多少努力，才能让这帮人看到我？我要多么出色，多么殷勤，才能让他们给我一个机会去团队里打杂？我要创造多少价值，才能配得起那 50 万年薪？可是现在，我不需要这么辛苦，一个反垄断局跳槽出来的业务科长，既懂得行政机关的审查方式，又能增加律所的公信力，我的存在就是专业，就是价值。你说，这是不是捷径？”

王子建点点头，他没想到一天律所都没待过的葛磊，都可以轻松成为一个年薪 50 万的律师，接触高大上的业务。而自己点点滴滴的积累，一个又一个案子的拼搏，也无非是向着低端业务口径里娴熟律师的方向成长着。

想到这里，王子建有些落寞，喝了口酒，说：“如果我是你，就不会离开反垄断局，再待上一两年，把这个领域琢磨透，然后就离开体制，自由地生活。”

葛磊摇摇头，说：“那种程度算什么自由，不过是小富即安的打工者，我要的不是这些，也就犯不上为了它离开体制。”

“那你到底想要什么呢？权力？”

“不，我想要的，是把权力回归原位时的快感。”

葛磊的眼睛里，写满了钢铁般的坚定。

51 不敢相信的温暖与幸福

葛磊早上离开时，王子建压根就没有醒。记得依稀听到葛磊要他起来锁门，应了一声后，就又沉沉地睡去了。

再睁开眼睛，已经上午九点多了。明明没有喝多少啤酒，头却无比昏沉，仿佛又回到了之前几天的状态。习惯性地抓了抓头皮，却忘记了血痂的存在，疼得子建倒吸了一口气。

屋子里一片狼藉，餐桌还保持着昨晚的样子，显然，葛磊这家伙吃再多田螺也变不成田螺姑娘，不可能帮着收拾房间。

子建试图去整理整理，可还没走几步，就有了一种想吐的感觉，跑进厕所，干呕了几声，没吐出什么东西。镜子里的自己，憔悴的像只鬼，原本已经结痂的水痘周围，又都有些泛红，说不出的难看。

唉，这真是 no zuo no die，不作死就不会死啊。

总之，要赶在刘琴来之前收拾干净——她今天还会来吗？

子建翻出一个大塑料袋，把桌子上的杂物悉数归入其中，狠狠地扎紧袋口，再用餐巾纸擦擦桌子。Ok，收工，也就只能做到这样了。

回到卧室，发现手机里有一条未读短信，是昨天晚上发来的：

“悄悄骚扰一下，和你说句晚安，还想告诉你的是，我有些想你。好丢脸，嘿嘿：)。”

傻妮子，其实我也有些想你。子建心里默默地说着，手却打出了不同的文字：

“不好意思，才看到短信。”

等了一会儿，没有动静。

子建放下手机，走出卧室，坐在沙发上，摸出了一支烟，思索着葛磊昨晚给自己的建议。

“子建，你再等几年，如果还想出来，也别去给谁打工了，回咱们的城市，一起做些事情。到那时候，我一定能提供一些资源和帮助。”

呵呵，似曾相识的美意。过年时卢恒宇拉自己做生意时，好像也是这么个感觉。只是，难道我王子建就这么不堪，唯有依托朋友的门路才能起家吗？

刘琴下午很早就过来了，进门时气喘吁吁，脑门上还挂着汗珠。

“怎么走得这么急？”

“路……路上有只大白狗追我，吓得我赶紧跑。”

“是只萨摩耶吧？你跑赢了？”

“没，它刚一追上我，就被主人叫走了。那只狗是双眼皮耶！”

“哦，那就是萨摩耶，没事，很温顺的狗。”

刘琴欢快得像只小鹿，丝毫没有在意子建不让她出现在朋友面前、冷冰冰回短信之类的事情。这反倒让王子建心里有些没底，毕竟也交往过不少女孩，对这种事，多少该有点情绪吧？难道就因为不是独生子，就能包容到此等地步？

还没等王子建想明白，刘琴的表情就突然变了，她板着脸走到王子建面前，有些生气地问道：“昨天你答应我什么了？”

“啊？”

“身为男人，答应了却做不到，我，我真该鄙视你呢。”

“什么啊？”

“还装糊涂，冰箱里的十几瓶啤酒呢？你朋友一个人喝完的？”

“哦，我也喝了点。”子建暗道自己办事还真不牢靠，想着下楼扔了垃圾，却忘记了刘琴曾整理过冰箱。

“你不是答应了我不喝酒吗？你看看你的脸，又快出水痘了！你怎么这么不在乎自己身体呢？”刘琴越说越心疼，都快哭了。

子建一时找不到辩解的理由，只得像个做错事的孩子一样，憨憨地笑着。

刘琴不再说话，转身去收拾房间了，洗抹布，擦桌子，扫地，擦地……

王子建跟在她身后，赔着笑脸：“生气啦？”

“让让，我正擦地呢。”

“别生气了，几年没见的朋友，一时高兴，忍不住就喝了点啤酒，没多喝，就喝了两三瓶。”

刘琴抬起头，气呼呼地说：“一时高兴？那你水痘复发了怎么办？身体坏了怎么办？”

“复发了也好啊，”王子建嬉皮笑脸，“再被你照顾几天。”

“神经，我凭什么照顾你。”

“因为你是我的女朋友。”

“喂，大哥，我只说过喜欢你，可没说要当你的女朋友啊，我……”

王子建揽过刘琴的头，温柔地吻上了她的嘴唇，小孩子般斗嘴的话瞬间被掩住了。

刘琴右手扶着拖把，惊恐地睁着眼睛。四目相对，很快，她娇羞地闭上了眼睛。

子建始终看着刘琴的表情，这一刻，他仿佛回到了狂放不羁的学生时代，身体里每一滴涌动的血液都迸射着力量：我还是那个牛 × 的王子建，我的时代没有结束，我的辉煌尚未开始！

这个长长的、温和的轻吻并没有受到子建内心世界波澜激荡的影响，拖泥带水的结束之后，刘琴双颊一片绯红，受惊般地迅速后退了几步，用拖把拦在两人中间：“流氓，不许再过来。”

王子建笑着抓过她的手，再度把她拽入怀中，手指插入她顺滑的头发里，柔声说：“做我女朋友吧？”

刘琴愣愣地看着王子建，随即将头埋进他的肩膀，轻轻点了点头。

王子建安静地搂着她，嗅着她头发上的香气，不知道为什么自己会突然说出这样的话，会给出那个宣示主权的“吻”，更不知道为什么自己此刻的内心世界里缺少了几分温暖、幸福、冲动、肉欲之类与恋爱相关的情绪，相反，战争的号角仍在响彻，奋发崛起的意念无比的强烈。乖乖，刘琴这姑娘的嘴巴里，莫不是含着某种催化剂？这种状态，也是爱情吗？

不管怎么样，她已经是自己的女朋友了，要约承诺明确，身份关系的契约成就，可以堂而皇之地享受权利——性和照顾，自然也要承担相应的义务——责任与忠诚。想到这些，王子建又觉得有些累。

刘琴的好奇心是一匹自由的野马，被王子建那突如其来的一吻唤醒之后，即开始四处驰骋，她迫切地想了解子建每一个故事，每一段恋情，每一个朋友。

王子建小心地拿捏着尺度，避重就轻地讲了起来，这一幕似曾相识：当年的萧文婷也曾这样“挖掘”过自己的故事，之后便对陈娜产生了醋意。可如今，物是人非，她也已经成为故事。

“我在你空间里见过她，很漂亮哦。”刘琴撇着嘴，话里暗藏玄机。

王子建笑笑，故意不答话。

“很漂亮哦！”

“没有你漂亮。”

“切，虚伪，没诚意。你俩为什么分手？”

“打听男朋友的情史可是非常不明智的，这个道理你可懂得？”

“我就想知道这一个，再之前的我就不问了。”

“用你的情史来换。”

“我……我没有情史啊。”

没有情史？子建心里不太相信，毕竟刘琴也算个大姑娘了，这个岁数，在马泉这个地方，孩子都该两三岁了。

刘琴见他不信，着急地说：“我不骗你，我真的没有谈过男朋友。”

“哦。”子建想到了什么，这恐怕是每个男人不便言说的情结，有些邪恶，却也很值得期待。

“如果非要用情史换，我高中时暗恋过一个男生，你要不要听啊？”

“不要。”

王子建想了想，决定把萧文婷的事情说出来，其中涉及一些普适性的问题，早晚也会摆上台面，越早说明，对刘琴越公平。于是，他把自己的家庭条件、萧文婷家的要求、分手的过程完整地讲了一遍。

“大体就是这样，我现在不具备走入婚姻的物质条件，家里也给不了我多少帮助，所以，我们分开了。”

刘琴沉默不语。

王子建心里有些难过，他甚至觉得，眼前这个活泼可爱的姑娘，也很快就会弃自己而去。于是，他叹了口气，说：“抱歉，这些话应该早一些告诉你。我的真实状况，恐怕和外界的传闻不太一致。”

刘琴抬起头，直直地盯着王子建，说：“结婚需要有那么多物质条件吗？”

“需要吧，少了物质的保障，心里觉得不安，感情也就慢慢变化了。有句老话说得好，贫贱夫妻百事哀。”

“不是这样的，”刘琴从椅子中起身，爬到床上，拉起子建的手，和他并排坐着，共同望向对面空洞的白墙，幽幽地说：“没有房子就去租，没有车就坐公交，没有钱就省着花。真正让人安心的不是财富，而是相濡以沫的感情，是两个人能一直在一起。有再多的钱，人不在了，也就什么都没了。”

子建突然记起，刘琴说过他父亲很早就去世了，他小心地问：“是不是想起你爸爸了？他是……”

“车祸。我爸爸是开大货车的司机。呵呵，一个很好的男人，不抽烟不喝酒，很节俭，出车也很拼命，就想给家里多赚几个钱。结果……”

子建伸手搂住刘琴的肩膀，她顺从地把头靠在自己肩上。

“子建。”

“嗯？”

“我家比你家条件更差，我妈妈没有社保没有退休金，家里只有几间平房，留给我弟弟结婚，我没有积蓄，每个月还要给我妈打600元生活费……你介意吗？”

“不介意。”

刘琴的小手软软的，略有一些潮湿，握起来很是舒服。王子建轻轻地揉捏着，有些心疼这个苦命的姑娘。在她乐观与坚强的性格背后，定是写满了辛酸无奈。

“对了，你和静姐……”

子建心头一紧，不久之前，就在他俩坐的这张床上，他和静姐……但他还是很镇静地问：“叶静啊？怎么了？”

“你俩没什么吧？咱们院里有人传过你们的事情。”

子建松了一口气：“没有，一届来的，只是朋友。咱们院那群人嘴太欠，传我闲话也就算了，人家静姐早都有家庭了，还乱说。”

“嗯，咱俩的事情，还是先别让院里人知道了，你说呢？”

子建连连应声：“能这样就太好了，等我将来离开法院了，再公开吧。”

“你要离开法院？”刘琴很是惊讶，一下子支起身子，紧张地看着子建。

子建简单地说了说自己的想法，虽然目前没有实施，但恐怕早晚是要去体制外发展的。

刘琴连连摇头:“公务员多好啊，外面那么辛苦，何苦非要出去。咱俩如果将来在一起了，有一个人应该会被调到检察院，工作比法院清闲，能有时间照顾家庭，多好啊。”

子建默不作声，刚刚被刘琴点燃了“战斗”意志，决计为了将来与梦想奋力一搏，没想到这么快就受到了同一源头的反向拖拽，心里多少有些不舒服。

他简单地结束了这个话题:“现在辞职的法官太多，竞争激烈，工作肯定不太好找。看吧，以后有了机会再说。”

刘琴毫不在意地展示着她小妇人状的幸福，紧紧地拉着子建的手，仿佛稍不经意，他就会离去。

共识已经达成，这段“偷偷摸摸”的地下恋情，伴着慵懒的黄昏悄然开始了。一抹斜阳中，男主角满身水痘，踌躇满志，女主角毫不嫌弃地依偎过来，心中默默期盼着永恒。

又休息了一周，子建就回单位上班了。

出于避嫌的考虑，两个人在单位很少再说话。刘琴在无所事事的监察室悠哉度日，子建则继续忙忙碌碌地审判、下乡，纵使擦肩而过，也只是礼貌地相互笑笑。

和正常情侣不同，商场、餐馆、电影院这些公共场所他们都不敢去，在马泉约会的地点不是子建所在的偏远小区，就是刘琴与人合租的居室。刘琴有时候还是会住在子建的家里，但一次也没有留宿过子建——因为她租的那间卧室里只有一张大床。做饭、聊天、听音乐、用电脑看电影，则成了他们在马泉的全部娱乐。

两个多月过去了，两个人的关系还是停留在搂、抱、摸、吻，而没有进展到最后一步。倒不是有何明确的约法禁令，只是始终没有气氛。比起对男人肉欲的肤浅满足，刘琴提供的精神层面欢愉更为珍贵:她是一个绝佳的听众，对子建的所有经历、想法都报以十足的兴趣甚至崇拜。子建幼年练小提琴的趣事、高中打架进派出所的经历、本科时玩的乐队、律所的实习感悟，以及他与所有朋友点点滴滴的故事，她都听得津津有味，仿佛是要凭借子建的讲述来介入他整个人生一般，不住地询问：“后来呢？”“后来呢？”

这种所有男人都无法抗拒的心理满足，填满了子建失衡许久的灵魂。随着刘琴情绪的起伏，子建的人生仿佛真的有了那般精彩，被拨至一个全新的高度，而不再需要埋头追赶一路领先自己的朋友。甚至，子建依稀有了一种感觉，平淡无奇的人生里也可以埋下惹人羡慕的幸福——而这恰恰是刘琴传达给自己的态度。

既然这段关系在马泉“见不得光”，王子建索性周末频频带刘琴进城，也陆续见了一些朋友。自然，同样是高水准的接待，对应着朋友们光鲜亮丽的生活。子建起初还抱有一种小小的试探，想看看刘琴近距离接触到其他人富裕的生活之后，是否会有如同自己一样的心理落差，是否会改变之前有关“平淡生活”的看法。没想到，刘琴完全无视那些明显的物质优越，依旧近乎偏执地“崇拜”着子建，他与朋友嘻嘻哈哈自然谈吐的能力、朋友对他毫不见外的信任，也都成了优点。子建私下给黄总担任法律顾问，以廉价劳动力的形态挣些烟酒茶叶的事情，则成了刘琴的骄傲，她只从中看到了别人对子建能力的肯定，却丝毫联想不到财富地位差距所凸显出的困窘……

刘琴仅有一次表达了自己的小小顾虑，她说：“子建，我们以后要不要试着坐公交车进城啊？就咱们两个人，开车的成本有点高吧。”

这样的女孩，真的是可遇不可求的。虽然她与陈娜的性格、相貌都不相同，但竟也带给子建一种类似的感觉：

一种不敢相信会真实存在于世间的温暖与幸福。

52 流眼泪的天使

秋去冬来，北风卷着阵阵寒意，声音既像哀号，又像哭泣。

当然，有了刘琴的体温，王子建自是感觉不到什么悲凉。如果是工作日住在一起，他第二天早上会把车停到离法院几百米的地方，环顾四周确定没有同事之后，刘琴就麻利地跳下车，穿过马路，一个人向法院走去。子建则继续向前开出几百米，抽支烟，听会儿广播再去食堂吃早餐。

地下工作者的安保意识恐怕也不过如此了吧，王子建每每自嘲，却又很快习惯了这种躲躲闪闪的生活。

刘琴作为此种隐蔽关系中更易受到伤害的女性一方，却好像全然顾不得思考自己的处境，仍是没有对子建提出任何要求，相反，总是在想方设法捕捉子建的需要：子建脖子疼，她就上网学习颈椎护理及按摩手法，喝酒后肠胃不适，她就坚持要给他敲胆经、刮痧，再有闲暇，就是学习做饭煲汤，织围巾……

王子建贪婪地享受着刘琴对自己的付出，越来越觉得难以割舍。如果真如刘琴所言，关系公开后一个人留在法院，一个人调至检察院，又会如何呢？这种平淡的幸福，真的不会被外力打破吗？或者说，这种平淡，真的是自己想要的幸福吗？想不明白，也就懒得去想了，虽然知道这样有些自私，却还是决定很无耻地再自私一段时间。

办公室一个年轻的副主任调到民一庭当副庭长了。这姐们名叫金伶，据说是政法委金书记的女儿，是真是假不好说，反正她和法院一实权派女副院长走得很近，私下里以干妈干女儿相称，进法院这几年一直窝在后勤部门，一天案子都没审过。

按照法院不成文的惯例，副庭长基本不参加庭室管理，主要工作就是埋头审案，若有疑难复杂的案件，或是遇到难缠的当事人，副庭长就得硬着头皮顶上去，攻坚克难不说，每年的结案数量还得过得去。

民一庭有十来个法官，算个大庭室，本该配备两名副庭长，但这些年一直空着一个，大家本以为这个岗位迟早会拿出来公开竞聘，没想到莫名其妙就被个“空降兵”占了，多少都有些不爽，倒是想看看这位金伶姑娘如何“技压群雄”。

坦白说，王子建也不太喜欢这位新到任的副庭长，当然不是因为对这个职务有什么觊觎，只是受不了她趾高气扬，真把自己当成领导而拿腔拿调的那副样子——就连请教法律问题，都非装得像在审查别人业务能力似的，说不出的讨厌。

一来二去，王子建也就不知不觉地加入了大家的阵营，等着看金伶出丑。

金姑娘果然不负众望，把江庭长分给她的那些串儿案审了个乱七八糟，开一次庭就能搞定的事情，非要回手三四次，发出的判决也总是有问题，需要一次次的裁定补正。更好玩的，是她应对庭审冲突的方式，控制不住节奏也就算了，甚至有一次跟被告吵起来，庭开到一半就气呼呼地夺门而出，把当事人和书记员晾在法庭里……

庭长眼见扶不起这位阿斗姑娘，脑袋一热，要求其他审判员发扬互帮互助的精神，每个月都替金伶结几个案子。这下，可真犯了众怒。

“凭什么啊？我们结案挂她的名，那谁挂我们名啊！”

“就是啊，干不了活儿还有理了？”

“能结几个算几个嘛，弄虚作假有什么意思。她的业绩倒是好看了，我们招谁惹谁了？谁爱挂谁挂，我反正不弄这事儿。”

……

江庭长叹了口气，望了望王子建，让他也说说看法。

王子建看看众人，笑了笑，说：“都一个庭室的，互相帮帮忙倒也没啥。不过，法官要对自己承办的案件负责，冒名顶替，是严重的违纪行为。如果非要这么干，我建议先和中院沟通一下，别因为这个发回重审。”

“对呀！这是违反审判纪律的！”

大家七嘴八舌地附和着，江庭长脸上红一阵白一阵的，最终一言不发地走了。

没过多久，金伶就又调回了后勤部门。据消息灵通人士透露，江百川找了副院长好几次，说要么调走这位姑奶奶，要么调走自己。这么一来，民一庭又空出一个副庭长职位，大家欢声笑语，仿佛团结一致抵住了一场侵略，收拾起金伶留下的那些烂摊子时，也都没有什么抱怨。

看着江庭长被全庭干警折腾得这般难受，再想想自己推诿内勤工作时他的种种无奈，王子建忽然对这种体制内的领导模式有了一种新的认识，他对刘琴调侃道：

“在法院当个中层干部真挺没劲的，手底下人说造反就造反，自己还一点办法没有。要是在企业里管一个部门，看谁敢不服从安排，扣奖金、扣工资，再不行就开除。还别说部门领导这么大的官了，听说广东那边一个纺织厂的小组长，都能逼着手下 40 多个姑娘轮流陪他睡觉，啧啧，这才叫权力，老江太憋屈了。”

“可是……总和领导对着干，也就没有进步的空间了啊，以后竞聘，他们肯定选听话好用的人。”

王子建笑了，说：“选上去干吗啊？操的心更多，还得管理一群像我这样不听话的法官。”

“子建，你可不能这么想啊。你条件这么好，应该争取往上走，要不然太可惜了。”

“拉倒吧，看见领导我就想躲，真要是当上官，以后也别照镜子了。”

刘琴还想说些什么，犹豫了几下，没有说出口，却突然换了一种宽慰的语气：“没事，慢慢来，会有机会的。”

这话让人听的有些不舒服，仿佛他王子建是一只吃不到葡萄的狐狸在吐酸水似的。本想辩解几句，却还是作罢了，他不想把话题再转换至体制内外发展的区别，也不想听刘琴一次次劝慰自己在法院工作的种种好处。若论对马泉法院的忠诚，刘琴肯定甩出自己十几条街，对她而言，体制外是一片刀山火海，走出去，就会沦为陪小组长睡觉的女工，留下来，则拥有了一切。

刘琴察觉到子建有些不高兴，小心地凑上前来赔笑道："别想啦，你说的也对，当官要多操很多心，工资却涨不了几个钱，也没什么意思，光脚小兵也挺好的。"

子建知道刘琴理解不了自己对体制内生活的不甘，没有再说什么。他每次情绪稍有变化，刘琴就都像是自己做错了什么事情一样，十分急切地想要弥补。每每如此，王子建都会心生怜惜：一个内心缺乏安全感的女孩，这般小心呵护着一段不对等的爱情。

"那个，你知道吗？我们监察室主任差点就调到你们庭当庭长了。"

"哦？是吗？说来听听。"王子建知道这是刘琴硬找出的话题，他装出一副很感兴趣的样子，好让刘琴不那么难受。

刘琴松了一口气，饶有兴致地讲了起来，没有什么实质内容，不外乎是副院长提议老江和监察室主任对调，老江赌气般地答应了，监察室主任死活不同意，不想去民一庭受累……子建听得无趣，不等刘琴说完，就一把揽住她的腰，抱新娘似的把她整个身体托了起来。

"呀，"刘琴吓了一跳，急忙道："干吗啊，快放我下来！大街上，让人看到！"

"看到就看到呗，反正谁也不认识谁。"子建坏笑着，无视往来行人或鄙夷或赞许的目光，旁若无人地向前走去。刘琴惊恐的表情很快消退了，她搂着子建的脖子，满眼都是幸福。她并不知道在这一瞬间里子建内心决定了什么，倘若知道，这份幸福里一定会增加一团娇羞的绯红。

在省会城区过了一天二人世界，像"正常"情侣一样捧着爆米花看了电影，逛了商场，刘琴说什么也不肯让子建给她买衣服，却显然拦不住。子建近乎下命令般地让刘琴试了几套衣服，最终还是选定了灰黑色系：黑色翻毛领的短款大衣，灰色的长款毛衫，搭配灰色的呢料短裙及黑色长靴，虽是冬装，穿上之后仍显得凹凸有致，漂亮极了。

刘琴手足无措，不住地"哀求"："太贵了，买一件就好，别买这么多啊。"

"衣服是要搭配的，一件穿不出效果。"

服务员凑上前来，半溜须半认真地夸子建会搭配衣服，还说要给模特也换上这么一身。

刘琴把子建拉到一旁，小声说："这个牌子淘宝上有代购，能便宜很多呢，回家再买吧。"

"都已经打到六折了，别费那事了。"

王子建不容分说地刷了卡，两千多块，尚在能力范围之内。

没走高速，回到马泉时已经快晚上九点了。

"今天我回家住吧？好几天没回去了。"

子建不答话。

"喂，该拐弯了。"

子建瞥了刘琴一眼，故意冷哼一声，很快就把车停进了自己租住小区的车位。

"你干吗这么看着我啊？"

"哎，说话，啊……"

刘琴话音未落，王子建已经探过身子，一下放平了副驾驶位的座椅，随后攀爬过去，把她压在自己身下。

一番激烈的亲吻和上下其手之后，刘琴喘着粗气推开子建："不行了，我的腿都快被你压断了。"

"走，上楼。"

“那你先下去啊。”

王子建艰难地推开车门，以极其不雅的姿势倒着钻出了汽车，心说在车里亲热还真是需要技术的，空间也忒狭窄了。

刘琴走下车时衣服和头发都有些凌乱，她生怕被人看到此等窘境，也不等王子建，就快步走进了单元门，咯噔咯噔地跑上楼去了。

有那么一瞬间，子建恍惚以为又回到了大学时代，刘琴的种种反应，像极了当时未经人事的陈娜。他有些动情，怀念与愧疚之意一股脑的涌上心头，险些扰乱了神志。他不断地告诫自己，却怎么也无法消除陈娜的影子。但是，子建意识到，分明又有些不同……

“没关系，每个人都有过去。”

看似温柔真诚，大度体贴，却遮掩不住一团冷漠。

所以，刘琴不知从什么时候开始哭了起来，毫无征兆，悄无声息。

子建发觉异样打开台灯时，她的枕巾已经湿了一片，鼻涕和眼泪挂的满脸都是，她紧握着拳头，不住的颤抖，却一直在小心地用嘴呼吸，生怕子建发现……

子建心里一阵绞痛，不断道歉。

良久，刘琴哽咽道：“子建，请你相信我，你是我第一个男朋友……我喜欢你，我永远不会骗你，只是，有些事情我真的不能说。”

“傻丫头，别说了，我相信你。你是上天赐给我的天使。”

“我想保护你……呜呜。”

子建笑了：“还是我来保护你吧，起码我不会哭成个泪人。”

“我好怕会伤到你……”

“放心吧，没有什么能伤到我。”

子建轻轻地抚摸着刘琴的肩膀，直到她像只小猫一样蜷缩在自己怀里静静地睡去。

53 卢恒宇的信任

"大体就是这么一个情况。"

王子建向父母简单介绍完刘琴之后，见他俩一时没什么反应，就补充了一个"结语话束"。

父亲咧嘴笑笑，起身摸烟，子建忙抛过去一支。

"咳，你自己看好了就行，只要人好，其他都无所谓。什么时候能定下来？我们准备点啥？"

"晕，我只是告诉你们我现在有女朋友了，不必再给我安排什么相亲，至于能不能最终定下来，处着看吧。"

母亲望了望父亲，有些为难："老王，俩孩子在一个单位，这样好吗？"

"咱俩不也是一个单位的嘛。"

"那不一样，他们法院才几个人，都不如咱们一个车间。"

"好了，别纠结这事儿了，我又没打算在法院干一辈子。"

王子建本想早点结束这个话题，不料却引得母亲一阵紧张的询问，把国企降薪裁员的事也扯了出来，按她的意思，还是公务员最稳定。

"说那个干吗。"父亲急忙摁住了母亲的话头。

王子建警觉地问道："怎么，要降薪裁员了？你俩没受影响吧？"

再三追问下，父亲叹了口气，说："你妈工资本来就低，没啥影响。主要是我，这几个月都只开两千出头。要是再这么亏损下去，估计连两千都开不到了。不过也没事，等熬到明年退休就好了。"

王子建心里一阵刺痛，父母每个月都在帮自己还着2000元的车贷，等于说他俩这几个月都只是在靠母亲1000元出头的工资生活。

"以后的车贷我自己还吧。"

"不用，我们够吃够喝就得了，你在外面用钱的地方多着呢。对了，我看新闻里说公务员工资的事情了，你们涨了吗？”

王子建略一盘算，如实答道：“没有什么大变化，每个月还是3500多元，公积金扣600元，单位给交600元，不买房也取不出来。四个过节费一个1000元，年底发1万元奖金，这就是全部的收入了。”

父亲点点头：“要是不用租房，你就能宽裕点了。唉，以后年底奖金别往家拿了啊，我们真的不需要，你放家里我们也是给你攒着，不如你自己存起来算了。”

还没等子建说什么，母亲就急忙抢过了话题：“怎么又说开这些了，快，有照片没有，让我看看这个刘琴长什么样子。”

父母带上花镜，举着子建的手机端详了半天，良久，母亲小声地说：“倒是看不出是个农村姑娘，老王，你看呢？”

“瞧把你能的，农村人脑袋上就都得写上农村俩字啊？还让你看出来？”

脑海里浮现出刘琴温柔可爱的形象之后，子建觉得“农村”二字听着比较刺耳，和她交往这几个月以来，压根也没有意识到这个女孩身上有什么乡土气息残留，若硬要强辩与城市姑娘的区别，那也该贴上勤俭、朴实、易满足之类的标签。

所以，王子建不动声色地说道：“刘琴要真是农村姑娘就好了，跟村里领块地，等着拆迁发财。可惜她的户口上学时就迁出来了，现在和我一样，也都在马泉法院的集体户里。”

母亲叹口气：“咱家家境本来就不好，听你这意思，刘琴家也指望不上，将来你俩可怎么办啊，生活上压力得多大啊！”

王子建的火气腾地冒了起来，言语也尖刻了许多：“自己家这么个情况，反倒要去琢磨别人的家底儿？那合着您的意思，我就该找个家境富裕的女孩，给人家倒插门去呗！”

“妈不是这个意思……我就是怕你们将来……”

“没钱就自己挣，都没指望你们贴补，自然更不会去依靠女方。我找对象还就是想找个家境比咱还差的，省得将来受窝囊气。”

母亲叹了口气，去厨房做饭了。

父亲低头不语，最终轻声说道：“其实，你妈也是为了你好，不想你担子太重。”

“嗯，我知道。”

“听你说的这姑娘性格不错，很照顾你，要好好对人家，做男人，得有担当。”

“明白。”

父亲笑笑，拍了拍子建的肩膀，也去厨房帮忙了。

王子建心不在焉地转换着电视频道，在沙发上有些发呆。这是工作以来回家过的第四个春节了，上帝的时钟显然被调快了，稍不留神，就会度过一次 26 号，统计、梳理，进入下一个工作月度，再不留神，就又是 26 号，五一、十一、元旦、春节接踵而至……很快整个年度就被甩在身后。唉，再回马泉要不了多久，自己就该工作满 4 年了，28 岁，终日忙碌，却也身无长物，一事无成。

不过，听父母的意思，留在国企上班的那群发小们，日子肯定也不好过，这么多年都仗着国企子弟身份在单位里混事儿，既没有学历也没有技能，最主要的工作经验不外乎是打牌、喝酒，倘若真被裁掉，都不知还能去干些什么。

可谁又能想到这个庞大到幼儿园、学校、医院一应俱全，俨然一个缩微社会般的大型国企，有序运转了五十多年后，会突然承载不起两万多名员工稳定殷实的生活呢？

屈指算算，和自己差不多大的孩子里，没有留在家乡国企发展的，寥寥数人，发展最好的，应该要算卢恒宇了。他的父母在国企里还算有些职务，却还是坚定地不想过父母那种挣死工资的日子，不等高中毕业，就开始挖空心思赚钱，今天倒腾一些贝壳工艺品去广场摆摊，明天去县里采购一批洋垃圾里淘出来的二手运动鞋，洗刷干净后卖给同学。

王子建陪他一起去进过货，两趟公交，一趟长途公交，再坐上40分钟拖拉机，才能找到那个传说中的村子，所谓的旧物其实就是垃圾，杂乱堆放，臭气熏天，折腾一天，也挑不出几十双鞋。品相好点的，还经常就被村民扣下不卖了。卢恒宇每次都得递烟说好话，叔叔大爷的叫上一通，才能把剩余的鞋装进蛇皮袋里，毕恭毕敬地递上两三张百元钞后，就领着王子建逃一般地返回城市。

“宇哥，你这些破烂卖得掉吗？”

“都是阿迪、耐克，怎么会卖不掉，回去看你宇哥怎么忽悠那帮傻×。哎，有没有看上的，你先挑两双？”

“算了吧，想想都恶心。”

“千万别跟任何人说这鞋的渠道啊，说了可就卖不出去了。”

“放心。”

卢恒宇是天生的生意人，卖东西很有一套，这些垃圾堆里刨出来的鞋，摇身一变，成了国企领导家有钱孩子穿腻的二手货，什么“限量版”“走私入关”“没关系都买不到”，一番忽悠之后，手里的这堆破鞋，就卖出了十几倍的价格。

在那个年代，高中生能有个几十块的零花钱就非常难得了，得益于卢恒宇的此等天赋，子建每个月都能分到几百块，吃肯德基，买打口CD，抽20块钱一包的小熊猫，日子过得很是宽裕。

卢恒宇高中毕业，怎么也不肯再读书，父母气得够呛，说要么老老实实去读大专，要么就滚出家门。他二话不说，收拾行李去了省会。18岁的孩子，从此无依无靠，独闯异乡。

子建如学霸附体般苦读了一年，考上大学时，卢恒宇惨到连饭都快吃不上了，白天站柜台卖首饰，晚上住在8平方米的地下室里，感冒发烧时连药都舍不得买，就那么一壶一壶地喝开水。周围的其他发小上学的上学，当兵的当兵，都觉得卢恒宇有病，放着家里优越的资源不要，非跑出去受苦。

子建觉得心酸，劝卢恒宇不行就回国企吧，凭他爸妈的职位，就算没有大专学历，也一样能回来。

卢恒宇吐了口烟，颇为不屑地说："我家老爷子说了，混不下去就滚回来上班，朋友也说我这是在胡闹作死，子建，你也这么觉得吗？"

"你有能力，也有想法，我相信你能成事，只是……现在过得也太苦了，不行就迂回一下。"

"傻小子，通往成功的道路上，自然是荆棘遍布，要么狠狠心踩过去，要么一辈子停在原地。我就是死在这里，也绝不回家。"

再后来，王子建也去了异乡读书，一般只有过年时才能见到卢恒宇，平时两人则少有联系。所以，每次春节，都是他见证卢恒宇成长的时刻：

大一那年，卢恒宇还是没什么起色，实在拮据，干脆凭借自己的相貌及谈吐四处交女朋友，收礼物，蹭住处，借点小钱，把感情也当作生意来做。

大二那年，卢恒宇总算获得了福建人的信任，从售货员变成了业务经理，天南海北的四处谈加盟商，手里有了活钱，也能结下属于自己的人脉。

大三那年，卢恒宇业绩突出，每年给老板创收几百万元，精明的福建人怕他做大之后撬走加盟商，明升暗降，把他下放到一家门店当店长，每个月开个万把块钱工资，却不再让他直接经手业务。这显然低估了卢恒宇的手段，他费了很大的力气，和手下一众业务员打好关系，瞒着福建人参与整个进货、销货流程，借台唱戏，一边作假账，另一边在门店里卖自己的货，疯狂地积累着资本。

大四那年，福建人发现了卢恒宇耍的猫腻，扬言要找人废了他。卢恒宇主动上门谢罪，赔了一笔钱息事宁人，被扫地出门之后，则很快开起了自己的珠宝店。

再之后，王子建也去了省会读研，卢恒宇一路顺风顺水，买房，换车，装修店铺，成为发小们羡慕的对象。

最近几次带刘琴进城顺便想找卢恒宇时，他经常不在，只有一次在店里匆匆见了一面，没聊几句，就急匆匆地赶飞机去了。今天都大年初二了，也一直没见他联系自己。

想到这里，王子建给卢恒宇拨了个电话，关机。到了下午，仍是关机。有些奇怪，就在QQ上留言道："宇哥，在吗？怎么手机关机了？"

等了一会儿，黑色的头像亮了起来，随着叮咚提示音，对话窗里弹出一行小字。

"在呢。你回来了？"

"回来了，在家里。你呢？"

"一会儿过去找你。"

一直等到晚上，卢恒宇才用一个陌生的号码打来电话。

"太晚了，我就不上去了，你下来吧。我在你家楼下。"

王子建走出书房，见父母卧室的门关着，就轻手轻脚地下了楼。

宝马5系的桃木内饰真漂亮，在车内氛围灯的映衬下，显得很有档次，布局有些像静姐那辆X5，却更添了一些商务气息。

"走吧，陪我去捏个脚。"

"大过年的营业吗？"

"服务行业，越是这时候生意越好。"

"哦。"

一套88分钟的贵宾足疗做下来，子建疼得都快背过气了，技师屡屡轻声提醒他放松，放松，可脚丫子就是不受控制，绷得紧紧的，总想往回缩。

技师鞠躬出门后，卢恒宇笑道："没想到你小子这么怕疼，平时不怎么做足疗吧？"

“做过几次，没这么疼啊。”

“不疼不顶事，你做的都是假的，这儿的师傅都得有中医资质。”

“哦，贵吗？”

“不贵，我有卡，打折后 400 多元。哎，开完车捏个脚，可舒服了。”

“享受不来，简直是花钱买罪受。要不以后你给我 400 多元得了，我保准弄得比他们还疼。”

卢恒宇按了按枕边的呼叫器，很快，漂亮的服务生走了进来。

“卢总晚上好，有什么可以为您服务的？”

“换一壶新茶，再拿包中华。”

服务生退出包间，王子建翻看着价格表，龙井 188 元一壶，中华 150 元一包，果然是黑店啊。

“宇哥，最近怎么样？生意还好吧？”

“唉，子建啊，哥哥最近可是不太顺啊。”

“怎么了？”

“没看我都关机躲清静了吗，也不知从哪传下来的规矩，人们都喜欢过年时要账，真麻烦。”

“你欠账了？”

“咳，我们这行欠账也是正常的，今天我欠你，明天你欠我，无所谓的事。”

“那……”

“呵呵，这次，欠得有点多，七千多万元。”

妈呀，七千多万元，子建听着都有些头晕，自己不吃不喝干上一千年，都不一定能有七千万元。

“怎么欠了这么多？是上次你说的代理中国宝石那事儿吗？”

“嗯，是那个事儿。算是干成了吧，现在全国谈下来 30 多家门店，铺的全是我的货。”

“他们不是该每年给你进贡吗，你欠谁的钱啊？”

“我欠供货商啊，货铺出去了还没卖掉，都压在店里了，我肯定没法给人结账。乱世买黄金，盛世买珠宝，今年整体经济环境不好，人们就一窝蜂地去囤黄金了，生意难做。也怪我步子迈得太大了。”

“如果货一直卖不掉，会怎么样啊？”

“一直卖不掉？呵呵，可以降价走量，回款之后给供货商结账，我赔个差价，再上新货继续卖，也可以直接把货退给我，我再拿去退给供货商。”

“哦，要是能退货还好，就不会有什么损失了吧。”

卢恒宇苦笑道：“你当供货商是雷锋啊，我们有协议的，这种赊销如果退货要赔价款的20%，算下来也是一千多万元。”

“那怎么办？”王子建有些急了。

“看吧，明年中央领导班子该换届了，我估计经济形势肯定会有好转，趁着那个势头销货，把口碑创出来，就起死回生了。现在加盟店卖不动，闹着要换货，呵呵，还好我手底下门店多，给他们内部之间调换一下，就能再拖延一阵。”

“如果……经济形势还这样呢？”

“唉，那就换行业另起炉灶吧，珠宝行业圈子就这么大，你做臭一次，就再没有机会翻身了。对了，倒是有个专业问题得问问你。”

“嗯。”

“你说，如果我这生意真做不下去了，要给供货商赔钱，是把这个店赔干净了算啊，还是把我所有的钱都要赔进去？法律是怎么规定的？”

“如果你开的是公司，法人的财产和你个人的财产是分离的，以出资为限，公司赔干净就结束了，不影响个人。可你的店是个体工商户，你需要用自己全部的资产承担连带责任，也就是说，你和珠宝店是一体的，它欠的钱就等于你欠的钱。”

“明白了。那我父母名下的财产会受影响吗？”

“波及不到他们。”

“哦，我的存款、汽车、房子、商铺，都算财产呗？”

“是的。”

“那，如果我把房子和商铺转给别人呢？会追查吗？”

“只要买受人支付了合理的对价，构成善意取得，这种转让就不会被撤销。”

“好，那我把房子和商铺卖给父母，留个后手。”

“商铺还行，可是房子……现在省会不是在搞限购嘛，没有户口已经不让买房了，恐怕没法转给叔叔阿姨。”

“这样啊，哎，你不是有省会户口吗？到时候不行的话，咱俩按市场价签个合同，把房子过户给你。”

“过户给我？没有真实的交易关系，一查就查出来了。”

“呵呵，我先给你找笔钱，存入你的账户，你再以购房款的名义转给我，不就是真实交易了嘛，顶多我赔个税费呗。”

王子建点点头，叹了口气，说：“最好还是别走到那一步啊。”

同时，他心里又有些感动，卢恒宇是这样的信任自己，价值400多万元的房子啊，都敢这样不清不楚地放在自己名下。

54 为人处世的学问

刘琴顺着出站口的铁门走出来时，王子建吓了一跳：她左手拉着一只硕大的行李箱，右手拽着一个带轮子的行李架，架子上用绳子固定着三四个编织袋，看起来体积比刘琴还大。这还不算，她背上还有一个硕大的帆布包，胸前则挂着一个双肩包，走起来一步三晃，随时都可能跌倒。

子建赶忙冲上前去，卸去了她背上的布包，略一掂量，少说也得有40

多斤。

“你脑子有问题啊？怎么拿这么多行李？”

刘琴头上冒着热气，汗水顺着头发帘滴答滴答地淌下来，满脸笑意，却不住地喘着粗气。

这时，旁边一个中年男子把一只行李箱靠在帆布包上，说了句：“姑娘，给你放这儿了啊。”就径自向前走了。

子建一愣，刘琴冲着背影喊了一声“谢谢啦”，随即俏皮地靠在子建怀里，说：“我魅力大吧，都有人主动帮我拿行李呢。”

“别臭美了，看你这一身的汗，小心感冒！”

王子建扯过行李架，背起帆布包，向地下停车场走去。

也不知是哪个孙子设计的火车站，出口离停车场恨不得一公里远，还没有电梯，这一通爬上爬下，肩挑手抗。若不是武警好心帮忙，那个行李架子建一个人还真搬不下去。

钻进汽车时，子建也是满脑门的汗。

刘琴顾不得自己，扯出几张纸巾，先要给他擦汗。

“去去去，我没事，你先把自己擦干。”

“嘿嘿嘿。”刘琴幸福地挽起他的胳膊，问：“你想我了吗？”

“我想一巴掌拍死你，怎么这么多东西，你也不怕累着？这都是什么啊？”

“哦，主要是一些家乡特产，还有我家种的核桃，我妈做的腊肉、熏鱼、辣椒酱，哎，可好吃啦，回去我给你做。”

“刘琴同学，你知不知道世界上有个东西叫快递啊？你就不能寄到马泉，非要自己扛过来？”

“王子建同学，你知不知道世界上有个东西叫运费啊？论公斤收费的，寄过来得多少钱？好啦，别气啦，我出点力气又不会死，这不是有你开车接我嘛，要不然我才不拿这么多东西呢。”

子建怏怏地发动汽车，拉着刘琴向马泉驶去。

到家后他扯过刘琴的手，怜惜地说："才回家十几天，怎么手都冻裂了？"

"天气冷嘛，家里又没有暖气，洗洗涮涮的，自然就冻了。"

"可怜死了。"

"不可怜，这不又回来享福了吗。多少人一辈子都没见过暖气呢。"

享福？这个姑娘对生活的要求是有多低啊，租住在这样一个狭小的房子里，竟然也是一种享福。

5月的一个周末，卢恒宇突然打来电话。

王子建心里咯噔一下，生怕是找自己办理房屋过户手续。还好，卢恒宇语气轻松，只是说要来马泉办点事，问自己是否方便一聚。

"没问题，你过来吧。我把地址发过去，你导航上搜一下，应该能搜到。"

刘琴睡眼惺忪地扎进王子建怀里，问："谁要过来啊？"

"宇哥说过来办点事，我让他先来家里，你再睡会儿吧。"

"啊？几点了？"刘琴赶忙起身打扫卫生。

"家里这么干净，别收拾了。"

"干净什么啊，乱七八糟的。"

"那也别这么着急啊，这刚8点多，他中午能到就不错了。"

"你个懒猪，快起来吧。我收拾家，你去买些菜，总要提前准备的。"

"出去吃得了。"

"出去吃你付账又抢不过人家，再说了，家里吃的干净。"

王子建只好从床上坐起来，饶有兴致地看刘琴忙碌。

"你坐那干吗呢？"

"先过来一下。"

刘琴狐疑地走了过来。

子建一把抱住她的腰，把她扯上床来："再躺 15 分钟，我陪你一起收拾。"

卢恒宇对刘琴的手艺赞不绝口，一边夸好吃，一边骂子建这小子运气好。

由于没有喝酒，这顿饭吃得很快。刘琴很自然地收拾起满桌的狼藉，还给他俩沏了壶茶。

"啧啧，子建，多贤惠的姑娘啊，现在可不好找了，你可别再乱换了啊。"卢恒宇压低声音说道。

"我啥时候乱换过。"子建同样压低声音。

"上次那个大长腿啊，我跟你说，真不如这个，那个一看就不适合过日子。"

"嘘！"

"宇哥，吃点水果。"刘琴笑盈盈地走回客厅，端着一个刚切好的果盘。苹果、梨都削皮后切成了小块，盘子里还有红色的山楂糕，用牙签插着吃方便极了。

卢恒宇又是一通感慨，从手包里摸出两个绒布小盒。

"弟妹，属狗的吧？正好，送你一个小礼物。"

打开一看，第一个盒子里是个黄金的小狗挂坠，造型十分卡哇伊，身子和四肢都可以活动。标签上写着重量，5 克多。另一个盒子里，则是一条简单的金链，沉甸甸的，也是 5 克多。

这份礼显然有些重了，不算工费，单凭这黄金的成本，也值个 3000 元了。刘琴拼命推辞，说什么也不肯要。

"拿着，跟我还这么见外！王子建，你告诉刘琴，咱俩是什么交情。"

"宇哥，太贵重了，不太合适。"

"嘿，你就这么听你媳妇的？她说啥你也说啥？枉我从幼儿园就一直带着你玩，20 多年了啊！"

王子建扑哧一声笑了，说："你别扯小时候事儿啊，一听我就想乐。还你带着我玩？哦，带我偷地瓜，农民放狗你先跑了，害我打了5针狂犬疫苗；带我去护城河滑冰，我掉大冰窟窿里差点没淹死，你怕回去挨说，非让我点堆火烘干了再回家，我光着屁股跟那烤了半天火，毛裤烧了那么大个洞，差点没让我妈骂死；还有小公园那假山！我说不能爬，你偏说能，还忽悠我先去爬，结果我左手打了3个月的石膏……你小时候简直就是我的灾星啊！"

刘琴被逗笑了，说这么多好玩的事儿怎么都没听王子建提过。

卢恒宇无力地辩解了几句，也笑了，说："要不长大了以后我跟你最亲呢，敢情是在赎罪啊。"

"得了，刘琴，谢谢宇哥就收下吧。"

"这……"

"对，收下收下，这都是王子建小时候的医药费，哈哈。"

刘琴只得不好意思地接过礼物，不住地道谢。

"宇哥，你的生意？"

"没事了，渡过难关，起死回生。销量上去了，欠款结清了，还赚了几百万。等这批货销得差不多了，我再追一笔，今年的收入估计就能破千万了。怎么样，要不要出来帮我啊？"

王子建摇摇头，依旧表示自己做不来生意。

"宇哥你这次是来马泉谈加盟店吗？"

"马泉这边不行，我这么说你俩别不爱听，这儿人口少，消费层次也低，珠宝店肯定开不起来。要是只卖黄金和钻戒吧，都是死价格，利润太低，人们肯定还看不上马泉的店，坐个公交车就进城了。所以，没戏。"

"那你这次过来是？"

"靠近高速路口那块儿有一个小区，叫慧谷雅苑，你知道吗？"

"嗯，知道，那是个商住项目吧？"

“是啊，50 年产权，所以便宜，也不限购，没有户口也可以买。”

“你是来看房的？”

“对，分散投资嘛。这两年马泉的房价一直很稳，没城区涨得那么厉害，但是，等过几年城铁修过来就不一样了，那个地段现在看着偏，但它离城区最近，肯定会大涨。”

“现在多少钱一平方米了？”

“一万六，还送精装修。”

王子建和刘琴面面相觑，心说商住项目都一万六了还叫便宜？

“你要买多大的啊？”

“想弄个 120 平方米的三居室，将来好租也好卖，还可以用来注公司。”

刘琴想了想，说：“子建，我觉得你可以帮宇哥问问张局长，他跟这边方方面面都熟，咱们院很多人买房都找他帮忙。”

张杰？自从调离了执行局后，王子建和他就没有什么走动了，至多只是见面打个招呼。

“行，我回头问问他，宇哥，你先缓缓再签合同。”

“咳，没多少钱的事儿，搭人情还不够麻烦，算了吧。”

刘琴急忙道：“别啊，钱又不是大风刮来的，能便宜一些是一些嘛。”

“行吧，那子建你帮我问一下，成不成的给个话就行。对了，这房我买了也不可能过来住，往外租又租不上价格，一个月两千来块还不够费心的，到时候你把租的房子退了，直接住过去就行了，也算是帮我看着点。”

送卢恒宇走时，刘琴坚持拎下去不少特产，恨不能装满整个后备厢。

卢恒宇拍拍王子建的肩膀，只说了两个字：“珍惜。”然后就钻进驾驶室，挥挥手，绝尘而去。

“子建。”

“嗯？”

“你这个朋友一直这么照顾你，他的事情你也上点心，抓紧给问问。”

“哦……我直接去找张局，会不会……”

“怎么了？”

“和他又不熟，不知道怎么开口。”

“傻瓜，你又不是没在执行局待过，直接开口就好啊。帮不帮忙是人家的事，帮你了，你欠个人情，逢年过节去看看人家，关系自然就越走越近了。”

“那要是不帮呢？”

“不帮也没关系啊，你又没损失什么。逢年过节也去看看人家，张局这个人特别要面子，你这样让他觉得不好意思了，以后再有什么事他肯定会帮你。”

王子建看看刘琴，不得不承认她说的句句在理。唉，为什么身边的每个女人都比自己擅长处理人际关系呢？萧文婷是这样，刘琴也是这样，莫不是自己情商太低了？

“怎么了，子建？”刘琴温柔地蹭进王子建怀里，说：“你要是不想开口，我可以替你去的。就说宇哥是我的朋友，毕竟我比你在执行局多待了三年嘛。”

“不用了，还是我去吧。”

子建轻轻地弹着刘琴脖子上的金色小狗，那晃动的四肢仿佛也在给他打气加油。是啊，该经历的早晚要经历，不管将来做什么，都得学会开口求人。能够做到凡事不求人的，唯有成了精的痒痒挠。

王子建瞅准了张杰在法院值班过夜的机会，打电话确认只有他一个人在办公室后，拎上两瓶红酒，敲响了他的屋门。

“子建，怎么还没回去啊？今天不是你值班吧？”

“张局，今天不是我值班，刚加班写了会儿东西，想到是您带班，就过来看看。”

张杰装作没有注意到子建手里的东西，很自然地招呼他坐下。

“怎么样？审了两年案子了，感觉如何啊？”

“咳，民事案子，就那样，审多了心里也就皮了。张局，您喜欢喝红酒，这两瓶酒是我朋友从法国带回来的，给您尝尝。”

“哦，红酒啊，好啊，谢谢啦。”

张杰毫不推辞，这让子建心里松了一口气，这种不客气，是对彼此关系远近程度的一种宣示，倘若人家死活不肯收下礼物，子建也就真不知接下来的事情该如何开口了。

“张局，有件事情……我想……”

“你呀，典型的无事不登三宝殿，什么想到我带班就过来看看，你小子不定琢磨几天了，才把我堵在办公室里。说吧，遇到啥事了？”

张杰笑着撇过来一支烟，子建连忙起身也帮他点上。

“嘿嘿，领导圣明，我确实是求您帮忙来了。”

张局点点头，示意他说下去。

“我有个朋友，想在马泉买套房子。”

“朋友？”

“啊，特别好的朋友，两三岁就一起光屁股长大的，比亲兄弟还亲。”

“哦，那就说兄弟嘛，你接着说。”

“他想在慧谷雅苑那买套房，现在是一万六一平，也没啥优惠。所以，就想找您，看看，能不能给……”

“看能不能给便宜点！你小子，说话怎么变得吞吞吐吐的，费劲。”

“对，是这个意思。”

“干吗要买慧谷雅苑啊？那可是个商住项目。”

“我朋友是外地户口，没法买普通住宅。”

张杰点了点头，摸出手机，在电话本里翻了半天，拨出一个电话。

“老贾？”

“嘿！我是张杰，你没存我手机号啊？”

“我又不是没用过车载电话，谁说不显示姓名了。”

“得了，少来这套。我问你点事，慧谷雅苑是不是你们在卖？多少钱了？”

“便宜点，我手底下一小兄弟相上那的房子了。”

“要多大的？”

张杰捂住话筒，望向王子建。子建赶忙小声地说道：“120。”

“嗯，怎么也得弄个120平吧。”

“才便宜2000？合着我的面子就值2000啊？”

“好吧，不难为你了，再送个车位吧。”

“一露天车位还敢卖6万？你怎么不抢去啊！”

“行，3万一个还差不多，那我回头让小兄弟直接和你联系。好好开车吧。”

张杰挂断电话，对子建说：“你记下这个号码，去之前跟他联系一下，姓贾，是售楼部的老总。每平方米给便宜2000块钱，再半价卖个车位。你去了再看吧，你朋友要是不需要车位，就再让他给便宜2万。”

一个电话下去，竟然给卢恒宇省了20多万。王子建忙不迭地起身致谢，说不尽的感激。

“行了行了，屁大点事情。你先回去吧，小许他们还等着我打牌呢。”

卢恒宇听子建说完情况，很是高兴，他说这两天就过来挑房子，让子建安排好时间陪他。

“到时候请你们领导出来坐坐。”

“我恐怕叫不动他。”

“哦，他是男的还是女的？多大岁数？”

“男的，五十来岁。”

“行了，知道了。”

第三天，卢恒宇过来选好了房子，付了近200万元的购房款。在贾经理的帮助下，各种手续办得都很快，说下周领钥匙，房产证1个月之内保证办好。

“贾经理，您的车停哪了？我俩有箱酒，给您搬车上去。”

贾经理连连推辞，卢恒宇则一再坚持，最终还是把那箱五粮液送了出去。

离开马泉之前，卢恒宇又拿出一个精致的纸盒，说：“把这个送给你们局长。”

“你不用给张局送东西，还有那箱酒，其实刚才也不用给贾经理……”

“拿着吧，张局那边我肯定要表示一下，否则砸的是你的脸。给贾经理那箱酒值不了几个钱，为的是让你俩交个朋友，以后多走动。等你和刘琴住过去，保不齐遇到什么事还需要人家帮忙呢。”

“我俩住过去？”

“废话，我不是说了嘛，你得去帮我看着房子啊，难不成我还把它租出去。”

“那……我给你租金吧。”

“给个蛋！你帮我省了不少钱呢。好了，我走啦，过几天你领了钥匙告诉我一声。”

王子建倚靠在自己的车门上，缓缓地打开纸盒，一个黑色的prada包，标牌、证书都是新的，唯有价签上的数字，被小心地刮去了……

唉，卢恒宇这分明是在教自己为人处事啊。

55 兄弟间的不问对错

老詹的老婆给他生了个漂亮女儿。南方人的规矩奇怪，怀孕前3个月不让跟人说，生完后 3 个月也不让朋友看。一直等到 8 月，孩子百天了，才在满月酒上匆匆露了一面，然后就被奶奶抱走了。万幸，一瞥之下，还是发现孩子长得更像妈妈。

王子建他们这桌没有女生，老詹挨桌敬完酒之后，干脆就坐了过来，一阵长吁短叹。

“你哼唧个啥，有个宝贝闺女还不高兴？”

说话的曹睿越发脑满肠肥，还留起了老派的背头，怎么看都不像 30 岁的青年，在一桌同学中很是扎眼。

其他人也纷纷附和，问老詹是不是重男轻女。

“我倒不是重男轻女，只是，谁不想要个儿子啊！”

王子建宽慰道：“女儿多好啊！都说儿子跟妈亲，女儿才跟爸亲，你就等着心里乐开花吧。”

“你们啊，都是站着说话不腰疼，女儿，唉，女儿长大了早晚是要给男人……那个的，一想我心里都难受。”

众人一阵哄笑，都觉得老詹想得有点远。但笑过之后，子建心里又有些不是滋味，在座的谁没谈过几段恋爱？谁又和自己的第一个女人修成了正果？如果是换作自己的女儿被坏男生甚至“怪叔叔”哄上床，成为满足肉欲及征服心理的牺牲品，做父亲的又该是什么心情？呼，葛磊和自己能活到今天，还真是幸运。

想到葛磊，子建不免又有些担心：上次在电话里聊天已经是两个多月前了，说是马上解决副处，准备找个机会下基层挂个副县长，可之后就没了下文，打电话过去总是拒接，回拨过来说不了几句，就又匆匆挂断。难道能忙成这样？

回到慧谷雅苑时，才下午 4 点。

这个小区果然离城区很近，下了高速拐一个路口，就能看到大门。虽然距离法院比之前子建租住的小区还要远上 3 公里，但这边偏僻，住的人少，早晚高峰期的路况都很好，更别提闲暇时段了，简直就像是在享受高级领导出行封路的待遇一般。

见刘琴在单位一直闲着没事，王子建逼她学了个驾照。起初她不想去报名，觉得为这事儿花掉 3000 元钱有些作孽，好说歹说，才最终同意。

刚才去参加老詹女儿满月酒时，刘琴就在附近闲逛等他——按她的意思，上一份礼去两个人吃饭不太合适，完事之后，又提心吊胆地帮子建把车开了回来。

“停！往左回一点方向，继续倒！”

子建坐在车里，小心地指挥着刘琴倒车，刚才险些撞到别人的车，吓得刘琴一身冷汗。

“我不想再开车了，紧张死了。”

“多开几次就习惯了，刚才路上开得就很好啊。”

刘琴嘟着嘴不置可否，模样可爱极了。王子建伸手去戳她的脸蛋，险些被她咬住手指。两个人不约而同地笑了起来。

若是从王子建出水痘那天算起，他和刘琴在一起已经 10 个月了，对他而言，这段感情最奇妙之处，就在于超乎寻常的“稳定”，没有争执，没有小情绪，也没有什么不愉快。每天，都好像处在童话世界中，从早上睁开眼睛那一刻起，就是相亲相爱的幸福：

王子建越变越懒，刘琴周而复始地做家务，照顾他起居，从不怠慢，也不抱怨；王子建心里烦躁想要发牢骚时，她就耐心地听，痴痴地望着王子建笑，好像在观察他不淡定的表情，这样一来，王子建的内心越来越平静，对许多原本看不惯的事物，也多了一种正常解读的能力；子建的事情，除非主动提起，刘琴从不干预，他留给自己和朋友的时间，刘琴也从未占用，更没有提出过“朋友重要还是我重要”之类的傻问题；王子建有时候觉得过意不去，觉得该对刘琴更好一些，就会说些体贴的话，不时地送送小礼物，还带她穷游了几个城市，看了她从未见过的大海，这些情侣间很正常的举动，却经常把刘琴感动得流出泪来。

很多人的签名档用过这句“人生若只如初见”，而刘琴的魔力，就在于她维系“初见”之美的能力。总之，就是这么一段奇妙的感情，平平淡淡，没有波澜，从缝隙中静静流淌出来的，唯有温暖。

王子建跟在刘琴屁股后面上楼，不时地用手骚扰一下她的裙底。两人就这么打打闹闹地进了家门。

刘琴打开窗户透气，又折回身来把王子建乱放的鞋摆好。王子建不好意思地笑笑，他总是习惯把鞋随意一丢，也不知被刘琴善后多少次了，却还是记不住。

“有些热，关上窗户开空调吧。”

刘琴应了一声，顺从地去关了窗子，打开了客厅的空调。

这套三居室的格局很是规整，所谓的第三“居”非常小，像是保姆间，又像是储物室，这样一来，客厅和其他两个居室的尺寸就非常宽裕了。整套房子装修得很是雅致，处处透射出浓浓的设计感。比起之前黄大哥那个号称“精装修”的一居室来，真是强胜百倍。

卢恒宇给贾经理的那箱酒也没白送，合着人家也是个不愿欠人情的主儿，王子建去领钥匙时，贾经理挺委婉地表示，房子卖完样板间就没用了，里面有全套的家具和电器，以萝卜白菜式的价格进行处理，如果需要，赶紧拍板。

单是这些家电，买的时候就得两三万了，再加上沙发桌椅衣柜书架和双人床这些大件家具，总共要价两万着实便宜。

刘琴觉得既然房子是她和子建无偿居住，买这些东西的钱就应该由她们出，各自算了算工资卡上的余额，倒是付得出这笔“巨款”。可是，毕竟是往朋友的房子里搬家具、安装电器，总还是要知会一声。

卢恒宇听完王子建的描述，不以为意地说：“行啊，那帮我谢谢贾总，占人家个便宜怪不好意思的，逢年过节再走动走动他。你先把钱垫上，我过两天转给你。”

“那个，刘琴的意思是，这钱应该我们来出，毕竟白住你的房子。”

“行啊，你出吧，那我转 20 万元给你，把你给我弄来的优惠还给你。”

“……”

就这样，王子建和刘琴各自退掉了租的房子，正式地搬进了这座由卢恒宇无偿提供的“豪宅”。刘琴感恩戴德，恨不能做个牌位把卢恒宇供起来。王子建看在眼里，感慨刘琴知恩图报的精神，却也羞愧自己所能提供物质的匮乏，这样天使般的女孩，显然配得上更宽裕舒适的生活。

“嗨，你别忙了，坐下歇会儿吧。”

“我不累，面里有虫子了，我想把它筛一下。”

“我能帮你做什么？”

“嗯，你给我拉首曲子吧。”

王子建起身，去书房拿出小提琴，调好音后走回了客厅。想来想去，也不知该选择哪首曲子，可左手一按到琴弦，就不自觉地又拉起了萨拉萨蒂的《流浪者之歌》。

拉到 6 分钟左右时，王子建从一副陶醉中睁开眼睛，却看到泪眼婆娑的刘琴呆立在自己面前。

琴声戛然而止。

“你怎么了？”

刘琴摇摇头，眼泪顺着面庞滑落下来，她上前抱住王子建，哽咽道：“我也不知道，这曲子好悲凉，感觉就像你在哭一样，听得我心疼。”

“咳，马上就要欢快起来了。”

子建怎么哄也无济于事，只得任凭刘琴这么抱着自己，静静地哭了许久……

“方便接电话吗？”

子建摸过手机，是葛磊发来的短信。

23 点 40 分，枕边的刘琴已经睡熟了，呼吸均匀，还不时发出一些非常轻微的鼾声，可爱极了。他忍不住探过头去，在她额头上轻吻了一下，然后蹑手蹑脚地走出了卧室。

“喂，葛磊？怎么啦？”

“没事，找你聊聊天。”

“哦……你工作的事情怎么样了？”

“差不多了，就那么回事，不说这个。对了，小伟子结婚了，你知道吗？”

葛磊就这么拉着子建聊起了许多无关痛痒的话题，几个老朋友的近况，这几天听的音乐，当年一起玩乐队的趣事，还有“打猎”漂亮姑娘的历史……

“我记得啊，那个山西姑娘嘛，你还把人家的内衣收作纪念，在宿舍里拿出来炫，后来人家弃暗投明找了个正经男友，你却偏要去把她追回来，不就挨揍了嘛。”

“哈哈，是啊，那是咱俩和人打架第一次吃亏……”

“那也叫打架？十几个人围着你踹，我是劝架的好不好！”

“放屁，我怎么记得就你亮刀子了？”

王子建也笑了，是啊，当时体院那帮孙子把葛磊按地上好一顿打，自己则被架在一旁。眼瞅着有人去路边捡砖头准备下黑手，王子建急了，奋力挣脱，冲到葛磊身旁，从裤兜里摸出匕首，摆出一副拼命的架势。

对方显然也经历过大小阵仗，不会被一把小刀唬住，一次次叫嚣着向前，却一次次被王子建挥舞着刀子逼退——他是真的豁了出去，完全顾不得什么后果，就那么劈头盖脸地用刀划来划去，好在人家的运动神经都不错，躲得及时，几个回合下来，也没有谁被刀子伤到。

然后，就是飞过来的砖头、木棍，闷闷地砸在身上，痛得人险些背过气去，子建单手护脸，依旧横刀伫立，死死地挡在葛磊前面。葛磊爬将起来，满脸的血，捡起砖头狠狠地回掷过去。

一直到有人喊：“别打啦！警察来了！”这种僵持局面才被打破，众人哄的一声散了。

“傻 ×！快把刀扔了！”

子建被砖头砸得脑袋都发木了，赶忙扔下匕首，随着葛磊跑掉了……

“其实，那事儿是我不对，活该被人揍一顿，你干吗那么拼命啊？”

“废话，我能眼睁睁看着你挨打嘛。你对也好，错也好，都是我的朋友，我认的是你这个人，又不是你干的事儿。”

“没有原则，不问对错……啊，兄弟之间，本该如此。”

“是啊，要是讲原则问对错，我早就该大义灭亲阉了你造福校园了。”

“滚，说得你比我强多少似的。”

一通谈笑之后，葛磊突然问道：

“子建，现在我们都长大了，你还是这么觉得吗？”

“觉得什么？”

“兄弟之间，没有原则，不问对错。”

王子建愣了一下，他总觉得今天的葛磊有些反常，大半夜的找自己聊这些只该在酒桌上被记起的往事。他小心地问道：“你到底怎么了？”

“没怎么。”

“出什么事了吗？”

“没有啊，能出什么事？”葛磊的语气又轻松起来，说：“就是想和你扯会儿蛋。”

王子建没有接这个话茬儿，良久，才认真地说道：“我还是那么认为，既然是兄弟，不管他做了什么，我都会无条件支持。”

“哈哈，无条件支持？那如果是让你陪着违法犯罪呢？”

“没有其他变通方式？”

“没有。”

“不得不做？”

“不得不做。”

“那就一起犯罪呗。好歹是专业人士，知道深浅。”

葛磊停顿了很久，再开口时，声音都有些变了，却仍在勉强地笑：“哈哈，党和国家算是白培养你了。”

王子建仿佛感觉到了什么，内心涌起一股悲切，却也只是平静地笑笑：“和我一起疯了四年的人不是党，也不是国家。你到底出什么事了？跟我说说。”

“……真的没什么事，可能是最近压力太大了，才有点神经质。放心，如果有事，我一定告诉你。”

子建将信将疑地挂断电话，却怎么也放不下心来。

几天之后，葛磊又打来电话，说自己的事情已经定了下来，下个月去县里报道，代理副县长职务。

子建小心地捕捉着葛磊的措辞和语气，没听出有什么异样。

“你和那个姑娘怎么样了？”

“还要在一起至少半年。”

“至少半年？”王子建皱了皱眉头，有些诧异葛磊的表述。

“嗯，实在是不合适，早晚会分。但我需要至少半年，才能站稳脚。”

“你……小心一些，做事也别太功利。”

“呵呵，没有什么功不功利可言，只是细分目标，制订计划，然后按部就班地落实。”

30 岁，副处级领导干部，在人口 200 多万的县里担任副县长，主管矿业、基建和纪检，这是何等的传奇！只是，葛磊的情绪分明和之前有了很大的区别，怎么也感受不到像上次被提拔为科长时的那种开心或兴奋，相反，还能品味出一丝疲惫和无奈。

“子建，你今年 29 岁了吧？”

“没过生日，还算是 28 岁吧。”

“快了，不是 11 月 24 日嘛，花心的射手，四处乱射……”

“边玩儿去，全世界最没资格说射手座花心的就是你，我就纳闷了，狮子座里怎么还有你这么滥情的奇葩。”

“呵呵，有点常识好不好，公狮子只负责交配，每天 30 多次，别的啥也不干。”

“晕。”

“哎，你跟刘琴怎么样了？”

“挺好的。”

“觉得好就定下来吧，结婚，生个孩子，踏踏实实地过日子。”

“什么？”这种话从葛磊嘴里说出来，总觉得不具有真实感，一时间，子建还以为他又要调侃什么。

可是，葛磊很认真地说：“我说，你岁数不小了，考虑考虑结婚的事情吧。”

“你比我大两岁都不考虑，我着急啥啊。”

“呵呵，实现一夫多妻制之前，我真没把握当个好丈夫。可你不一样，我觉得你能过好安稳的生活，扮演好丈夫和父亲的角色。在这一点上，你比我优秀太多。”

“神经病，你去县里把队建政工这块也管上吧，多给公务员们讲讲人生。哎，对了，还没认真恭喜你呢，真的，你一步步走得太牛了，我望尘莫及。”

“何遽不能为祸乎？”

王子建愣了一下，很快反应过来这是刘安在《淮南洪烈·人间训》中塞翁的那句原话——就是那个丢了匹马、儿子摔断腿、邻居说啥他怼啥的老头。这个葛磊，还拽文呢，哎，想到这里，他笑着回了一句：“又焉知非福？”

刘琴先是探了个头进来，看子建还在打电话，就调皮地笑笑，蹑手蹑脚地举着叉子走了过来，悄悄地往他嘴里塞了一小块刚煎好牛排，不出声地问道：“好吃吗？”

王子建同样不出声地咀嚼着，黄油的甜味溶在肉香之中，配上进口的黑胡椒酱，完全不输给外面的牛排店。他竖起大拇指，表示对刘琴厨艺的钦佩。

刘琴比了个“胜利”的手形，美滋滋地跑开了，像个精灵，更像个孩子。

也许，是该考虑考虑结婚的事情了。

56 外地人的正义感

“把法袍脱了，跟我们走一趟！”

民二庭的陈副庭长战战兢兢，远没有在法庭上那样淡定从容，单是脖颈处的那颗扣子，就解了半天。

走廊里聚起了一群同事，主管副院长也从后楼赶了过来，但看了看这个阵势，叹了口气，就消失在了人群里。

就这样，一名三十多岁的年轻法官刚走下法庭，就在自己的“地盘”上被检察机关带走了。这对“公检法是一家”之类的言论，倒是个极好的反证。当然了，若硬说一家人之间也免不了争斗打杀，也没什么好反驳的。

王子建和这位副庭长蛮熟的，算起来，他还是自己的师兄——他本科和王子建研究生读的是同一所学校。8 年前本科毕业，陈副庭长就作为第一批大学生考入马泉法院，这些年过去了，同届来法院的六七个人各奔东西，只剩下他和另一名学姐。院里对他们这届人评价颇高，下海经商的，考入国家部委的，遴选到政府部门的，总之，一个个既有想法又有实力。

相较而言，留下来的陈副庭长各方面只能算作“平平”，慢条斯理地讲话，温和细致地庭审，周密严谨地判决书论理，手不释卷地学习热情，不善与人交际无所适从地干笑，是陈副庭长留给子建的全部印象。唯有在与他讨论案件、向他请教法律问题时，才能“激活”他的言语枢纽，唤醒他与你谈话的能力。

所以，子建怎么也想不明白，这么一个普普通通毫不起眼的陈副庭长，怎么就突然被带走了呢？

很快，有人打探出了消息，检察院抓人并不是没有根据，其中也没什么戏剧性的误会。陈副庭长在审结一起工程合同纠纷案后收取了原告开发商的好处，以低于市场价 50 万元的优惠价格在马泉购买了一套两居室，还向开发商借款 30 万元用作首付。

法院上下一片哗然：

夏院长在大会上慷慨激昂一通怒斥，陈副庭长几年来所有的劳苦功勋瞬间化为乌有，看院长那架势，恨不能把曾颁发出的所有荣誉悉数收回，他几次拍着桌子强调，对这种潜藏在法院系统内的害群之马一定要严惩不贷，绝不姑息纵容……

监察室主任顺应形势，落实部署，推出了一系列的廉政风险自查自纠举措，开民主生活会、汇总廉政总结、制作廉政宣传手册，一直比较清闲的刘琴也跟着忙碌了起来。

民二庭庭长很果断地与这件事划清界限，和党组沟通，向区纪委汇报，到检察院说明情况，忙忙碌碌折腾了一圈之后，才腾出精力来一边喊着“痛心疾首”，一边试探性地提出增派人手的请求——年底结案只剩一个月了，折了一个办案主力，审判任务实在完不成。而且，这种情况下，陈副庭长尚未作出判决的案子，都要换人重新开庭，再考虑到浪费掉的时间，恐怕增派一个人手都不够。

刑庭庭长翻着法条，分析了这种情况的几种判决结果，定枉法裁判罪，还是受贿罪，抑或是两罪并罚，总之，如果扯上受贿，陈副庭长会付出至少10年的青春作为代价……

王子建心头涌起一阵悲切。

陈副庭长是一个安静内敛的另类，却有着独特的气质和坚持，更是用踏实自律的工作态度赢得过所有人的尊重，获得了不少荣誉。工作中，他从不打听别人的案件，刻意与律师甚至其他法官保持距离，生活上，他低调到近乎落魄，骑一辆破破烂烂的自行车，用着单位几年前发的国产手机，只要不加班就按时回家，几乎没有任何人情应酬。

王子建甚至一度觉得，这是当前国情下正常法官应有的状态：如果没有给力的父母或一位很能赚钱的太太，单凭工资收入租房养孩子，生活就该如此。那些能够开着好车逍遥吃喝，手包里动不动就塞个几千元现金用于打牌，满脸衣食无忧的法官们，才应该被列入重点审查对象。他们口中"能挣钱的媳妇"，有几个是真实存在的？倘若一个大老爷们能如此不脸红的以老婆会挣钱为光荣，还真要讴歌一下他们的心理素质了。

真正倚靠着法官身份昧着良心赚钱的人安然无事，一时冲动想让老婆孩子住上房子而铤而走险的人身陷囹圄。子建明白，做错了事情，自然要承担相应的代价，法律本该公正地予以处置。从这个意义上讲，陈副庭长罪有应得。

只是，听到某些同事故作清高发表言论来拔高自己道德标准时，子建会愤怒到难以自抑。

"你看这受过高等教育的，道德水准也没高到哪去啊，还不如咱们这样的专科生呢。"说话的是一位四十多岁的女法官，民三庭著名的"嚼舌妇"。

"唉，小陈也就是一时糊涂，我看他平时挺好的。"

"好家伙！平时是没事儿，这不闷头攒大牌呢吗，一出手就弄这么大的动静，把媒体都招来了，哼，年底的绩效考核奖恐怕要降档喽。"

“是吗？会少多少钱？”

“去年发了 1 万，那是 A 类单位，降一档估计就只有 8500 了吧。你看他惹多大麻烦，也不替咱们想想。”

“嚼舌妇”晃动着手腕，黑色的雷达女表在臃肿的手腕上无力地转动了两下，很是扎眼。她不留余力地继续讽刺道：“这还副庭长呢，每天假模假样地跟那学习。要我说啊，这样的人就是人品有问题，学什么都白搭，本事越大，犯的事儿越大。”

王子建有些懊恼来食堂晚了，竟要坐到这一桌人之间。他一言不发，急匆匆地往嘴里扒着饭，想赶紧离开这个是非之地。没想到这“嚼舌妇”向自己发话道：“子建，你将来提拔上去，可别像小陈似的啊，外地人能来咱们马泉本来就不容易，取得了领导的信任更得珍惜。”

是啊，外地人。

有不少本地人曾发出过这样的感慨，说现在法院里年轻学生太多了，再要不了几年，法院就会成为这群外地人的天下。

这是一种带有普遍性的恐慌心理，所以，考公务员时马泉本地人会被优先录用；公开竞职时本地人会更有机会获得职位；空降来马泉法院的党组领导愿意扶植有能力的年轻人，其他几个本地的领导则抱着团地阳奉阴违，更希望能够按资排辈……

只是，凭什么陈副庭长的惨痛教训要成为这份恐慌中反方得以援引的论据？在子建看来，他真的只是一时糊涂，甚至是被贫穷逼至无奈而犯了错误。

他没有学会圆滑与逢迎，所以，没有哪个领导愿意为他涉险让整件事像往常一样不了了之——执行局当年那几个出了名的执行法官，哪个犯的事儿不比他大？最不济的那个，不也就发配到院档案室干杂事么！他也没有学会旁人取财的隐晦与灵活，而是采用了这么蠢笨的方式，直接从当事人一方手里收取好处，完全不懂得迂回。甚至还留下了 30 万元的借条作为铁证。呵呵，法院有几个人是怎么搞钱的，谁不是心知肚明？倘若陈副庭长多和同事走动，听到些许的八卦，哪怕是只听到这个“嚼舌妇”的“发家之道”，也许就不会是今天这么个局面。

对，“嚼舌妇”的发家之道。

想到这里，王子建喝净了碗里的汤，笑吟吟地说道：“高姐教育的是啊，肯定不能像陈哥学习，他实在是太笨了。”

“嚼舌妇”又想发表什么言论，却被王子建大声拦下了。

“为什么说陈哥太笨呢？因为他不像某些人那么聪明。”

声音还真有些大了，连旁边两桌的人都投来了目光。

王子建依旧笑着说：“他要是能学学其他人的本事，跟自己老婆办个假离婚，让她去代理案件，随便干几个案子不就能挣到30万元了吗？就算被查出来，也至多是个违纪，是人品道德低劣，当然，也是对神圣婚姻的不敬。”

“你！”

“嚼舌妇”脸上红一阵白一阵的，眼看就要发作，旁边的大姐赶忙拉住她，轻声劝慰。

王子建挑衅地直视着她，没有一丝畏惧。

来啊，来撕破脸啊，看看你做的那些事情能不能摆上台面，看看你的丑闻被揭露后，还能不能理直气壮地去谈论他人！

可是，直到王子建端起餐具走出几步后，才听到一句骂声——“什么玩意儿啊！”

他没有再回头，只是冷哼一声，对，这帮子人都是什么玩意儿！

接下来的几天，王子建仍有些闷闷不乐。

刘琴从监察室带回的一些信息，更是让他心里难受，合着全院上下各个庭室总结起自身的廉政问题时，都是对陈副庭长口诛笔伐，民主生活会上，更是对其骂声一片，仿佛他留给这个法院的，就只有这最后的败笔与污点。鲜活的人性再次被替代为只传递特定信息的符号，这就是体制，愚民“造神”时，“善”是绝对，否定阶级敌人时，“恶”也是那么的彻底。

“子建，你怎么了？”刘琴温柔地挽起子建的胳膊，显得有些担心。

“我总是觉得陈哥有点冤。”

“他确实做了不该做的事情。”

“我知道，我并不是说有人冤枉他，怎么说呢……一方面觉得他有些不值，把自己毁了；另一方面又觉得他做的事情也没有多过分，不至于非要追究刑事责任。”

刘琴皱了皱眉头，好像不是很理解，大几十万元的款项，还不过分？

王子建继续说道：“你看，宇哥买的这个房子，张局随便打个电话，就便宜了20多万元。那么，陈哥买房子也可以托领导、找关系。人家是中层副职，面子比咱们大，总能获得更多的优惠吧？这么一算，在这起案件里，他获取的直接收益至多也就是十几二十万元。另外的30万元是借款，有借条，也约定了5年内还清，就更不应该算作受贿，至多只是个违纪问题。”

“可是，他故意违背了事实，枉法裁判，又拿了好处，就已经构成犯罪了吧？”

“纠正你下，民事枉法裁判罪的构成要件里，可并不包含要获取不正当的利益，如果你获取了利益，那是要按受贿罪处理的。”

“哦，刑庭庭长说会数罪并罚呢。”

“并罚？这在学理上叫吸收犯，和连续犯、牵连犯一样，属于处断的一罪，应该择重罪处罚。再说，刑法分则里也有明确规定。”

“对哦，你一说我好像还有点印象，司法考试里有这个考点。”

子建摇摇头，捏了捏刘琴的鼻子：“傻丫头，你的知识都还给书本了吗？将来怎么审案子啊？”

“我不想审案子，多费心啊，还是在后勤部门待着比较舒服。”

“诶，接着说陈哥这事儿，你说他拿了好处，Ok，确实拿了，可咱们院里那几个指着法院吃饭的人，不也同样在拿好处吗？哦，换个方式，拿多少都没人管，陈哥拿一次，就把自己折进去？你再看咱们院刚退下去的那位领导，别的都不提，就说他后备厢里成箱的中华和茅台，算下来值六七万元了，别人送的还是公款买的？这不是犯罪是什么？”

“你也看到过？”

“谁没看到过？”

“……嗯，在外面千万别乱说。”

“我知道。”

王子建见自己唾沫横飞地说了半天，却还是没法勾起刘琴对于陈副庭长遭遇的共鸣，也就没了什么兴致。

“子建”，刘琴略一犹豫，还是说了出来，“其实……陈哥这事儿是被自己人捅出来的”。

“什么？”子建大吃一惊。

“我和主任去检察院了，恰好检察官是他的同学，人家说是接到了匿名举报邮件，整件事情说得一清二楚。顺着 IP 地址查过来，发现是咱们法院电子阅览室的电脑。这件事没几个人知道，你和谁都别说……”

“知道是谁吗？”

“不知道，但这个人肯定和陈哥走得很近，不然不会知道得那么清楚。”

王子建叹了口气，一个单位的同事竟也能下此狠手，再想到陈哥不足两岁的孩子，他更是有些感伤。

“对了，检察官说，他们不准备把买房优惠的钱认定为直接受贿，只公诉一个枉法裁判罪。”

“民事枉法裁判罪。”王子建习惯性地纠正。

“对，只公诉这一个罪。”

子建脑海里盘萦着法律条文，民事枉法裁判比刑事的要轻，情节严重的，好像是 5 年以下有期徒刑或者拘役。这么算来的话，很可能判到 3 年以下，搞不好还能给个缓刑。虽然丢了工作，有了前科，可起码不用失去自由。

想到这里，他觉得心里多少舒服了一些，揽过刘琴说：“你怎么不早告诉我这些？”

“我怕你忍不住出去乱说，给自己带来麻烦……可是，不告诉你，你又那么不开心。”

“我又不傻，干吗要出去乱说。”

“那你还和高姐吵架。”

高姐，哼，“嚼舌妇”，以后她那个“离婚”老公代理自己手里的案子时，若再敢不着边际地胡说八道，一定当庭就要他好看。

“这点破事儿院里也传开了？”

“嗯，说你和陈哥是校友，处处维护他。”

“呵呵，说去吧，无所谓。你有没有觉得我太冲动、太幼稚了？”

刘琴使劲在子建的怀里蹭了蹭，温柔地说：“没有，你只是正义感太强了。”

正义感？

王子建抚摸着刘琴的肩膀，发现她的毛衣都有些起球了，突然又很想给她买身衣服……

57 重磅炸弹般的消息

元旦闲着没事，带刘琴去了一趟游乐场。

显然，选择冬季去玩是略显奇葩的，水上项目一律未开——激流勇进溅起水花还行，总不能让皮划艇去撞大冰坨子吧，过山车啥的好悬没把人冻死，你的速度上去了，寒风就变得跟刀子似的，刺得脸生疼不说，就连膝盖都隐隐作痛起来。

饶是如此，刘琴依旧兴高采烈，她早就梦想着能来游乐场玩耍，试试过山车，坐坐摩天轮，所以，就像个孩子一样欢呼雀跃，举着棉花糖跑来跑去。子建拿着庭里的相机，边走边拍，记录着简单平和的欢愉时刻。

怂恿了半天，刘琴还是没敢去挑战蹦极，一会儿说这个不在套票里，还要单花钱，一会儿又说冬天皮筋的弹性肯定不好，太危险了，总之，就是死活不肯上去。

王子建想了想，决定先做个示范。站上 70 多米的高台之后，只看了底下一眼，就有些发晕。刘琴站在冰面上边跳边喊他的名字，满脸的兴奋。对，冰面！人工湖早就冻得死死的，夏天跳的时候底下是水，工作人员划着小船跟湖里等着接人。现在可省事儿多了，拿警戒线拉成一个大圆圈，工作人员悠哉地站在圈里抽烟——的确悠哉，之前要排起长队的蹦极项目，现在一天也没几个人。

水面和冰面的视觉冲击感相差太多了，如果前者的感觉是跳水，那后者无疑就是跳楼。

"您不用推我，我自己跳。"王子建回头阻止了欲上前"帮忙"的工作人员。后者笑笑，做了一个请的姿势，又退回了原处。反正人也不多，留些时间给子建挣扎彷徨也无所谓。

深呼吸，再深呼吸，耳边的风声呼呼响起，悬在空中的皮筋越发沉重，几乎要把他硬生生地拖拽下去。

"哥们儿，跳吧，你妞子可还在底下看着呢。"

王子建没有回头，冲身后比了一个 Ok 的手势，喊了一声"刘琴，我来啦"，然后就纵身跳了下去。

等他像个误入陷阱的野猪般被工作人员缓缓"救下"，再脚一滑坐在冰面上后，刘琴更加坚定地拒绝上去，头摇得跟拨浪鼓似的，最后干脆转身就跑。子建一边喊着小心，一边向前追去，坚硬如铁的湖面上，两个身影一前一后，留下一串串欢声笑语……

这个冬天，好事连连。

单位补发了一年的郊区补助，一个月 600 元，算下来是 7200 元。据说，这个补助以后就是常态化的款项了，相当于涨了工资。这还不算，年终奖和过节费被技术性地“取消了”：1 万多块钱被拆散了发在每个月的工资里，虽然直接导致了每个月要交纳 44.8 元的个人所得税，但公积金计算基数增加后，每个月扣缴金额从 600 元上升为 860 元，这就意味着单位每个月也要给多存 260 元。这样算下来，对大家也是件好事。

刘琴捏着工资条吃吃地笑着，说没想到咱俩也能跻身于需交个税的人群了，真该好好庆祝一下。然后就小心地把工资条贴在了一张 A4 纸上。

子建很不理解她的做法，说工资条是世界上最没用的东西，看了来气，擦屁股又太细，何苦如此小心地保存。

刘琴翻出了六七张贴满工资条的 A4 纸，饶有兴致地指给王子建道：

“怎么就没有用啦？你看，我每个月的工资条都在这里。7 年前我刚来法院时，一个月只有 900 多元。”

“900 多？”王子建皱起了眉头。

“这是我最后一次领的聘书工资，发了 1650 元。”

王子建仿佛突然记起似的想到了什么，是啊，刘琴之前一直是聘任制书记员。

“这是公务员试用期的工资，2340 元。”

“这是转正后，3460 元，看，我终于就快追上你啦。”

刘琴满脸幸福，依靠在子建的怀里，认真地总结道：“保留这些，是一个记录，也让我坚信一个道理，那就是日子总会越过越好。”

子建不置可否，刘琴的道理看似论据充分，其实则存在逻辑误区。单看数字的增长有什么意义？房价呢？物价呢？如果数字增长敌不过通货膨胀的速度，那也不过是实质上的明升暗降罢了。再说了，什么叫日子

"越过越好"？好坏来自对比，如果同学以几倍的速度增值前进，自己也就无疑是逆流中一艘不思进取一退再退的无能小船，早晚有一天，会成为母校毕业生收入平均线之下的 loser，何止是拖母校后腿，简直能把母校的裤衩扯到脚脖子……

但是，他不想和刘琴辩论这些，一来不忍心去打破她简单的快乐，二来则是思量着那句"我终于追上你啦"，实在没脸再去侃侃而谈。是啊，你追上我了，我们之间的差距，只有 80 块钱——子建学历高，可刘琴工龄长，竟也差不多扯平了。可你的前进，又何尝不是我的倒退？

"你怎么啦？"刘琴好像觉察到子建有些异样，扭转着身子想看到他的脸。

子建没有说话，把双手搭在她平坦的小腹上，下巴则攀上了她的肩头。刘琴被这样"钳制"着，一时动弹不得，只得放弃转身，歪着脑袋把两个人的脸紧紧贴在一起……

快过年时，张杰突然打电话通知子建一起吃个饭。

许哥曾经教过子建，如果是院级领导找你，不管是叫你去哪里、干什么，第一时间先要回答"没问题"，即便和已做好的安排撞车，也要去协调自己的时间。

所以，王子建虽然还没搞清楚这顿饭的主题，却也是没有半点犹豫，连连应声。

挂断电话后，他疑惑地望着刘琴，说："张局让我明天晚上去海鲜楼一起吃饭，也不知道什么情况。"

"明天？哦！明天是张局的生日，他们每年都会聚一次的。"

生日？

刘琴很是开心，说张局能在这个时候喊子建吃饭，说明心里和他的关系又进了一步，一定要好好把握机会。

子建撇撇嘴，说："你也甭想太多，不就是吃顿饭嘛，也说明不了什么问题。再说了，吃饭这种事儿，提前三天相约，才是心里真能想到你，提前一天再通知的，都是候补名单里的人选，倘若临吃饭前再叫，那就是凑桌的了。”

刘琴双眸闪过一丝笑意，嗔道：“你还指望张局给你发个请柬？傻瓜，别说提前一天通知了，就是他吃到一半能想起叫谁一声，大家也都是求之不得的。”

子建最不喜欢的，就是刘琴这种打心眼里对法院领导的谦卑与恭敬，他总觉得对领导报以应有的尊重即可，而没有必要产生这种有如屈膝跪地般的敬畏，也没有必要逢年过节就去逐一探望——在单位里难道还没见够？

可是，给领导送特产这种事，刘琴轻车熟路信手拈来，之前所有工作过部门的庭长都能一一照顾到不说，就连两个副院长的家门，她也能走得进去。这就非常不易了，级别越高的领导，接受拜访的难度越大，所谓提着猪头都找不到庙门，就是这个道理。别说对求他办事的外人了，即便是对本单位同事，人家也不愿轻易透露自己的行踪，更别说让你登堂入室了。每每在食堂吃饭时看到普法剧里所描绘的领导收盒月饼都能喜笑颜开的桥段，王子建都很想笑：写剧本的人肯定活得苦哽哽的，巴不得有谁能在过节时给他送点东西，意淫一下都美不胜收。可领导还真不至于如此，恐怕有时收你点东西还不够麻烦的。

不知不觉想远了，都没注意到刘琴在说话。

“嗯，你说什么？”

“我说，你给张局送礼物的时候不要等到吃饭时才送，白天上班时就送到办公室去。”

“什么礼物？”

“生日礼物啊。”

王子建蹙起眉头，仍是觉得对这种事情比较为难。

刘琴仿佛看穿了他的心思，安慰道：“哎呀，就算不是领导，同事过生日请你吃饭，你送个小礼物还不是应该的？”

王子建只得点点头，旋即又问道：“送什么啊？照着多少钱准备？给他的时候我说什么？”

刘琴扑哧一声笑了：“看你那眉头皱得，就跟谁逼你去战场似的。和领导打交道有那么难吗？上次那红酒你不也送得挺顺手的。”

是啊，说不清为什么，送红酒时心里倒是挺自然的，没什么压力。他想了想，说：“可能是酒这种东西拿得比较习惯，送人也顺手。像是……在分享什么，就比较随意。”

“对啊，那你就从这类东西入手嘛，习惯了以后，再送什么就都能很随意啦。”

王子建瞥了一眼酒柜，说：“要不，送瓶洋酒？”

“换一样嘛。”

“烟？”

“哪有人过生日送烟的！”

“嗯……”王子建犹豫着，又不自觉地点燃了一支烟。突然，他有了主意，对啊，送个 Zippo 不就完了，当年给老马买过一个，还是蛮合适的。这种东西，抽烟的人都喜欢，一旦用上就放不下，上次见面，老马还美滋滋地给大家演示火机的防风性呢。

“送个 Zippo 吧。”

“嗯，这个好，能一直带在身上，什么时候见了，都能想起是谁送的。”

王子建一时没反应过来，只道刘琴是在夸自己，刚要再嘚瑟两句，突然意识到自己现在用的火机还是萧文婷送的，刘琴显然是吃醋了。

他挠挠头，自己确实是疏忽了，在一起一年多了，还用着前女友送的礼物。可是，如果刘琴真的在意的话，为什么从来不告诉自己呢？

“呵呵，我知道你想到什么了。我不是刻意想保留什么，只是一件东西用惯了，就会忽略一些事情。抱歉，让你不舒服了这么久。”

子建这番话，说得很是诚恳。刘琴显然被感动了，又一次扎进子建怀里——比起其他女孩子，她好像需要更多的拥抱，就连睡觉时，也偏要摆一个明显不舒服的姿势，小心地挨住子建。不管子建睡熟后如何不自知地翻身躲避，醒来时，她都会依然挤在自己身边，像……考拉？呵呵，冬天还好，夏天，还真有点热。恐怕，从心理学的角度来看，还是要扯到“安全感”这一话题吧。

“我哪有那么小气，你心里记着谁，关我什么事。”

子建笑了：“还说不小气？第一次听你说这么酸溜溜的话。”

“哪有酸溜溜。”刘琴的脸贴在子建的胸口，慵懒而舒服地蹭来蹭去，子建脑海里浮现的考拉形象很快就被猫替代了，有本书里写过，女人都是有猫性的，确实如此。

果然，去张杰办公室送个打火机还是蛮自然的事情，简单说句“生日快乐”也不是什么难事。张杰挺高兴，很喜欢火机上的狮头——子建也说不上来为什么，挑选火机时看到狮子图案就能想到这位霸气的执行局长。

同时，子建这次也给自己选了一款银色的火机，上面简简单单复刻着一把小提琴，也算是能象征刘琴吧。他犹豫了几次，终于狠下心把之前的火机扔进了厕所，不甚值钱的物件，却让他心疼得要命，脱手的一瞬间，险些下意识地去抓……

再见，Diablo 邪恶的微笑。

再见，萧文婷。

后来刘琴知道这件事后，连骂王子建败家、傻瓜，但看得出来，她还是挺高兴的。当天晚上，王子建就收获到她特有方式的“感恩”，那是他想象不出刘琴会主动去做的事情，虽然生涩笨拙，却也别有一番滋味。若不是子建心里始终盘萦着张杰生日宴会上听到的那个有如重磅炸弹般的消息，那个曼妙的夜晚定当更加销魂蚀骨。

可是，偏偏就有那个消息：

在饭桌上，文欣嘟嘴拌萌地问道："张局，真要司法改革吗？那我是不是就当不了法官了？"

张杰摆摆手，说："员额制这事儿现在还没定，肯定先从审判口试水，能不能波及执行局，现在还说不好。"

"最好波及不到。"

张杰眯着眼睛，神情复杂地补充道："还有这么一种可能，以后执行局行政化，彻底脱离法院，里面一个法官也没有，大家都叫执行员，和政府执法人员一样……"

"啊？那咱们这边会成为试点吗？"

……

几个消息灵通人士七嘴八舌，王子建听得一头雾水，司法改革？员额制？这都是什么东西？虽然已经喝了不少酒，但他还是集中起全部的注意力，一边认真地听着，一边不时问上两句，以便获取更多的讯息。

原来，司法改革的风声真的悄然而至了，自己闷头审案，竟然闻所未闻。此次改革，说是要弱化法院的行政色彩，大幅度提升法官待遇，同时，采取"员额制"的形式来缩减法官数量，细分岗位职责。以后，只有前勤审案子的才是法官，每名法官配备三名法官助理，两名书记员，法官专心审案，远离杂事纷扰，终身对个人所承办案件负责。至于诸如组宣、综合、研究室、干部科、监察室之类的后勤部门人员，全部定性为司法辅助人员，一个法官不留。

按中央的意思，人事关系捋顺了之后，就是涨薪，法官大涨，助理及司法辅助人员小涨。而且，人财物统一由高院调配，不再依赖各区县财政支持，哪怕是法院打杂人员的待遇，今后也要明显高于同级别的行政机关……

听起来不错，看起来很美。也许轮椅里淌着口水静谧等死的老法学家都能兴奋地跳起来扭一段儿“小苹果”，认为这是司法崭新时代的伊始……

可是，王子建还没老迈昏庸到那个程度，他总觉得这又是一次重大的利益分配，洗牌之后，肯定有人欢笑，也有人憋气。

58 易上难下的“贼船”

“真的会有这么大规模的改革吗？”

王子建手指在刘琴光滑的肩膀上漫不经心地划着，轻叹道：“估计会这样发展，难怪最近城区的法院频频有人离职，连年终奖都不要了，原来都是怕再不走就走不掉。”

“其实……我觉得这次改革是一件好事啊，为什么大家都想到要走呢？”

“好事？”王子建苦笑道：“好吧，从长远来看，确实是一件好事。法官职业的准入门槛越提越高，没有两把刷子的人也别妄想能混上审判台，这是大趋势。西方模式也早就这么搞了，大法官数量有限，能力超凡，受万民敬仰。哪像咱们国家这样，法官一抓一大把，却有一半窝在闲职，更有甚者，一辈子都没开过一次庭，这叫什么法官。”

“对呀，这不挺好的嘛，精简法官队伍，提升法官待遇。你那么喜欢审案子，到时候带上几个助理和书记员，一年弄它个1000件也没问题啊。”

“傻妮子，还带人审案呢，只怕到时候我才是那个被人带着的法官助理啊。”王子建刻意强调着“助理”两个字，也确实有些愤懑。

“不会吧？你早就是庭里的办案主力了，还能让你去当助理？”

王子建叹了口气，结合近日打探到的消息，细致地给刘琴分析了眼下的局面：

以刑庭为例吧，目前庭室一共13人，一正两副3个庭长，还有5个审判员，1个内勤，4个书记员。3个庭长和5个审判员都有法官资格，难道要配上24个助理16个书记员？那就不叫精简法官队伍了，而是大幅扩编解决社会就业问题。中央说了，不会因为改革而扩招人员，只在现有队伍里进行人员结构调整。

Ok，那就按照配比标准进行调整，撇出内勤不算，将剩下的12人分成两组，正好每组6个人。也就是说，原有的8个法官名额，要压缩至仅剩两人。这两个人，涨上三五千块钱的工资，承担起所有的刑事案件审判工作。当然，这种承担更多所指的是“署名”，具体的工作肯定不会全落在法官头上，那3个助理也不能闲待着拿钱，与审判相关的事实调查、文书撰写工作肯定要承揽起来不说，听说搞不好还会创设出一个类似于“预审”的机制——助理先开一次庭把证据、事实处理完毕，法官再开第二次庭来决定结果。否则，刑事案子动辄上百本卷宗，七八个小时的庭审，两名法官就算什么都不干，每天只坐着开开庭，也活活累死了。这样的安排，对于法官来讲，有了助理的帮助，自己的活儿反倒是好干了。而对于被剥夺了法官身份的助理而言，做着几乎和之前相同的工作，判决书上却再没有自己的名字。

问题是，这13个人里，谁来当法官呢？

庭长必然要占一个名额吧，否则让他去做什么？当助理？当内勤？当书记员？这样一来，宝贵的名额只剩下一个了，两个副庭长虎视眈眈，庭里另外两个五十来岁的审判员自然也会哀怨连连，先别说学历、职级、能力的事儿，咱审了30年案子，没有功劳也有苦劳，总不至于晚节不保，被一棍子打回原形，变成个“助理”吧？

这样一来，庭室中层副职和老审判员之间，就形成了你死我活的竞争关系。倘若恰好某名副庭长同时兼具了“老审判员”的身份，大家也就没什么好说的了。可老审判员和年轻的中层副职之间呢？老同志摆资历，年轻人谈能力，鹿死谁手，尚未可知。

这还只是考虑到庭室现有人员，如果后勤部门的领导再往前调呢？组宣科、综合科、干部科的科长们，研究室、监察室、办公室、审官办、信访办、诉服办甚至档案室的主任们，这些人如果去找院领导诉苦，也闹着要调到前勤部门当法官（涨工资），又该如何平衡他们和副庭长、老审判员之间的关系？

等等，这种计算里忽略了什么，是吗？对，确实是忽略了王子建以及与王子建情况类似的年轻人，他们虽然是庭室的办案主力，却既没有职务，也没有资历，在这场法官身份的博弈中注定了会出局，老老实实当助理就好，压根就没有被讨论的必要。怎么，难不成你王子建才审了 3 年案子，就妄想使唤“老同志”或副庭长来给你当助理？没把你踢到后勤部门去当司法辅助人员就认便宜吧。

“大体就是这样，如果改革的话，我顶多是一名法官助理。你也要考虑一下，如果还在监察室那种后勤部门，被定成辅助人员，以后当法官的机会就更渺茫了。”

在子建的紧迫感下，刘琴好像也若有所思，但很快就又释然了，她笑吟吟地说：“当法官这种事我是没希望啦，你不是说辅助人员和法官助理涨的工资也差不多嘛，我还是留在后勤部门好了。不说我了，那……你如果当几年助理，是不是就能当上法官了？”

王子建叹了口气，道：“不好说啊，这么一改革后，法官身份就变得和之前的庭长职务同样难得，甚至数量更少。既然有人一辈子也当不上庭长，以后自然也就有人一辈子当不上法官。而且，年轻人会越招越多，到时候咱们再向美国学个法官终身制，熬死一个才提一个，当法官的希望就更渺茫了。”

“那就往开里想吧，反正助理也是弄案子的嘛，又给涨工资，挺好的。”刘琴试图安慰王子建，竟然讨好般地爬出被窝，从客厅里把他的烟具拿进了卧室。

“给你，啊，好冷好冷。”

王子建并不喜欢在床上抽烟，却也不想负了刘琴这番美意，他把刘琴搂进怀里，靠在床头上点了支烟，叹息道：“我心里就是不服气，凭什么别人一个个成了法官，我却要当助理？比法律知识，比工作态度，比结案数，比什么都好！除了岁数，咱们啥都不输给那些人。他们哪还有几个会审案子的！”

“好啦，别郁闷了，这不都只是传闻嘛，到时候不一定会是这么操作的。”

“唉，上海、武汉、石家庄、厦门，这几个地方已经开始试点了。确实是这么搞的。厦门法官单津贴一项就涨了 20 倍，从 300 多元变成了 6000 多元，而法官助理只增加了 2000 元不到的补助。”

“是吗？那这几个地方都像你说的那样，领导当法官，法官变助理吗？”

王子建沉重地点点头，说：“听说是这样，这次改革，说是要消除法院系统的行政色彩，却还是不可避免地和行政级别搅在一起，青年法官纷纷辞职，有的走掉了，有的走不掉，就干脆撂了挑子。有人评论，说这是一种可怕的逆向淘汰，优秀的人才要么跑掉，要么失去热情……”

“还有走不掉的？辞职都不行吗？”刘琴有些不解。

“其他城市怎么样，我不知道，就说咱们省会吧，法官辞职有那么容易么？你想用脚投票，却根本决定不了自己的去留。要么是不批准辞职，搞什么辞退，要么就不给出离职证明，甚至扣着你档案不放，让你下一份工作也不好找。哼，天下乌鸦一般黑，咱这儿能这么搞，其他地方也一样可以。还觍着脸说什么用待遇留人，用事业留人呢，根本就是耍着各种无赖方式，让你下不了这条贼船。”

王子建越想越气，他这几天向城区几家法院的同学、朋友们打探过消息，听到了许多匪夷所思的“创举”。比如：

A 区法院，党组开会决定，每年最多只能放 3 个人辞职，这叫辞职名额，如果今年已经走了 3 个，对不起，想辞职也请您明年赶早。这是对符合辞职条件的人，如果服务期未满，呵呵，边玩儿去，到期的都不让走，还能轮得着你？朋友说，领导直接把他同事的辞职报告塞进了碎纸机，说只要老子在这个法院一天，你们这些没到服务期的就别想走，非要走的话也行，按《公务员法》的规定旷工就是了，到日子直接来办开除公职手续。

B 区法院，联合区人力部门，不声不响地把新招录人员的服务期改成了 10 年，先别说辞退还是开除了，把每年 1 万元的违约金交上再说。之前那些签了 6 年服务期的人呢？呵呵，也好办，当年合同里不是没约定违约金的事儿么，那干脆就算一年两万吧，想走也要先交钱。

C 区法院，政治处主任在训诫大会上提出省会户口的价值和意义，说法院能给大家解决户口，也一样可以将其注销，如果有谁想甩手不干，先把省会户口还回来再说！结果，有几个自带户口的本地人挺身而出，当天下午就组团去辞职了，听说好像也是按辞退处理的，辞退理由是“不服从单位安排”。

最逗的是 D 区，领导们好像都比较温和，没搞出什么大张旗鼓的动作，只是一味地采取拖延战术，从庭长到政治处，再到副院长、正院长，他们都很有耐心，就像对待信访户一样来对待申请辞职的干警，不管怎么提要求、表决心，领导就是一句话：“你再好好考虑考虑”，当真是虐心啊。后来，“温和”的领导们商量出一个“委婉”的办法，并“不小心”将其透露出来，那就是：经党组会讨论后决定，对于在法院工作不满十年的干警，一律不予出具鉴定结论。王子建起初没想明白，这个鉴定结论是个什么玩意？朋友急道：子建你糊涂啊，这个鉴定结论是公务员政审必须具备的材料，法院这么一搞，就把那些服务期已满法官的公务员考试之路给堵死了，你考上公务员也没用，除非能搞定第二家机关，让他们敢违规录用。

……

呼，这就是城区青年法官们正在经受的折磨，留下来，可能以后连法官都当不上；想走，单位却千方百计地阻挠，明招阴招一起招呼。餐馆服务生小弟还有《劳动法》《劳动合同法》作为护身利器，而这些每每主持正义，敲着小锤子判决解除劳动关系、勒令企业支付双倍工资的法官们，却根本找不到保护自己正当权益的渠道：普通的劳动者能申请劳动仲裁，也能来法院起诉。法官呢？呵呵，人事争议不具备可诉性，只能向上级单位的人事部门申诉，也就是说，基层法院的法官去找中院政治处哭一哭，中院的法官去找高院政治处哭一哭……又能有什么用。

但是，即便如此，最近还是不断地有法官从体制内跳出来，毕竟不管怎么限制，也都能有符合条件的人。你卡服务期，那有人服务期已满；你堵法官再考公务员的道路，有人放弃体制，直接去了律所；就算是捏着档案不放，搞得挂不了律师红本，那也有人选择去民营企业——是否需要档案完全是对方一句话的事儿。

王子建觉得，现在走的仍是少数，大部分人都在观望：目前有所行动的只是那几个试点单位，成败未知，或许省会将来在改革方案上会有变通。可一旦改革来临，辞职、辞退浪潮涌起时，大家的危机可就真的来了：首先，一窝蜂的请辞必然激起法院系统更为强烈的限制，“逃跑”的难度会变得更大，搞不好高院就会汇总各法院“先进”战术，打出华丽的组合拳；其次，法律职场的盘子就那么大，好的去处更是屈指可数。离职法官既有名头又有实力，眼下数量有限，还算奇货可居，可如果将来大把大把的人跑出来，大家就只能“同门相残”了。这样的竞争局面一旦形成，中院、城区基层法院的商事、知识产权业务庭室还好，一个远郊区县民庭的法官，哪有什么竞争力呢？恐怕简历都通不过筛选。

所以，决心下得越晚，就会越被动。

想到这里，王子建捻灭了烟头，坚定地说："这么傻等着可不行，得早做打算。"

"你……想好怎么做了？"

刘琴的声音里有一些担忧。

"嗯，投简历，找工作，有合适的就尽早走出去。"

刘琴的神色黯淡了，轻轻地嗯了一声，呢喃道："再看看吧，好不好？我觉得不会是你想的那样，我也不想你出去受苦。"

子建安抚着刘琴，不知不觉又使出了老套的伎俩：描述起将来有房有车、有儿有女、有大狗、有钱花的幸福生活。

刘琴怔怔地问道："你真的会娶我吗？"

子建一时愣住了，这瞬间的迟钝，显然足以抹去所有的真诚。但他好歹也是跟葛磊混迹过几年的选手，急中生智，嗔怪道："瞧你问的傻问题，这么多天都住在一起，你要不说，我都以为咱俩已经结婚了呢。这次真要能走出去也好，咱俩就不用藏着掖着，过得跟偷情似的了。"

刘琴把子建拉回被子，用自己的身体温暖着他刚才裸露在外的肩膀与手臂，温柔地说："可我想每天都能见到你……"

说完，刘琴伸手摁灭了床头的台灯，柔软的唇吻上了子建的脖颈，很快，又移至他仍散着烟气的嘴唇、仅有少数胡茬的下巴、虽突起并不显眼的喉结、厚实有力的胸膛、虽有些许赘肉却暗藏坚硬的腹部……

子建瞬间被那种温暖湿润的包裹感征服了，他再次忘记了时间，忘记了一切。即便此种欢愉要以某种触犯神怒的诅咒为代价，让他一旦享受完毕就被放逐至狂风骤雨中的海岛，面对一群露出狰狞面庞准备撕咬啃噬自己的美人鱼，王子建也是愿意交换的。

王子建，你真的会娶她吗？

59 接踵而至的突发事件

改革的浪潮未现，扑鼻的腥风却已先至。

王子建稍稍地耸耸鼻子，就能在马泉法院嗅到各种味道，略微竖一竖耳朵，就能听到各种或左或右的小道消息。

不知为何，还未开始，就已经觉得有些倦了。王子建继续沉浸在个案审判中，试图避免被无谓的情绪或纠葛侵扰，但还是莫名其妙地被卷入了奇怪事件：

没有任何的事前沟通，王子建被换岗到了行政审判庭。

虽然两个庭室隶属于同一名主管副院长，但这突如其来的调动，王子建怎么也想不明白。江庭长看似一头雾水，却似乎知道自己调动的真实原因——这是子建的第一直觉，但不管怎么问，都丝毫获取不到更深层次的信息。

"行政庭是好地方，放心去吧，院里肯定对你有考虑。"

"那边都是女的，也需要你个小伙子。"

……

就这样，王子建草草地交接了手里的案件，就去了那个全年只有 30 多笔诉讼案件的庭室，光荣地成了行政庭的第五员。本就 3 名审判员与一名聘任制书记员的娘子军里，突然就多了自己这么一个被闲置的男性，还真是有些坐立不宁，抽烟也只能跑到走廊。问庭长要案子，得到的答复是那么的语重心长：

"小王，你之前一直在弄民事，刚来咱们庭很多事情不了解，先适应适应吧。案子大家都已经结得差不多了，谁开庭你就先去旁听一下，找找行政诉讼的感觉。"

就这样，在法院埋头冲锋了四年多的王子建，第一次无奈地停滞了下来，面对这个井然有序运行的小庭室，他完全插不上手做任何实质性的工作，只能一遍遍地翻看着法条与案例汇编。而他离开民一庭造成的空缺，很快就被一直留在办公室的程程填补了。

呆坐了两周，只被布置了一个半年后才需要提交的年度调研课题的任务，一个案子都没接触到，王子建忍不住想去找院长谈谈。一连找了三次，才总算找到了主管民事与行政的李院长。除了几次汇报案件时有所接触，王子建与这位鹰钩鼻子阴沉脸的老领导还真是毫无交集，对话仍停留在“李院长好”“嗯，你好”这个纬度。没办法，王子建本就不是那种有事没事跑去和领导闲聊的性格，更从没干出过那种趁着领导值班死守在法院等待“打牌凑手”机会来拉近距离的事情。

“李院长好，打扰您，我想找您汇报一下工作。”

“坐，汇报什么？”

王子建语塞，是啊，汇报什么？

“那个，我突然从民一庭调到行政庭了，可是行政诉讼并不是我的专业，我有些不理解这个调动，也不知道自己该如何做好新岗位的工作。”

李院长没有接王子建的话茬儿，而是径自起身坐到王子建对面位置的沙发上，简短坚定地说道：

“王子建，你在民一庭的表现，我很清楚。年轻人有这样的上进心，并愿意不计得失地工作，这很难得。你取得的成绩，我都看在眼里。”

“谢谢李院长，我……”

李院长摆摆手，继续说道：“让你去行政庭，是我的意思。行政庭的工作思路需要改变，人员需要换血，否则，几个法官常年和行政机关搅在一起，行政诉讼就形同虚设，我希望你能够做一些事情出来。”

“做一些事情？”王子建被这突如其来的“语重心长”及“智慧之光”搞得一头雾水。

“是的。说句不好听的，和平外交是要靠战争武器来保障的，行政诉讼就是这么一件武器，但在马泉这个熟人社会，它所发挥的威力太小了。”

“您是说要让行政机关多一些败诉？”

“以事实为依据，以法律为准绳。谁胜谁败，不是由我决定。当然，行政机关也是为人民服务的，裁判结果也要兼顾社会效果、政府形象，你审理个案时，这个尺度，也要把握好。”

“是，明白您的意思……”

“不要以为在行政庭就无事可做，我期待你能做出更大的成绩。笔杆子不能丢，多写写东西，对以后有好处。”

“谢谢院长。”

李院长眯了眯眼睛，又说道：“司法改革的事情你听说了吗？”

“这个……我还真没有太关注。”

不知为什么，李院长刚才那一番正义凛凛的说辞，怎么也激不起王子建内心的认同，他总觉得院长徒显其形，却根本没有一丝真诚。

“现在高院那边的初步方案是，庭长不入员额，直接走管理序列。员额全部留给直接从事审判业务的副庭长和办案主力。行政庭，是审判庭中唯一一个没有副庭长的庭室。”

……

王子建起身告辞，李院长亦起身相送至办公室门口。

倘若还是几年前单纯的自己，恐怕早就在内心深处感激涕零知遇之恩了，然后再大刀阔斧地去实现领导期待的变革，以一个小小的助理审判员身份，去扭转大家心照不宣多年的行政审判与行政机关“沆瀣一气”的习惯，然后是顺理成章的英雄光环、同龄法官敬佩以及上层领导认可。

可惜，王子建还是不可避免地成长了。在“旋涡”边缘奋力游弋、在雷阵中巧妙穿行了这几年，他早已不再那么简单直接地判断事情，更不会轻易地去相信这位住在别墅区的副院长——感谢马泉法院的食堂饭桌，堪比情报集会站。

“没啥，李院长只不过是想让我在维持主和平基调的前提下，偶尔敲打两下行政机关。”

这是子建最终对刘琴言简意赅的概括。

“你可不要去得罪那些行政机关啊……”

“愿执法之利剑，纵横天地之间，尽显凛凛威风！”

“你傻啊，马泉法院那些老人儿……”

子建温柔地捂住了刘琴的嘴，笑道：“别急啊，还没说完呢。岂奈儿女情长，归隐床笫之私，只求鱼水相欢。”

“讨厌！”

一番缠绵后，王子建满足地把刘琴揽在怀里，手指在她光滑的腰际上随意滑动，刘琴则伸手抹去王子建额头的汗水。

“子建，如果你在行政庭，是不是也还有机会入员额的？”

子建沉吟良久，不知该如何作答，只好调侃道：“我这种年限的如果都入员了，还不成为众矢之的，被大家恨死。”

“如果你们这届不只入你一个，那就不算众矢之的啊。我是觉得，如果你留在民一庭，入员机会很渺茫，但行政庭不一样啊。”

“为什么不一样？”

“因为……那也是一个养老庭室嘛，你不说我都想不到行政审判也有法官入员的事儿，那也许其他人也不会太关注。而且……而且行政审判又没什么意思，也没什么……油水，竞争不会那么激烈吧……啊……”

刘琴吞吞吐吐地阐述着自己的看法，王子建却怎么也不愿听她去谈论什么法院的油水，干脆上下其手，把未及出口的话语变成了阵阵娇喘。

“你驴啊你……”刘琴白了子建一眼，灵巧地翻身躲下了床。

继续不被抱有任何预期地闲晃了一个多月，旁听了几个冗长无聊的庭审：法官大姐毫无方向兴之所至唠家常般的庭审风格、行政机关出庭应诉人员无视法庭纪律的傲慢嚣张……所有事情的状态都和自己的追求迥然不同，却又分明折射出既往法院生活表象下的那份真实。少了忙碌遮掩，内心空洞被这种缺少“存在感”的处境不断放大，王子建反倒更加沉静下来，他越发清醒地意识到，不管是在哪个庭室，不管是入额法官还是法官助理，哪怕是当上庭长，这份空洞都不会被填补，自己锋利的灵魂都不会获得救赎。几次绷到边缘几乎要以掀桌怒吼的形式爆发宣泄，却又都压住了性子，默默地叹息一声作罢。

好在崩溃之前，庭长开始把一些非诉审查及简单的行政诉讼案件交给子建独立承办。五十多岁的庭长更像是一位耐心的大姐姐，一次次地和子建长谈，不厌其烦地讲解行政诉讼，更是试图悉心传授他做人做事的道理。抛开对于价值观标准的认同与否，子建实打实地感受到了真诚。

自己果真是闲不下来的性子，很快，子建撰写的案例分析又开始获奖，法院系统论文比赛也取得了全国二等奖的名次，还有了出差去外地交流的机会。

刘琴乐观地觉得，这就是李院长所指的“更大成绩”，她的如意郎君还是在逐步攀登着员额法官的阶梯。但王子建清楚，自己坠入行政庭这个和缓的避风港后，只会离阶梯越来越远。李院长期待或者说要求的，绝不是这些无关痛痒的荣誉与外宣分数。简历已经反反复复修改了多次，已满5年的法院工作经验，1年多的律所实习经历，王子建期待着用它们作为敲门砖，去换一个博弈厮杀的机会，可同时，每做一分与离开法院相关的准备，他的内心就会多一分对审判工作的不舍，以至于拖延多日简历始终没有投给任何人。

同时，他也处理不了刘琴的惶恐与悲伤。不管自己怎样表示只是想试试自己的市场价值，刘琴都是明显难以接受，会用更殷勤周到的“服务”来试图打消子建的念头——就像在哄一个发脾气耍性子的孩子，只是，糖果换成了“性”。“等员额的结果出来再说好吗？你现在走太可惜了……”

“好吧，如果我没有入员，就支持我试试，好吗？”

刘琴抿了抿嘴唇，用力点了点头。

“乖。”

这样，两个人总算最终达成了一致。

凌晨1点，陌生号码被拒接后依旧执着地呼入。

习惯晚睡的子建正在书房抱着未插电的吉他，训练着手指速度。

“喂，哪位？”

“是我。”

“葛磊？我靠……”

“听我说。”

这沉重的声音传递着几分悲凉，作为老友，子建瞬间就捕捉到了异样，心登时被揪作一团。

“方便的话，来我这边一趟。到了以后联系这个电话。”

“出什么事情了？你别吓我。”

“……”

“葛磊，到底怎么了？”

“电话里不方便说。等你过来见面聊吧。”

“我什么时间过去？”

“越快越好。”

“现在动身？”

“最好不过。还有，别让其他人知道你来见我。”

“明白了，明早见。”

57秒的通话时长，平静简短的对话，却传递出无比复杂的紧迫性。葛磊到底出了什么事情，需要自己刻不容缓地赶过去？

王子建不及多想，给熟睡的刘琴留了一张便条，就裹着浓浓的夜色，驱车赶往葛磊所在的城市。

夜间大车横行，整整6个小时，子建抵达葛磊任职的县级市，在电话的指引下，驶进了一个像模像样的小区。

一进房间，子建就焦急地连珠炮般发问。

可憔悴像鬼一样的葛磊笑笑不答，只搓着下巴上的胡茬儿，招呼子建坐下。各自点了支烟，葛磊才悠悠地开口。

“兄弟……”

这两个字一出口，葛磊的眼圈就有些红了。子建更是瞬间有些喉咙发堵，葛磊从不这样称呼自己，兄弟情谊一向心照不宣，彼此的称谓却常常是笑骂或本名。他来的路上早有感觉，葛磊这次的事情会很严重，却还是抱着一丝幻想。但这样的一个开场，他仅存的希望也破灭了。

“呼，抱歉这么远把你喊来……我这边出了一些事情，不好的事情。”

“上个月，矿塌了，死了俩人，重伤一人。”

“啊？”

葛磊摆摆手，继续说道：“一开始并不知道矿里有人，都说当晚没有开工，书记又打电话让把事情压一压。所以我下令封锁了现场，就带队回去了，打算天亮再处理……可我哪能想到有工人在矿里打野战？还三个人一起！”

“……”

“出事之后，让企业拿钱封口。本该不了了之的事情，却还是出了变化。其中一个死者的弟弟是记者，把这事儿捅了出来。虽然媒体没正式报道，博客、论坛却转发得一塌糊涂，引起了省里的重视。”

“对你的影响大吗？”

“大啊，估计我自由不了几天了，得判个几年吧。”

“怎么会！这又不是你的责任，需要替罪羊的话，处分、降级、撤职咱都认了，刑事责任跟你有什么关系！矿又不是你弄塌的！人也不是你整死的！”

“呵呵，别激动。你是专业队的，难道还需要我这个半吊子来自我审判？”

“葛磊，你别抻着了，我真急得不行了，问题到底出在哪个环节？”

“问题？呵呵，整个矿就是个问题。手续不齐，但我批了开工。”

“你批的开工？”

“是啊，我还去剪彩了呢。”

“为什么？”

“为了 GDP 呗，呵呵，安监和环保没协调好，项目就提前上马了，之前也都是这么搞的，只是……”

“只是……之前都没出事。”

“嗯。在这次的矿难处理上，我也有明显的渎职，没按突发事件处理流程走，最关键的是，没有第一时间组织救援，那俩人……”

“那你为什么不按流程处理啊！”

“矿手续不齐，书记和我都觉得可以压一压这个事情。停采几天修复上就没事了，谁知道死了人，事情又没压住。”

“玩忽职守罪……只死了两个人……还未构成情节特别严重，3 年以下，你那个小女朋友的爸爸呢，总可以帮你争取个缓刑吧。”王子建咬咬牙，说出了这个罪名。

“哈哈哈哈，”葛磊笑道，“首先，我和那女的早分手了，老先生不落井下石就算好的。其次，别想缓刑的事儿了，还有受贿罪等着我呢。”

受贿！王子建大惊失色。

60 吞魂噬魄的泥淖

“子建，不用再给我谈法律了。我也考过司法考试，我知道，10 万元以上就是 10 年起步，最高顶到枪毙；5 万元以上不满 10 万元的话，就是 5 年起步，呵呵，对吧？”

“你还能笑得出来！你怎么会去触犯这样的重罪啊？你学的法律知识呢？你收了别人多少钱？”

葛磊起身走到窗边，面向子建，用手一圈圈地画着旋涡的形状，大笑：“你忘记了？我就在这样的一个旋涡里嘛！”

“你到底收了多少？”

葛磊拉开旅行包的一瞬间，子建傻眼了。

手镯、项链，满满一包黄金制品，光亮照人。

“大概有 50 斤，时间有限，我只捣腾出这些黄金。”

50 斤黄金，这是七百多万元啊！

葛磊颓然地坐回沙发，同时点燃两支烟分给子建一支后，轻声问道：“我就是这样一个贪官，你会鄙视我吗？”

子建摇头。

“我做了很多错事，你还认我这个兄弟吗？”

“兄弟之间……没有原则，不问对错。”王子建不自觉地流泪了。

“傻 ×，哭什么，死不了人。”葛磊笑骂着，笑着笑着却也抽泣起来。

“你就别吓我了！到底会怎么样啊？啊？”

“如果不出意外，事情我一个人扛下来，认定受贿金额时控制在 10 万元以下。”

“这是你们的交易？”

“是的。”

“领导把你作为弃卒？”

“是的。”

“凭什么你一个人吃官司！把他们都拉上！”

“拉不动的。”

“我去拉！”

葛磊揉了揉猩红的眼睛，长舒了一口气道，“别天真了，辩护、信访、检举揭发，我统统不需要。我只要你帮我做一件事。”

“你说，只要我能办到。”

“我希望你去银行租一个保管箱，把钥匙给我。”

“放这些黄金？”

“我没说过。你也不需要知道我放什么。”

“葛磊……”

“帮我这一次吧，我没有其他可以信任的人了。”

“好。”

葛磊如释重负，深深地陷入了沙发里，良久不发一言。

子建把钥匙和单据交给葛磊，他看了一眼单据写上的箱号后，就在烟灰缸里把单据烧掉了。

“我……在这里陪你几天吧。”

“不，你休息会儿就走，近期不要和我联系。”

“要不……你明天再走吧，陪我一天。”

王子建明白葛磊此刻内心的无助与挣扎，他也同样不忍离去，把葛磊一个人留在这里面对随时会吞魂噬魄的泥淖——什么旋涡，就是一摊腐臭的泥淖而已，表面荣光的壳子之下，只有身不由己的苦楚。

当晚，子建喝了这辈子最痛苦的一场酒，之前所有的失恋酒、失意酒，自此都变得不值一提。两个已过而立之年的大男人哭哭笑笑，竟也擤了满地的鼻涕纸团……那是他第一次吃到葛磊炒的菜——难吃的要死，也是他第一次从葛磊口中听到后悔：

“我后悔了。”

“后悔拿矿主的钱？”

“不是，我后悔在这个体制下傻 × 似的去考什么公务员。我对物质压根就没有欲望，哪里需要这些钱？就算我需要，凭我的本事，我从哪里挣不到这些钱？”

“那你还拿这些钱？”

“我得站队……”

“你站进去了？你被卖了啊！”

“站进队，还得是自己人。呵呵，‘屌丝’逆袭的风险就是这样，你永远是先被舍弃的。”

“要不……跑吧？”

“往哪跑？”

“随便往哪里跑，跑出去也许就不那么傻 × 了。”

“跑才是真正的傻 ×，跑了就什么都没了。”

……

“我懒得想了，也想不清楚，谁知道几年后社会是什么样子，没准你接我出狱时开的都是磁悬浮飞行器了。”

“傻 ×，那几年后我是什么样子？你就不怕我坑你？”

“不怕，你永远都会是现在这个样子，改变不了。我知道你会立刻赶过来，我知道你一定会帮我，我也知道你就是穷死也不会坑我……王子建，你就是这样一个人，我早把你看得透透的！”

“所以，出来吧。”

“什么？”

“我说，出来吧！别在法院混下去了！你不适合那里……不适合，我……也不适合，我们都不适合……你……出来自己干！”

……

回到马泉后，王子建一句话也不想多说，太多的情绪积淀在心底，阻塞了言语的通道。

所幸，刘琴不像萧文婷，也不像陈娜，不会不依不饶地追着他要一个又一个的解释。

一个朋友出了点事，别问了。

即便刘琴眼里闪烁着泪光，这也是此刻心境下王子建能给出的唯一回答。

自己大学时代甚至可以笃定这一生最交心的好友即将身陷囹圄，自己却只能灰溜溜地回到马泉，去继续那些不痛不痒的、根本谈不上真正意义定分止争的审判——帮行政机关和稀泥、替弄权者擦屁股，仅此而已。如果体制真的是泥淖，葛磊就像一颗冲击力十足的子弹，撕碎了一坨又一坨黏稠，掠出长长的一条弹道，最终因用尽力道被无情吞噬那一刻，他还是一颗子弹；而自己呢？恐怕更像是坠入泥淖的一颗石子，噗叽一声，就顺着坠落的原位缓缓下沉了，留不下任何挣扎的痕迹，没有一丝光荣，不带任何仪式感的沉寂……

“子建，你说，咱们这届的到底能不能入额啊？”

小军在食堂里和大鹏碎碎念了半天，也还是没能讨论出个所以然，干脆就把话头抛向了沉默的王子建。

“我也不知道啊，看高院领导的意思吧。”

“这么大的事情，领导也得客观公道点吧？现在全市法院的情况都是这样，咱们这几届是绝对的中坚力量，支撑着法院各个庭室的运转。这要是冷了大家的心，都走了没人干活……哼，也得掂量掂量吧。”

王子建很烦躁，他不想聊这个话题，随便敷衍一句“顺其自然吧，入了员额又能怎样”就打算了事。但小军和大鹏不依不饶，好像抓住了王子建虚伪狡诈的把柄一样，你一言我一语地展开了攻势。同桌的程程只得闷头扒饭，嘿嘿干笑。

“够了，”子建把餐勺重重地扔在铁盘里，粗暴地打断了两个人的阴阳怪气，冷峻地说道：“在这里说这些有用吗？过过嘴瘾而已，我可以认同你们的观点，但你们自己认同吗？如果这次员额方案出来，我们这种资历的助审不能入员，服务期满了你们辞职吗？嗯？你们离开这个法院吗？”

小军和大鹏面面相觑。

“所以，别抱怨了，法院不会哀求谁留下，找不到工作的学生多了去了，一个个的烧香拜佛巴不得能进法院工作。真想走的话，用脚投票，辞职不批还有辞退，辞退不批还可以旷工开除……”

“你说得轻巧，开除对咱们的影响太大了，谁敢这么走？”

“我敢。”

王子建端起餐盘，头也不回地走了，他这次真的去意已决。

李院长抽着烟，皱着眉头盯着子建，颇有不爽地问：“你这是拿辞职来表示对我的不满吗？”

“不是的，院长，我提出辞职和换庭室真的没有任何关系，工作五年多了，想换个环境……”

“年轻人啊，思想不够成熟，做事情又容易冲动……你仔细想一想吧，想清楚了再找我谈这个事情。”

“院长，我真的想清楚了。”王子建无视院长逐客的手势，再三坚持起来。

“年轻人应该有事业心，要看得清宏观、读得懂大局！现在这个变革的形势是法院的黄金时期，你现在走将来一定会后悔的。”

“我绝不后悔。”

“别说了，院里不会放你走。”

“为什么不放我走？”王子建心突突地跳个不停，声音也开始有些颤抖了。

“你满服务期了吗？还有10个多月吧？没满服务期能辞职吗？”

“……把我辞退，可以吗？”

“你怎么就这么着急啊？嗯？是不是已经找好工作了？”

“绝对没有，我可以发誓，我现在没有找到任何工作，不办好辞职，我也没法心无旁骛地去找新工作。”

“再等等，再等等。起码，你得把手里的案子审完吧？”

“院长，那些案子……”

李院长眯起眼睛，打断了王子建的话：“好了，你先安心工作，其他事情回头再考虑。年轻人做事，还是太冲动。”

对话结束，王子建有些沮丧，却已决计以另一种方式成为子弹。

区国土资源局的诉讼代理人咄咄逼人，用手指敲点着桌子，向原告不断地责问：

“我就问你盖房取得规划批示手续了没有？是不是违法建筑？该不该拆你！嗯？你自己说该不该拆！”

“被告代理人注意法庭纪律，未经法庭许可，不得直接向原告发问。”

代理人白了王子建一眼，讪讪地哼了几声，又向原告发难道：“告诉你，违法建筑就该拆除，我们这都算没咋处罚你，再瞎折腾你那鱼塘都得填上！一样没手续！”

“被告代理人注意法庭纪律，不得对原告使用恐吓性言论！”

“谁恐吓他了？本来就那么回事！”

代理人拍着桌子咆哮，王子建敲着法槌制止，双方互不让步，法庭乱成一团。审判台上两个人民陪审员也不打瞌睡了，饶有兴致地看着这从未经见的法院与行政机关“自相残杀”，看起来老实巴交的原告，也咧着嘴木讷地呆坐在台下。

“被告代理人，请你注意法庭纪律，现在本庭对你口头警告，如果再犯，法院将立刻对你采取强制措施！”

“咋的？你还想拘留我？”

“书记员，回办公室拿一份司法拘留决定书。”

王子建铁青着脸对台下的书记员发令。

小姑娘显然没想到事情会发展到如此地步，她看看王子建，再看看国土局代理人，起身也不是，不起身也不是，小声道：“王哥，这，这……”

王子建知道，别说是拘留行政机关工作人员了，就是普通民事纠纷案件中的当事人，他也没有权力当庭作出拘留决定书——除了执行法官应对突发情况能不经大院长签字，仅凭电话请示局长就可先斩后奏外，审判庭室想要拘留谁，必须逐级取得庭长、主管副院长、大院长签字。

但这种撕破脸的气势还是起到了作用，国土局的工作人员瞪了王子建良久，缓缓地坐回了被告席……

“继续开庭！”

庭长把王子建召进办公室。

“国土局拆违的案子你打算怎么判？”

“拆除前未履行通知义务，也没有履行听证程序，拆除那天还是法定节假日……严重违反了《行政强制法》中的硬性规定，属于程序性违法。因拆除行为已经履行完毕，不具备撤销标准，我打算判决确认违法。”

“小王，这是第三个了，你打算都这么弄？”

“是的，庭长。”

“唉，刚才国土的刘局已经给我打过电话了，他们的意思是能不能商量下，今年败诉一次就得了，以后注意，总不能连着败诉两次吧。”

“他们还有一个类似的案件，应该也会败诉，我打算发一封司法建议函。”

“住建委那几个案件呢？”

“还没开庭，但从卷宗来看，住建委应该是违反《信息公开条例》的，他们作出的不予告知书没有法律依据，如果开庭确认事实无误，应该判决撤销，限期重新作出。”

“……”

“抱歉庭长，我的做法可能给您惹麻烦了。”

“傻小子，你能给我惹什么麻烦，我是怕你给自己惹麻烦啊。”

“谢谢您，我明白的。”

“小王，作为长辈，我劝你一句……怎么说呢，做事情还是要多点心眼，马泉就这么大点地方，很多人吧，和法院的关系比你想的要复杂……你和我儿子差不多大，我真不想看你们这样的年轻人干傻事，影响将来的发展。”

王子建心头一热，险些把自己所求的“将来”脱口而出，但转念又忍住了。

61　染血的告别

2个月内，16起行政机关败诉，连常年信访自称“马泉最刁刁民”的老太太，都送来了锦旗。

沟通会、审委会上，王子建用近乎失态的方式，坚定捍卫法官的独立审判权，和几家行政机关也算彻底撕破了脸。更为高光的是，一次庭审直播中，区长旁听政府作为被告的诉讼案件，不满意代理律师发表的观点，一边起身一边举手道“我说两句”时，王子建完全没有迟疑，敲响了手中的法槌，严肃地制止：“旁听人员，未经法庭同意不得发言或走动，请坐下并保持安静。”区长扭头看了看陪坐的院长，悻悻地坐下了。院长脸色不太好看，好像想开口，却什么也没说——子建已经准备好了，如果院长在旁听席中发言，他同样敲锤。

子建再次调动工作至研究室，针对司法改革，他又发表了很多能代表年轻干警真实顾虑的文章。

一个月后，辞职申请被院党组批准。

拿到辞职证明那天，子建向干部科交回了执行公务证、法槌、徽章。

小姑娘犹豫着提醒道，“王哥，那个，按照规定，制服上所有的扣子，也得交回来……”

子建愣了一下，从牙缝里挤出一个“好”字。

刘建辉皱着眉头，收起了招牌式微笑，不耐烦地制止道：“交什么交？那是对聘任制书记员的要求，王子建用交吗？胡闹！”转又对王子建说道，“出去了就好好混，混好混不好的，没事都回来喝喝酒。”

收拾行囊，潸然落泪。

再见，法院。

本想投奔师父高辉，但总有些磨不开脸面，再考虑到毕竟有生活成本压力，对熟人反而不便谈论薪酬，索性自己先找。

但可能是季节不对，一晃一个多月，还是没能尘埃落定，看着有限的积蓄不断缩减，子建心里也越发地焦躁，对新职业的预期也一降再降。

刘琴一如既往地温柔相向，不断地鼓励着子建。

“你想找个什么样的工作啊？”

“我仔细想了，去企业干法务和在体制差不多，一开始可能待遇能好一点，但成长空间有限，毕竟，法律岗位在企业里太边缘。所以，我想直接去律所，给自己干，凭本事吃饭。”

“挺好的啊，你当律师一定没问题。”

“可现在司法局对离职法官有限制，2 年之内不给办实习，再加上 1 年的实习期，哦，合着至少得干 3 年多的助理，才能转为律师。”

“那就干 3 年助理吧，怎么？律所不愿意给你这么长时间？”

“律所当然愿意，助理工资低啊，尤其是大所，简直就是照搬我省最低工资标准，所以现在不愿意的是我。”

“你有工作经验，也不能把工资谈的高一点吗？”

“高不了多少。没有律师证，诉讼案件不能出庭，就只能干助理的活儿。非诉案件我又没经验，人家说只能按白纸来看待。除非……”

“除非什么？”

“除非我拉皮条，找来案子给其他律师干，能分点提成。”

“那……我在法院帮你找案子？”

“找个屁，你可别有这种念头。我从马泉法院出来，难道就为了回去讨口饭吃？”王子建越说越没好气。

“好啦，别郁闷啦，既然铁饭碗你都不要了，还是做自己真正想做的事情吧，不就是一开始工资低点么，没事的，我养你，嘿嘿嘿。”

“晕，谁用你养，工资低也不是没工资。”

“那就是了么，你还担心啥，再说了，谁说你一定会被盘剥三年？太悲观了，能力在这放着，也许几个月就有转机了嘛。”

“你真这么觉得？”

“是啊，你说有了案源就可以提成，咱就算不从法院这边找，你朋友、朋友的朋友总会有法律需求吧？现在没人找你，那是因为不知道你出去了，如果知道了，谁不愿意把事情交给熟人？就算你不能亲自代理，起码能帮他们盯着啊。还有你说的非诉，不就是什么并购、上市那点事嘛，学一学，干几个有了经验，你就不是白纸啦，到时候再换所嘛，反正 2 年后才能办理实习，谁说要一直在一家律所耗着……”

“我的天，你这次怎么分析问题这么有条理？好睿智啊。”

“我一直就很睿智的好不好，呃，睿智是个好词吧？哎呀，不管啦，我一直就很睿智，只是，跟你在一起要扮猪吃虎，太睿智了怕你不敢要我。”

“德行，夸你两句还上天了。”

刘琴飞扬的神采突然黯淡了一下，幽幽地问道：“你会不会不要我？”

“因为你太睿智？”

“因为……各种事情，因为以后你在城区工作了，也许忙起来我们就见不到了，因为外面诱惑多，而我又没有那么好……”

王子建揽住刘琴，动情地说：“我上辈子一定是救了一船的人，老天才把最完美的天使恩赐给我。”

刘琴笑了，说：“为什么你的情话总是这么浮夸，还救一船人……”

“嗯，是救了一船人。而且那条船是你撞沉的，所以我找到了你，你摊上了我。”

“讨厌。”

转机总是来得突然。

刘洋打来电话，说自己离开涛诚律师事务所，去其他律所当高级合伙人了，有团队要养，不能像之前一样随心所欲，让子建有案源机会的话也帮他留意着。

子建心里咯噔一下，问道：“怎么你也离开师父了？你俩没什么事吧？”

“嗨，想什么呢，涛诚这边我升不上去，提成比例也低，师父鼓励我单飞出去历练历练，这个所还是师父帮介绍的呢。”

“那师父这边怎么办？将来也去你那个所？”

“师父说，律师这点活儿他基本干够了，岁数又到这了，也没啥开销，犯不上把自己搞多累，就留在涛诚这边，一年弄两三个案子玩玩就得了，以后主要精力放在写书和摄影上。”

“写书？”

“是啊，师父想法可牛了，想写个大法官办案手札还是什么什么的，保不齐写完了直接就改成剧本，找人拍电视剧了，还得再火一把。”

幸亏没去投奔师父，连刘洋都放走，看来真的是想收手了。

“哎，你小子最近怎么样？”

“师兄，我，我已经辞职了。”

“啊？我靠！”

最终，王子建去了刘洋所在的律所，在取得律师证之前，他的名片头衔是“资深顾问”，保底月薪也定到了五位数。

为了对得起师兄的背书，不落旁人口实，王子建又进入一种疯狂的工作状态，频繁出差不说，还经常加班至凌晨，基本也没了周末。如此一来，每周能见刘琴一面都成为一种奢侈，还往往得是刘琴跑到城区来找他，小妮子唉声叹气嘴拉得老长，觉得王子建俨然已经变成了一台工作机器。王子建有些过意不去，拿到薪酬的第一个月，就把两个人的手机都换成了苹果，刘琴则坏笑着说还不如拿这钱给王子建买点补品……

葛磊受贿、渎职数罪并罚判处有期徒刑 5 年，未上诉。

王子建把自己湮没在一个接一个的案件工作中，完全不敢停下来思考这件事情，时间继续流逝，反倒弄不清自己到底是否真的难过，又或是否真的在此事项上遭受了打击。律师工作和生活完全交织后，还真是一种奇怪的超理性形态。饶是如此，王子建还是忙里偷闲去卢恒宇那定了一枚求婚戒指，戒身有如刘琴般素淡朴实，只在内壁巧妙地刻印了一把提琴，以及他们在铺满夕阳的房间中确定恋人关系的日期。

一天傍晚，王子建的手机突然接到了几条奇怪的短信。

“只是想再和你说说话。”

“我知道该结束的已经结束，我不会再伤害你。”

“接电话。”

子建看得莫名其妙，以为是谁发错了，但这组手机号码却越看越眼熟。

他狐疑地找出旧手机，输入了电话号码。

政治处，吴主任。

子建心脏一阵狂跳，很快明白了：

用一个邮箱 ID 注册了两部苹果手机，蓝色的短信是 imessage，这些，是刘琴收到的短信，是主任发给她的短信……

在子建冷峻的逼问下，刘琴的心理防线几度崩溃，她时而号啕大哭，时而苦苦哀求，请子建给她保留一丝尊严，不要再问。

在病态超理性形态下的子建，看着跪倒在自己脚边的刘琴，仿佛没有一丝感情，他慢慢地蹲下身子，平静地说：“别哭了，更别喊了，邻居听得见。这是卢恒宇的房子，万一以后他搬过来，咱俩今天这点破事……”

“咱俩……这点破事？”

“是啊，还能是什么好事。”

“王子健，你太绝情了！我们在一起这么久……”

“并没有多久。”

“我真的没有骗过你……”

“现在的隐瞒，就是一种欺骗。”

“啊！”刘琴双手抱头，开始歇斯底里般地尖叫。王子建喝止了几句，没有效果，干脆直接上手用力捂住了刘琴的嘴。

刘琴看着王子建冰冷的脸，挣扎了几下，狠狠地咬了他的手，王子建一把推开刘琴，看到她重重地摔坐在地上，又本能地想去扶，但手伸出去的一瞬间，王子建又停住了，他定了定心神，重新绷起了冷酷的脸，两行眼泪却终是不受控制地流了下来。

刘琴瘫坐在地上，呢喃道："不是你想的那样，不是你想的那样……"

“那你就告诉我，到底是什么样。”

“我说了，我说了……我怕，我怕我们就不能……不能在一起了……”

“你不说，我们更不会在一起，我有权利知道真相。”

“王子建，你……你真的是我第一个男人……我……”

“你觉得我还会相信吗？”

“王子建！”

“小声一点。”

刘琴绝望了，她望向王子建的眼神中，少了几分凄楚，却多了几分幽怨，终于，她深深地吸了口气，仿佛下定决心般，断断续续地讲出了真相。

“其他的，什么也没有发生，真的……”

“请问，还需要发生什么？”

“子建，我说过，我怕伤到你……我……”

“我也说过，你伤不到我。”

刘琴伸手想拭去子建的泪，但子建鄙夷地躲开了。

“别碰我，恶心。”

“恶心？你说我恶心？”

“你干的事不恶心吗？”

刘琴整个人都颤抖起来，突然间爆发了：“我恶心？好，我恶心！我全心全意地对你，我什么都不图你，我什么都给了你！你竟然说我恶心！你有过那么多女朋友，你和那么多人上过床，我说过你恶心吗！”

“对不起，结束吧。”

“我不会再和他联系！我不会再和他联系！我只想和你在一起！”

刘琴用力地抓着自己的手臂，白皙的皮肤上瞬时多了许多道殷红的印记，星星点点的血，从翻起的白皮下渗出……

王子建，还是忍住没有伸出手。

“我有什么办法？那是我最后一年，我只有一次机会，你看不上法院，你想尽办法要走，可我就是想考上，我想给家人一个交代，给自己一个交代，我没别的办法！”

“我明白的，你从没有爱过我，我就是一个替代品，你玩够了，就要甩掉我……”

“够了，不要再说了。”

“我全心全意地爱你，你却只是拿我当鸡，不花钱的鸡！玩够了，你就是玩够了……”

“好了！别说了！我给你个交代！”

王子建高高举起左手，狠狠地将手背砸在厨房的菜墩上，清脆的碎裂声，钻心的疼痛，还有汩汩的鲜血……

后记　再见

“咋又跑过来了？”葛磊气定神闲，手肘撑着会见室的桌子，竟摆出个标准的托腮卖萌姿势。

带他进来的年轻狱警友善笑笑，轻声说道，“磊哥，这屋监控设备是坏的”，说完就径自退到了这大得出奇房间里最偏僻的角落，还刻意把目光移向了别处。

王子建狐疑不已，向葛磊使了个眼色。

葛磊往前探了探身子，压低声音说：“没事，这是我刚结识的一个小兄弟，对我很是照顾。”

“那挺好，我找机会感谢一下？”

“不用，这兄弟知道我的经历，算是看得起我，喜欢和我聊。我也就没藏私，教了他不少东西，他今年刚提了正科，或许也有我一点点功劳。”

王子建明白了，合着葛磊身陷囹圄还收起徒弟了，也是，认罪伏法的高人依旧是高人。

“唉，看你鬓角都白了。”

“边儿玩儿去，刚 4 年，别搞得我蹲了 40 年似的。”

“真白了。”王子建坚持完，又自觉这个话题有些不当。

“也许吧，毕竟也 30 多岁了，呵呵。拿根烟抽。”

“这里让抽？”

“监控设备不是坏了吗，不年不节的又没什么人过来。”

葛磊吐了口烟，挪了挪屁股，说了句“腰疼”。

王子建愣了一下，小心地问道：“怎么？开始让你干体力活儿了？”

“没啊，有人给了我本书，叫《囚徒健身法》……”

“靠，你这日子过的，咋感觉比我还自在。”

“不用为党为国再操心，确实轻松了不少，就当度五年假吧。多读读书，再学学外语。”

“嗯。”

“你给我寄的书我都看了，我打算也写一本。”

“啊？你要写什么？”

“写小说啊，那本书不是叫《那些年我们一起追过的女孩》嘛，我就拿你的原型当主人公，写一个续作，名字都想好了，叫《那些年我一起追过的女孩们》，赞不赞？”

“滚，听名字就不健康，还有，什么拿我当原型，脚踩 N 条船的一直是你好不好。”

……

探视时长在这有如往昔的闲聊中，不知不觉就超过了。但葛磊还在与子建东拉西扯、谈天说地，兴致愈欢。他看了看墙上的时钟，提高了音量，问狱警道：“述龙，哎，述龙，能不能……”

狱警比了个 Ok 的手势，操着河北口音简短答道：“到晚饭前儿。”

葛磊又续上了一支烟，把话题拉回了现实。

“事业发展得怎么样了？”

“还行，拿了红本之后，很多事情做起来更顺了，签了一些顾问单位，拿顾问费养自己的团队，勉强能盖上盖子。想挣钱就主要靠做案子，单笔单收了。”

“案源稳定住了？”

“差不多吧，但这东西也不好说，经常是‘有心栽花花不开，无心插柳柳成荫’，你觉得手拿把攥就该你来代理的案子，可能推着推着就没下文了，你觉得对方只是过来蹭个免费咨询的事情，人家却爽快地签协议交钱了……拿了几个大case后，我现在反倒觉得小案子性价比更高，案子好谈也好干，指导着团队新人去做就行了……”

“大案子得名，小案子得利。挺好，看，王par你这么快就上道了，早就该出来做律师啊。”

“也不是，我总觉得，如果没有在法院那几年经历，我不会这么顺。”

“命中有的东西，不想要都会塞给你，命里没的东西，得到了也留不住。”

“什么时候开始这么信命了？当年谁每天叫嚣着毁天灭地我命由我的？”

“呵呵，年少轻狂的劲儿过了，也就信命了。”

“我看了一些新闻，说司法改革还是很成功的，是吗？”

王子建沉吟了片刻，认真地回答道：“是的，我认为是成功的。不得不承认，我，还有很多像我一样的人，当年是过于悲观了，现在看下来，我们这一届，甚至我们下一届的人，都顺利进入了员额，可以心无旁骛地审案。每级法院都增配了许多法官助理，虽然也属于聘任制，但和书记员又不同，待遇更高一些，人的专业素质也更强。而且，法院在向着专业化方向发展，破产法院、知产法院、金融法院、互联网法院逐一设立，这是当时大家都没想到的，这些法院给了大家很多遴选机会，我身边很多人都从基层院走入了中院和专业法院。据说，以后中院、高院都不直接招人了，一律要从基层院遴选，让德能兼备者必有上升通路。”

“早该如此。也许法院只是冲在前面试水，行政机关也会随着有很多改变，好事，好事。哎，现在法官能挣多少钱了？”

“公积金什么都算上的话，入了员额的科级一年能有二十五六，处级的话三十多。而且，听说其他福利、保障后续也会跟上。”

“非常不错了，那现在辞职的人应该少多了，你们那QQ群里新人越来越少了吧，那群叫什么来着？”

“晕，你怎么什么都知道？”

“山人我足不出户，却尽知天下之事。”

“切，你倒得是出得去才行。那个群叫‘守望的距离’。”

“好名字，你们的守望，总算守望出了实际的转变。后悔出来没有？”

“哈哈，当年还不是你哭得稀里哗啦地让我出去自己干，我要说后悔了你赔我啊？”

“别，我可赔不起。”

“实话实说，我其实并没有后悔。法院工作，应该留给更热爱它的人去做，我一直觉得自己就是个‘叛逃人员’，虽然有自己不得不离开的道理，但逃了就是逃了，爱得不够，没什么好辩解的。”

王子建舒了一口气，继续说道：“很幸运曾在法院工作，五年多的法官生活，培养了我很多，专业性只是一个方面，更重要的是，它给予了我正气、勇气，还有傲气，让我不至于在律师这个职业中迷失自己，让我可以做到心中有敬畏。离开法院，对我而言，只是换个身份继续做法律工作，我头上永远还打着法院的光环，我一如既往地看不上那种满嘴跑火车的江湖骗子，那种钱不管多好赚，我也不会去赚。”

“啧，可以，党和国家没白培养你，如果多一些你这样的人去做律师，法律职业共同体就都好过了。”

“守望群里，大部分人都是这种思维。真的，大家都还念着过往、记着法院，也爱着法律专业。”

“你将来什么打算？”

“干律师干下去啊，我还能干啥，还真再考法院去啊。”

“其他方面呢，你真不想回去找刘琴？”

“这事儿早就过去了，都 4 年了好不好？你咋每次都问一遍？”

“因为觉得可惜。如果换作现在的你，那件事情并不会让你们分开。”

“对，但那也就不会有现在的我。”

葛磊想了想，没有再作声，只是叹了口气。

“左手恢复得怎么样了？”

“用 prohands 的恢复器械，从 2 磅开始，现在已经能捏动 13 磅了，平时一点异常的感觉都没有，但不知为什么，就是不能拉琴，一拉琴筋就扯得疼。”

“吉他也不能弹？”

“一样。”

“得，你这傻 ×，还真把左手交代给刘琴了，这代价也太高了，为段感情至于吗！再也玩不了乐器了！”葛磊显然是有些动怒了。

“也能玩，呵呵，我买了套罗兰电鼓，等你出来，我就练成爆裂鼓手了。”

“傻 ×，唉。”

“你呢，葛磊，就快出来了，有什么打算吗？”

“……”

“嗯？”

“还没有论证过可行性，所以不太想谈。”

“说说呗。”

“我想天南海北走一走，用余生领略各国风土人情，当然，为了维持这个形态，需要有一定的收入，所以，我确实是打算写写小说，当个作家啥的。”

王子建眼前登时浮现出作家葛磊的形象，因为是葛磊，只要他想做的事情，就一定可以做到。

“大材小用，可惜了。”王子建由衷地说。

“跟你一样。”

“哪里一样？”

“哪里不一样？本来是能开创一个商业帝国的材料，现在只当个律所合伙人就满足了。”

“哈哈，还商业帝国，你可真抬举我！不过，葛磊，我真觉得你是看走眼了，能够做自己喜欢的法律专业，我已经很满足、很满足了。”

葛磊点点头，幽幽地说：“子建，我不敢说看人多准，但看你，我绝不会走眼。如果换作以前的我，会和你好好掰扯掰扯，但现在，我觉得这样生活也没什么不好。”

沉默。

“想好写什么了吗？”

“由易到难吧，先把自己、自己身边人的经历写出来。我还没想好是先写一本自己的故事，还是写一本你的故事。”

“哈哈，我有什么故事值得你写？”

“很多啊，大学时代的生活、法院的工作，以你的心路历程为主线，穿插不同的女人，应该还挺有看点的……”

“穿插这两个字，用的很传神嘛，你一定能成为一个好作家……”

“哈哈哈。”

“不过，我自己的故事，我自己来写吧。”

“嘿，这就开始抢生意了？”

“和你聊完刚产生的想法，写了也不一定出版，只是给自己这几年的经历留一个纪念。”

“你当年不是说要写什么王子建办案手札嘛，现在应该有能力写一套了吧？”

“应该是有这个能力了。”

“那还写吗？”

“不写了。”

“哈哈，我说对了吧。”

狱警轻咳了一声，慢慢向桌子走来。葛磊轻松地起身，迎着狱警走去，边走边扭头问道：

“你的故事叫什么名想好了吗？”

“《那些年我逐一追过的女孩们》？”

“太 low 了。”

“《王子建的逐梦经历》？”

“我听完怎么想到《匹诺曹历险记》了？”

葛磊随着狱警已经走到了房间门口，王子建大声问道：

“《司鹰流年》怎么样？”

“什么流年？”

“司鹰，司鹰流年。”

“啊？”

“就是，我伺候独角兽的日子！”

“哈哈，懂了，这个不错！再见！”

“再见！”

〈全书完〉

图书在版编目(CIP)数据

司鹰流年 / 鱼鸟七斤著 . -- 北京 : 法律出版社 ,
2020
ISBN 978-7-5197-4777-0

Ⅰ . ①司… Ⅱ . ①鱼… Ⅲ . ①长篇小说—中国—当代
Ⅳ . ① I247.5

中国版本图书馆 CIP 数据核字 (2020) 第 133908 号

司鹰流年
SIZHILIUNINA

鱼鸟七斤 著

责任编辑 邢艳萍
装帧设计 贾丹丹

出版 法律出版社
总发行 中国法律图书有限公司
经销 新华书店
印刷 北京虎彩文化传播有限公司
责任校对 王晓萍
责任印制 吕亚莉

编辑统筹 法律应用出版分社
开本 710 毫米 ×1000 毫米 1/16
印张 27.75
字数 380 千
版本 2020 年 9 月第 1 版
印次 2020 年 9 月第 1 次印刷

法律出版社 / 北京市丰台区莲花池西里 7 号(100073)
网址 /www.lawpress.com.cn
投稿邮箱 /info@lawpress.com.cn
举报维权邮箱 /jbwq@lawpress.com.cn
销售热线 /400-660-8393
咨询电话 /010-63939796

中国法律图书有限公司 / 北京市丰台区莲花池西里 7 号(100073)
全国各地中法图分、子公司销售电话:
统一销售客服 /400-660-8393/6393
第一法律书店 /010-83938432/8433 西安分公司 /029-85330678 重庆分公司 /023-67453036
上海分公司 /021-62071639/1636 深圳分公司 /0755-83072995

书号: ISBN 978-7-5197-4777-0
定价: 108.00 元
(如有缺页或倒装,中国法律图书有限公司负责退换)